UMA CERTA CRUELDADE

Sophie Hannah

UMA CERTA CRUELDADE

Tradução de Alexandre Martins

Título original
KIND OF CRUEL

Primeira publicação na Grã-Bretanha em 2012 pela Hodder & Stoughton, uma empresa Hachette UK.

Copyright © Sophie Hannah, 2012

O direito de Sophie Hannah de ser identificada como autora desta obra foi assegurado por ela em conformidade com o Copyright, Designs and Patents Act 1988.

Todos os direitos reservados. Nenhuma parte desta obra pode ser reproduzida ou transmitida por qualquer forma ou meio eletrônico ou mecânico, inclusive fotocópia, gravação ou sistema de armazenagem e recuperação de informação, sem a permissão escrita do editor.

Todos os personagens desta publicação são fictícios e qualquer semelhança com pessoas reais, vivas ou não, é mera coincidência.

Direitos para a língua portuguesa reservados com exclusividade para o Brasil à
EDITORA ROCCO LTDA.
Av. Presidente Wilson, 231 – 8º andar
20030-021 – Rio de Janeiro – RJ
Tel.: (21) 3525-2000 – Fax: (21) 3525-2001
rocco@rocco.com.br
www.rocco.com.br

Printed in Brazil/Impresso no Brasil

CIP-Brasil. Catalogação na fonte.
Sindicato Nacional dos Editores de Livros, RJ.

H219c	Hannah, Sophie Uma certa crueldade / Sophie Hannah; tradução de Alexandre Martins. – 1ª ed. – Rio de Janeiro: Rocco, 2018. Tradução de: Kind of cruel. ISBN 978-85-325-3073-8 (brochura) ISBN 978-85-8122-697-2 (e-book) 1. Ficção inglesa. I. Martins, Alexandre. II. Título.
17-42237	CDD–823 CDU–321.111-3

Para Juliet Emerson, que me ajudou a solucionar muitos mistérios, tanto autobiográficos quanto ficcionais.

Se você pergunta a alguém sobre uma lembrança e a pessoa lhe conta uma história, está mentindo.

Eu, aos cinco anos, encolhida atrás da casa de bonecas, me escondendo; com medo da professora me encontrar, sabendo que isso vai acontecer, tentando me preparar – essa é uma lembrança.

Eis a história em que a transformei: no meu primeiro dia na escola primária, eu estava furiosa com minha mãe por me deixar em um lugar que não conhecia, com estranhos. Fugir não era uma opção, pois eu era uma boa menina – meus pais sempre me diziam isso –, mas nessa ocasião me opus com tanta veemência ao que me estava sendo infligido que decidi protestar me ausentando da sala da sra. Hill da forma mais radical que ousei. Havia uma grande casa de bonecas em um dos cantos da sala, e, quando ninguém estava olhando, me enfiei no espaço entre ela e a parede. Não sei quanto tempo fiquei lá, escondida, escutando os barulhos nada atraentes que meus colegas de turma faziam e as tentativas da sra. Hill de estabelecer a ordem, mas foi tempo suficiente para meu artifício começar a parecer desconfortável. Lamentava ter me escondido, mas me mostrar seria o equivalente a confessar, e eu não desejava fazer algo tão arrojado. Sabia que acabaria sendo encontrada e que minha punição seria severa, e comecei a ficar cada vez mais assustada e agitada, chorando baixo para ninguém escutar. Ao mesmo tempo, uma parte de mim pensava: "Não diga nada, não se mova; ainda há uma chance de você escapar."

Quando ouvi a sra. Hill dizer às crianças para se sentarem de pernas cruzadas no tapete para que ela pudesse fazer a chamada, entrei em pânico. De algum modo, embora nunca tivesse ido à escola ou mesmo à creche antes, sabia o que aquilo significava: ela ia chamar nossos nomes, um a um. Quando ouvisse o meu, eu teria de dizer "Sim, sra. Hill". Onde quer que estivesse, teria de dizer isso. A possibilidade de permanecer em silêncio não me ocorreu; aquilo teria envolvido um grau de logro e rebelião que não estava pronta para imaginar, quanto mais tentar. Ainda assim, não me movi de meu esconderijo. Sempre fui otimista, e não estava disposta a desistir até ser obrigada. Algo poderia acontecer que impedisse a sra. Hill de fazer a chamada, pensei: um pássaro poderia entrar voando pela janela da sala, ou um dos meus colegas poderia ficar doente de repente e precisar ser levado correndo ao hospital. Ou eu poderia ter uma ideia brilhante nos três segundos seguintes – alguma impressionante rota de fuga daquela confusão em que havia me metido.

Nenhuma dessas coisas aconteceu, claro, e quando a sra. Hill chamou meu nome, decidi que o melhor caminho era um meio-termo. Não disse nada, mas ergui a mão para que fosse claramente visível. Eu estava fazendo minha parte, pensei – admitindo estar presente, erguendo minha mão de forma responsável –, mas ainda havia a possibilidade milagrosa de que ninguém notasse, e, como recompensa por me declarar, eu perdesse o dia inteiro de escola. E então poderia aparecer no dia seguinte e fazer exatamente a mesma coisa. Essa era a minha fantasia; a realidade foi que a sra. Hill imediatamente viu meu braço se projetando e exigiu que eu saísse de trás da casa de bonecas. Mais tarde, ela contou à minha mãe o que eu tinha feito, e fui punida na escola e em casa. Não me lembro das punições.

O quanto dessa história é verdade? Chutando, eu diria que a maior parte. Noventa por cento, talvez. O quanto dela me lembro? Quase nada. Dois estados emocionais, apenas isso: a mistura de medo e desafio que senti enquanto estava atrás da casa de bonecas, e a terrível derrota humilhante de ter de sair e encarar a turma. Todos souberam que eu correra um risco, depois perdera a coragem e me entregara. Lembro-me de sentir vergonha com a lembrança – segundos depois do acontecimento; uma lembrança dentro de uma lembrança – do meu estúpido gesto de apostar em uma proteção ficando escondida e erguendo a mão silenciosamente. Fui patética: boa demais para ser desobediente e desobediente demais para ser boa. Lembro-me de desejar ser qualquer outra criança na sala, qualquer uma, menos eu. Estou bastante certa de ter experimentado todos esses sentimentos, embora aos cinco anos ainda não tivesse o vocabulário para descrevê-los.

O problema – o que me impede de ter certeza – é que, por quarenta anos, minha história sobre o que aconteceu naquele dia tem pisoteado todas as minhas lembranças, de modo que agora ela efetivamente as substituiu. Lembranças de verdade são frágeis, aparições fragmentadas, facilmente esmagadas até a submissão por uma narrativa robusta cuidadosamente elaborada para permanecer na mente. Logo, assim que temos uma experiência, decidimos o que queremos que signifique e construímos ao redor dela uma história que irá tornar isso possível. A história incorpora quaisquer lembranças relevantes que sirvam a seu propósito – dispondo-as estrategicamente, como broches coloridos na lapela de um casaco preto – e descarta aquelas que não são úteis.

Durante anos contei uma versão diferente da minha história de primeiro dia de aula, uma versão na qual eu saía de meu esconderijo com um sorriso confiante e dizia com absoluta segurança: "O quê? Eu não estava fingindo não estar aqui. Levantei a mão, não foi? Você nunca disse que eu não poderia me sentar atrás da casa de bonecas." Então um dia me flagrei no meio da história e pensei: "Isso realmente pode ter acontecido?" Às vezes, precisamos demolir nossas histórias contadas sem parar para chegar às lembranças reais. É um pouco como retirar sucessivas camadas de tinta de uma parede de tijolos. Abaixo delas encontramos os tijolos originais – sujos e descoloridos, em más condições após anos sem poder respirar.

O engraçado é que, agora, as duas versões da história – aquela na qual corajosamente me revelo e a outra na qual sou humilhada – me soam como lembranças, porque as contei muitas vezes, para mim mesma e para outras pessoas. Sempre que contamos uma história, aprofundamos o sulco que ela ocupa em nossa mente, permitindo que penetre ainda mais e pareça mais real a cada vez que é contada.

Uma lembrança de verdade poderia ser uma imagem fugaz de um casaco vermelho, um limoeiro (você não sabe onde), um sentimento forte, o nome de alguém que você conhecia – apenas o nome, nada mais. Lembranças genuínas não têm começos, meios e fins. Não há suspense, nenhum sentido evidente, certamente nenhuma lição de moral aprendida – nada para satisfazer uma plateia, e por "plateia" quero dizer aquele que conta, que sempre é a primeira plateia de sua própria história.

Tudo isso pode ser aplicado ao Natal de 2003 e ao que aconteceu em Little Orchard, o que – como você provavelmente já adivinhou agora – não é uma lembrança, mas uma história. Com sorte, uma história que pode ser usada para resgatar algumas lembranças mergulhadas nela, e também algumas rejeitadas, algumas que não se encaixavam no fluxo geral e, portanto, foram descartadas. Como experiência, pelo menos por hora, vou supor que a história de Little Orchard seja uma na qual todos os detalhes são falsos.

Nada disso realmente aconteceu. Ninguém acordou na manhã de Natal e descobriu que quatro membros da sua família tinham desaparecido.

1

Terça-feira, 30 de novembro de 2010

Veja: não há nada de especial neste lugar. Olhe para os espaços entre os tijolos nos pilares dos portões, onde a argamassa caiu. Olhe para as feias janelas de PVC. Este não é um lugar onde milagres acontecem.

E – como estou mais que disposta a aceitar antecipadamente minha parcela de culpa – não há nada de especial em mim. Eu não sou um lugar onde milagres acontecem.

Isso não vai funcionar. Então não devo ficar desapontada quando não funcionar.

Não estou aqui porque acho que irá ajudar. Estou aqui por estar farta de ter de colocar um sorriso simpático no rosto e fazer ruídos satisfeitos e surpresos quando mais uma pessoa me conta como foi fantástico para ela. "Você deveria tentar hipnose", diz todo mundo que eu conheço, de meus colegas ao meu dentista, passando por pais e professores da escola das meninas. "Eu realmente era cético, e só tentei como último recurso, mas foi como mágica – nunca mais toquei em cigarro/vodca/bolos de creme/pules de apostas novamente."

Notei que todos que defendem uma solução absurdamente implausível para um problema sempre insistem em como de início eram cinicamente céticos, até tentarem. Ninguém nunca diz: "Eu era e sou o tipo de idiota desesperado que acredita em qualquer coisa. Estranhamente, a hipnoterapia realmente funcionou comigo."

Estou sentada em meu carro na Great Holling Road, diante da casa de Ginny Saxon, a hipnoterapeuta que escolhi de forma aleatória. Bem, talvez não totalmente. Great Holling é a mais agradável cidadezinha de Culver Valley; eu poderia muito bem ir a um lugar pitoresco para desperdiçar meu dinheiro, pensei. Pouquíssimos lugares são tão idílicos a ponto de alguém identificar algo de errado neles – as pessoas os descrevem como sendo "não do mundo real" ou "muito metidos" –, mas é quase um clichê por aqui debochar do belo isolamento de Great Holling, escolhendo morar em um lugar mais barulhento e sujo que, coincidentemente, tem casas mais baratas. "Mas mesmo que eu pudesse morar em Great Holling, não moraria. É perfeito demais." É, tá bom.

Ainda assim, talvez eu devesse confiar mais. Muitas pessoas têm dinheiro e escolhem não usá-lo para melhorar sua situação. Alguns idiotas que conheço entregam seu dinheiro duramente ganho a charlatães e pedem para ser hipnotizados, esperando que, ao acordar, todos os seus problemas tenham desaparecido.

O endereço de Ginny Saxon, assim como sua linha de terapia, é uma fraude. Ela não mora em Great Holling. Eu dirigi até aqui por falsos pretextos – pretextos ainda mais falsos que um tratamento bobo com placebo, quero dizer. Eu deveria ter olhado o endereço mais atentamente e me dado conta de que a dose dupla do nome da cidadezinha – Great Holling Road 77, Great Holling, Silsford – era demais. Não estou em Great Holling, mas em uma estrada secundária que leva a ela. Há casas de um lado, incluindo a de Ginny Saxon, e campos marrons e cinzentos de aparência pantanosa do outro. Isto é terra agrícola disfarçada de interior. Em um dos campos, há uma construção com telhado de metal corrugado. É o tipo de paisagem que me faz pensar em esgoto, mesmo que esteja sendo injusta e não consiga sentir cheiro de nada.

Você está sendo injusta. Que mal faz manter a mente aberta? Pode funcionar.

Por dentro, eu dou um grunhido. A decepção, quando esta farsa de que estou prestes a participar me deixar exatamente onde estou, vai doer – provavelmente mais do que todas as outras coisas que tentei e não funcionaram. Hipnoterapia é a coisa que todo mundo faz como último recurso. Depois disso, não há mais nada a tentar.

Confiro a hora no relógio do carro. 15 horas em ponto; eu deveria estar chegando agora. Mas está quente em meu Renault Clio com o aquecedor ligado, e gelado do lado de fora. Não há neve aqui, nem mesmo do tipo que não acumula, mas toda noite há previsão de neve com um pouco mais de alegria por parte da moça do tempo do noticiário local. O Culver Valley inteiro está tomado por aquela condição climática tipicamente inglesa – inspirada tanto por *schadenfreude* quanto por temperaturas abaixo de zero – conhecida como "Não pense que não haverá neve só porque ainda não há".

"Ao chegar em três", eu me imagino dizendo a mim mesma na minha melhor voz de hipnose profunda, "você saltará do carro, entrará naquela casa do outro lado da rua e fingirá entrar em transe por uma hora. Depois fará um cheque de setenta pratas para uma charlatã. Vai ser ótimo. Tiro as instruções escritas do bolso do casaco: endereço de Ginny. Confiro, guardo novamente – uma tática de postergação que não define nada que eu já não saiba. Estou no lugar certo.

Ou no lugar errado.

Lá vamos.

Enquanto caminho até a casa, vejo que o carro estacionado na rampa não está vazio. Há uma mulher nele, usando casaco preto com gola de pele, écharpe vermelha e batom vermelho brilhante. Tem um caderno aberto no colo e uma caneta na mão. Está fumando um cigarro e abriu a janela, a despeito da temperatura. Suas mãos sem luvas estão manchadas por causa do frio. Fumar e escrever evidentemente são mais importantes para ela do que conforto, penso, vendo um par de luvas de lã ao lado do maço de Marlboro Lights no banco do carona. Ela ergue os olhos, sorri para mim e diz oi.

Decido que ela não pode ser Ginny Saxon, cujo site na internet relaciona parar de fumar como uma das coisas em que ela pode ajudar. Ficar sentada em seu carro em frente à casa com um cigarro na boca seria uma forma estranha de ajudar, a não ser que seja um blefe duplo cuidadosamente pensado. Percebo algo que não podia ver da estrada: uma pequena construção de madeira no quintal dos fundos com uma placa onde se lê "Clínica de Hipnoterapia de Great Holling – Ginny Saxon MA PGCE Dip Couns Adv Dip Hyp".

– É lá onde tudo acontece – diz a fumante, com mais que um traço de amargura na voz. – No barracão no quintal dela. Inspira confiança, não é mesmo?

– É mais atraente que a casa – digo, mergulhando facilmente no modo garota antipática no fundo do ônibus escolar, rezando para que Ginny Saxon não apareça atrás de mim e me pegue falando mal de sua casa. Por que quero ser simpática com essa estranha ressentida? – Pelo menos não tem janelas de PVC – acrescento, consciente do absurdo do meu comportamento, mas impotente para fazer algo a respeito.

A mulher sorri, depois se vira como se tivesse mudado de ideia sobre conversar comigo. Baixa os olhos para seu caderno. Sei como se sente; teria sido melhor se tivéssemos fingido não notar uma à outra. Podemos ser tão sarcásticas quanto quisermos, mas ambas estamos aqui porque temos problemas que não conseguimos resolver sozinhas e sabemos disso – sobre nós mesmas e sobre a outra.

– Ela está uma hora atrasada. Minha consulta era às duas horas.

Tento fingir que isso não me incomoda; não estou certa se fui bem-sucedida. Isso significa que... Ginny Saxon não poderá me receber antes de quatro, e dez minutos depois terei de partir, caso queira estar em casa a tempo para receber Dinah e Nonie na saída do ônibus escolar.

– Não se preocupe, pode ficar com a minha hora – diz minha nova amiga, jogando a guimba do cigarro pela janela. Se Dinah estivesse ali, diria: "Vá pegar seu lixo agora mesmo e o coloque em uma lata." Não lhe ocorreria que tinha apenas oito anos e não estava em posição de dar ordens a uma estranha mais de cinco vezes mais velha. Faço uma anotação mental de pegar a guimba de cigarro e colocá-la na lata de lixo mais próxima caso tenha a chance, se puder fazer isso sem a mulher me ver e considerar aquilo uma crítica.

– Não se importa?

– Eu não teria oferecido caso me importasse – ela diz, soando perceptivelmente mais contente. Por ter escapado? – Ou eu volto quatro horas ou... Ou não volto – completa, dando de ombros.

Ela fecha a janela do carro e começa a descer a rampa de ré, acenando para mim de um jeito que me faz sentir como se tivesse sido enganada – uma mistura de relaxada e superior, um aceno que parece dizer "Agora é com você, otária".

– Saia do frio – diz uma voz atrás de mim. Eu me viro e vejo uma mulher roliça com um bonito rosto redondo e cabelos louros em um rabo de cavalo tão frouxo e relaxado que a maior parte do cabelo escapou dele. Veste uma saia de veludo cotelê verde-oliva, usa botas pretas até os tornozelos com meias pretas e uma camiseta polo creme apertada na cintura, chamando atenção para o peso extra que carrega. Calculo que tenha entre quarenta e cinquenta anos, mais para quarenta.

Eu a sigo até a construção de madeira, que não é, e claramente nunca foi, um barracão. A madeira, do lado de dentro e do lado de fora, parece nova demais – não há marcas sugerindo que uma colher de pedreiro enlameada ou um cortador de grama sujo de óleo tenha um dia morado ali. Uma parede é coberta de cima a baixo com gravuras botânicas emolduradas, e há vasos curvos azul-celeste cheios de flores em três dos quatro cantos da sala. Um tapete branco com beirada azul grossa ocupa a maior parte do piso de madeira.

De um lado dele há uma cadeira giratória reclinável de couro marrom com tamborete combinando, e, do outro, um sofá de couro gasto junto a uma mesinha com uma pilha de livros e revistas sobre hipnoterapia.

Esse último detalhe me irrita, assim como me aborrece quando vou ao cabeleireiro e encontro pilhas de revistas sobre cabelos e nada mais. O simbolismo é óbvio demais; revela um desespero de transmitir uma mensagem profissional, e sempre me faz pensar: "Sim, sei o que você faz para ganhar a vida. Por isso estou aqui." Preciso realmente mergulhar em pensamentos exclusivamente capilares enquanto espero que uma adolescente de cara ensebada enfie minha cabeça em uma bacia e jogue água fervente sobre ela? E se quiser ler sobre o mercado de ações ou dança moderna? Por acaso, não faria isso, mas a questão continua válida.

Hipnoterapia é, de modo incontestável, ligeiramente mais interessante que pontas quebradas (embora, para ser justa, pelo menos minhas visitas trimestrais ao Salon 32 não me deixem com nenhuma dúvida de que um serviço concreto tenha sido prestado).

— Fique à vontade para dar uma olhada nos livros e revistas — diz Ginny Saxon, mais entusiasmadamente do que é permitido. Seu sotaque é o que imagino como sendo da "mídia"; não pertence a lugar algum e nada me diz sobre a origem dela. Não é de Culver Valley, seria minha aposta. — Pode pegar qualquer um emprestado, desde que o traga de volta.

Ou ela está se esforçando muito em sua encenação ou é uma pessoa gentil. Espero que seja gentil — gentil o bastante para ainda querer me ajudar quando se der conta de que eu não sou.

Fingir ser uma pessoa melhor do que sou é exaustivo; ter de fazer um esforço constante para produzir um comportamento que não corresponde ao meu estado mental.

Ginny estende uma revista chamada *Hypnotherapy Monthly*. Não consigo pegar. Ela se abre no meio, em uma matéria intitulada

"Exame do quadro olfativo hipnoterápico". O que eu estava esperando: uma fotografia frontal em página inteira de um cronômetro balançando?

– Sente-se – diz Ginny, indicando a cadeira reclinável giratória com tamborete. – Desculpe mantê-la esperando por uma hora.

– Não manteve – digo a ela. – Eu sou Amber Hewerdine. Minha consulta é agora. A outra mulher disse que eu poderia ficar com o horário, disse que voltará depois.

Ginny sorri.

– E depois, o que ela disse?

Ah, Deus, que ela não tenha ouvido toda a nossa conversa. Quão grossas são estas paredes de madeira? Quão alto estávamos falando?

– Eu não ouvi nada, não se preocupe. Mas pelo pouco que conheço dela, imagino que tenha dito mais do que você me contou.

Não se preocupe? Que porra isso deveria significar? Noite passada perguntei a Luke se ele achava que uma pessoa só deveria estudar hipnoterapia se gostasse de bagunçar a mente das pessoas, e ele riu de mim. "Que Deus ajude qualquer um que tente se meter com a sua", disse. Ele não sabia o quão certo estava.

– Ela disse: "Ou eu volto às quatro, ou não volto" – conto a Ginny.

– Ela fez com que você se sentisse uma idiota por ficar aqui, não foi? Relaxe. *Ela* é a idiota. Não acho que vá voltar. Ela também voltou atrás semana passada; marcou uma consulta inicial, não apareceu. Não deu qualquer aviso, então cobrei dela a consulta integral.

Ela deveria estar me dizendo essas coisas? Não é antiprofissional? Ela vai falar mal de mim para o paciente seguinte?

– Por que não me diz por que está aqui? – diz Ginny, abrindo o fecho das botas, chutando-as e se aninhando no sofá de couro. Isso deveria fazer com que eu me sentisse menos inibida? Não faz;

isso me irrita. Acabei de conhecê-la. Ela deveria ser profissional. O que ela veste para uma segunda consulta? Camisola e calcinha? Não importa; não haverá uma segunda consulta.

– Eu sou insone – digo a ela. – De verdade.

– O que me obriga a perguntar: o que é um insone de mentira?

– Alguém que tem dificuldade de adormecer, mas quando adormece dorme oito horas seguidas. Ou alguém que adormece imediatamente, mas acorda cedo demais; quatro da manhã em vez de sete. Todas as pessoas que dizem: "Ah, eu nunca durmo direito", e na verdade querem dizer que acordam duas ou três vezes por noite para ir ao banheiro; isso não é um problema de sono, é um problema de bexiga.

– Pessoas que usam "insone" querendo dizer "com sono leve"? – sugere Ginny. – Qualquer barulhinho as acorda? Ou que só conseguem adormecer com fones jogando música em seus ouvidos, ou com o rádio ligado?

Eu concordo, tentando não ficar impressionada por ela parecer conhecer todas as pessoas que odeio.

– Elas são as mais irritantes dos supostos insones. Qualquer um que diz "Só consigo dormir *se*" e então identifica uma exigência; isso não é insônia. Eles satisfazem o "se" e conseguem dormir.

– Você se ressente de pessoas que dormem bem? – Ginny me pergunta.

– Não se elas admitem isso – digo. Posso estar exausta demais para ser gentil, mas gosto de pensar que ainda sou razoável. – Minha objeção é com pessoas que não têm um problema e fingem que têm.

– Então as pessoas que dizem "Eu durmo como uma pedra, nada me acorda", tudo bem com elas?

Ela está tentando me pegar? Sinto a tentação de mentir, mas qual seria o sentido disso? Essa mulher não precisa gostar de mim. Ela é obrigada a tentar me ajudar, gostando de mim ou não. É por isso que estou pagando.

– Não, elas são inacreditavelmente superiores – digo.

– Ainda assim, se é verdade, se elas *de fato* dormem como pedras, o que deveriam dizer?

Se ela mencionar pedras novamente, eu vou embora.

– Há diferentes formas de dizer às pessoas que você dorme bem – digo, perigosamente perto das lágrimas. – "Não, eu não tenho dificuldade em dormir", e depois apontar rapidamente que tem muitos outros problemas. Todo mundo tem problemas, certo?

– Certamente – diz Ginny, parecendo nunca ter se preocupado com coisa alguma em toda a sua vida. Eu olho para além dela, pelas duas grandes janelas atrás do sofá de couro. Seu quintal é uma comprida faixa estreita de verde. Na extremidade distante, posso ver um pequeno trecho marrom de cerca de madeira, e, além dela, campos que parecem mais verdes e promissores do que aqueles que vi do outro lado da estrada. Se eu morasse ali, ficaria preocupada com a possibilidade de uma incorporadora comprar a terra e enfiar nela o maior número de casas que conseguisse.

– Fale sobre seu problema de sono – diz Ginny. – Depois desse começo, estou esperando uma história de horror. Há uma alavanca de madeira sob o braço da cadeira, caso você queira reclinar.

Eu não quero, mas faço assim mesmo, colocando os pés no tamborete e ficando quase na horizontal. É mais fácil se não consigo ver o rosto dela; posso fingir que estou conversando com uma voz gravada.

– Então. Você é a maior insone do mundo?

Ela está debochando de mim? Não consigo deixar de notar que ainda não estou em nenhum tipo de transe. Quando ela vai começar? Temos menos de uma hora.

– Não – digo, tensa. – Estou em melhores condições que as pessoas que nunca dormem. Durmo em períodos de quinze, vinte minutos de cada vez, ao longo da noite. E sempre diante da TV, no final do dia. É o melhor período de sono que normalmente tenho, entre oito e meia e nove e meia; uma hora inteira, quando estou com sorte.

– Qualquer um que nunca dorme morreria – diz Ginny.

Isso me desconcerta, até eu me dar conta de que ela devia estar falando dos insones que mencionei de passagem, aqueles menos felizes que eu.

– As pessoas de fato morrem – digo a ela. – Pessoas com IFF. Sinto que ela está esperando que eu continue.

– Insônia Familiar Fatal. É um quadro hereditário. Como doença, não é muito divertida. Total falta de sono, ataques de pânico, fobias, alucinações, demência, morte.

– Continue.

Essa mulher é idiota?

– É isso – falo. – A morte é o último item da agenda. Não costuma acontecer muita coisa depois disso. O que seria um alívio se você não estivesse morto demais para aproveitar.

Quando ela não ri, decido ser mais sombria.

– Claro, para algumas pessoas, a IFF tem o bônus de que toda a família também morre.

Escuto a reação dela. Um pequeno risinho me deixaria muito mais confiante. Será tão segura de si mesma e de suas habilidades para deixar passar isso, deixar que minha piada seja uma piada? Apenas uma terapeuta desesperada se lançaria sobre um comentário tão obviamente frívolo em uma fase tão inicial.

– Você quer que sua família morra?

Previsivelmente desapontadora. Desapontadoramente previsível.

– Não. Não foi o que disse.

– Você sempre teve dificuldade para dormir?

Não fico à vontade com a rapidez e a suavidade com que ela muda de assunto.

– Não.

– Quando começou?

– Há um ano e meio.

Eu poderia dar a ela a data exata.

– Você sabe *por que* começou? Por que não consegue dormir?

– Estresse. No trabalho e em casa.

Coloco nos termos mais amplos, esperando que ela não peça mais detalhes.

– E se uma fada madrinha pudesse agitar sua varinha e eliminar as fontes desse estresse, o que você acha que aconteceria em relação ao sono?

Essa é uma pegadinha?

– Eu dormiria bem. Sempre dormi bem.

– Isso é bom. As causas da sua insônia são externas, e não internas. Não é que você, Amber Hewerdine, não consiga dormir por causa de algo *em você*. Você não consegue dormir porque sua vida atual a está colocando sob uma pressão insuportável. Qualquer um em sua situação estaria achando difícil, certo?

– Acho que sim.

– Isso é melhor. É o tipo de insônia que você deseja.

Eu posso ouvi-la sorrindo para mim. Como isso é possível?

– Não há nada de errado com *você*. Suas reações são absolutamente normais e compreensíveis. Você pode mudar sua vida para eliminar as fontes de estresse?

– Não. Veja, não quero fazer graça, mas... Você não acha que isso poderia ter me ocorrido? Todas aquelas noites em que fiquei deitada acordada, remoendo tudo o que está errado...

Não se entregue às emoções. Pense nisso como uma reunião de negócios – você é um cliente insatisfeito.

– Não posso eliminar as causas do estresse da minha vida. Elas *são* a minha vida. Eu estava esperando que a hipnoterapia pudesse...

Não posso dizer o que eu ia dizer. Soaria ridículo demais se colocasse isso em palavras.

– Você está esperando que eu consiga enganar seu cérebro – Ginny resume. – Você sabe, e ele sabe, que há motivos para ficar ansioso, mas você está esperando que a hipnose possa convencê-lo a acreditar que tudo está bem.

Agora ela certamente está debochando de mim.

– Se você acha que essa é uma proposição ridícula, por que escolheu essa área de trabalho? – reajo, secamente.

Ela diz algo que soa como "Vamos tentar sacudir a árvore".

– Como?

Eu devo ter soado aflita.

– Confie em mim – Ginny diz. – É só um exercício.

Ela terá de aceitar minha concordância sem discutir mais. A verdade é algo precioso demais para se exigir de um estranho.

– Você provavelmente vai querer fechar os olhos; pode tornar mais fácil.

Eu não apostaria nisso.

– Você talvez fique aliviada de saber que mal precisará falar. Na maior parte do tempo estará apenas escutando e deixando que lembranças venham à tona.

Isso parece muito fácil. Embora "mal precisará" sugira que terei de dizer alguma coisa em algum momento. O quê? Gostaria de poder me preparar para isso.

Quando Ginny volta a falar, quase caio na gargalhada. Sua voz é mais lenta, mais grave, mais em transe, parecida com a voz do hipnotizador de mentira que tenho em mente: *Você está mergulhando em um sono profundo, profundo.* Não é exatamente o que Ginny está dizendo, mas não é muito diferente.

– Então, gostaria que você se concentrasse em sua respiração e bem no alto de sua cabeça – ela entoa. – E apenas... se permita... relaxar.

Por que ela está fazendo isso? Deve saber que soa como um clichê. Não ficaria melhor falando normalmente?

— E depois sua testa... deixe que relaxe. E descendo para seu nariz... respirando lentamente e profundamente, calmamente e silenciosamente, apenas deixe seu nariz relaxar. E agora sua boca, seus lábios... deixe que relaxem.

E quanto à parte entre meu nariz e meus lábios, qualquer que seja o nome? E se essa parte estiver dura de tensão? Ela deixou passar. Isso não faz sentido. Sou péssima em ser hipnotizada. Sabia que seria.

Ginny chegou aos meus ombros.

— Sinta-os baixando e relaxando, toda a pressão se dissolvendo. Respirando lentamente e profundamente, calmamente e silenciosamente, liberando todo o estresse e tensão. Seguindo então para seu peito, seus pulmões, deixando que *eles* relaxem. Não existe uma sensação de estar hipnotizada, apenas uma sensação de calma total e relaxamento total.

Mesmo? Então por que estou pagando setenta pratas? Se tudo o que tenho de fazer é relaxar, poderia fazer isso sozinha em casa.

Não, me corrijo. Não poderia. Não posso.

— Calma total... e relaxamento total. E descendo para seu estômago... deixe que ele relaxe.

Septo. Não, essa é a parte entre as narinas. Eu costumava saber o nome daquele sulco entre o nariz e o lábio superior. O que as pessoas querem dizer quando falam que o onze de alguém está erguido? Não, isso é o sulco atrás do pescoço. Parece mais o número 11 quanto mais perto a pessoa está da morte. Estou quase certa de que o mesmo não vale para o... filtro labial, é como se chama. Agora que me lembrei do nome, tenho uma clara imagem de Luke o anunciando, triunfante. *Jogo de perguntas e respostas em pub.* O tipo de pergunta que ele sempre acerta, e para o qual sou inútil.

Eu me obrigo a prestar atenção na voz de Ginny, que zumbe. Será que já chegou aos dedos dos pés? Não estava escutando. Ela poderia poupar tempo reunindo todas as partes e orientando o corpo inteiro a relaxar. Tento respirar serenamente e conter minha impaciência.

– Algumas pessoas se sentem inacreditavelmente leves, como se pudessem sair flutuando – ela diz. – E algumas sentem um peso nos membros, como se não conseguissem se mover mesmo que quisessem.

Ela parece uma apresentadora de TV infantil, fazendo vozes "leves" e "pesadas" para combinar com as palavras. Será que já experimentou uma abordagem mais neutra? É algo em que sempre penso em relação aos atores da Rádio 4: por que ninguém diz a eles que as vozes falsas realmente não ajudam?

– E algumas pessoas sentem uma dormência nos dedos, mas todos se sentem calmos, gentis e relaxados, uma sensação agradável.

Meus dedos estão muito dormentes. Estavam antes mesmo que ela dissesse isso. Isso significa que estou hipnotizada? Não me sinto relaxada, embora suponha que esteja mais consciente das neuroses zumbindo em minha mente do que estava antes, mais objetivamente concentrada nelas. É como se elas e eu estivéssemos presas em uma caixa escura, uma que subiu flutuando para longe do resto do mundo. Isso é bom? Difícil de acreditar que seja.

– E agora, respirando lentamente e profundamente, calmamente e silenciosamente, gostaria que você tentasse imaginar a mais bela escadaria do mundo.

O quê? Ela está jogando isso em cima de mim sem aviso algum? Imagens de escadarias desejáveis amontoam-se na minha mente e começam a raspar umas nas outras. Espiral com estrutura de ferro forjado? Ou aqueles degraus soltos e lisos que parecem estar rodopiando no ar, com uma balaustrada de vidro ou aço inoxidável – linhas belas e modernas, limpas. Por outro lado, um pouco sem alma, parecidas demais com um prédio comercial.

– Sua escadaria perfeita tem dez degraus – continua Ginny. – Agora vou fazer você descer esses degraus, um de cada vez.

Espere um pouco. Ainda não estou pronta para me mover para lugar algum. Ainda não escolhi minha escadaria. A tradicional é a aposta mais segura: madeira escura, com carpete. Estou vendo algo comprido...

– À medida que desce, quero que você se veja mergulhando na calma e no relaxamento. Então, descendo um degrau, calma e relaxada. E descendo outro degrau, dando outro passo na direção da calma e na direção do relaxamento...

Como ela pode estar indo tão rápido enquanto fala tão soporificamente devagar?

E que tal pedra? Também é tradicional, e mais grandioso que madeira, mas provavelmente um pouco frio. Embora com um carpete...

Ginny está à frente de mim, mas não ligo. Meu plano é usar todo o tempo de que preciso para projetar minha escadaria – se pegar atalhos nesta fase crucial, provavelmente me arrependerei depois – e então pular para o fundo de uma vez só. Desde que chegue lá quando ela chegar, que diferença faz?

– E agora você dá o último passo, e terá chegado a um lugar de calma total, paz total. Você está completamente relaxada. E então gostaria que voltasse a quando era uma criança muito pequena e o mundo era novo. Gostaria que se lembrasse de um momento em que sentiu alegria, uma alegria tão intensa que achou que poderia explodir.

Isso me perturba. O que aconteceu com a escadaria? Aquilo era apenas um instrumento para me levar a um lugar calmo e relaxado? Já perdi minha chance de produzir uma lembrança feliz; Ginny avançou e agora está me ordenando – se é que uma cobrança de forma tão arrastada pode ser considerada uma ordem – que me lembre de me sentir desesperadamente triste, como se meu coração estivesse partido. Triste, triste, eu penso, preocupada de ter sido deixada para trás. Ela avança novamente, para a raiva – incandescente, queimando de fúria –, e não consigo pensar em nada. Estou prestes a perder meu terceiro prazo. *Poderia muito bem desistir.*

À medida que ela avança de medo ("seu coração batendo forte enquanto o chão parece afundar sob seus pés") para solidão ("como um vácuo frio ao redor de você e dentro de você, separando-a de todos os outros seres humanos"), fico pensando em quantas vezes Ginny recitou aquele feitiço. Suas descrições são bastante poderosas – talvez um pouco poderosas demais. Minha infância não foi particularmente dramática; não há nada nela, ou em minha lembrança dela, que se compare ao tipo de estado radical que ela está descrevendo. Fui uma criança feliz: amada, segura. Fiquei de coração partido quando meus pais morreram com um intervalo de dois anos, mas já estava com vinte e poucos anos. Será que eu deveria perguntar a Ginny se uma lembrança de adulta servia como substituta? Ela especificou primeira infância, mas certamente uma lembrança mais recente seria melhor que nenhuma.

– E agora gostaria que você se imaginasse afogando-se. Para todo lado que você vira há água, tocando cada parte de você, entrando por seu nariz e sua boca. Você não consegue respirar. Que lembrança surge em sua mente em conexão com isso? Alguma?

Meu filtro labial estaria ficando encharcado. Lamento, é tudo o que consigo.

O que Ginny está tentando descobrir com isso? Não estou mais pensando em sentimentos, estou pensando em filmes sobre desastres submarinos.

Quando ela me diz para me imaginar em uma casa em chamas, cercada por labaredas, sinto náusea na boca do estômago. Isso carece de tal modo do fator se sentir bem que espero receber um formulário de avaliação ao final de tudo aquilo para que possa tornar oficial a minha objeção.

Não quero mais fazer isso.

– Certo, isso é ótimo – diz Ginny. – Você está indo muito bem.

Ouço um tom um pouco mais cortante em sua voz, e sei que chegou o momento: a hora da participação da plateia.

– Agora quero que você deixe uma lembrança surgir em sua mente e me conte sobre ela. Qualquer lembrança, de qualquer momento de sua vida. Não a analise. Não precisa ser significativa. Do que está se lembrando neste instante?

Sharon. Não posso dizer isso. A não ser que tenha entendido mal, Ginny quer algo novo de mim agora, não restos do último exercício.

– Não tente escolher algo bom – ela diz em sua voz normal.
– Qualquer coisa serve.

Certo. Bom saber quão pouco isso importa.

Não Sharon e sua casa em chamas. Não, a não ser que queira sair daqui em pedaços.

Então é Little Orchard. A história dos meus parentes desaparecendo. Nada de morte, nenhuma tragédia, apenas um mistério nunca solucionado. Abro minha boca e então lembro que Ginny me disse para não escolher nada bom. Little Orchard é muito exibida e necessitada de atenção. Ela não acreditará que realmente "surgiu", e estará certa. Está permanentemente "em" minha mente; penso nisso constantemente, mesmo agora, depois de tantos anos. Isso me dá algo a fazer quando estou deitada acordada à noite e já me preocupei com todos os aspectos da minha vida com que é possível me preocupar.

– Do que está se lembrando? – Ginny pergunta. – Neste instante.

Ah, Deus, isto é um pesadelo. O que eu deveria dizer? Alguma coisa, alguma coisa.

– Gentil. Cruel. Meio que Cruel.

O que isso significa?

– Pode repetir isso? – Ginny pede.

Isso é realmente estranho. O que acabou de acontecer? Ginny disse alguma coisa estranha, mas por que me pediria para repetir? Eu não estava prestando atenção; minha mente deve ter divagado por um segundo, de volta a Little Orchard, ou a Sharon.

– Pode repetir as palavras?

– Gentil. Cruel. Meio que Cruel – digo, sem certeza de ter falado certo. – O que isso significa?

É um feitiço mágico, criado para arrastar memórias recalcitrantes para a superfície?

– Você me diz – retruca Ginny.

– Como poderia? Foi você quem disse isso.

– Não, não disse. Você disse.

Há uma longa pausa. Por que ainda estou na horizontal, com os olhos fechados? Eu deveria me sentar e insistir para que aquela estranha deixe de mentir para mim.

– Você disse – eu insisto, aborrecida por ter de convencê-la quando ela deve saber da verdade tão bem quanto eu. – E depois me pediu para repetir.

– Tudo bem, Amber, vou contar até cinco para tirá-la da hipnose. Quando chegar a cinco, quero que abra os olhos. Um. Dois. Três. Quatro. Cinco.

É estranho ver a sala novamente. Puxo a alavanca sob o braço da cadeira e ela me coloca sentada. Ginny está olhando para mim, sem sorrir. Parece preocupada.

– Eu não disse nada – digo a ela. – Você disse.

...

Em minha pressa de fugir, quase me choco contra a mulher de batom vermelho.

– Tudo bem? – ela pergunta.

A visão dela me choca; inicialmente não consigo descobrir o motivo. Como poderia tê-la apagado da mente tão completamente?

Eu deveria saber que poderia abrir a porta e encontrá-la aqui, esperando. Meu cérebro não está funcionando na velocidade habitual; não estou certa se é cansaço ou o efeito posterior da hipnose.

O caderno dela. Você se esqueceu de que a viu escrevendo no caderno. O que ela estava escrevendo?

Eu me esforço para fingir que nada mudou: minha reação habitual quando apanhada de surpresa pelo inesperado.

Não funciona.

Por que Ginny Saxon fingiria que eu disse alguma coisa quando não disse? Antes de hoje ela não me conhecia; não tinha nada a ganhar mentindo para mim. Por que isso só me ocorre agora?

Eu deveria dizer algo. Mulher de Batom Vermelho fez uma pergunta. *Tudo bem?* Na hora que se passou desde que a vi pela última vez, sua amargura se transformara em uma resignação bem-humorada: ela não acredita que Ginny seja capaz de curar nenhuma de nós, mas ainda assim temos de participar da farsa. Olho para as nuvens de respiração entre nós e imagino que são uma barreira através da qual palavras e compreensão não conseguem passar. Não consigo falar. O dia já está se transformando em noite; os campos parecem tecidos escuros lisos esticados ao lado da estrada vazia. Eles me fazem pensar no mágico que contratamos para a festa de aniversário de sete anos de Nonie, a toalha de cetim preto que ele colocou sobre sua mesinha.

O que há de errado comigo? Quanto tempo deixei este silêncio durar? Meus pensamentos estão se movendo rápido demais ou insuportavelmente devagar; não consigo saber a diferença.

As mãos dela manchadas de frio, luvas de lã pretas no banco do carona ao lado, um caderno aberto no colo, palavras na página...

Resisto à ânsia de correr de volta para o calor da cabana de madeira de Ginny e suplicar sua misericórdia. Eu a procurei em busca de ajuda – ajuda de que ainda preciso. Como acabei chamando-a de mentirosa, me recusando a pagar e saindo apressada e furiosa?

Gentil, Cruel, Meio que Cruel.
– Uma hora antes você conseguia falar, e agora não consegue – diz Mulher de Batom Vermelho. – O que ela fez a você lá dentro? Pisque para responder; dois para sim, um para não. Ela a programou para assassinar seus inimigos políticos?
Não posso perguntar. Tenho de. Posso ter apenas alguns segundos antes que Ginny a chame para dentro.
– Seu caderno – digo. – Aquele que estava com você no carro. Isso vai soar estranho, mas... você estava escrevendo algum tipo de poema?
Ela ri.
– Não. Nada tão ambicioso. Por quê?
Se não era um poema, por que as linhas curtas?
Gentil
Cruel
Meio que Cruel
– Qual era o nome daquele cara que ditou um livro inteiro piscando a pálpebra esquerda? – ela pergunta, olhando por cima do ombro na direção da estrada como se houvesse alguém lá que soubesse a resposta. Ela não quer falar sobre aquilo, sobre o que eu quero falar. Seu caderno particular; por que iria querer?
– Gentil, Cruel, Meio que Cruel; era o que você estava escrevendo? Não estou pedindo que me diga o que significa...
– Eu não sei o que significa – ela diz. Enfiando a mão na bolsa, tira um maço de Marlboro Lights e um isqueiro prateado. – Afora o óbvio: gentil significa gentil, cruel significa cruel etc.
– Eu poderia ter visto essas palavras em seu caderno?
E por que você teria o direito de perguntar isso?
Espero que ela acenda um cigarro. Ela dá dois tragos fundos, saboreando cada um: um anúncio do hábito ruim de que ela espera ser curada. Embora suponha que não devesse supor que é o motivo pelo qual ela está aqui.

Não suponha nada. Especialmente não que você tenha de estar certa e a pessoa tentando ajudá-la tenha de ser uma mentirosa.

Por que tenho a sensação de que ela está enrolando?

– Não, você não poderia ter visto essas palavras – ela diz quando está pronta. – Talvez as tenha visto em algum outro lugar. Já que estamos fazendo perguntas invasivas, qual o seu nome?

– Amber. Amber Hewerdine.

– Bauby – ela anuncia, me assustando. – Esse era o nome dele; o escritor das piscadelas.

Vou ter de insistir; não consigo evitar.

– Tem certeza? Talvez tenha escrito há algum tempo, ou...

Paro antes de sugerir que as palavras poderiam estar lá sem que ela soubesse, que outra pessoa poderia ter escrito. Isso é maluquice – mais maluquice que a ideia de Ginny fazendo lavagem cerebral com futuros assassinos em seu consultório no quintal em Culver Valley. Não confio em minha capacidade de julgamento no momento; tudo que passar para minha cabeça terá de ser forçado através do filtro de normalidade e plausibilidade. *Não pergunte a ela se compartilha o caderno com alguém; ninguém compartilha seus cadernos.*

Decido que minha melhor aposta é ser o mais direta possível.

– Eu me lembro de ver – digo. *Assim como se lembra de Ginny dizer e pedir que você repetisse?* – Como uma lista: "Gentil" em uma linha, depois dois espaços, a seguir "Cruel" abaixo, e "Meio que Cruel" algumas linhas depois.

Ela balança a cabeça e eu quero gritar. Posso chamar duas pessoas de mentirosas no mesmo dia ou isso é excessivo? Um pouco tarde demais me ocorre que deveria dizer a ela por que estou perguntando. Talvez isso faça diferença para sua disposição de conversar.

– Eu não estou bisbilhotando – começo a dizer.

– Sim, está.

– Eu nunca fui hipnotizada antes – falo. Não me dei conta de como soaria patético até ter dito. Ela se encolhe. Ótimo. Agora deixei ambas constrangidas. – Estou tentando verificar se minha memória está funcionando direito, só isso.

– E constatamos que não está – ela diz.

Por que ela não está mais perturbada com isso, comigo? Sei como estou me comportando estranhamente, ou pelo menos acho que sei; suas respostas objetivas estão me fazendo duvidar disso.

Gentil, Cruel, Meio que Cruel. Posso ver as palavras na página, e mais que isso: uma imagem igualmente forte de mim mesma olhando, vendo. Sou parte da mesma lembrança que as palavras; estou na cena. Assim como ela, assim como seu caderno, seu cigarro.

– Você está descrevendo papel pautado – ela diz.

Eu faço que sim com a cabeça. Linhas horizontais azul-claras, com uma linha vertical rosa correndo pelo lado esquerdo para indicar a margem.

– As páginas do meu caderno não são pautadas.

O que deveria ser o fim da história. Ela está olhando para mim como se soubesse que não é.

Se Ginny não tivesse dito aquelas palavras e me pedido para repeti-las, se eu não as tivesse visto escritas no caderno daquela mulher...

Mas eu *vi*. Sei que vi. Só porque eu estava errada sobre Ginny não significa que deva estar errada sobre isto.

– Eu poderia dar uma olhada? Por favor? Não vou ler nada. Só...

Só o quê? Sou idiota e teimosa demais para aceitar a palavra dela sem conferir? Por que não ligo de estar me comportando de modo tão ultrajante? Não posso continuar com isso; não tenho esse direito.

– Mostre qualquer página, e se não for pautada...

– Não é – ela diz, conferindo o relógio e apontando para o jardim com a cabeça. – É melhor eu entrar. Estou mais de duas horas atrasada para a minha consulta e sessenta e cinco minutos atrasada para a sua. Mesmo que a maior parte do atraso não seja culpa minha – fala, e dá de ombros. – Acredite ou não, eu ficaria conversando com você. E posso lhe mostrar meu caderno um dia, talvez mesmo em um dia próximo, mas não agora.

Ela me lança um olhar pesado enquanto faz esse discurso peculiar. Está me seduzindo? Deve haver alguma razão para não estar com tanta raiva de mim quanto teria todo desejo de estar.

Talvez mesmo em um dia próximo. Por que ela acha que me verá novamente? Não faz sentido.

Antes que possa perguntar, ela passa por mim e entra no quintal de Ginny. Ver seu movimento me convence de que eu não conseguiria fazer algo tão ambicioso; permaneço grudada no chão. Talvez eu a espere sair em uma hora. Mas não posso. Tenho de voltar e receber as meninas. Preciso partir agora, ou será tarde. Ainda assim, não me movo – não até o som de uma batida na porta me chocar e eu compreender que, em questão de segundos, Ginny irá abrir a porta de seu escritório de madeira. Não posso deixar que ela me veja ali, não depois do modo como gritei com ela. Se há uma coisa de que estou absolutamente certa é que Ginny Saxon não deve me ver nunca mais, e vice-versa. Vou lhe mandar pelo correio um bilhete de desculpas com um cheque de setenta pratas, e depois descobrir outro hipnoterapeuta – mais perto de casa, em Rawndesley, que nunca tenha me visto agir como uma criança mimada irritante. Luke vai rir, me chamar de covarde, e estará certo. Em minha defesa, eu poderia argumentar que, quanto a covardes, o tipo que paga e pede desculpas é o melhor.

A quem estou enganando? Não vou contar a Luke como me comportei mal.

Você nunca conta. Eu afasto o pensamento.

Dentro do meu carro agora gelado, eu apoio a cabeça no volante e solto um grunhido. Ginny poderia ter discutido comigo, mas não o fez. Concordou em abrir mão do valor da consulta, já que claramente me senti muito abandonada por ela. Talvez eu mande um cheque com o dobro da quantia que devo. Não, isso parece desesperado; poderia muito bem mudar meu testamento, deixando tudo para ela com uma condição – que prometa não passar o resto da vida pensando que sou a maior babaca que já conheceu.

São quatro e nove. Se eu partir agora, conseguirei chegar. Se ficar aqui mais dez minutos, depois dirigir perigosamente rápido o caminho todo até Rawndesley, conseguirei chegar. Não precisarei sequer de dez minutos, pois Mulher de Batom Vermelho terá trancado o carro, eu voltarei para o meu e irei para casa daqui a trinta segundos.

Não sei o que isso significa. Ela disse isso como se estivesse mais frustrada que eu por sua incapacidade de entender as palavras em seu caderno; não parecia se importar se eu sabia disso. Então por que negar tê-las escrito?

Sem me permitir pensar no que estou fazendo, salto do meu carro, atravesso a estrada e subo a rampa de Ginny, exatamente como tinha feito uma hora antes. Estou contente por estar escuro, contente pelo conselho de Culver Valley County ter mais medo do *lobby* contra a poluição luminosa que de seus adversários que pedem incessantemente uma sólida fileira de postes de luz ao longo de toda estrada rural, para que aposentados e garotas adolescentes possam ver os ladrões e estupradores esperando por eles.

Não há nenhum criminoso em nenhum lugar à vista, fico feliz de anunciar. Apenas uma mulher maluca à procura de um caderno.

Tudo ficará bem desde que Mulher de Batom Vermelho tenha se lembrado de trancar o carro; eu serei impedida de fazer algo insano e ilegal. Fico pensando em qual lei estarei violando. Provavelmente algo relacionado com a invasão. Não pode ser arrombamento e invasão se eu não quebrar nada. Acesso ilegal?

Tento a porta do motorista. Ela abre. Imediatamente me sinto mais ilegal que nunca. Minha respiração ofegante paira no ar como grafite enevoado: evidência clara de que estou ali, onde não deveria estar.

Tudo o que fiz foi abrir a porta de um carro. Isso é tão ruim assim? Ainda poderia fechar e ir embora.

E nunca descobrir se viu as palavras que acha ter visto.

E se elas não estiverem aqui? Eu voltaria a acreditar que devem ter vindo de Ginny – que ela me pediu para repeti-las e depois, por alguma razão impossível de imaginar, negou?

O caderno está aberto no banco do carona, junto às luvas pretas. Minhas mãos tremem quando as estendo e o pego. Começo a folhear as páginas. Há muita coisa escrita ali, mas só consigo identificar uma palavra ou outra; o céu está escuro demais, quase tão negro quanto os campos ao redor. Há uma luz acesa no carro – acendeu quando abri a porta –, mas para me beneficiar dela eu teria de...

Não pense nisso. Apenas faça.

Com o coração acelerado, eu me sento no banco do motorista, deixando a porta aberta e as pernas do lado de fora, no frio, de modo que apenas parte do meu corpo está fazendo algo errado. Abro o caderno novamente. De início, não consigo me concentrar; minha atenção está em meu coração descontrolado, que parece querer saltar da boca. Será que serei encontrada às cinco horas da tarde, morta de um ataque do coração no carro de uma estranha? Pelo menos, finalmente, me livrei de meu estupor pós-hipnose – nada como violar a lei para tirar a mente do transe.

Não existe uma sensação de estar hipnotizada. Foi o que Ginny disse. Não sou especialista, mas acho que ela pode estar errada.

Quando estou calma o suficiente para me concentrar, vejo que o caderno está cheio de cartas, se é que você pode chamar de cartas algo que não é endereçado a ninguém nem assinado. O que você não pode, acho. Meu palpite é que essas diatribes não foram escritas para ser enviadas, mas para fazer com que o escritor se sentisse melhor. Cada uma delas tem várias páginas, raivosas, cheias de acusações. Começo a ler a primeira, depois paro após duas linhas com um tremor de pânico tomando conta de mim.

Que droga estou fazendo? Não estou aqui para mergulhar na amargura de uma estranha – preciso encontrar o que estou procurando e ir embora daqui. Agora que tive um vislumbre da fúria verbal que a Mulher de Batom Vermelho lança sobre qualquer um que a aborreça, estou ainda menos disposta que antes a ser flagrada revirando suas coisas.

Passo as páginas rapidamente: diatribe, diatribe, diatribe, lista de compras, diatribe... Depois de um tempo, paro de olhar para o conteúdo. Há coisas demais escritas nessas páginas para que qualquer delas seja a página que estou procurando: uma com apenas cinco palavras, cercadas por muito espaço; uma página basicamente vazia.

Eu sou uma idiota. Estas páginas não são pautadas. Por que essa não foi a primeira coisa que notei ao abrir o caderno? Por que ainda estou sentada aqui? A hipnoterapia pode causar danos cerebrais permanentes?

Continuo a folhear, embora imagine que dificilmente aparecerão linhas na outra metade do caderno.

Desista.

Só mais uma.

Viro a página, mal vendo as palavras antes de ouvir o estalo de uma porta se abrindo. *Ah, não, ah, Deus, isto não está acontecendo.* Acalentar um desejo esmagador de que algo não aconteça dá a mesma sensação de proibir de acontecer. O lado ruim é que não funciona.

Estou presa em um retângulo de luz alongado. A mulher cujo carro invadi está marchando na minha direção. Tentando descobrir se teria tempo de sair e correr antes de ela chegar até mim, acabo ficando onde estou. Por que corri um risco tão insano? Como pude ser tão idiota? Dinah e Nonie irão saltar do ônibus escolar às quatro e meia, e não estarei lá para pegá-las. Onde estarei? Em uma cela da delegacia? Meu estômago gira com uma repentina dor urgente; a adrenalina empurra gotas de suor através de minha pele. Isso é um ataque de pânico?

— Largue meu caderno e saia do meu carro.

A calma eficiente dela me deixa gelada. Há algo errado naquela situação, mais errado que eu estar ali sem permissão. Ela deveria estar com mais raiva. *Ela deveria estar lá dentro.* Por que saiu? Era uma armadilha? Talvez soubesse o que eu provavelmente faria — sabia disso antes mesmo que eu — e tivesse deliberadamente deixado o carro destrancado, me dando a oportunidade de me incriminar, e a ela a chance de me pegar.

Ginny Saxon está de pé no umbral de sua sala de madeira, nos observando.

— Está tudo bem? — ela pergunta. Não olho para ela. Olho para o caderno aberto em minhas mãos.

Então o fecho e dou à sua dona.

— Vá para casa, Amber — ela diz, cansada, como se eu fosse uma criança malcomportada cujo castigo tivesse chegado ao fim. — Fique em casa. Deixaremos a parte das explicações para depois, certo?

Não tenho ideia de o que ela quer dizer, mas fico mais que feliz de facilitar nossa vida permanecendo o mais longe possível dela, o mais longe possível de Ginny, longe de Great Holling Road 77, cenário de um número demasiado de acontecimentos catastroficamente humilhantes para que eu um dia queira voltar ali.

...

De volta ao meu carro, obrigo minha mente a ficar vazia. Se estou pensando em alguma coisa é "Dirigir, dirigir, dirigir". Consigo chegar a tempo para pegar as meninas, se for implacável. Quando me aproximo da rotatória para a ponte Crozier, pego a pista da extrema esquerda, a única que não está engarrafada. Assim que chego à rotatória, me enfio no trânsito, atraindo buzinadas iradas dos outros motoristas, e pego a pista que preciso. Faço a mesma proeza em mais três rotatórias e poupo quase dez minutos de filas.

Você é implacável, e não apenas hoje. Não tente fingir que esse comportamento é novo.

A hipnoterapia parece ter amplificado a voz em minha cabeça que está sempre tentando fazer com que me sinta culpada. Ou talvez não tenha. Certamente amplificou minha paranoia.

Dirigir, dirigir, dirigir. Dirigir, dirigir, dirigir.

Meus batimentos cardíacos finalmente reduzem para um nível aceitável quando me dou conta de que, afinal, estarei lá a tempo de receber o ônibus. Eu nunca o perdi antes, nem uma vez, e estou determinada a não perder nunca. O lado ruim de descartar minhas preocupações com o ônibus é que passa a haver mais espaço em minha cabeça para outros pensamentos.

Ela mentiu para mim.

As palavras estavam lá em seu caderno, exatamente como eu tinha dito: "Gentil, Cruel, Meio que Cruel." Escritas como uma lista em uma página, afora isso, em branco. Nada de linhas impressas, é verdade, mas, exceto por esse detalhe, minha descrição foi perfeita. Então por que ela me disse que eu não poderia ter visto?

Preciso de outro ponto de vista sobre isso para orientar o meu – não que eu já saiba qual é o meu, além de confusão. Se eu contar a Luke o que aconteceu, ele me dirá que é evidente que a Mulher de Batom Vermelho mentiu. Desde Little Orchard, seu comportamento padrão tem sido escutar o que estiver me intrigando, depois negar a existência do elemento intrigante para que eu não fique obcecada. "Você está vendo isso pelo ângulo errado", ele diria. "Teria sido estranho se ela *não* tivesse mentido. Ela não liga se sua memória está errada, por que ligaria? Ela só está interessada em preservar o que resta de sua privacidade. Ela escreveu algo bizarro em seu caderno, você viu, e ela não quer explicar o que é. Não há nenhum mistério."

Letra de música? Um poema? Uma descrição de seu estado emocional, ou sua personalidade? Foi gentil da parte dela permitir que eu ficasse com seu horário, cruel dela por debochar de Ginny por instalar seu consultório de hipnoterapia em um barracão em seu quintal.

Meio que cruel mentir para mim sobre o que tinha escrito em seu caderno?

Balanço a cabeça, enojada com o absurdo de minha linha de raciocínio. Quantas pessoas escrevem listas de seus próprios traços de personalidade em cadernos com os quais circulam por aí?

Jo é a pessoa com quem eu quero discutir isso, mas não vou me permitir ligar para ela assim que chegar, por mais que deseje. Em um dia em que já fiz coisas ruins demais, vou exercitar um pouco de autocontrole uma vez na vida e me impedir de acrescentar outro item à lista. Desde Little Orchard, com frequência chamei a atenção de Jo para o comportamento inexplicável de outras pessoas e perguntei se ela conseguia pensar em algum motivo para alguém se comportar de forma tão bizarra. Faço isso para ela se sentir desconfortável; estou tentando lhe dizer, sem na verdade dizer, que não me esqueci de ela e Neil fingindo desaparecer naquele Natal – algo nunca mencionado por nenhuma de nós e nunca resolvido.

Se Jo tem noção de minha agenda oculta, é especialista em esconder isso; minhas frequentes observações sobre a irracionalidade desta ou daquela pessoa nunca parecem perturbá-la. Gostaria de pensar que ela tem tanta consciência quanto eu de todas as coisas importantes que não dizemos uma à outra quando temos chance – consciência, crucialmente, de que essas lacunas entre nós são culpa dela –, mas estou começando a imaginar se ela apagou Little Orchard de sua cabeça e verdadeiramente ignora que continua a ocupar a minha. Pelo modo como diz "Isso é estranho" e "Que esquisito!" quando descrevo o comportamento estranho de meus vários colegas, fica bastante claro que ela está dando aquela resposta como alguém que nunca sonharia em se comportar de forma tão bizarra.

Chego à esquina de Spilling Road e Clavering Road no meu horário habitual de quatro e vinte e oito. O ônibus escolar de Dinah e Nonie tem dois pontos de entrega no centro de Rawndesley – ali e no estacionamento da estação. A estação é o mais popular, mas, para mim, este tem duas vantagens: quase ninguém o usa, e não fica a mais de cinco ou seis passos longos da minha porta da frente. Luke e eu compramos o número 9 da Clavering Road pouco mais de um ano antes para ter algum lugar grande o suficiente para as meninas. Eu estava determinada a comprar a maior casa que pudesse; nada mais importava. Ainda não importa. Não ligo que os carpetes sejam hediondos, sintéticos e vermelho-brilhante, ou que todas as cortinas sejam florais desbotadas e tão pesadas que mal seja possível ver alguma janela entre os laços e dobras de tecido; não ligo que não possamos substituir nada disso. O que adoro na minha casa é que, embora fique em uma rua principal, embora eu more com três outras pessoas, duas das quais são crianças, sempre consigo encontrar um cômodo silencioso e vazio quando preciso de um. A antiga casa tinha um andar térreo que era totalmente aberto, com exceção de um banheiro; aquela tinha piso após piso de quartos quadrados com portas que podiam ser fechadas. Quando mencionei isso a Jo como uma grande atração, ficou evidente que ela desaprovava. – Quem você quer deixar de fora? – perguntou. Ela não disse, mas eu sabia que duvidava da minha capacidade de cuidar direito de Dinah e Nonie – Santa Jo, que acredita que ninguém é tão capaz quanto ela, para quem nada é melhor do que se cercar do máximo possível de parentes dependentes.

Disse a ela a verdade: que a única pessoa que quero deixar de fora – às vezes preciso – sou eu mesma. Lembro-me do que disse. Escolhi as palavras cuidadosamente para despertar seu interesse. – Minha mente pode ser um ambiente difícil. Às vezes preciso levá-la para longe das pessoas de quem gosto, para garantir que não contamine ninguém. A resposta de Jo me chocou. – Ignore-me – ela disse. – Estou apenas com inveja. Dinah e Nonie são crianças impressionantes. Você tem muita sorte. – Na época, eu ri e disse: – Como se você não tivesse gente suficiente com quem se ocupar. Foi só depois, deitada acordada na cama aquela noite, que repassei a cena e decidi que sentia raiva dela – ou melhor, decidi que deveria sentir, que tinha todo o direito de sentir. Passei muito tempo pensando em como deveria me sentir em relação a Jo, não tendo nenhuma ideia de o que realmente sinto.

Ela me disse que eu tinha sorte, sabendo que minha melhor amiga estava morta, sabendo que Luke e eu provavelmente não teríamos nossos próprios filhos. Evitou responder ao que eu tinha dito sobre sentir a necessidade de me fechar, pois não queria que nossa conversa fosse além do superficial. Ela não faz mais isso. Estou convencida de que sua aparente determinação de passar cada hora desperta cuidando de pelo menos dez pessoas é uma estratégia de fuga – como alguém pode esperar ter uma conversa significativa quando está correndo por sua cozinha pequena demais preparando um *cream tea* que faria o do Hotel Ritz parecer pobre?

Confiro o relógio. O ônibus está atrasado. Sempre está. Fomos informados por uma carta oficial da escola que, embora devamos estar prontos e preparados para esperar até vinte minutos, o ônibus nunca irá esperar por nós. Se não estivermos lá esperando pontualmente às quatro e meia, as crianças serão levadas de volta à escola e colocadas em algo chamado "Clube de diversão". Fiquei instantaneamente desconfiada quando li isso: se as coisas são divertidas, você normalmente não precisa ser "colocado" nelas. Quis escrever para a escola e dizer que seus ônibus precisam de uma aula de dar e receber, mas Dinah me proibiu. – Você terá de brigar com a escola por coisas mais importantes – ela me disse, como se derrubar o conselho de diretores fosse algo sobre o que estivesse refletindo na época, mesmo que ainda não estivesse plenamente comprometida com o plano. – Poupe sua energia para uma luta que tenha importância. – Isso me fez sorrir; é algo que Luke e eu sempre dizemos a ela. – Simplesmente se preocupe com chegar a tempo para o ônibus. É mais fácil para nós estar no horário do que para qualquer outra família da escola – acrescentou, soando quase como uma diretora. Eu me submeti por ter ficado muito aliviada de ouvi-la nos descrever como uma família.

Quando compramos nossa casa, Luke e eu não sabíamos que o ônibus escolar das meninas as deixava e pegava logo em frente; quando descobrimos, Luke disse: – É um sinal. Tem de ser. Alguém está do nosso lado – Do seu, talvez, pensei. O tipo de Alguém que ele tinha em mente teria acesso a informações sobre mim que eu estava bastante certa de que resultariam em uma retirada instantânea de todo apoio sobrenatural. Sabendo que não poderia dizer aquilo a Luke, com raiva de estar presa a um segredo que odiava e desejava que sumisse, retruquei injustamente. – Seria o mesmo Alguém que deixou Sharon morrer? – Ele se desculpou. Eu não, e ainda não.

Outra lembrança feliz. Ginny Saxon ficaria orgulhosa.

Eu consigo me desculpar com estranhos e até mesmo enviar cheques de setenta libras que tinha dito que eles não mereciam, mas não consigo me desculpar com meu próprio marido, não mais; eu me sentiria uma hipócrita. Qualquer "desculpe" que dissesse não passaria de um escudo para o "desculpe" que não estou dizendo, aquele que nunca posso dizer.

Hipnoterapia e eu formamos uma dupla ruim, concluo. Preciso de algo que me impeça de revirar eternamente meu mundo interior, não que me afunde mais nele.

Nunca senti menos vontade de ter conversas educadas do que sinto agora, então a Lei de Murphy determina que, no mundo exterior, naquele dia, haja três mães na esquina esperando o ônibus.

Normalmente há apenas uma, que me ignora completamente porque um dia eu disse a coisa errada. Esqueci o nome dela e o nome de seu filho de cabelos emaranhados, mas penso nela como BCO, significando barra de cereal orgânico. Toda tarde ela traz uma para o filho, cujos cabelos, ela me contou certa vez, nunca foram cortados porque ela não suporta a ideia de vandalizar qualquer parte preciosa dele, certamente não quando ele é totalmente feliz como é, e porque o faria, unicamente por causa das convenções e para satisfazer os intolerantes? Ela me prendeu por quase quinze minutos com uma explicação completa que, no final, enveredou para redefinição de papéis de gênero, embora eu tenha sido suficientemente educada de não lhe perguntar por que o filho lembrava um tapete de pele de ovelha.

Antes que ela decidisse que eu era uma selvagem com quem não valia a pena falar, aprendi muito sobre o que significava ser mãe escutando BCO. Parece bastante objetivo: se você tem um filho que se comporta como um selvagem, desvie a atenção de suas falhas acusando os professores de tratá-lo como um doente e não atender às suas necessidades individuais, especialmente caso elas incluam a necessidade de furar os olhos dos colegas com um garfo. Se seu filho se sair mal em uma prova, acuse a escola de ser preocupada demais com resultados; caso ele seja preguiçoso e diga que tudo é tedioso, culpe o professor por não interessá-lo ou estimulá-lo da forma certa; se seu filho não for particularmente brilhante, aborde o problema pelo aspecto de a escola não conseguir identificar e tratar uma "carência de habilidades"; de modo determinante, coloque no ostracismo qualquer um que sugira que certas carências – especificamente aquelas das crianças inteligentes – são mais fáceis de suprir com habilidades que outras e que, hipoteticamente, um professor pode tentar interminavelmente enfiar no abismo algumas capacidades bastante básicas e não conseguir colocá-las lá, devido a um microclima inerentemente não receptivo de enorme estupidez.

Eu provavelmente não deveria ter dito isso, mas havia sido um dia longo e minha liberdade me subiu à cabeça. A liberdade de ser guardiã e não mãe. Vejo claramente como Dinah e Nonie tornam a vida mais difícil para elas mesmas, seus colegas de turma e professores, da mesma forma como posso ver seus talentos e seus pontos fortes, as qualidades pessoais e intelectuais que irão fazer a vida mais fácil para elas. Não sinto necessidade de fingir modéstia pelo bem ou fingir que o mal não existe, não tendo feito as meninas eu mesma, não preciso, portanto, fazer nenhum trato recíproco de fortalecimento de ilusões a que muitos dos pais se entregam: "Não me surpreende *nada* que o sr. Maskell não tenha visto que Jerome é superdotado, Susan; ele também não notou isso em Rhiannon."

Dinah e Nonie são as primeiras a saltar do ônibus quando ele chega, como costuma ser. Eu fico atrás das mães, seguindo as instruções de Dinah. Nos primeiros dias, ela me disse que eu não podia correr para frente e lhe dar um abraço ou beijo, e que Sharon também não podia – qualquer demonstração de afeto em local público é constrangedora e, portanto, proibida. Eu, contudo, posso dar um sorriso entusiasmado, e faço isso quando as garotas andam na minha direção com rápidos passos elegantes, como mulheres de negócios objetivas a caminho de uma reunião importante. Posso ver pelo rosto de Dinah que ela tem algo importante a me dizer. Ela sempre tem, todo dia. Nonie está preocupada com a minha reação ao que quer que seja, e como Dinah irá reagir à minha reação, como sempre. Posso me sentir fazendo alongamento mental à medida que elas se aproximam, sabendo que o que acontecer entre nós parecerá passar a um milhão de quilômetros por hora, e precisarei estar mentalmente alerta. Luke tem a capacidade de relaxar com as garotas; consegue levá-las a desacelerar de um modo que nunca fui capaz. Minhas conversas com elas com frequência parecem jogos acelerados de pingue-pongue verbal, nos quais estou desesperada para deixá-las vencer, mas nunca bem certa de como fazê-lo.

– Você e Luke terão um bebê algum dia? – Dinah pergunta, me dando as mochilas dela e de Nonie; é meu dever carregá-las para casa.

– Não. Por que, o que a leva a perguntar isso?

– Alguém no ônibus nos perguntou, porque vocês não são nossos pai e mãe. Essa garota, Venetia, disse que se você tiver seu próprio bebê irá amá-lo mais do que nos ama, e Nonie ficou chateada.

– Se tivéssemos um bebê, não iríamos amá-lo mais do que amamos você – eu disse a Nonie, me preocupando em olhar para ela, sabendo que o orgulho de Dinah iria se rebelar com a menor insinuação de que também ela pudesse precisar de garantias. – Nem um pouco mais. Mas não vamos ter um bebê. Conversamos sobre isso e decidimos. Vamos ficar como estamos: uma família de quatro.

– Bom, porque não faria sentido – diz Dinah.

– Nós termos um bebê?

– Não. Ele apenas iria crescer e trabalhar em um escritório. Alguém da escola ligou para você hoje?

– Não. Deveriam?

– Dinah está em apuros, e não é culpa dela – diz Nonie, mordendo a pele do lábio.

– Eu lhe disse – falou a irmã, se virando para ela. – A sra. Truscott não ligou porque sabia que Amber ficaria do meu lado.

– Ficaria do seu lado em quê?

– Luke já chegou em casa? – perguntou Dinah, ignorando minha pergunta, soltando do pescoço o cachecol da escola e me entregando junto com as luvas.

– Não sei. Ainda não estive em casa, acabei de...

– Eu conto a ele primeiro, e depois conto a você.

– Isso é uma idiotice – diz Nonie. – Ele vai contar a ela.

– *Eu* conto a ela. Mas ela não vai se preocupar muito quando vir que Luke acha engraçado, e ele vai achar.

Tudo isso antes de chegarmos à porta da frente.

– O que há de errado em trabalhar em escritório? – pergunto, enquanto procuro as chaves de casa na bolsa. – Eu trabalho em um escritório.

– É tedioso – Dinah responde. – Não para você, se você gosta; tudo bem. Eu só quero dizer que, quando você pensa em quantas pessoas trabalham em escritórios, quase todas, *então* é tedioso. Seria tolice ter um bebê só para ele crescer e fazer uma coisa tediosa que tantas pessoas já fazem.

Deixo cair as chaves no chão junto à porta, as pego e digo:

– As pessoas fazem coisas diferentes em seus escritórios, às vezes coisas interessantes.

Percebo que não estou exigindo saber o que Dinah está adiando me contar; também gosto da ideia de esperar até Luke estar ali para amenizar o golpe achando hilariante.

– Eu vou trabalhar em cantaria, como Luke – diz Dinah. – Poderia assumir o negócio quando ele ficar velho demais. Ele já é bastante velho.

Meninas podem fazer cantaria? Luke está sempre carregando enormes peças de pedra de York e Bath que estou certa de que ninguém do sexo feminino conseguiria levantar.

– Semana passada você queria ser uma baronesa – lembro a Dinah enquanto destranco a porta. – Acho que é uma escolha melhor.

Nonie fica para trás.

– Quanto dinheiro temos? – ela pergunta. BCO, que está fazendo um inventário dos bens de Tapete de Pele de Ovelha na calçada ali perto, ajusta sua posição na esperança de ouvir minha resposta.

– Essa é uma pergunta engraçada, Nones. Por quê?

– Enver é da minha turma; os pais dele têm tanto dinheiro que ele não vai sequer ter um emprego. Nós não temos tanto assim, temos?

Tento colocá-la para dentro, mas ela se agarra ao umbral.

– Você não precisa se preocupar com dinheiro ou conseguir um emprego – digo a ela. – Você é criança. Deixe que os adultos se preocupem.

Ela franze o cenho, e me dou conta de que disse a coisa errada.

– Não que Luke e eu tenhamos que nos preocupar. Estamos bem, Nones, financeiramente e em todos os outros sentidos. Está tudo bem.

– Eu gostaria de ter um emprego quando for mais velha, mas não sei como – ela diz. – Ou como comprar uma casa, ou um carro, ou achar um marido.

– Você ainda não precisa saber de nada dessas coisas. Você só tem sete anos – digo.

Ela balança a cabeça, triste.

– Todos na minha turma já sabem com quem vão casar, menos eu.

– Dinah, o ar! – digo, vendo que a porta interna está escancarada, aquela que deveria ficar fechada até a porta externa ser fechada. – Venha, Nones, podemos entrar? Está gelado.

Ela suspira, mas faz o que foi pedido. Decepções emanam de seu pequeno corpo como vapor. Ela esperava conseguir resolver seu problema matrimonial antes de cruzar o umbral, o que não aconteceu; agora está tendo de entrar com isso ainda não solucionado.

Dou um abraço nela e prometo que assim que for suficientemente madura eu encontrarei o homem mais impressionante, bonito, inteligente, gentil, rico e maravilhoso para que ela se case. Ela parece encantada por um segundo, depois preocupada.

– Dinah também vai precisar de um – ela diz. Nonie é obcecada por justiça. Eu me impeço de emitir meu palpite súbito de que Dinah irá precisar de pelo menos três, enquanto penduro casacos, arrumo em pares os sapatos jogados e pego os envelopes que estão espalhados no chão. Um é da Assistência Social. Eu desejaria rasgá-lo e não ter de ler o que há dentro.

Estou prestes a fechar e trancar a porta externa quando ouço uma voz me chamar.

– Amber Hewerdine?

Olho para fora e vejo um homem baixo e musculoso de cabelos pretos, olhos castanhos injetados e pele amarelada. Ele parece ter feito muito ou pouco de alguma coisa. Automaticamente, imagino se ele dorme bem.

– Detetive Gibbs – ele diz, tirando do bolso um cartão que segura em frente ao meu rosto.

Isso foi rápido. Os erros não costumam demorar um pouco para chegar a você? Obviamente, o período de negação em que imaginei que poderia escapar daquilo dera lugar à terrível vingança que estava guardada para um momento posterior.

– Afaste isso – digo a ele, olhando por sobre o ombro para dentro de casa. Felizmente parecíamos estar sós; ele não viu Nonie por alguns segundos. Sussurro para ele. – Escute, porque isso é importante, mais importante que eu olhar para o caderno idiota daquela mulher. Tenho lá dentro duas meninas que *não podem* descobrir que você é um policial. Certo? Se elas o virem, diga que está vendendo algo: janelas com vidros duplos, espanadores de penas, pode escolher.

– Gentil, Cruel, Meio que Cruel – ele diz, e tenho aquela sensação irritante novamente, a mesma que tive diante da casa de Ginny, quando fui apanhada em flagrante: *isso é errado*.

A reação dele é errada em alguns graus. Por que não está me dizendo que pegar o conteúdo do carro de alguém é um crime sério? Por que está citando aquelas palavras estranhas? Então me ocorre qual é o problema: aquilo é como algo que só aconteceria em um sonho – um estranho a aborda na frente de sua casa e diz exatamente as palavras que não param de girar em sua cabeça.

– O que isso significa? – ele pergunta. *Em um sonho nenhum dos dois saberia o que as palavras significam.*

– Você está perguntando à pessoa errada – digo.

– Amber?

Olho por cima do ombro do detetive e vejo Luke caminhando rapidamente em nossa direção. Ele deve ter sentido que há algo errado. Fico irracionalmente encorajada pela ideia de que há então três de nós, e dois estão do meu lado. Luke cheira a suor e a poeira que cobre pele e roupas; ele passou o dia na pedreira.

– Este cara é da polícia – digo, sem pronunciar a última palavra. – Entre e fique de olho nas meninas, diga que estou conversando com alguém do trabalho.

– O que está acontecendo? – ele pergunta aos dois, como se estivéssemos conspirando para excluí-lo.

– Preciso conversar com sua esposa – o detetive Gibbs diz a ele. A mim, ele diz: – Você pode concordar em ir comigo ou eu posso prendê-la; a escolha é sua.

– Prender? – eu reajo, rindo. – Para poder me perguntar por que olhei o caderno de uma mulher?

– Para poder lhe perguntar o que você sabe sobre o assassinato de Katharine Allen – ele responde.

Qual a diferença entre uma história e uma lenda? A qual categoria Little Orchard pertence? Eu diria que se encaixa perfeitamente na categoria "lenda". Para começar, ela tem um nome: Little Orchard. Essas duas palavras sugerem mais que uma casa em Surrey. São suficientes para evocar uma sequência de acontecimentos complexa e uma coleção de opiniões e emoções com ainda mais camadas. Sempre que temos um bordão mental para uma história do nosso passado, isso dá uma pista de que a história se tornou uma lenda.

Será que importa que, fora uma babá italiana, as únicas pessoas que a conhecem sejam todos membros da mesma família estendida? Acho que não. Para todas aquelas pessoas, ela se destaca. Sempre irá se destacar. É única: uma história proibida, uma que tacitamente concordaram não mencionar uns aos outros e uma na qual, consequentemente, permanecerão muito mais tempo do que se pudessem discuti-la livremente. É certamente a história mais intrigante da família – um mistério que parece improvável de ser solucionado. Nenhum avanço foi feito na direção da solução em sete anos, e os motivos pelos quais é assim são quase tão interessantes quanto o próprio mistério.

Que tipo de mente inventaria algo tão bizarro, e por quê? Se por hora estou fingindo que a história – a lenda – é uma mentira do começo ao fim, então essa é uma pergunta que tem de ser feita em todos os acontecimentos, tudo que foi dito e toda emoção na sequência geral – feita e, se possível, respondida.

Mas antes temos de dar uma olhada na sequência. Que é uma prática da qual nos desacostumamos desde que Little Orchard ganhou status de lenda. Quando uma história se torna lenda, nosso bordão mental tende a evocar não o que realmente aconteceu, passo a passo – isso exigiria um trabalho grande demais –, mas um envoltório conveniente que cubra o todo. No caso de Little Orchard, vários conceitos envolventes óbvios vêm à mente: "Provavelmente nunca saberemos"; "Só serve para mostrar que você nunca pode realmente conhecer uma pessoa, por mais próximo que seja dela", e talvez até mesmo o traiçoeiro "É melhor nem saber", já que muitas pessoas conspiram com quem está tentando arrancar a venda de seus olhos.

Entende o que quero dizer? Como uma lembrança se perde dentro da casca dura de uma história, e como uma história é então ainda mais deformada e consolidada em seu modo de mais fácil consumo quando se torna uma lenda?

Eu quero reduzir a lenda de Little Orchard ao nível de história. Lidar com ela exatamente como faria com uma obra de ficção. Vou contá-la como se não conhecesse nenhum dos personagens nela – ainda não encontrei nenhum deles, então não confio em um personagem mais que nos outros. Também vou aplicar à história a mesma expectativa que aplicaria a uma obra de ficção: que posso e irei descobrir exatamente o que tudo aquilo significa, que qualquer outro resultado seria uma traição ultrajante por parte daquele que conta a história. Como todas as histórias de mistério, esta precisa ter uma solução. Não saber, nunca descobrir, é inaceitável. Estou insistindo nisso antes de começar a descrever o que aconteceu; ao fazê-lo, estou apontando para a solução que sei que está lá, e espero que ela se revele quando chegar o momento certo.

Dezembro de 2003: Johannah e Neil Utting, um casal com trinta e poucos anos, cometem a extravagância de alugar uma grande casa para o Natal, uma que pode abrigar todos os parentes. Será seu presente de Natal para todos. A casa deles é pequena demais, com apenas três quartos.

Após procurar na internet, Johannah, conhecida como Jo, escolhe uma casa chamada Little Orchard, em Cobham, Surrey. Tem cinco quartos de casal e quatro com duas camas de solteiro, o que é perfeito. Toda a família estendida é convidada, e todos aceitam: o irmão e a cunhada de Neil, Luke e Amber; a mãe de Jo, Hilary; a irmã de Jo, Kirsty e seu irmão Ritchie; os pais de Neil, Pam e Quentin; a babá de Jo e Neil, Sabina, seu filho de cinco anos William e seu bebê recém-nascido, Barney.

Na véspera do Natal, Sabina fica na casa com William e Barney, enquanto todos os outros caminham até o pub mais próximo, o Plough, para jantar. Todos parecem se divertir. Nada extraordinário acontece. Por volta de dez e meia, o grupo retorna a Little Orchard. William e Barney estão dormindo. Pam e Quentin, pais de Neil, são os primeiros adultos a irem para a cama, seguidos logo depois por Sabina, a babá. Neil, Luke e Amber decidem encerrar a noite meia hora depois. Amber e Luke ouvem Neil perguntar a Jo – Não vai para a cama? –, e o veem parecer confuso quando ela responde – Não, ainda não.

Amber e Luke também ficam surpresos. Neil e Jo sempre vão juntos para a cama – eles são "um daqueles casais", como Amber comenta mais tarde com Luke. Neil parece não gostar da negativa de Jo. Dá de ombros e sobe as escadas pisando duro. Todos escutam seus passos, que ecoam pela casa por um longo tempo. Ele e Jo estão na suíte principal, no último andar.

Amber e Luke se despedem e sobem para seu quarto no primeiro andar, deixando Jo, Hilary, Kirsty e Ritchie na sala do térreo.

Na manhã seguinte, dia de Natal, quatro pessoas que deveriam estar lá não estão. Jo, Neil, William e Barney desapareceram, assim como seu carro. Sabina, a babá das crianças, fica confusa. Jo nunca iria a lugar nenhum sem ela, diz, não se as crianças fossem. – Mesmo se William ou Barney ficassem doentes e precisassem ser levados rapidamente ao hospital? – pergunta Hilary. – Especialmente nesse caso – diz Sabina. Nenhum bilhete foi deixado em nenhum lugar da casa. Todos os celulares são verificados, mas não foi encontrada nenhuma mensagem. A bolsa de Jo e a carteira de Neil sumiram, mas todos os presentes de Natal ainda estão lá, embrulhados e esperando sob a árvore. A maioria deles é para William e Barney. Sabina cai no choro. – Jo nunca levaria os meninos embora na manhã de Natal antes que eles tivessem aberto seus presentes – diz. – Alguma coisa aconteceu a eles. – Ela tenta ligar primeiro para o celular de Jo, depois para o de Neil, mas ambos estão desligados.

Sabina e Hilary querem procurar a polícia, mas os outros as convencem de que é cedo demais, e, àquela altura, seria uma reação exagerada. Às duas horas da tarde, todos começaram a pensar no pior, e Sabina telefona para a polícia.

Um detetive aparece, faz muitas perguntas, diz achar improvável que Jo, Neil e os garotos tenham sido tirados de Little Orchard contra a vontade. Sabina o acusa de não ter prestado atenção. Ela lhe diz para voltar à delegacia e recarregar sua única célula cerebral. Ele assente e se levanta para ir embora, como se considerasse aquela uma sugestão sensata, e diz que voltará no dia seguinte para ver se Jo e Neil fizeram algum contato. À porta da frente ele se detém para anunciar que o Natal – especialmente Natal passado com a família inteira – pode ser uma época do ano muito estressante; pede que todos se lembrem disso.

O resto do dia passa em uma névoa de tensão e infelicidade, pontuada por eventuais ataques histéricos de Pam e Hilary, as duas avós de William e Barney, e de Sabina, que continua dizendo que vai se jogar de cima de um prédio alto ou engolir um frasco de comprimidos se alguma coisa tiver acontecido a Jo, Neil e os meninos – de tanto que os ama. Luke fica com raiva e manda que ela "pare com o papo de suicida". Em dado momento, Pam comenta que Kirsty tem sorte. – A ignorância é uma bênção – ela diz. – Ela não sabe sequer que estão sumidos.

– Será que Amber imagina o que Kirsty sabe ou não sabe? Ela não sabe

ao menos se há um nome para o que há de errado com Kirsty; Jo nunca contou.
Nenhum presente é aberto e nenhum peru, comido. Naquela noite ninguém dorme bem. Pam e Hilary simplesmente não dormem. Na manhã seguinte, Amber desce as escadas às sete e quinze e encontra Jo na cozinha com William e Barney. As pontas dos narizes dos meninos estão vermelhas, e as lentes dos óculos de Jo embaçadas. Parecem ter acabado de entrar. O paletó e o celular de Neil estão no balcão. – Acorde todo mundo – Jo ordena, antes que Amber tenha a chance de perguntar alguma coisa. – Reúna todo mundo na sala. – Ela não olha para Amber enquanto diz isso.

Amber faz o que lhe foi ordenado, e logo toda a família, mais Sabina, está reunida na sala, sem ousar se mover, esperando pelo anúncio que irá explicar tudo. Jo e Neil são ouvidos sussurrando no corredor, mas ninguém consegue entender o que estão dizendo. Luke e Amber trocam um olhar que diz: "Essa porra tem de ser boa." Apenas Sabina está incontidamente aliviada e feliz, batendo palmas e dizendo: – Graças a Deus que estão de volta sãos e salvos. – Pam e Hilary pularam totalmente o estágio de alívio, e esperam em silêncio petrificado que alguma notícia catastrófica seja dada; ambas estão certas de que está a caminho.

Depois de manter todos esperando por quase quinze minutos, Jo finalmente aparece. – Neil levou os meninos para cima, para um banho – ela diz. – Estavam imundos. – Ela suspira e olha pela janela para o jardim em vários níveis que parece uma enorme escadaria de grama, com um gramado perfeitamente quadrado em cada degrau. – Olhem, sei que vocês todos ficaram esperando e imaginando, mas se não for problema para vocês, vou ser breve. – Jo soou como uma política em uma entrevista coletiva. Quase como se tivesse se escutado e não gostado de como soava, ela muda de tom, deixando-o mais caloroso, mais pessoal. Agora há muito contato visual. – Eu realmente lamento muito por ontem. Neil também lamenta. Nós... Lamentamos mais do que podemos dizer. De verdade. Sabemos como vocês devem ter ficado preocupados... – Ela faz uma pausa. Seus olhos se enchem de lágrimas. Depois ela funga e se recompõe. – Seja como for, o importante é que não há nada de errado e nada com que precisem se preocupar. Está tudo bem, e essa é a verdade. E prometo que nunca mais vamos desaparecer misteriosamente. Agora, por favor, me digam que podemos esquecer tudo sobre ontem e ter o nosso dia de Natal hoje.

– Claro, Jo – diz Sabina. – Estamos felizes que vocês estejam bem.

– Estamos mais que bem – diz Jo, olhando para cada um de nós, tentando passar a mensagem. – Estamos bem. Não há nenhum problema, nada que não estejamos contando. Honestamente. – A voz dela está cheia de calor, confiança e autoridade – o tipo de voz em que você quer confiar.

– Bastante justo – diz Ritchie. Ele não notou que Jo contou uma inverdade muito óbvia em sua insistência para que acreditassem nela: não há nada que não estejamos contando. Claro que há; todos que escutavam sabem que há. Mas ninguém chama atenção para isso. Todos supõem que Jo tenha querido dizer que não há nada significativo que ela e Neil estejam escondendo.

– Bem... graças a Deus – diz Pam. Quentin concorda. Hilary está ocupada limpando a boca de Kirsty e não diz nada.

Amber e Luke trocam outro olhar. Luke abre a boca para falar, para exigir uma explicação de verdade, como diz depois a Amber, mas Jo o corta dizendo: – Por favor, Luke, não torne isso pior para mim do que já é. Podemos deixar isso para trás? Eu estava ansiosa para estar aqui com todo mundo. Não suporto a ideia de que arruinei o Natal. – Ela tenta uma brincadeira: – Se vocês soubessem quanto Neil e eu pagamos por este lugar, garanto que entenderiam.

Luke não teria deixado Neil se safar daquele jeito, mas aquela era Jo – uma mulher tentando não chorar, tentando muito obviamente mostrar coragem. Luke não queria fazer com que ela desmoronasse na frente de todos, forçando-a a revelar detalhes que não queria partilhar.

Ele também ficou com a impressão de que a maioria das pessoas na sala preferiria não saber; se não eram parte do problema, não poderiam contribuir para a sua solução, e fazer nada é sempre mais fácil do que fazer alguma coisa. E, considerando a relutância de Jo em falar sobre aquilo, podia muito bem ser profundamente íntimo – mais razão ainda para ficar longe. Luke podia sentir todo mundo ao seu redor decidindo aceitar a palavra de Jo e acreditar que estava tudo "mais que certo" e "bem".

Amber está pensando basicamente da mesma forma: se não fosse algo íntimo, Jo teria lhes contado. Ela normalmente não é uma pessoa de ter segredos. Se não tivesse sido uma emergência inevitável, Jo não teria pegado sua família e desaparecido sem uma explicação. Jo não é irracional nem pouco confiável. É inconcebível que fizesse tal coisa.

Oficialmente, o incidente nunca mais é mencionado. Na verdade, ele tem várias menções ao longo dos anos, a maioria das quais Jo e Neil ignoram. Amber acompanha as referências, como uma espécie de agência de clipping verbal não oficial, o que é apropriado e fácil, pois com frequência é Amber quem toca no assunto. Dois anos depois do acontecimento, ela se vê sozinha com Sabina e ousa perguntar se sabe algo mais que o resto deles. – Não – diz Sabina. – Na Itália, eu saberia. As famílias inglesas não falam sobre nada. – Amber acredita nela.

Cerca de um ano depois, Amber confidencia a Pam, sua sogra, que com frequência ainda fica pensando no que realmente teria acontecido, que continua querendo saber. – Bem – diz Pam, torcendo o nariz como se Amber tivesse puxado um assunto de mau gosto. – Você, na verdade, quer e não quer. – Amber acha que essa é uma coisa ridícula de se dizer. O que isso deveria significar, afinal?

Luke é a única pessoa com quem Amber pode conversar livremente sobre Little Orchard, embora a incomode que ele geralmente pareça estar sendo condescendente. Já não está interessado. Como diz, – O momento passou. Foi um instante, apenas isso. Neil e Jo têm estado bem desde então. Que importância isso ainda tem?

É importante para Amber. Tanto que ela até mesmo pensou em perguntar a William, então com doze anos, se consegue se lembrar de alguma coisa sobre aquela noite. Por quê?

Amber reluta em ser a única proprietária de sua curiosidade. Ela desconfia que todos estão secretamente desesperados por saber; certamente todas as mulheres que estavam lá. Desde aquela noite, Hilary e Sabina não deixaram de pensar – como poderiam deixar? – se a aparentemente feliz relação de Neil e Jo não era apenas uma ilusão de ótica. Pam, antes de morrer, em janeiro, de câncer de fígado, também deve ter pensado. E será Amber realmente a única integrante do grupo de Little Orchard que ainda escuta com atenção sempre que William e Barney abrem as bocas, para o caso de deixarem escapar alguma pista? Se algo estranho está acontecendo entre os pais, ou na casa deles, não há como ignorarem, sendo brilhantes como são.

Por que Amber simplesmente não pergunta diretamente a Jo, já que está tão curiosa? Talvez depois de tantos anos, Jo simplesmente risse e lhe contasse. E, mesmo que não, certamente o pior que poderia acontecer seria Jo dizer: "Desculpe, isso é particular."

Quando Amber pensa nisso, ela se dá conta de que sabe a resposta a essa pergunta, e, como resposta, é perturbadora. Não que ela esteja preocupada por Jo não querer lhe contar. Ao contrário, e por mais estranho que soe, é Amber que não quer contar a Jo. Acha que seria terrivelmente deselegante, quase algo violento a fazer. Jo parece ter apagado totalmente o incidente da memória. Ela saiu da sala de Little Orchard um dia depois do Natal de 2003, após ter feito o seu anúncio, e imediatamente – instantaneamente – criou uma versão alternativa do universo, uma na qual aquilo não aconteceu. Esse é o mundo no qual ela vive feliz até hoje, e Amber perguntar sobre Little Orchard seria arrastá-la para fora dele. – É como ir até alguém que você vê se divertindo em uma festa e contar que por acaso sabe que foi vítima de um genocídio em uma vida anterior – diz Amber a Luke, que acha que ela está sendo melodramática. A abordagem dele é diferente: – Eu ainda não entendo por que eles simplesmente não inventaram uma mentira plausível, se não queriam nos contar a verdade – diz. – É isso o que eu teria feito.

O que em grande medida prova a minha tese: que não há nada de que a maioria de nós goste mais do que uma mentira plausível. Em outras palavras, uma boa história.

2

30/11/2010

Estava quase encerrado. O detetive Simon Waterhouse sorriu sozinho. Ainda não começara – a reunião de emergência que ele convocara, sem nenhuma autoridade para tal, ainda aguardava a sua chegada –, mas Simon podia sentir o sabor do fim. Ele iria descobrir quem assassinara Katharine Allen e por quê, em algumas horas, caso tivesse sorte. Era boa a sensação de estar acelerando na direção desse conhecimento – na direção de qualquer coisa, para ser honesto. Ele não se dera conta até então de que muito de sua própria lentidão o deprimira. Ele passara a maior parte de sua vida hesitando, imaginando que precisava vencer algum tipo de discussão teórica antes de agir. No momento lhe parecia evidente que uma estratégia mais sábia era fazer quase qualquer coisa, rapidamente. A ação errada levando ao resultado errado era uma rota mais rápida até o ponto em que você queria terminar do que nenhuma ação e nenhum resultado. Movimento acelerado para frente era tudo que importava.

Não tinha havido nenhum progresso na investigação de Katharine Allen por quase um mês. Naquele momento, graças a Simon, haveria. A impaciência zumbia em suas veias, um campo de força de inquietude que não era muito diferente do tédio extremo, do tipo que começa a fervilhar e explode nas beiradas, que prefere fazer qualquer coisa a permanecer dentro de seus limites. Simon não tinha ideia se sua transformação em alguém mais impetuoso que ele mesmo era permanente; Charlie chamara a isso de insanidade, tentando convencê-lo a parar. Correndo pelo corredor rumo à sala de detetives, Simon se viu caminhando de volta no sentido oposto com um sorriso satisfeito no rosto, assim que tudo tivesse terminado. Normalmente, quando ele corria, a velocidade de seu corpo era equilibrada por uma mente que ficava para trás, tentava prever reações e consequências.

Para onde tinha ido aquela mente? Será que pensar demais a desgastara?

Ele sabia o que ia encontrar na sala dos detetives, e encontrou: uma atmosfera escura, úmida, decadente, despida de esperança, que fazia com que o escritório bem iluminado do segundo andar, com sua mobília contemporânea, parecesse mais uma masmorra de paredes de pedra sem ar vários quilômetros abaixo da superfície. O detetive inspetor Giles Proust, que estava de pé junto à janela de costas para a sala, não querendo parecer que esperava por alguém, conseguia levar o clima de masmorra subterrânea a qualquer espaço que o continha simplesmente por estar de mau humor.

Toda masmorra precisa de correntes, e Simon conseguia ver algumas invisíveis enroladas em volta do sargento detetive Sam Kombothekra e do detetive Colin Sellers, sentados tensos à mesa de conferências em um dos lados da sala. Ambos lançaram um olhar a Simon quando ele entrou – o mesmo olhar, embora Sam e Sellers fossem o mais diferente que era possível a dois homens, um olhar que dizia: *Com que porra você está brincando, deixando-o atiçado antecipadamente?* Todo mundo conhecia a situação: se você tinha algo a dizer ao Homem de Neve, algo que ele já não soubesse e pudesse não gostar – e, como ele não gostava de nada, essa era a categoria mais ampla – você o abordava cuidadosamente, contendo sua disposição de revelar tudo imediatamente e receber a inevitável agressão como sua merecida punição por não ter lhe dado informação crucial mais cedo, antes de você mesmo saber. O que você não fazia era telefonar para ele quando saía do trabalho e já estava meia hora atrasado para o jantar, ordenar que ficasse para uma reunião urgente e se recusar a dizer mais pelo telefone, como se você fosse o chefe e ele o subordinado.

    Aquela era a situação. Simon sabia disso tão bem quanto Sam e Sellers. Teria querido rir da idiotice de alguém que imaginasse que ele iria aturar isso indefinidamente. Ficou parado no umbral, olhando para as costas rígidas de Proust. Homens de neve de verdade derretiam; Proust não. Ele gerava seu próprio frio por dentro.

    Ninguém disse nada. Sam suspirou. Finalmente Sellers disse:

    – Waterhouse está aqui, senhor.

    – Ele sabe que estou aqui.

    Um desafio. Proust ia ignorá-lo.

    – Devo tentar Gibbs no celular, descobrir onde está? – Sellers perguntou.

    – O detetive Gibbs não vai se juntar a nós – disse Proust, ainda encarando a janela. Por um segundo Simon ficou pensando que o inspetor estava prestes a sequestrar sua reunião. Será que Proust já poderia saber? Como?

    – Quem gostaria de adivinhar o que Waterhouse fez com Gibbs? Ele o promoveu a policial-chefe, achamos? O demitiu?

    Simon relaxou. O Homem de Neve não estava um passo à frente; estava exercitando seu sarcasmo, o músculo mais forte de seu corpo.

    – Ele o vestiu como um menestrel em preto e branco e mandou que esperasse nas coxias?

    Um sorriso passou pelo rosto de Sellers, mas ele não o sustentou. A atmosfera de fúria contida que neutralizava o humor da sala era forte demais.

    – Deve haver uma razão pela qual Gibbs é o único de nós que não está aqui, então vamos dar as sugestões mais imaginativas – disse Proust, se virando para a plateia e tomando o cuidado de olhar apenas para Sam e Sellers. – Sargento? Detetive? Para variar, estou pedindo especulação desabrida. Graças a Waterhouse, fomos forçados a destrancar nossas consciências sufocadas e entrar em uma dimensão na qual tudo é possível.

Cada palavra pulsava com um ultraje controlado, como se apenas o Homem de Neve compreendesse a ruína que os aguardava.

– Em nossa empolgação, nos esquecemos de que, sem dar nomes e poupando sentimentos mais elevados, algumas coisas não são possíveis.

Finalmente Proust olhou para Simon – um olhar que francamente o incluía nessa categoria especial.

– Gibbs está entrevistando uma mulher chamada Amber Hewerdine – disse Simon. – Eu preciso me juntar a ele, assim que puder. Quero ter a oportunidade de interrogá-la pessoalmente. Você não vai gostar de como isso aconteceu – disse Simon, olhando para Proust enquanto falava –, mas tem de ser louco se não gostar do resultado, que é a primeira pista que temos até agora sobre Katharine Allen.

– Estamos sentados confortavelmente? – murmurou Proust, se virando para a janela. – Então, que ele comece.

– Amber Hewerdine, trinta e quatro anos, mora na Clavering Road em Rawndesley, trabalha para o conselho municipal de Rawndesley, no departamento de licenciamento. Ela marcou uma consulta às três da tarde de hoje com uma hipnoterapeuta chamada Ginny Saxon, em Great Holling. Não sei por que Hewerdine foi vê-la, Saxon se recusa a me dizer, mas, enquanto estava lá, esperando do lado de fora, encontrou Charlie. Charlie também tinha uma consulta com Saxon, às duas horas. Ela quer deixar de fumar, duas pessoas lhe disseram que a hipnoterapia funcionou com elas...

Simon queria dizer mais, que era uma solução prática e racional para um problema comum, mas se conteve. Tendo feito o máximo para garantir a Charlie que não havia necessidade de ficar constrangida, nenhuma necessidade de segredo, Simon estava determinado, ele mesmo, a não ficar constrangido.

— Saxon estava uma hora atrasada, o que parecia ser um problema para Hewerdine, então Charlie se ofereceu para trocar de consulta. Ficou feliz em postergar a sua. Não estava mesmo certa de que queria passar por aquilo. Ela e Hewerdine tiveram uma conversa breve em frente à casa de Saxon. Enquanto conversavam, Charlie estava sentada no carro com um caderno aberto no colo. Hewerdine pode ou não ter visto o que estava no caderno.

Simon o tirou do bolso do paletó onde o enfiara e bateu com ele na mesa, para que o Homem de Neve ouvisse o que estava perdendo ao dar as costas à sala.

O gesto não teve efeito. Como se conduzisse uma entrevista gravada com um suspeito, Simon disse, em tom alto e claro:

— O detetive Waterhouse está tirando do bolso do paletó um caderno de couro azul macio e o colocando sobre a mesa. Está abrindo o caderno na página relevante, a página que Amber Hewerdine poderia ter visto. Escritas nela estão as palavras que todos conhecemos: "Gentil, Cruel, Meio que Cruel." Em tinta preta, grafado como uma lista.

O caderno inicialmente não ficou aberto. Simon teve de forçar as capas para trás.

— Todos vocês conhecem a caligrafia de Charlie. Aqueles de vocês que quiserem olhar, podem ver se é a dela.

Os olhos de Sam Kombothekra ficaram arregalados. Havia neles uma pergunta urgente para Simon, uma que ele não conseguia responder. *Eu não sei por quê.* Ouvira algumas pessoas — não sabia quem, onde, quando — descreverem o que ele sentia como "feliz com a desmobilização". Exceto que no seu caso isso era inadequado; não estava saindo, pelo menos não por escolha, e estava bem consciente de que a precipitação de sua nova abordagem desinibida e não editada poderia começar a cair sobre ele a qualquer momento.

Sobre todos. Tentou transmitir isso a Sam com um pequeno dar de ombros. *Não estou entregando minha carta de demissão. Não me disseram que tenho menos de um mês de vida, ou Proust. Estou fazendo assim porque é a melhor forma de fazer isso.*

— Charlie levou trabalho para o pub mais próximo para passar o tempo — ele continuou. — Às quatro horas, quando voltou para o consultório de Ginny Saxon, encontrou Hewerdine saindo. Ela disse que Hewerdine parecia um pouco distante, em seu próprio mundinho, como se houvesse coisas espreitando em sua mente. Disse a Charlie que vira o que havia em seu caderno e pediu que ela confirmasse que as palavras "Gentil, Cruel, Meio que Cruel" estavam lá. Charlie disse que não estavam, o que era ao mesmo tempo verdade e mentira.

— Uma impossibilidade factual — contribuiu Proust amargamente.

— Hewerdine não poderia ter visto o que achou ver — retrucou Simon. — Esse é o ponto crucial: às três horas, quando Charlie estava com o caderno aberto no carro, a única chance que Hewerdine tivera, as palavras *não* estavam lá, não todas elas.

Sellers abriu a boca, mas Simon não precisava ouvir sua pergunta para respondê-la.

— Charlie não poderia ter mais certeza: quando ela e Hewerdine tiveram sua primeira conversa, às três horas, ela havia escrito "Gentil" e "Cruel", mais nada. Cerca de meia hora depois, no pub, com Hewerdine longe de vista, ela retornou a essa página de seu caderno e escreveu "Meio que Cruel". Por quê? O que ela estava pensando que conseguiria? O mesmo que todos pensamos: que olhar para as palavras poderia ajudar, poderia trazer algo à mente. Não funcionou para ela mais do que funcionou para nós. As palavras não significaram nada além de seus significados óbvios, e ela teve a impressão de que era o mesmo para Hewerdine, que lhe disse: — Não estou pedindo que você me diga o que isso significa, só que confirme que eu poderia ter visto essas palavras em seu caderno.

Sempre que ele parava para respirar, corria o risco de ser interrompido; ainda não tinha encerrado, de modo algum.

– Digam-me, caso achem que estou tirando conclusões precipitadas, mas me parece provável que ver "Gentil" e "Cruel" no caderno de Charlie produziu uma associação que já existia na cabeça de Hewerdine entre essas palavras e "Meio que Cruel". Ela também mencionou a Charlie que achava ter visto as palavras escritas como uma lista em papel pautado. Charlie ficou pensando o que espero que todos vocês estejam pensando agora: será que Hewerdine viu a folha de papel que foi arrancada do bloco que encontramos no apartamento de Katharine Allen antes ou depois de ela ser arrancada?

Irritado com a falta de reação de seus colegas, Simon permitiu que sua impaciência explodisse; não era perder a serenidade se você deixava isso acontecer.

– Conseguem ver como temos sorte por isso cair no nosso colo? Aposto com cada um de vocês, o quanto quiserem, é só dizer, que Amber Hewerdine não matou Katharine Allen e que irá nos levar à pessoa que fez isso.

Proust começou a se virar lentamente. *Prestes a desandar, como leite azedo.*

– Por puro acaso – começou o inspetor, as palavras leves como os passos de um bailarino. Simon viu Sam Kombothekra se encolher com a grotesca disparidade entre a voz suavemente fluente e o rosto contorcido pelo desprezo. – Por puro acaso, a infelizmente casada sra. Simon Waterhouse, saindo das instalações de uma hipnocharlatã em Great Holling, se depara com uma mulher ligada ao assassinato de Katharine Allen – disse Proust, erguendo um indicador no ar. – Uma mulher que é consciente o bastante para revelar essa ligação, sem ser provocada.

Ele balançou a cabeça, sorriu. Suas bochechas estavam salpicadas de manchas malva; era estranho pensar que seu sangue era vermelho e quente como o de todo mundo.

— Isso não é sorte. É uma coincidência tão perturbadoramente improvável que vou me arriscar e dizer que não aconteceu. O sargento Kombothekra e o detetive Sellers fariam muito bem em fazer o mesmo, caso se importem com suas carreiras.

Proust caminhou na direção de Simon lentamente o bastante para deixar claro seu desgosto com a perspectiva de chegar ao seu destino.

— Você não, evidentemente. Você deixou que se soubesse, sem explicação ou pedido de desculpas, como se não lhe dissesse respeito, que a sargento Zailer está familiarizada com uma sequência de palavras com a qual ela não tem o direito de estar familiarizada. Uma patética confissão por omissão: inferimos a partir de sua história que você violou a Lei de Proteção de Informações, e também a Lei de Segredos Oficiais, se quisermos ser pedantes quanto a isso...

— Charlie não é apenas minha esposa — disse Simon. — Ela é uma policial.

— Muito pouco atualmente, pelo que ouvi dizer — cortou Proust. — Ela não é parte da equipe que tem sido emprestada para um *think-tank* maluco de bem-estar encarregado de desencorajar os habitantes de Culver Valley de cometer suicídio? Isso é trabalho para ombros amigos não remunerados, não para a polícia, mesmo que idiotas com uniformes da polícia estejam fazendo isso — falou, e depois se virou para Sam e Sellers. — Alguém além de mim acha digno de nota que o interesse profissional da sargento Zailer pelo suicídio tenha surgido logo depois de se casar com Waterhouse?

Era como ter o inferno inteiro no escritório com você, Simon pensou.

— Charlie costumava trabalhar conosco, e ela é uma detetive melhor que a maioria das pessoas nesta sala. Não ligo para o que diz a Lei de Proteção de Informações. Todos sabemos que não há nenhuma boa razão para eu não discutir Katharine Allen com Charlie, e é uma sorte que tenha feito isso. Caso não tivesse, não teríamos conseguido esta pista. O que quer dizer com não aconteceu? Está dizendo que Charlie mentiu?

A sala se encheu do ruído de todos respirando alto demais. Se Simon tivesse de adivinhar de olhos fechados, teria dito que havia vinte pessoas se escondendo de um predador. *Ou saltando do alto de uma montanha*. Havia algo empolgante em se recusar a ser intimidado por uma pessoa objetivamente intimidadora. Simon estava surfando na crista de uma onda de adrenalina; esperava que não afetasse seu julgamento.

– Não vamos falar mal da pobre sargento Zailer em sua ausência – disse Proust. – Por que ela iria mentir? Equívocos sempre foram sua especialidade, mesmo quando estava do lado certo do prazo de validade, e deve ter cometido um neste caso. A tal Hewerdine viu as palavras no caderno, *todas* as palavras, juntas, ao mesmo tempo. Não há ligação entre a tal Hewerdine e o assassinato de Katharine Allen.

Simon antecipara que a reação do Homem de Neve seria de má vontade e nenhuma cooperação, mas não previra negação completa. Sustentou sua posição.

– Charlie tem certeza. Quando Hewerdine viu o caderno não havia "Meio que Cruel" na página, apenas "Gentil" e "Cruel". Caso queira falar sobre perturbadora improbabilidade, qual é a probabilidade de coisas improváveis acontecerem a cada segundo todo dia? Quão improvável é que você tenha nascido; você, Giles Proust, exatamente como é? Ou qualquer um de nós? Quão *provável* era que nós quatro acabássemos trabalhando juntos?

Simon teve de gritar mais alto do que queria porque estava gritando por todos: todas as pessoas que já quiseram gritar na cara do Homem de Neve, mas não tinham ousado. Ele era seu representante.

— Os quatro de nós trabalhando juntos — disse Proust, controlado. — É assim que você chama isto? Não nós três presos em um espaço fechado com um fanático delirante?

Simon se obrigou a esperar alguns segundos antes de falar.

— É realmente tão improvável que uma mulher que more em Rawndesley possa estar de alguma forma ligada a um homicídio ocorrido em Spilling, a vinte minutos de distância? Ou que essa mulher se depare com Charlie em Great Holling, perto de onde ambas moram?

Ninguém disse nada. Ninguém diria. Sempre que o Homem de Neve se recusava peremptoriamente a responder a uma pergunta direta, isso significava que todos os outros presentes eram proibidos de responder; era uma das muitas regras não escritas a qual todos haviam se acostumado.

— Amber Hewerdine viu as palavras "Gentil" e "Cruel" no caderno de Charlie, e estabeleceu uma relação — Simon insistiu. — Ela perguntou a Charlie sobre isso porque era importante para ela. Algo sobre essas palavras a incomodou. Ela quis olhar no caderno. Charlie disse que não, mas isso não foi o suficiente para Hewerdine. Charlie deixou o carro destrancado e o caderno no banco do carona quando entrou para sua consulta de hipnose, querendo testar quão determinada Hewerdine estava em colocar as mãos nele. Descobriu logo. Saiu alguns minutos depois e encontrou Hewerdine sentada no seu carro, lendo o tal caderno.

— Sério? — reagiu Sellers. — Que vaca metida.

— Por que importava tanto a ela saber se as palavras estavam no caderno? — Sam perguntou.

— Ginny Saxon me respondeu essa pergunta há uns vinte minutos pelo telefone — contou Simon. — Durante a sessão, ela pediu a Hewerdine uma lembrança...

— Uma lembrança? — interrompeu Proust. — É assim que isso funciona? Em um café, você pede um guardanapo; em uma clínica de hipnoterapia, você pede uma lembrança?

Simon não pôde deixar de notar que o humor do Homem de Neve parecia ter melhorado. Será que gostava de ver Simon perder o controle e discursar? Será que havia considerado isso uma vitória?

– Hewerdine inicialmente não respondeu. Depois, segundo Saxon, ela disse "Gentil, Cruel, Meio que Cruel". Saxon pediu que repetisse porque soara estranho e ela achou ter ouvido errado. Não é o tipo de coisa que seus clientes costumam dizer quando pede que descrevam a primeira lembrança que lhes ocorre.

– Espero que normalmente a mandem cuidar da própria vida – disse Proust.

– Eis a parte estranha: Hewerdine repetiu a frase e depois perguntou a Saxon o que significava. Saxon disse que não tinha a menor ideia e fez a mesma pergunta a Hewerdine, e nesse momento Hewerdine negou que a frase tivesse saído dela. Alegou que Saxon dissera primeiro e pedira que a repetisse. Quando Saxon negou isso, Hewerdine teve um ataque, a chamou de mentirosa, se recusou a pagar pela sessão e saiu apressada.

– E se deparou com Charlie? – perguntou Sam.

Simon concordou.

Sam mordeu o lábio, pensando.

– Então... Hewerdine achou que Saxon tinha dito as palavras mágicas e que Charlie as escrevera em seu caderno? – disse, e franziu o cenho. Por que isso não seria tão implausível para ele quanto é para mim?

– Você não prestou atenção, sargento? Waterhouse acabou de nos explicar a falha lógica em um dia acharmos novamente algo implausível. Esta noite marca o alvorecer de uma nova era: a era da credulidade não qualificada.

– Não posso saber o que Hewerdine estava pensando – Simon disse a Sam. – Por isso estou querendo conversar com ela – falou, fazendo um gesto na direção da porta.

— Esse é seu modo de pedir permissão para se ausentar? – perguntou Proust. – Parta. Da próxima vez, poupe a si mesmo o problema, ou não chegando, para começar, ou não marcando uma reunião à qual chegar. Sei que você se opõe ao princípio de levar a sério qualquer coisa que eu diga, mas na chance remota de você abrir uma exceção neste caso: essa tal Hewerdine é um beco sem saída. Até sabermos o que as palavras significam, ou o que são, não podemos saber para quantas pessoas elas podem significar algo. E se forem um jingle de um anúncio conhecido? E se forem o bordão de um personagem de desenho animado em um programa de televisão infantil?

— Já procuramos e não chegamos a lugar algum; nada na internet, ninguém que tenha ouvido "Gentil, Cruel, Meio que Cruel" em qualquer contexto — recordou Simon.

— Isso não prova que não haja dez mil pessoas para as quais a frase tenha significado — disse Proust, com o tipo de voz ameaçadoramente paciente que era concebida para fazer Simon pensar se realmente queria dar ao seu inspetor motivos para ser paciente. – Isso prova apenas que ainda não encontramos nenhuma delas. Você está supondo que nossas palavras misteriosas ligam apenas um punhado de pessoas: uma vítima de homicídio, um assassino e sua tal Hewerdine convenientemente no meio. Estou lhe dizendo, e sendo ignorado por sua arrogância gigantesca, que essas palavras podem levar a um milhão de pessoas. Ou podem ligar apenas catorze pessoas de uma forma leve e inocente que não têm nada a ver com homicídio.

Proust caminhou até Simon e bateu em sua testa como se fosse em uma porta.

— Não sabemos se aquelas palavras anotadas no bloco no apartamento de Katharine Allen têm qualquer relação com sua morte — disse o inspetor, olhando para Sam e Sellers em busca de apoio. — Bem? Temos? Também encontramos outras palavras em seu apartamento; a lista na geladeira, para dar um exemplo. "Renovar autorização de estacionamento, encomenda de Natal da Amazon" e tudo mais. Se Waterhouse tivesse se deparado esta tarde com uma mulher que lhe contasse que precisava renovar sua autorização de estacionamento, teria mandado seu homúnculo Gibbs esperar do lado de fora de sua casa com um laço na mão e um brilho malévolo no olho?

Proust bufou em apreciação de sua própria brincadeira.

– Isso é risível, Waterhouse; e por "isso" eu quero dizer "você".

– Não vou discutir, senhor – disse Simon, cansado. *Senhor?* De onde saiu isso? Ele não chamava Proust de "senhor" havia anos. – Não vou discutir com uma posição que adotou apenas para me deixar puto. Você sabe, eu sei, todos sabemos: "Gentil, Cruel, Meio que Cruel" é uma reunião de palavras suficientemente incomum para que a levemos a sério.

– Se está tão interessado em falar com a tal Hewerdine, por que mandou Gibbs buscá-la? – atacou Proust. – Por que deixar que ele começasse a entrevista sozinho? Você concebeu um programa de treinamento especial para ele do qual o resto de nós não tem conhecimento? O Diploma Simon Waterhouse de Policiamento Autoindulgente Baseado em Coincidências e Manias Gerais?

Simon viu Sellers tentando não rir.

– Pedi que Gibbs a trouxesse para ganhar algum tempo – disse. – Queria arrancar os detalhes de Charlie, falar com Ginny Saxon, com vocês... – falou. Ele sabia que teria de revelar, mas estava adiando o máximo possível. – Você precisa saber algo sobre Gibbs. Vou dizer a ele que lhe contei, mas... É mais fácil para mim fazer isso se ele não estiver aqui.

– Você fez um mapa astral para ele – se antecipou Proust. – Sempre que afunda ainda mais suas perspectivas profissionais fazendo serviços para você em vez de concluir as tarefas dadas a ele pelo sargento Kombothekra, recebe uma estrela de ouro. Assim que completar dez, pode levar sua mãe de carro à igreja e...

— Fazendo muitas piadas, não é mesmo? — cortou Simon. — Pena que você seja maldoso demais para reconhecer a causa de seu novo bom humor: a pista que eu lhe trouxe.

— A pista que a sargento Zailer lhe deu — corrigiu o Homem de Neve.

Simon suspirou. Conversar com Proust era como tentar forçar um carro a ligar, repetidamente, quando já havia sido esmagado e virado um cubo de metal.

— É provável que apresentemos o caderno de Charlie como evidência — disse, dirigindo suas palavras a Sam. — Pelo menos *eu* acho provável. Então, todos vocês acabarão vendo o que mais há no caderno além daquelas cinco palavras. Em vez de tropeçarem nelas, vou lhes contar: são cartas. De Charlie para sua irmã Olivia, escritas para não serem enviadas. Escritas para liberar sua raiva — disse Simon, olhando para a mesa.

Proust se lançou sobre o caderno como uma ave de rapina.

— Ainda estão brigadas? — perguntou Sam, que acreditava que relações harmoniosas eram ao mesmo tempo desejáveis e possíveis.

Sellers demonstrou um repentino interesse na vista da janela: o Guildhall do outro lado da rua que fazia reformas na fachada. Estava coberto de andaimes e uma tela plástica azul. *Ele sabe*, Simon pensou.

— Gibbs e Olivia estão... tendo uma coisa. Acontece desde a noite do nosso casamento.

Colin Sellers balançou a cabeça, pareceu com raiva. Simon havia denunciado um homem que traía a esposa, e ao fazê-lo violara o único princípio que Sellers respeitava.

— Seria esse o mesmo Gibbs cuja esposa espera gêmeos para abril? — perguntou Proust com uma velocidade que convenceu Simon de que ele também sabia. Sam não; isso era evidente pelo seu rosto. — Gibbs e Olivia Zailer. Então meu quadro de medalhas não estava tão errado; ele faz o que você quer e pega sua própria irmã

Zailer. Posso me referir a um prêmio de consolação sem que isso seja confundido com algo explícito?

– Acabei de lhes contar a única coisa que irão descobrir lendo as cartas de Charlie no caderno – disse Simon. – Então agora vocês não precisam lê-lo, e eu gostaria, e Charlie decididamente gostaria, que não o fizessem.

Sam Kombothekra aceitou.

– Não é da minha conta – disse Sellers.

– Teoricamente poderíamos descobrir mais com os fatos objetivos do que lendo o caderno – disse Proust, fazendo cena de folhear as páginas. – Poderíamos descobrir, com grandes detalhes, como a traída sargento Zailer se sente, suas razões para se sentir assim e quão boa ela é em guardar rancor. Entre outras coisas. Fico pensando se encontraríamos algo sobre você, Waterhouse.

– Vou entrevistar Amber Hewerdine – disse Simon, saindo da sala.

A voz de Proust soou atrás dele.

– Não sem supervisão. Vou com você.

– Você? – reagiu Simon, parando e se virando. – Você quer entrevistar uma testemunha?

– Não. Não dou a mínima para sua testemunha. Ela não irá me contar nada útil – disse Proust, largando o caderno na mesa com descuido deliberado. – Quero ver você conduzindo uma entrevista, Waterhouse. Sabe o que eu realmente gostaria de fazer? Gostaria de assistir a clipes de todas as suas entrevistas filmadas, do começo ao fim: as frustrantes, as tediosas, as desanimadas em que você segue os padrões. A nostalgia sempre foi uma fraqueza minha, e hoje estou me sentindo nostálgico com sua carreira como detetive de polícia. Que tal nos permitir uma última demonstração de seu poder investigativo e descobrir o que isso poderia ser?

...

— Esta é uma fotografia de Katharine em sua formatura — disse Gibbs à mulher raivosa diante dele do outro lado da mesa. O ressentimento que sentia dele lhe dava uma sensação de claustrofobia na pequena sala de depoimentos, com suas paredes amarelo-mostarda e a janela que oferecia uma visão de mau gosto de um corredor interno com iluminação em neon. Ou talvez fosse o ressentimento que ele tinha dela. Decidira que não a suportava quando lhe dissera que tinha de fingir ser um vendedor de espanador de plumas por causa das filhas. *Um maldito vendedor de espanador de plumas*. Por que alguém faria algo tão idiota assim para ganhar a vida? — Katharine foi assassinada em seu apartamento em Spilling no dia 2 de novembro. Tinha vinte e seis anos.

— Quantas vezes vai me dizer isso? — perguntou Amber Hewerdine, apontando seus olhos cinzentos para ele como se fossem armas. — Eu agora certamente já sei tudo que preciso saber sobre ela? Tinha vinte e seis anos, era professora primária, solteira, morava sozinha, cresceu em Norfolk...

— Em uma cidadezinha chamada Pulham Market — disse Gibbs, acrescentando uma nova informação.

— Ah, bem. Isso muda *tudo* — disse Amber, prolongando a palavra de modo sarcástico. — Katharine Allen de Pulham Market? *Essa* Katharine Allen? Por que não disse isso antes? Eu conheço *essa* Katharine Allen há anos. Quando você me perguntou se o nome significava algo para mim supus que estivesse me perguntando se eu conhecia uma Katharine Allen que *não* era de Pulham Market em Norfolk.

— Quanto mais conto sobre ela, por mais que pareça irrelevante, mais provável é encontrar uma ligação entre vocês duas — disse Gibbs.

— Vou lhe perguntar pela vigésima quarta vez: o que o deixa tão certo de que há uma?

— Você conhece os apartamentos no prédio da Corn Exchange? Katharine tinha um deles. Um dúplex: último e penúltimo andares. Parte da cúpula era seu quarto – disse Gibbs, girando as pernas e colocando os pés na mesa. – Não estou certo se gostaria de morar bem no centro da cidade. Pode ser barulhento.

— Duvido. Não estabeleceram que nove da noite era a hora de dormir em Spilling, Silsford e as cidades entre uma e outra? Ou é só o que nós que moramos em Rawndesley gostamos de pensar?

— O motivo pelo qual menciono o quarto de Katharine na cúpula é por ser onde ela foi morta. Diversos golpes atrás da cabeça. Com isto – Gibbs disse, empurrando outra fotografia sobre a mesa.

Considerando que ele esperava uma reação, Amber disse secamente:

— É uma vara de metal.

— Katharine a usava para abrir e fechar a janela do quarto. Era alta demais para que alcançasse. A vara ficava pendurada em um gancho na parede.

Amber reprimiu um bocejo, se permitiu fechar os olhos por um segundo.

— Desculpe se a estou entediando – disse Gibbs, empurrando em sua direção outra fotografia, uma que tomara o cuidado de ocultar até então. – Alguém pegou a vara no gancho quando Katharine estava de costas, chegou por trás dela e a atacou. Violentamente. A cabeça de Katharine ficou assim depois. Foi atingida mais de vinte vezes.

Amber se encolheu.

— Eu preciso saber de tudo isso? Ou ver *isso*? Pode afastar essas fotos?

Sua pele parecia mais pálida, descolorada. Ela cobriu a boca com a mão.

— Estava começando a imaginar que talvez homicídio não fosse nada demais para você – Gibbs comentou.

— Por quê? — Amber perguntou, com raiva. — Porque estou cansada? Porque não estou chorando como mulheres sensíveis deveriam fazer? Não durmo direito há dezoito meses. Provavelmente posso dormir a qualquer momento, a não ser que esteja na cama com horas de noite pela frente, e nesse caso tenho a garantia de que ficarei acordada. E, sim, o assassinato de uma mulher que não conheço importa menos para mim do que o assassinato de alguém que conheço e de quem gosto. E, só para você saber, pode dizer o nome "Katharine" quinhentas vezes se quiser, mas isso não vai fazer com que eu me sinta mais próxima dela do que me sentiria caso você a chamasse de "sra. Allen" ou "a vítima".

— Ela era conhecida como Kat. É como seus amigos a chamavam, e os colegas.

Amber respirou fundo, fechou os olhos novamente.

— Eu obviamente me importo que uma mulher tenha sido assassinada, do modo abstrato que as pessoas se importam com as mortes de estranhos. Obviamente, acho que não é ideal que haja alguém que considere certo fazer... *isso* com a cabeça de alguém.

— Não espero que você chore — disse Gibbs. — Espero que se assuste. A maioria das pessoas, culpadas ou inocentes, ficaria assustada com a ameaça de prisão por ligação com um homicídio.

Amber olhou para ele como se fosse um idiota.

— Por que ficaria assustada? Não tive nada a ver com isso e não sei nada sobre isso.

— Às vezes, se a polícia acha que uma testemunha está mentindo, essa pessoa acaba sendo acusada.

— Normalmente só se elas *estão* mentindo. Ou se estamos nos anos 1970 e elas são irlandesas.

O medo tinha de estar ali, sob as bravatas.

— Posso lhe dar uma informação de graça — Gibbs disse. — Se a imprensa descobrir que conversamos com você, a não ser que faça alguns ajustes em seus modos e sua postura, o país inteiro vai decidir que você é culpada antes de chegarmos às acusações formais; mesmo que nunca cheguemos. Você é o tipo de mulher que a opinião pública adora odiar.

Ela riu daquilo.

— O quê? Magricela, agressiva e defensiva? Alguma diferença, você tem de admitir.

O que era aquilo? Ela estava flertando com ele. Ainda sorrindo, falou:

— Tenho um encanto cáustico irresistível que cativa as pessoas quase sempre que quero. O único motivo pelo qual você não gosta de mim é eu não ligar se você gosta ou não. Pergunte por que não ligo.

Gibbs não disse nada. Esperou.

— Não ligo porque acho que você é um idiota — disse Amber, enunciando as palavras cuidadosamente. — Você quer saber quem matou Katharine Allen. Estou tentando lhe dar a pouca ajuda que posso. Escute, e vou tentar novamente. Não sei, mas imagino que foi morta por alguém que a conhecia e ou não gostava dela, ou tinha algo a ganhar com sua morte. Caso você seja obtuso demais para reconhecer isso, essa é a descrição de alguém que não sou eu. E ainda assim, bizarramente, você parece achar que posso ajudá-lo além de chamar atenção para esses fatos evidentes, o que tem de significar que você sabe de algo que não sei. Eu descobri, por ter um QI ligeiramente acima da média, que deve ter alguma relação com a porra daquela mulher e seu caderno — disse, e suspirou fundo antes de continuar. — Não consegue ver que você só pode avançar me *contando* o que quer que não esteja me contando?

Era uma coisa engraçada que Gibbs tinha reparado nas mulheres: elas realmente queriam que você conversasse com elas, mas faziam tudo o que podiam para que você não quisesse isso.

— Ah, o quê, fim da conversa? — falou Amber, a voz tomada de desprezo. — Boa ideia. *Grande* ideia. Se você não vai dizer mais nada, então também não vou, porque não há nada que *possa* dizer até algo mudar, até eu receber alguma nova informação que *não tenho*.

— Você é uma testemunha, talvez uma suspeita — contou Gibbs.

— Não somos dois detetives trabalhando juntos.

— Certo — ela disse, balançando a cabeça, e se levantou. — Isso mesmo. Você é um detetive, não chegando a lugar nenhum. E eu sou um recurso puto, exausto, subutilizado que quer ir para casa agora, se você não se importar.

— Recurso subutilizado?

— Se você me contasse o que está acontecendo, eu poderia realmente ser capaz de ajudá-lo. Pensou nisso? Pensou que talvez você queira mais poder do que ajuda?

A porta se abriu. Waterhouse. E Proust. Que porra ele estava fazendo em uma sala de entrevistas?

— Graças a Deus — disse Amber, como se tivesse pedido apoio pelo rádio, e acabasse de chegar.

Seria ela uma maluca que se empolgara fingindo ser detetive? Quanto mais ela dizia, menos Gibbs confiava nela. Ele não tinha dificuldade em imaginá-la batendo com uma vara na cabeça de alguém e adorando cada segundo daquilo.

— Eu sou o detetive Simon Waterhouse. Este é o inspetor Giles Proust.

— Eu sou Amber Hewerdine e estou a caminho de minha casa, a não ser que possa falar com alguém que não seja *ele* — disse, apontando para Gibbs.

— Por que isso? — Waterhouse perguntou.

— Não estamos chegando a lugar nenhum, tudo o que ele fez foi dizer que me odeia, assim como todos os seus amigos.

— Ele não disse isso — contradisse Waterhouse.

— Disse o equivalente na linguagem policial oficial.

Sem esperar que alguém fizesse perguntas, Amber iniciou uma descrição de sua entrevista com Gibbs até aquele momento. O volume de detalhes era inacreditável. Teria memória fotográfica? Gibbs fez um gesto de cabeça para Waterhouse para indicar que o que dissera era preciso: uma transcrição verbal quase exata.

– Acho que houve algum mal-entendido – disse Waterhouse.

– Não, não houve! – cortou Amber. – Dei a ele todas as chances de entender...

– Dê a *mim* uma chance de explicar o que quero dizer – falou, em uma ordem educada. – Se estiver disposta a ficar aqui um pouco mais, acho que poderemos chegar a algum lugar.

Ele indicou que ela deveria se sentar.

Ela permaneceu de pé e se virou para Proust.

– Qual é a porra do seu problema? – ela cobrou.

– Quer se acalmar? – sugeriu Gibbs. – O inspetor Proust não disse nem fez nada.

– Exceto me encarar com seus olhos radioativos, como se pensasse que eu sou sub-humana.

– Ele não pensa isso – retrucou Waterhouse. – Ele sempre olha desse jeito. Eu poderia trazer Madre Teresa de Calcutá para a sala em cadeira de rodas e ele olharia para ela exatamente da mesma forma.

Gibbs ficou pensando se ele e Waterhouse iriam perder seus empregos por causa daquilo. Waterhouse parecia disposto a se livrar do dele. Ou isso ou ficara psicótico. Gibbs estava certo de que sua esposa Debbie o colocaria para fora de casa se fosse demitido por sua própria estupidez; a mãe dela já queria mesmo que o largasse, e Debbie costumava ouvir a mãe. Gibbs estava quase certo de que o que desejava era que Debbie o largasse.

Madre Teresa não tinha morrido anos antes?

– Está familiarizada com o conceito de percentagem? – Waterhouse perguntou a Amber.

Ela concordou.

— Eu falo com muita gente; suspeitos, testemunhas, vítimas e perpetradores de crimes. Civis, outros policiais. Sem querer diminuí-los, a maioria não tem boa capacidade de comunicação. Você ficaria surpresa em ver como é pobre a capacidade de comunicação mesmo das pessoas mais inteligentes.

— Não ficaria não — disse Amber. Ela retornou à sua cadeira e se sentou.

— Um fato se destaca do que acabou de nos contar sobre o que você e o detetive Gibbs disseram um ao outro até o momento: você é uma comunicadora atipicamente boa. Eu a colocaria no 0,1% superior. Por ser uma comunicadora tão boa, acredita no poder da comunicação para resolver as coisas. Se pelo menos todos chegassem ao seu nível, não haveria nada que não pudesse ser resolvido. Certo?

Waterhouse se sentou na beirada da mesa, bloqueando a visão de Gibbs por Amber, e vice-versa.

— Depende das circunstâncias — ela disse. — No caso de dois estranhos tentando preencher lacunas factuais, sim. Se for algo emocionalmente complicado, às vezes é melhor não se comunicar de modo tão eficiente, para que as pessoas não fiquem feridas, mas isso não se aplica aqui. Fico feliz de chatear o detetive Gibbs pela boa causa de descobrir que porra está acontecendo, e estou certa de que ele sente o mesmo em relação a mim.

— Então vamos tentar do seu modo — disse Waterhouse.

Será que ele realmente iria...? Ele iria. Já tinha começado. Waterhouse gostou de ver o rosto de Proust enquanto Waterhouse informava Amber Hewerdine como se ela fosse uma nova aquisição do Departamento de Investigações Criminais. *Maluquice.* Mesmo que soubesse sem nenhuma sombra de dúvida que ela não tinha qualquer envolvimento no homicídio de Katharine Allen... Ele precisava ter absoluta confiança em sua inocência, Gibbs percebeu, ou não estaria fazendo aquilo. *Ele deve ter ganhado uma fortuna inesperada, estava com um carro esperando do lado de fora, ou não faria isso na frente de Proust.*

– Até hoje não tivemos nenhuma pista. Nada – ele dizia a Amber. – Ninguém viu nada. A perícia não levou a lugar nenhum. Reviramos cada canto da vida dela e não achamos nada. Todos os amigos de Katharine, seus colegas e conhecidos foram decididamente eliminados, ou não conseguimos descobrir motivo para achar que poderiam querer fazer mal a ela. Ela era uma jovem comum que respeitava a lei e não tinha nada em sua vida pessoal ou profissional que indicasse um motivo para seu assassinato. Em uma situação como essa, os detetives ficam desesperados; eles se aferram a qualquer coisa, absolutamente qualquer coisa que pareça incomum, em vez de admitir que estão de mãos vazias. Nós nos aferramos ao único detalhe que levanta uma questão. Na sala de estar de Katharine encontramos uma marca de cinco palavras em um bloco A4 pautado. Gentil, Cruel, Meio que Cruel.

– Uma marca? Não as palavras de verdade? Alguém escreveu as palavras e depois rasgou a página?

Ela é rápida, Gibbs admitiu. Talvez devesse entrar para a divisão. Poderia ficar com seu cargo depois que Proust o mandasse embora.

Waterhouse se levantou, virou para Gibbs.

– Está com as fotos? – perguntou.

Gibbs as achou e deslizou sobre a mesa.

Amber as encarou por quase um minuto, prendendo os cabelos atrás das orelhas. Se sua expressão fosse levada em conta, ela parecia achar aquelas fotos mais perturbadoras do que a fotografia da cabeça espancada de Katharine Allen.

– Não entendo – disse. – Como souberam... A mulher cujo caderno eu olhei ligou para a polícia falando de mim e então vocês estabeleceram a ligação?

Algo brilhou nos olhos dela, uma mistura de impaciência e superioridade.

– Vocês precisam falar com ela.

Gibbs ouviu a parte muda, mesmo que ninguém mais ouvisse: *seu bando de idiotas*. Ele ia gostar daquilo.

– Ela é policial – ele disse. – Sargento Charlotte Zailer.

– Escrever essas palavras em pedaços de papel variados e olhar para elas é nosso novo passatempo coletivo – assumiu Waterhouse.

– Continuando a esperar que algo nos ocorra. Nada ocorre. O motivo pelo qual você está aqui, e aqui tão rápido, não é por ter visto essas palavras no caderno da sargento Zailer. Por que não poderia ter visto, mesmo achando que viu.

– Eu as vi – insistiu Amber. – Quando invadi seu carro.

– É, nesse momento você viu. Mas você perguntou à sargento Zailer se poderia ter visto as palavras mais cedo, às três horas. Certo?

Amber fez um movimento de sim com a cabeça.

– Não poderia ter visto – disse Waterhouse. – Você provavelmente viu as palavras "Gentil" e "Cruel", mas isso era tudo o que estava escrito àquela altura. Sua chegada interrompeu a sequência. Ela falou com você rapidamente, depois você foi ver Ginny Saxon. A sargento Zailer voltou à página do caderno e terminou o que havia começado. Foi quando escreveu "Meio que Cruel".

Gibbs esperou que Amber perdesse a paciência – chamasse Waterhouse de mentiroso e, por extensão, Charlie. Ficou surpreso quando ela simplesmente concordou.

– Eu falei com Ginny Saxon. Que me contou que você lhe disse essas palavras: "Gentil, Cruel, Meio que Cruel", e depois a acusou de ter dito primeiro.

– O que ela não fez – Amber disse.

– Ela *não fez*?

— Acho que não. Na hora eu estava convencida de que sim, pois as palavras não significavam nada para mim. Não as reconheci, então não conseguia ver por que teria dito. O que não faz sentido para vocês, a não ser que algum tenha sido hipnotizado um dia. Vocês foram?

Ela olhou para cada um sucessivamente. Quando os olhos dela pousaram no Homem de Neve, Gibbs achou saber o que ela estava pensando: que se tinha sido hipnotizado deveria voltar e exigir que o hipnotizador revertesse o efeito.

— Vejam, por que eu não conto a vocês o que acho que me aconteceu esta tarde? – sugeriu Amber, fechando novamente os olhos. Ela soava cansada. — Descobrir se vocês conseguem ver mais sentido nisso do que eu. Eu procurei Ginny Saxon em busca de ajuda para minha insônia. Ela começou com isso... Não sei, ela disse todas aquelas coisas que deveriam me hipnotizar. Não foi muito diferente de um mantra de relaxamento, pelo que eu podia dizer. Pediu que lhe contasse uma lembrança, qualquer lembrança. Afastei a primeira que me veio à mente porque... Bem, não interessa por que, simplesmente afastei. Minha mente estava ocupada com isso: não querer dizer a primeira coisa que me ocorrera, mas imaginando se não deveria, e, caso contrário, o que deveria fazer em vez disso. Enquanto isso tudo girava em minha cabeça eu simplesmente... Me ouvi dizer: "Gentil, Cruel, Meio que Cruel". Eu pensei: "Ei? De onde veio essa porra? O que isso significa?" Ginny me pediu para repetir, e eu o fiz, e devo ter... Imagino que me convenci de que ela *devia* ter dito primeiro, porque... Bem, lhes disse por quê. Porque não significava nada para mim.

— Continue – pediu Waterhouse.

— Não tenho certeza se fui hipnotizada, mas eu estava... diferente de como costumo ser. Algo esquisito tinha me acontecido. Minha mente meio que estava presa dentro de si mesma, acelerada. Eu não tinha nenhuma noção de perspectiva. Acusei Ginny de mentir, fui embora furiosa e encontrei a sargento Zailer. Assim que a vi, pensei: "Ah, meu Deus". Lembrei do caderno em que a vira escrevendo, e, de repente, minha certeza de que Ginny tinha dito aquelas palavras simplesmente desapareceu, e pareci... *saber* que as tinha visto no caderno da sargento Zailer. Perguntei isso e ela negou...

– E você decidiu resolver o assunto de uma vez por todas revirando o conteúdo do carro dela – disse Proust.

– Não roubei nada – disse Amber a ele, agressiva. Seu tom e a velocidade com que se voltou novamente para Waterhouse e Gibbs deixaram claro que considerava o Homem de Neve de longe a pessoa menos importante na sala. A despeito de si mesmo, Gibbs estava começando a gostar dela.

Mas ainda podia vê-la como uma homicida. Isso não tinha mudado.

– Não lhes contei a parte mais estranha – disse Amber, parecendo preocupada. – Enquanto conversava com a sargento Zailer diante da casa de Ginny, tive uma sensação esquisita de...

Ela se interrompeu, frustrada.

– É difícil descrever.

– Tente – estimulou Waterhouse.

– Como uma mente dividida, como se eu tivesse duas mentes, ambas parecendo saber coisas contraditórias.

Proust soltou um suspiro que pairou na sala por muito tempo depois de deixar de ser ouvido.

– Parte de mim sabia que tinha visto aquelas palavras no caderno da sargento Zailer. Eu *tinha visto*. Lembrei de vê-las. Outra parte de mim podia ver uma imagem realmente clara de...

– De quê? Imagem de quê?

– Ela não pode responder à maldita pergunta enquanto você continua a fazê-la, Waterhouse.

— De uma página arrancada daquele bloco — disse Amber, apontando para as fotografias. — Uma folha A4, com linhas azuis e uma linha rosa delimitando a margem. Como aquela marcada. Com "Gentil, Cruel, Meio que Cruel" escrito nela, exatamente como naquela marca, como uma lista. Até mesmo as mesmas maiúsculas: todos os "G" e "C" em caixa alta. Com a diferença de que não era uma marca, eram as próprias palavras, em tinta preta. Eu podia ver isso na minha mente, claramente. E sabia que não poderia ser o caderno da sargento Zailer, porque era muito menor que A4, mas também sabia que tinha visto as palavras no caderno dela.

Ela fez uma pausa.

— Eu me dou conta de que há contradições no que estou dizendo, mas não consigo evitar isso. Havia, e há, contradições em minha cabeça. Parte de mim ainda acha que Ginny Saxon colocou as palavras em minha boca.

Gibbs e Waterhouse trocaram olhares.

— Nunca estive em nenhum dos apartamentos do prédio da Corn Exchange. Não conhecia Katharine Allen — disse Amber, erguendo os olhos para Waterhouse. — O que significa "Gentil, Cruel, Meio que Cruel"? O que é isso?

— Nenhuma ideia — disse Waterhouse com dentes trincados. Gibbs sabia que ele considerava isso um reconhecimento do próprio fracasso, ainda não saber depois de um mês.

— Não "Cruel para ser Gentil" — disse Amber.

— O que quer dizer? — Gibbs perguntou.

— É a frase óbvia que as palavras "gentil" e "cruel" evocam. Cruel para ser gentil significa algo, mas "Meio que Cruel"? O que é isso?

— Acho que definimos que nenhum de nós sabe o que significa — Proust disse. — Antes que mergulhemos ainda mais fundo na arte sombria da hipnose ou da divisão de mentes, podemos conferir o básico? Onde você estava na terça-feira, 2 de novembro, entre 11 horas da manhã e 1 hora da tarde?

Mesmo perturbada como estava, Amber foi rápida. Já estava folheando sua agenda.

– Não consigo lembrar, mas teria estado no trabalho sendo uma terça-feira. Eu poderei lhes dizer em um... Ah. Ela fechou a agenda com força, como se tivesse visto nela algo desagradável.

– O quê? – perguntou Waterhouse, ouvindo sua surpresa e se lançando sobre ela.

– Eu ia dizer que seria capaz de lhes dizer em um minuto que reuniões tive, caso tenha havido alguma, mas na verdade não estive no trabalho – falou, suspirando. – Estive em um daqueles cursos de direção consciente de que vocês parecem gostar tanto. Vocês sabem, alguém dirige três quilômetros por hora acima do limite de velocidade à noite quando não há ninguém por perto, e quando menos percebe tem de perder um dia da vida escutando a um tagarela tedioso montando enigmas idiotas: se Motorista A adormece e bloqueia a rodovia, e Motorista B atrás dele se choca e morre, quem é o responsável pela morte do Motorista B?

– Você não precisava fazer o curso – Proust disse. – Poderia ter recebido uma multa e alguns pontos em sua carteira em vez disso. O que você não pode fazer é violar a lei e sair impune. Lamento que isso a incomode. Gibbs, dê a ela algo em que escrever e com quê. Escreva aqui onde foi o curso, por favor. Alguém será capaz de confirmar sua presença?

– Sim e não – Amber respondeu. – Pediram que levássemos nossas carteiras de motorista como identificação, então estará registrado em algum lugar que estive lá, mas não estou certa de que alguém realmente se lembre de mim. Não lembro de nenhum rosto, não depois de tanto tempo.

– Do que se lembra no dia? – Waterhouse perguntou.

– Foi um dia medonhamente tedioso. Cheio de puxa-sacos prometendo mudar seu modo de dirigir a partir daquele momento

– ela contou. Vendo que esperavam mais, Amber disse: – Querem que lhes diga algo que prove que estava lá e não assassinando Katharine Allen? Algo memorável?

Gibbs observou sua luta interior com interesse. Ela não queria lhes contar o que quer que fosse. Será que teria sucesso em se obrigar a isso?

– Havia um homem lá chamado Ed, de sessenta e tantos anos. Não lembro do nome de nenhum dos outros, só o dele. Quando o cara falastrão encarregado nos perguntou se algum de nós tinha experiência pessoal com acidentes de trânsito, nós ou algum conhecido, umas cinco pessoas ergueram as mãos. Havia vinte de nós no total. Falastrão pediu detalhes. A maioria não tinha sido grave. O de Ed sim. Ele nos contou que a filha tinha sido morta em um acidente de carro no começo dos anos 1970, e que ele dirigia quando aconteceu. Foi bem medonho. Ninguém sabia o que dizer. Acho que ele disse ter sido antes de haver cintos de segurança nos carros, mas não estou certa. Pelo menos a filha dele não usava cinto de segurança, havendo ou não. Ed se chocou com um motorista que saiu do nada, e a filha atravessou o para-brisa de cabeça e morreu. Louise, acho que o nome era esse. Ou Lucy. Não, acho que era Louise.

– Louise ou Lucy – resumiu Proust, impaciente. – Vamos resolver isso. Detetive Gibbs, poderia conseguir transporte para casa para as diversas partes da mente da sra. Hewerdine e suas hipóteses conflitantes?

A anuência de Gibbs foi uma mentira. Ele não faria isso, porque não precisava. Antecipando que Proust iria querer que Amber Hewerdine fosse mandada para casa prematuramente por não ter sido ele quem ordenara que fosse trazida, Waterhouse combinara que Charlie ficaria esperando no carro no estacionamento para dar uma carona e continuar a entrevista de modo mais informal. Será que o Homem de Neve a veria ao sair do prédio e descobriria?

Tinha importância? De qualquer forma, Gibbs e Waterhouse iriam ser dispensados.

Como se lendo a mente de Gibbs, Proust disse:

— Waterhouse, quero vê-lo em meu escritório às nove da manhã de quinta-feira. Não virei amanhã. Eu o verei nove e quinze, Gibbs.

— O que há de errado com agora mesmo, senhor? — perguntou Gibbs, ansioso para resolver aquilo.

— Estou cansado agora. Quinta-feira, nove e quinze, depois que eu vir Waterhouse às nove. Está suficientemente claro para você na segunda vez? Eu deveria lhes dar pulseiras de borracha colorida como fazem em piscinas públicas?

O Homem de Neve deixou a sala, batendo a porta.

— Vou ter pesadelos com aquele homem — disse Amber Hewerdine.

Uma forma de abordar um mistério é tentar solucioná-lo. Se isso não funciona, outra abordagem frutífera é descobrir se há um segundo mistério, mais palpável, escondido atrás daquele mistério que você não consegue solucionar. Com frequência há, e essa é sua porta de entrada. Tudo que busca a invisibilidade se esconde atrás do visível. Podemos ir ainda além e dizer que coisas invisíveis se escondem atrás de seus próprios equivalentes visíveis, porque eles fornecem a cobertura mais eficaz. Deixe-me provar essa tese usando uma analogia absurda: você pode mover sua cesta de pão e esperar ver migalhas na prateleira da despensa atrás dela, mas não a moveria esperando ver atrás dela outra cesta de pães.

Por isso, sempre é sábio, no que diz respeito a situações humanas difíceis, procurar o motivo por trás do motivo, a culpa por trás da culpa, a mentira por trás da mentira, o segredo por trás do segredo, o dever por trás do dever – você pode aplicar qualquer número de substantivos abstratos com peso, e a fórmula ainda irá funcionar.

E lembre-se de que um mistério impossível de solucionar, como Little Orchard, pode se permitir ser visível. A não ser que Jo e Neil rompam seu silêncio sobre a questão, o que parece improvável, ninguém jamais descobrirá o que aconteceu naquela noite. É impossível adivinhar; todos os cenários possíveis parecem igualmente improváveis – o que, claro, é o mesmo que dizer que todos parecem igualmente factíveis. Mas que tal um mistério que seria relativamente fácil de solucionar se as pessoas tivessem conhecimento de sua existência, porque só há um punhado de respostas possíveis? Esse mistério é mais vulnerável. É uma pobre criatura indefesa cuja única esperança de sobrevivência é passar despercebida até que todas as pessoas relevantes tenham deixado de se importar.

A maioria dos organismos está desesperada para sobreviver em suas formas atuais. Por que mistérios deveriam ser diferentes? Sim – quanto mais penso nessa ideia, mais gosto dela. Vamos retornar a ela mais tarde.

É só pensamento positivo supor que as pessoas irão parar de se importar? De modo algum. A sede de saber não dura para sempre. É como uma tira de elástico – nosso impulso de buscar soluções continua a esticar, e então, de repente, quando esticado demais, ele se parte e perde toda tensão. Isso pode acontecer impressionantemente rápido a não ser que haja certas condições: se as apostas forem inacreditavelmente altas, se houver injustiça envolvida, se encontrar ou não uma solução afetar nosso status aos olhos do mundo, ou a nossos próprios olhos, ou – provavelmente o fator mais significativo no que diz respeito a prolongar o impulso humano de buscar soluções – se acharmos que há uma chance de solucionar; se conseguirmos ver pela frente um caminho de investigação, por exemplo.

Espero já ter dito o bastante para colocar em foco o mistério por trás do mistério de Little Orchard.

Não?

Por que Amber é a única pessoa ainda obcecada, anos depois, com o que Jo e Neil estavam tão determinados a esconder? Por que ainda se importa? Esse é o verdadeiro mistério por trás do mistério de Little Orchard.

As apostas não são altas: Jo e Neil e seus dois filhos voltaram incólumes. Eles ficaram, ou assim pareceu, bem desde então.

Amber acredita que irá descobrir a verdade algum dia? Ao contrário: sente raiva ao pensar que isso nunca irá acontecer. E essa é outra pista: as pessoas ficam com raiva quando seu status é ameaçado, quando sentem que foram rebaixadas ou tratadas de forma injusta. Mas onde está a injustiça?

Amber acredita que alguém mais sabe, alguém menos importante que ela, menos merecedor dessa informação? Ou há outra razão pela qual sente ter direito a ser informada dessa coisa muito particular que Jo claramente quer manter para si mesma? Ela é simplesmente intrometida, sem noção de limites?

Será que Jo deve um segredo a ela?

3

Terça-feira, 30 de novembro de 2010

Estou no carro da sargento Zailer. Novamente. Desta vez, a convite. Pediram a ela que me levasse para casa, e não consigo entender por quê. Se eu estivesse encarregada da investigação do assassinato de Katharine Allen teria nos mantido naquela horrível sala amarela até termos feito algum progresso. Teria passado a noite inteira acordada se necessário, escutando enquanto avançava verbalmente por toda a minha vida – todos os lugares onde já estive, todas as pessoas que um dia conheci – na esperança de encontrar o momento que continha minha visão daquele pedaço de papel.

Gentil, Cruel, Meio que Cruel.

Onde quer que tenha visto, não pode ter sido no vácuo. Devo ter visto *em algum lugar*, então por que isso não está em alguma parte da memória? Se minha mente simplesmente conseguisse relacionar aquela página pautada com um fundo ou local, então certamente tudo se encaixaria. Eu seria capaz de estabelecer uma ligação entre o ambiente físico e uma pessoa, ou pessoas.

Eu saberia quem assassinou Katharine Allen.

Não. Não saberia. Mesmo se a página que vi fosse a mesma arrancada do bloco em seu apartamento, não há razão para pensar que tenha algo a ver com sua morte.

Aperto os olhos, tento ver a folha de papel pousada em uma mesa ou escrivaninha, saindo de uma pasta, presa em uma geladeira, grudada com fita adesiva a uma parede. É inútil; nenhum desses cenários se encaixa – ou melhor, nenhum deles se encaixa melhor ou pior que qualquer outro. A página paira na escuridão em minha memória, desancorada.

– Pare de tentar – diz a sargento Zailer. – Segundo você sabe quem, tentar lembrar é contraproducente. Simplesmente deixe vir qualquer coisa que queira subir à superfície, e se nada vier, tudo bem.

– Ginny Saxon? Ela lhe disse isso?

– Hã-hã.

O tom leve dela não me engana; ela deseja que eu não soubesse que foi pedir ajuda a um hipnoterapeuta, embora saiba que também fiz isso.

– A não ser que os detetives com os quais falei estivessem mentindo, eu sou sua única pista – conto a ela. – Então, realmente não é de modo algum tudo bem se eu nunca conseguir descobrir? Passarei o resto de minha vida imaginando se um assassino que deveria estar na prisão está flanando por aí muito satisfeito graças à minha memória vagabunda.

Espero que me diga que não serei responsável pelo que aconteça ou não aconteça, mas ela se limita a sorrir. Fico desapontada e aliviada. Se ela gosta de me escutar quando me agrido, há muito mais de onde isso veio: eu poderia entretê-la por semanas. Pareço gastar metade de minha vida debatendo com pessoas bem-intencionadas como Luke, e minha equipe no trabalho, que quer que eu exija menos de mim mesma e parece não se dar conta de que não consigo. Se pegasse leve comigo mesma sempre que tivesse vontade, como isso afetaria minha avaliação das outras pessoas? Não posso pensar bem de todas as pessoas que conheço. Muitos deles são idiotas irritantes, ou pior. Como não acredito em nepotismo, é simplesmente justo que me avalie tão duramente quanto faria com um estranho.

Pelo menos faz sentido para mim.

— O que há de errado em tentar lembrar? — pergunto. — Você pode não ter sucesso, porém, mais coisas sobem à superfície se você vasculha a água do que deixando-a quieta.

— Aparentemente não. Segundo Ginny, o esforço intencional repele lembranças genuínas. Algo a ver com sua mente consciente assustando para longe o que guardamos em nosso inconsciente, obrigando todas as coisas reprimidas a se enterrar ainda mais fundo — diz a sargento Zailer, se virando para mim e desviando os olhos da rua. — Isso parece certo?

Não preciso pensar nisso muito tempo.

— Não. Apenas se você acreditar no inconsciente como uma espécie de centro de detenção psicológico: um depósito autoconsciente com uma comissão de condicional embutida decidindo o que manter do lado de dentro e o que soltar. Se um neurocirurgião fatiasse seu cérebro, ou o meu, seria capaz de apontar para seu inconsciente e dizer, ali está, entre a glândula pituitária e a... patela?

— Acho que a patela é a rótula — disse a sargento Zailer em tom de desculpas, como se isso pudesse me aborrecer.

— O inconsciente realmente existe? Memórias enterradas existem, como roupas comidas por traças trancadas em um guarda-roupas que ninguém sabe que estão lá?

Eu provavelmente devia parar de censurá-la se queria ser levada até em casa. *Dane-se.*

— Vamos dizer que amanhã eu me lembre de onde vi aquele pedaço de papel. Lembrar é um processo mental que cria novos pensamentos, pensamentos sobre experiências que tivemos no passado. Isso não é a mesma coisa que dizer que minha lembrança da página com aquelas palavras está estocada dentro de mim *agora*, em um recipiente chamado "meu inconsciente" em que não consigo penetrar, esperando para ser tirada.

A sargento Zailer sorri novamente.

– Incomoda-se se eu fumar? – pergunta, abrindo a janela.
Eu balanço a cabeça.
Ela acende um cigarro, sopra a fumaça para a noite.
– Quão frio está? – ela pergunta.
– O quê?
– Do lado de fora, aqui dentro. Está frio? Quente? Eu abrir a janela teve algum efeito na temperatura dentro do carro?

– Não sei – digo, uma fração de segundo antes de me dar conta de que a janela não está apenas um pouco aberta; ela a baixou até o fim. De qualquer forma, o carro está cheio de fumaça, então ela podia muito bem não ter se incomodado. Meu corpo escolhe aquele momento para me lembrar de sua existência começando a tremer. Sensações me sufocam, todas elas desagradáveis. Estou morrendo de fome. Meus membros, dedos e órbitas doem. Estou exausta, mais do que de hábito. Sinto como se alguém tivesse transplantado meu cérebro para o corpo de uma pessoa de setenta anos.

O que a sargento Zailer vê quando olha para mim? Uma casca vazia escavada? Não tenho ideia se pareço pior ou melhor do que me sinto.

Enquanto dirigimos para fora de Spilling pela Rawndesley Road, todos por quem passamos parecem ostentar sua satisfação de estar mais aquecidos que eu. Ciclistas de flanela, pedestres bem agasalhados. Posso dizer até mesmo no escuro que estão com as faces rosadas e brilhando, envoltos em seus chapéus e cachecóis de lã grossos, suas botas forradas de pele.

– Pode fechar a janela? – peço, enquanto o frio penetrante vai diretamente para meus ossos.

A sargento Zailer aperta o botão e ela sobe. Depois diz:
– Estava imaginando quanto tempo iria demorar para você se dar conta de que estava congelando. Tenho uma teoria. Eu a conheço há menos de um dia, mas você me parece uma pessoa obsessiva. Que rumina – diz. Vendo que estou prestes a protestar, ela acres-

centa. – Sou casada com uma pessoa exatamente como você. Na verdade, sou casada com Simon Waterhouse.
– Boa escolha – digo no piloto automático. Percebo a falha em minha lógica tarde demais para recuar. Eu murmuro: – Desculpe. Eu disse uma idiotice.
– Não se desculpe. Idiota ou não, gostei de como soou.

O que ela acha que eu quis dizer? Que o acho atraente? Não acho, mas não fazia bem algum dizer isso, e provavelmente a ofenderia. Quis dizer que Waterhouse era uma perspectiva mais atraente que Gibbs ou aquele sórdido venenoso Proust. Esqueço por um segundo que a escolha de marido da sargento Zailer dificilmente se limitaria aos três detetives que conheci naquele dia.

Luke acha que eu deveria conversar com nossa clínica geral sobre minha função cerebral defeituosa, mas nunca fala assim para não me ofender. Ele às vezes fica realmente aborrecido com isso. – Simplesmente peça a ela para colocar você em coma induzido por doze horas, para que suas sinapses ou seja lá o que for tenham uma chance de reiniciar – ele diz, ou algo semelhante. Nunca sei se está brincando. Um coma não pode ser a mesma coisa que sono, do ponto de vista da restauração – embora tenha de admitir que soe bastante bom. Talvez eu devesse me jogar debaixo de um caminhão.

Não pode haver muita gente que ache atraente a ideia de um coma. Gostaria que isso me tornasse especial de algum modo bom.

– Amber – disse a sargento Zailer, estalando os dedos diante do meu rosto. O cigarro está na outra mão; por um segundo nenhuma das mãos está no volante. Tento não pensar na filha de Ed, Louise, quebrando o para-brisa. Gostaria de ter guardado a história dela para mim mesma; não tenho o direito de conhecê-la e não deveria tê-la repetido.

Talvez não dormir seja minha punição. Por tudo.

– Amber! Você mergulhou em seu mundinho de novo. Simon faz isso o tempo todo. Ele também não teria notado que a janela estava totalmente aberta e que o carro se transformara na Sibéria. Ele vive dentro de sua cabeça, mal nota o mundo ao redor. O que me leva a pensar...

Espero que ela continue. Eu deveria adivinhar?

– Você é uma pessoa nostálgica? – ela finalmente me pergunta.

Uma pergunta bizarra para um dia bizarro.

– Todos não são? Não passo muito tempo pensando no passado, se é o que você quer dizer.

Isso me aborreceria demais.

O dia em que conheci Luke, a piada que ele fez que se tornou séria quando lhe disse como era uma ideia brilhante. Ele querendo fugir, eu o estimulando a avançar.

Um bom segredo. Antes que eu deixasse o ruim surgir.

– Conte – diz a sargento Zailer. Como ela sabe que há algo a contar?

– Estava pensando no dia em que conheci meu marido.

– Eu gosto de histórias de "como conheci meu marido" – ela diz, me encorajando. Apagando o cigarro no cinzeiro do carro, ela acende outro. Estarei fedendo quando chegar em casa.

– Luke é artesão de cantaria. Estava trabalhando em uma casa geminada em Rawndesley, instalando uma nova janela projetada. Eu alugava o andar térreo da casa ao lado. Um dia, estava indo trabalhar e ouvi Luke batendo boca com minha vizinha, a mulher para quem trabalhava. Era ela quem gritava; histérica. Ele tentava acalmá-la. – *Um bom treinamento para se casar comigo.* – Eu não conseguia entender: ela continuava gritando que não poderia autorizar se não soubesse o que ele queria fazer, que ele precisava ser mais claro.

Qual era o nome dela? Esqueci. Será que Luke lembrava? Para nós, ela é Macaco Amestrado. *Se eu quisesse que alguém sem criatividade ou iniciativa trabalhasse na minha casa teria contratado um macaco amestrado.* Foi a melhor frase dela, e ficou nas nossas cabeças.

– Luke estava tentando explicar a situação mais claramente possível. Eu já tinha entendido o básico no momento em que tranquei a porta da frente, mas aquela mulher era uma cretina. Ela finalmente explodiu com Luke dizendo que não tinha tempo para discutir naquele momento e conversaria com ele depois. Saiu furiosa, xingando em voz baixa, deixando Luke e eu encarando um ao outro. Luke... – comecei, e me interrompi, sorrindo. Era a parte da história de que mais gostava. – Luke se virou para mim e continuou com seu apaixonado discurso de justificativa. Mal parou para respirar. Não se apresentou, não parou para pensar em quem eu seria. Não que eu tivesse algo a ver com aquilo. Era como se ele pensasse: "Certo, aquela mulher saiu furiosa, então vou apresentar minha tese para esta." Ele estava totalmente certo. Ele fizera uma nova janela projetada para ela e, antes de instalar, queria conferir se ela queria alguma gravação. Algumas pessoas querem. Normalmente querem aquilo que estava gravado na velha pedra lascada que estava sendo reproduzida. Às vezes, mesmo não havendo gravações decorativas na antiga, as pessoas querem uma na nova, de modo que ela pareça mais grandiosa, ou, em alguns casos, querem gravar suas iniciais.

– Suas *iniciais*? – reagiu a sargento Zailer, soando horrorizada. – Em uma janela de pedra projetada?

– As pessoas querem todo tipo de coisas – digo a ela. – Uma vez Luke recebeu o pedido de gravar versos de músicas dos Beatles nos parapeitos de uma casa tombada, um verso em cada janela. Ele se recusou.

– As pessoas são malucas – murmura a sargento Zailer.

– Seja como for, essa mulher horrível não queria nada gravado em sua janela nova, mas entendeu mal o que Luke dizia, decidiu que ele estava tentando lhe dizer que deveria gravar algo. Ela perguntou em que pensara especificamente, e como ele não estava pensando em nada, nem deveria – me interrompo, fechando os olhos. – Você entendeu a ideia.

UMA CERTA CRUELDADE 99

– Espero que você o tenha perdoado em nome dela.
– Eu lhe disse que ela era uma bruxa má que precisava muito de punição. Sua nova janela foi instalada com direito a uma gravação que ela ignora. Fica do lado de baixo do parapeito. Ela nunca a verá, a não ser que deite de costas sob a janela e olhe para cima.

Fico surpresa com o quanto a sargento Zailer parece gostar do final da história. Fico com a estranha sensação de, embora não esteja me apresentando, ter conquistado minha plateia.

– Qual foi a gravação? – ela pergunta.
– "Esta casa pertence a uma...", seguida por uma palavra muito grosseira. A mais grosseira. Em letras pequenas.

Ela ri.
– Excelente.
– Nós tomamos como modelo um *ex-libris* – conto, e não consigo resistir a acrescentar: – Você sabe, "Este livro pertence a...". Como você coloca em seus livros quando é criança.

– Eu adoraria ver. Não me importaria de deitar de costas debaixo de uma janela. Já fiz coisas mais estranhas. Qual é o endereço?

Será que ela está falando sério? Está ansiosa demais; isso me faz recuar. Eu tinha dado a história que ela queria – então era minha vez de pedir algo. Talvez aproveitar enquanto estava fazendo sucesso.

– Eu gostaria de olhar os arquivos, quaisquer anotações que vocês tenham. Do assassinato de Katharine Allen.

Dessa vez, quando a sargento Zailer ri, é um som totalmente diferente.

– Você poderia fazer cópias para mim? Não vou mostrar a ninguém. Nem mesmo a Luke.

– Você está falando sério, não é? – ela diz, e balança a cabeça.
– Modelo de *ex-libris*: este projeto pertence a uma pessoa muito pouco realista.

– Sei que você não pode fazer isso oficialmente. Mas poderia extraoficialmente?

— Por que eu iria querer copiar arquivos de casos confidenciais para você?

— Preciso saber mais sobre ela. Se há uma ligação entre nós duas, eu poderia ver algo que chamasse atenção: o nome de um amigo, algo que coincida com...

— Lamento — corta a sargento Zailer. Ela soa cansada. Eu a contagiei com a minha exaustão. — Veja, é ótimo você querer ajudar, mas... não é trabalho seu descobrir a ligação, caso haja uma. É trabalho de Simon e seus colegas. Sei que ele logo a estará atormentando em busca de cada detalhe microscópico de sua vida para poder conferir com o que sabem sobre Katharine Allen, mas...

— Saquei — digo, desligando o charme, consciente de que alguns poderiam dizer que nunca o liguei. — Eu sou inferior, não uma igual. Tenho de contar tudo e não perguntar nada.

— Isso mesmo — retruca a sargento Zailer. — Você não é da polícia, e há um documento desagradável chamado Lei de Proteção de Informações, e as duas coisas são exclusivamente culpa minha — diz e suspira.

Sinto falta do bom humor dela.

— Você disse que tinha uma teoria — lembro a ela.

Será que ela decidiu que é arriscado conversar comigo? Que sou do tipo a quem é melhor não dizer nada, caso peça tudo? Ela estaria certa: eu sou desse tipo. Não me importa de quem é o trabalho de descobrir a ligação entre mim e Katharine Allen. Por mais informativa e cooperativa que seja quando a polícia toma meu depoimento, sempre saberei mais sobre minha vida e história do que Simon Waterhouse saberá. Preciso ver os nomes de todos que eles ouviram, cada anotação que fizeram, todas as fotografias que tiraram — todas as coisas que não podem me mostrar para o caso de meu álibi ser mentiroso e eu mesma tiver assassinado Katharine Allen.

Se eu fosse detetive e realmente quisesse respostas, correria o risco.

– Simon é nostálgico – diz a sargento Zailer. – Ele nunca está vivendo o momento. Está sempre em algum outro lugar em sua mente; outro lugar, outro tempo. Uma teoria sobre qualquer caso em que esteja trabalhando o retira totalmente do tempo e do espaço. Aquilo para o que ele está se lixando é exatamente o aqui e agora. Está disposto a tornar o momento presente horrendo para todos para compreender o passado no futuro. Eu estava pensando agora que se *ele* tivesse visto as palavras que você viu em um pedaço de papel e não conseguisse se lembrar do contexto, eu provavelmente pensaria que era por estar trancado em seu próprio mundinho na ocasião – diz, e se vira para me encarar. – Talvez você seja igual. Talvez estivesse obcecada com alguma outra coisa quando viu as palavras, e não consegue ver o resto do cenário porque só estava lá em corpo.

Algo brilha e se dissolve em minha mente. Uma fração de segundo depois não resta nenhum sinal, fora uma vaga sensação de movimento rapidamente engolido pela imobilidade. A primeira fase da lembrança. Ou nada? Provavelmente nada, decido. Ingenuidade supor que uma lembrança se desnudaria em etapas, como uma stripper.

Pelo que sou obcecada? A morte de Sharon. O que irá acontecer com Dinah e Nonie. Little Orchard. Sono. O que preciso contar a Luke, mas não posso.

Será que estaria remoendo uma dessas coisas quando vi uma página com "Gentil, Cruel, Meio que Cruel" escrito? Se foi o caso, isso dificilmente ajuda a ter uma definição mais clara.

– Ginny disse algo interessante sobre nostalgia – me conta a sargento Zailer. Estamos quase em Rawndesley; mais buzinas de carros ali que em Spilling, pessoas mais impacientes. O cheiro também é diferente, especialmente ali no lado puramente funcional da cidade: canos de descarga, restaurantes que vendem comida para viagem. – Disse que pessoas nostálgicas anseiam pelo passado por uma boa razão; como sentem falta dele, não estavam lá plenamente quando deveriam, quando era o presente. Elas se privam das experiências do "agora" que são suas por direito. Depois se sentem enganadas e tentam recuperar o que perderam e, nesse processo, perdem mais do presente. É um círculo vicioso.

– Organizado demais, convencional demais – digo, descartando. – Tem de ser invenção, como a coisa da mente consciente/inconsciente. Ela partilhou outras teorias impressionantes?

A sargento Zailer sorri.

– Algumas.

Ela pega outro Marlboro Light no maço, acende.

– Então você não passou a sessão inteira falando sobre mim; a mulher estranha que você encontrou no seu carro.

– Sem ofensa, mas a setenta pratas por hora...

– Por que você a procurou?

– Para parar de fumar – diz a sargento Zailer, fingindo ficar chocada com a visão de um cigarro entre os dedos. E diz: – Merda. Acho que não funcionou, e por isso terei de voltar semana que vem. Não, para ser justa, ela se protegeu, nos ofereceu uma saída. Disse que eu ainda não estava pronta para parar. Por enquanto tenho autorização oficial para acender um sempre que sinta vontade. Antes que ela possa me dar a sugestão hipnótica para que me livre do anseio eu preciso de pelo menos doze sessões de hipnoanálise – diz, e soa satisfeita.

– Isso dá oitocentos e quarenta pratas – digo. – O "pelo menos" também soa caro.

Ginny é a criminosa em quem a sargento Zailer deveria estar de olho naquela tarde, não em mim.

– Aparentemente, eu não fumo porque gosto, como sempre pensei.

– Pulsão de morte? – sugiro.

– Compensação. Ginny diz que há algo muito pesado no lado negativo. Por isso, preciso me satisfazer o tempo todo. Os cigarros são minhas gostosuras, e enquanto eles cumprirem a função de suprir o que está errado, continuarei a fumá-los. Por que não? Não vou abrir mão de uma coisa de que gosto em troco de nada. Isso seria irracional.

– E quanto à gostosura de não morrer jovem? – pergunto.

Ela balança a cabeça.

– Evitar a doença no futuro é abstrato demais, Ginny diz. Não é um ganho concreto para substituir os cigarros, então não faz efeito. Quer saber por que estou lhe contando tudo isso?

Não me ocorrera especular. Por que a sinceridade sempre precisa ser justificada enquanto guardar para si tudo que importa é considerado padrão – quase educado? Eu sou a esquisita, cercada de todos os lados por pessoas que passam os dias tentando dizer o mínimo possível. *Pessoas como Jo.*

Quero que me digam a verdade e quero ser capaz de dizer.

– Ginny disse que não deveria falar sobre nossas sessões ou sequer pensar nelas nos intervalos – diz a sargento Zailer. – Estou me rebelando. Odeio fazer o que mandam. Visto juntamente com meu fumo compensatório, isso produz o retrato de alguém cujas necessidades não foram atendidas na primeira infância – ela diz, e ri antes de continuar. – Eu meio que concordo com você; provavelmente é tudo besteira. Ambas seremos exploradas e não ficaremos mais saudáveis ou felizes. Por que você procurou hipnose, caso não seja uma pergunta pessoal demais?

– Eu não durmo.

Ela concorda com um movimento da cabeça.

– Por que está reprimindo uma lembrança dolorosa – ela diz em uma voz demasiadamente sincera. Seu sorriso deixa claro que não está incorporando Ginny.

— Não estou não. Confie em mim, minhas lembranças dolorosas são muito extrovertidas. É a próxima rua à direita.

— Ah, e quanto às suas lembranças *culpadas*, aquelas que a fazem se encolher de vergonha sempre que pensa nelas?

Ela soa irritantemente animada, considerando o tema. Será que Ginny a convenceu de que sofrer é divertido?

— Ainda nenhuma repressão — digo. — Todas as minhas lembranças culpadas batem ponto todos os dias. Não há nenhum subterfúgio envolvido. Gostaria que houvesse. Em qualquer lugar aqui está bem. Aquela é a minha casa, a iluminada como uma abóbora no Halloween.

Nonie tem medo do escuro e alega que a casa também. Ela dorme com a luminária de cabeceira acesa e não consegue passar por um cômodo apagado sem "acender a luz para alegrá-lo".

Fico pensando se Dinah ainda estará acordada. Nenhuma das meninas tem hora para dormir. Nonie sempre pede para ir para a cama entre sete e meia e oito; no caso de Dinah, algumas noites é às oito, algumas noites ela continua de pé às dez.

— Então — diz a sargento Zailer enquanto encosta o carro. — De que você sente culpa?

Claro. Tolice minha pensar que estamos conversando apenas por conversar. Para a sargento Zailer, eu sou um alvo que ela foi encarregada de interrogar, nada mais.

Tenho de contar tudo e não perguntar nada.

— Não me sinto culpada de nada — digo enquanto salto do carro. — Tudo de ruim que me aconteceu foi culpa dos outros.

...

Luke está de pé no corredor quando entro; deve ter ouvido o carro parando. Dá um risinho ao me ver tirar o casaco e pendurá-lo no gancho. Eu fui interrogada em um caso de homicídio, e ele está rindo. Será que alguma coisa consegue deixar esse homem ansioso?

— Você parece alguém que precisa de uma taça de vinho — ele me diz.

— Uma taça? — reajo. Ele poderia muito bem ter dito "dedal".

— Encha a maior panela que tivermos de sauvignon blanc e me dê um canudinho.

Tiro a segunda camada de roupas: meu pulôver. Uma das coisas que adoro em nossa casa é que ela está sempre quente, apesar de não parecer. Gosto da acolhida quase tanto quanto da inversão de expectativas.

— Tão ruim assim? — Luke pergunta.

— Pior. Vou desmaiar se não comer alguma coisa.

— Sobrou um monte de chili. Vou esquentar para você.

Ele vai para a cozinha e começa a circular animadamente. Eu o sigo, esperando conseguir chegar à cadeira mais próxima, para poder me largar na mesa da cozinha.

— As garotas estão na cama?

— Sim. Dinah dormiu no sofá às seis e meia. Tive de carregá-la para cima.

Ergo as sobrancelhas incrédula, o que exige mais esforço do que deveria. O calor da chapa quente, que Luke costuma deixar ligada no inverno para criar o efeito de um forno Aga, está me deixando tonta, pesada demais para mover mesmo as partes mais leves do meu corpo.

— Ela teve um dia estressante. Recebi a ordem de lhe contar sobre isso.

Ele me dá uma caneca de cerâmica extragrande de vinho branco gelado: um meio-termo.

— O que aconteceu? — pergunto, não porque esteja ansiosa para mergulhar nos detalhes da última discussão de Dinah com a sra. Truscott, mas porque só há duas outras coisas sobre as quais Luke e eu provavelmente conversaremos naquela noite: meu sequestro pela polícia e a carta da Assistência Social que está na mesa diante de mim, saindo do que sobrou do envelope. Não está ali por acaso. É o jeito de Luke dizer que temos de conversar sobre nosso assunto menos preferido. Eu não estava lá quando ele abriu a carta, mas posso vê-lo na minha cabeça, rasgando o envelope, destemido.

Se eu fosse a corajosa e ele o covarde, eu o forçaria a enfrentar isso? Leria a carta em voz alta se não o fizesse?

— Sabia que Dinah está escrevendo uma peça? — ele pergunta, mexendo o chili.

— Não — digo. *Saber coisas é cansativo demais.* A ideia é tão incomum pra mim que me deixa chocada. Eu preciso de comida. — Já estaria quente o suficiente ficando na chapa quente desde a hora do chá. E mesmo que não esteja, eu quero isso agora.

— *Hector e suas dez irmãs*. É sobre um menino de oito anos cuja mãe o obriga a vestir rosa. Ela está tão farta de cuidar dos onze filhos que não consegue suportar a ideia de comprar roupas diferentes para cada um, ou trajes diferentes para dias úteis e fins de semana; esforço demais. Então ela decide que todos terão de vestir as mesmas roupas todos os dias, como um uniforme, e como dez dos onze filhos são meninas obcecadas por rosa, a mãe raciocina que faria sentido essa ser a cor do uniforme — conta Luke, de pé de costas para mim, mas posso ouvir o sorriso em sua voz. — Hector não tem escolha a não ser obedecer, e logo nenhum de seus colegas quer conversar com ele ou jogar futebol...

— O que isso tem a ver com a sra. Truscott? — pergunto, cortando. Em outro momento, eu adoraria ouvir tudo sobre Hector e suas irmãs. Apenas não naquela hora.

Luke pousa uma tigela de chili na minha frente e me dá um garfo. Eu me afasto do vapor que sobe e consigo não perguntar se há o suficiente para que repita uma e duas vezes. Ele me diria para antes comer os primeiros e ver como me sinto depois. Às vezes ele me lembra que moro em um país desenvolvido, a cerca de cinquenta passos de um restaurante chinês que vende comida para viagem, um restaurante indiano, uma loja Co-op e uma Farmer's Outlet; dificilmente serei vítima de uma falta de alimentos.

– Dinah mostrou a peça à sra. Emerson, que disse que era a melhor coisa que qualquer criança de qualquer idade da escola já tinha escrito.

Não consigo deixar de sorrir disso. Dinah tinha uma tendência a ampliar qualquer elogio recebido. O ex-colega de exército de Luke, Zac, uma vez disse que seu cabelo era bonito, e ela não viu nenhum problema em acrescentar a isso que "Ele viajou o mundo todo e nunca viu ninguém com cabelos tão bonitos quanto os meus, em nenhum país".

– A srta. Emerson sugeriu montar a peça na escola. Pediu a permissão de Dinah para mostrá-la à sra. Truscott...

– Ah, Deus – eu murmuro, a boca cheia. Aquele era meu tipo de comida preferido: cheio de pimentas chili vermelhas fortes de dar lágrimas nos olhos, que Luke só teria colocado depois que ele e as garotas estivessem certos de ter comido o bastante. Eu sou masoquista. Adoro comida que me faz chorar e suar.

– A sra. Truscott disse que não achava adequado. Por quê? – ele pergunta, enchendo minha caneca de vinho. – Porque não há razões para que meninos não possam vestir rosa, e não devemos reforçar estereótipos de gênero ou dar a impressão de que ter irmãs é algo terrível.

Eu solto um grunhido. É egoísta desejar que nada problemático, nada demandando qualquer pensamento ou ação de minha parte um dia aconteça na escola? Quando recebi Dinah e Nonie no ônibus e perguntei como havia sido o dia, a resposta que estava desesperada para ouvir era: "Muito divertido e altamente educativo, mas ao mesmo tempo sem absolutamente nada marcante e, portanto, não demandando discussão adicional."

– Quando tudo isso aconteceu? Por que Dinah não disse nada?

— Ela queria lidar com isso sozinha, e fez. Admiravelmente, dissimuladamente, ou ambos, dependendo do seu ponto de vista. Ela concordou com a sra. Truscott em que não havia nada de errado em meninos vestindo rosa, e disse que era exatamente o que sua peça estava tentando mostrar: que se os amigos de Hector não o tivessem provocado, ele não teria sido obrigado a tomar a medida drástica e não haveria fim trágico para as dez irmãs. Elas debocham de Hector impiedosamente e são terrivelmente punidas. A sra. Truscott acreditou nisso e disse que a peça de Dinah poderia ser parte do espetáculo de Natal, desde que ela não permitisse que isso interferisse com seus deveres de casa ou os de qualquer um. Dinah fez audições e até criou uma comissão para que todas as decisões pudessem ser consideradas justas. Acho que isso deve ter sido ideia de Nonie. Pelo menos Nonie estava na comissão. A srta. Emerson ajudou na administração, os roteiros foram para casa com falas individuais marcadas...

— Não acredito que Dinah não nos contou.

— Ela não queria nos convidar para sua estreia dramática até saber que não seria um fracasso — disse Luke, servindo uma taça de vinho para si e a levando à mesa. Vejo em seu rosto que ele está com raiva. — O que acabou acontecendo, muito rapidamente. A mãe de uma aluna telefonou e disse que sua filha fora para casa chorando por não ter conseguido um dos papéis de "irmãs", enquanto suas duas melhores amigas tinham; o pai de outro aluno invadiu o escritório da sra. Truscott reclamando do roteiro revoltante que o filho levara para casa, cheio de crueldade e tortura, e capaz de provocar uma pandemia de ódio a irmãs.

— Tortura? Provocar alguém por vestir rosa? Isso não é exatamente *O assassino em mim*.

— Você não deixou que eu chegasse ao fim da história. Pessoas rolam na lama, são empurradas em lagos de peixes contra a vontade...

— Isso deveria acontecer mais na vida real.

— Uma garota ficou tão chateada de receber um papel menor que a mãe ameaçou tirá-la da escola e educá-la em casa. Você pode imaginar o que veio em seguida: a sra. Truscott disse a Dinah que a peça estava causando problemas demais, e de repente tudo foi cancelado. Dinah ficou chateada e reagiu de forma exagerada. Acusou a sra. Truscott de ser uma covarde sem princípios.

Eu tenho de tomar cuidado aqui. Luke está preocupado, compreensivelmente. Isso significa que de modo algum posso soltar um "Rá! Na mosca!". Tenho a sensação horrível de que meu rosto está me traindo.

— Fico contente por você estar gostando disso, porque tem mais. Dinah disse à sra. Truscott que um bom líder precisa ser forte e justo. Eles tinham aprendido isso em história no dia anterior. Forte em não ceder à pressão de idiotas. Justo em não quebrar promessas feitas na semana anterior. Ao ouvir que tinha uma cabeça ridícula e era um ser humano ainda pior a sra. Truscott aparentemente disse muito pouco, a não ser que iria ligar para nós e falar sobre o que havia acontecido.

— O que ela não fez. Fez? Você conferiu as mensagens?

— Claro que não ligou! Ela está adiando isso, aterrorizada de ouvir o mesmo de você, ou pior — disse Luke, me lançando um olhar severo. — O que não faria nenhum bem, Amber, por mais verdadeiro que possa ser. Você não precisa fazer nada, certo? Vou cuidar disso.

Eu faço um ruído não comprometedor, nada convencida. Normalmente as coisas que precisam ser cuidadas pelas outras pessoas são exatamente aquelas que mais precisam de minha interferência.

— Dinah e eu fizemos um acordo — Luke diz. — Ela irá se desculpar com Truscott amanhã cedo. Com sorte Truscott então não sentirá a necessidade de... fazer mais nada. Eu *acho* que também convenci Dinah a perguntar se pode escrever outra peça para a apresentação de Natal, uma um pouco menos...

— O cacete! — digo, cheia de chili e totalmente desperta, pronta para brigar a noite inteira. — O que, uma peça sobre gatinhos e cordeiros embalando uns aos outros, com belos arquinhos em seus lindos pescocinhos?

— Sabe, você disse isso de uma forma realmente ameaçadora — diz Luke, sorrindo para mim. — Não há nenhuma chance de eu ver *essa* peça. Estou com medo. Esses gatinhos e cordeiros são do mal.

— Os dias de Dinah e Nonie nessa escola estão contados. Eu o tinha alertado antes; ele não me levou a sério.

— Não estão não — ele diz, irritantemente calmo. — É uma boa escola.

É a escola que Sharon escolheu para elas. Não foi o que Luke disse, mas foi o que ouvi.

— Uma boa escola com uma diretora frouxa — digo, teimosa. — Como nossa carta de rompimento deixará claro. Ou talvez eu piche isso na porta do escritório dela, para que não possa esconder e continuar fingindo que todo mundo a ama.

— Bom plano — diz Luke, concordando com a cabeça. — Por que você não a confronta arruinando a educação das meninas? Você sabia falar francês ou espanhol aos oito anos? Eu não sabia. Você sabia que havia uma diferença entre o chinês simples e o complexo? Eu não sabia. Dinah e Nonie *sabem*. Nonie me disse outro dia que Jackson Pollock era um artista abstrato expressionista, e o que isso significava.

— O que você disse às meninas? — pergunto, esticando a mão na direção da garrafa de vinho. — Sobre esta tarde, onde eu estava.

— Disse que você teve de voltar ao trabalho para uma reunião urgente. Elas não acreditaram em mim.

— Não estou surpresa. Para uma mentira é uma muito sem graça.

– Então vamos ouvir a verdade interessante – diz Luke. – O que aconteceu?

Eu adoto meu padrão habitual de contar a ele quase a história toda. Até conto que Katharine Allen foi assassinada na terça-feira, 2 de novembro.

Não digo nada sobre meu curso de direção consciente, aquele ao qual não fui, tendo acontecido no mesmo dia.

...

Quinze minutos depois Luke vai para a cama, e eu mergulho no trecho da noite que mais temo: o período entre dez e meia e onze e meia, quando estou só, encarando mais uma noite de vigília. Dezoito meses antes, quando parei de dormir, supus que os surtos de pânico esmagador que acompanhavam minha insônia se provariam temporários; ou eu reaprenderia a dormir, ou me acostumaria a não dormir – seria mais fácil psicológica e emocionalmente. Não foi assim, e já não finjo que será. A voz crítica em minha cabeça surge no instante em que Luke me dá o beijo de boa noite e sai da sala.

Isto é quando e como as pessoas normais vão para a cama. Elas sobem para o andar de cima, sem medo, e colocam os pijamas. Elas não começam a suar, o coração não bate como se estivesse prestes a explodir, não descobrem de repente que precisam esvaziar a bexiga a cada dez minutos. Escovam os dentes, bocejam, rolam na cama, talvez leiam duas páginas de um livro, as pálpebras se fechando. Desligam a luz e vão dormir. Por que você não pode fazer isso? O que há de errado com você?

A exaustão crescente não é a pior coisa de não dormir, de modo algum. A solidão é o pior, e a percepção distorcida que traz consigo. As pessoas com frequência parecem surpresas quando lhes digo isso, chocadas por comparar insônia prolongada com confinamento solitário em uma prisão. Sua mente começa a se mordiscar como um rato alucinado, explico pacientemente. Eu tive muito tempo para trabalhar em uma metáfora apropriada – e poderia muito bem usá-la, mesmo que ela faça com que a pessoa com quem estou conversando se afaste, lembrando de algum lugar urgente onde precisava estar dez minutos antes.

Não pense em quantos minutos e segundos há entre agora e seis e meia da manhã de amanhã. Não vá se sentar na frente do relógio na sala de jantar para poder marcá-los à medida que passam.

Fico onde estou – onde Luke relutantemente me deixou, de pernas cruzadas no sofá – e envolvo o corpo com os braços como proteção, mas os sentimentos que estou tentando afastar surgem de qualquer forma; o isolamento penetrante, a culpa habitual acompanhada pela convicção de que essa angústia é minha punição, repulsa por minha própria esquisitice, um terror que não é relacionado com nada em particular, o que o torna ainda mais assustador. Como sempre, quero suplicar a Luke que desça. Ele ainda não estará dormindo, não estará sequer na cama. Como sempre, me detenho, e em vez disso tento me concentrar em lutar contra a voz.

E se esta noite for pior? E se eu não tiver absolutamente nenhum sono, nem mesmo vinte minutos aqui e ali? E se esse se tornar o novo padrão? E se ficar tão cansada que não conseguirei mais fazer meu trabalho? Não seremos capazes de pagar a hipoteca.

Eu me arrasto para fora do sofá e caminho lentamente para a sala de jantar, me concentrando em meus passos, desejando que cada um demore o maior tempo possível. Paro no umbral, confiro o relógio. Dez e trinta e cinco. Volto para o sofá na sala de estar, deito. Fecho os olhos.

Eu costumava ir para a cama com Luke, mesmo sabendo que não iria dormir; inicialmente essa era a nossa tática. Ambos tínhamos certeza de que era a melhor coisa a fazer. Toda noite revisávamos nossa política e voltávamos a concordar com ela. Tornou-se um ritual. Luke me dava qualquer livro que estivesse em minha mesinha de cabeceira e dizia: – Faça o que você costumava fazer. Leia um pouco, depois apague a luz, feche os olhos, os mantenha fechados e veja o que acontece. Mesmo que você não durma, ainda pode deitar e relaxar, descansar um pouco. E se você por acaso adormecer – bem, já está no lugar certo, não é mesmo?

– Exatamente – eu dizia. Minhas respostas tendiam a ser curtas. Tinha medo demais do que a noite havia reservado para mim àquela altura, com minha cabeça sobre o travesseiro, para sustentar uma conversa normal. Luke uma vez me disse que eu parecia estar de pé diante de um pelotão de fuzilamento, com a diferença de que estava na horizontal.

A política mudou assim que identificamos uma enorme falha em nosso plano: eu era incapaz de ficar deitada quieta. Minhas viradas e torções agitadas acordavam Luke. Ele não se importava; teria alegremente virado de lado e voltado para qualquer que fosse o sonho que eu tivesse interrompido, só que, desesperada por companhia depois de demasiadas horas de escuro silencioso, de uma infelicidade inquieta, eu bloqueava seu retorno ao sono dizendo: "Passei quatro horas de olhos fechados, não estou relaxada e, como você talvez perceba, continuo acordada. O que você me sugere fazer agora?"

Luke tinha medo demais de me aborrecer sugerindo que me mudasse para outro quarto; após seis meses destruindo as noites dele, além das minhas próprias, eu mesma sugeri isso. Os antigos donos de nossa casa tinham transformado o sótão em um comprido quarto de hóspedes triangular com banheiro em uma das pontas, então, por algum tempo, me mudei para lá. E depois, há três meses, decidi que já era o bastante e também me mudei daquele quarto. Chegara a hora de ser dura comigo mesma: alguém que não dorme não merece um quarto de dormir. *Se você quer um quarto de dormir, terá de merecer isso.* Desde então acampei em sofás variados – na sala de estar, no escritório de Luke, no quarto de brinquedos das meninas. Às vezes, quando Luke acendia a lareira, eu me deitava no tapete diante do carvão ainda brilhante, esperando que o calor conseguisse desatar os nós em minha mente. De vez em quando, costumava me encolher no chão ao lado da cama de Dinah, mas Nonie colocou um fim nisso. Eu disse a ela que não havia nenhuma chance de conseguir adormecer no chão dela mesmo por dez minutos, não com a luz acesa a noite inteira. Sua resposta não deixou espaço para negociação: se eu não conseguia dormir junto à sua cama, então também não deveria dormir junto à de Dinah. As duas ou nada – qualquer outra coisa seria injusta.

Certa vez cochilei por meia hora na banheira, que tinha enchido de almofadas, e acordei com câimbras terríveis no pescoço. Eventualmente saio e tento perder a consciência no carro. Já não uso pijamas ou camisolas; joguei todos fora há dois meses. Luke tentou me convencer a não fazer isso, mas eu precisava fazer. Era deprimente demais vê-los todas as vezes que abria o guarda-roupas, guardados em uma ofensiva pilha cuidadosamente dobrada em tons pastéis. Eu me sento, abro os olhos. Minhas pálpebras doem; devo tê-las apertado demais.

Faça algo útil. Você tem uma noite inteira pela frente – mais uma. Passe roupa. Confira os deveres de casa das meninas.

Jo uma vez me disse que eu deveria aproveitar ao máximo meu "tempo extra" à noite, usá-lo para realizar algo: aprender um idioma, começar a pintar. Fingi achar que era uma ótima sugestão, depois chorei durante uma hora assim que ela foi embora.

Faça alguma coisa. Abra a porta da frente e comece a berrar.

Penso na carta da Assistência Social na mesa da cozinha e meu coração dá um pulo. Em nenhuma outra situação aquela seria uma perspectiva atraente, mas naquele exato instante era a minha melhor chance de não enlouquecer. Lê-la naquele momento iria me irritar tanto quanto lê-la no meio do dia, que é o que desejo: uma fonte de aborrecimento e infelicidade que não seja específica da noite.

Vou à cozinha, sento à mesa – desviando os olhos do mostrador do micro-ondas que iria me lembrar que são dez e trinta e oito – e tiro a carta de seu envelope. Cai também um cartão-postal, a face para baixo – um típico cartão de Ingrid, de alguma galeria de arte: uma pintura de um grupo de freiras sentadas em um jardim, sob as árvores. Eu o pego e leio antes. "Não desanimem", ele diz. "A ameaça das mensalidades escolares <u>claramente</u> não visa o melhor para meninas. Mais material para o nosso lado. M deu um tiro no pé! Nós venceremos!"

Eu suspiro. Ingrid, nossa assistente social, tem disputado com Luke a Copa do Otimismo Irracional havia alguns meses, sem ser desafiada por mim. Desisti de tentar obrigar os dois a encarar a verdade, que é a de que podemos vencer ou não, e não há como prever como será.

Leio a carta formal. Ela me diz o que já tinha deduzido a partir do cartão de Ingrid: Marianne está ameaçando parar de pagar as mensalidades da escola das meninas se Luke e eu formos autorizados a adotá-las. *E daí?* Pagaremos as mensalidades nós mesmos, de algum modo, se necessário. Falsificarei um diploma para mim e trabalharei à noite como hipnoterapeuta – o que é muito bom, considerando que já estou acordada. Cobrarei das pessoas oitocentas e quarenta pratas pelo privilégio de partilhar suas lembranças comigo.

Dinah e Nonie adoram a escola. Como aquela escrota da Marianne pode ameaçar privá-las dela, sabendo o que já perderam? Acho que a pista está no nome dela – a parte do "aquela escrota".

Se Luke estivesse ali citaria para mim minhas próprias palavras sobre os dias das meninas na escola estarem contados. Ele não entende que tenho duas categorias: coisas que gosto de dizer que odeio e reclamar disso sem parar, e coisas que realmente odeio, como Marianne, sobre as quais tento não pensar ou falar se puder.

Afora o detalhe inesperado das mensalidades escolares, a carta da Assistência Social contém apenas a informação que Luke e eu estávamos esperando: Marianne entrou com uma objeção formal. "Eu apenas não acho que isso seja certo; vocês não são os pais das meninas" foi a única coisa que ela esteve disposta a nos dizer sobre o assunto. "Elas são filhas de Sharon, não de vocês". Tentamos mostrar a ela que Dinah e Nonie sempre serão filhas de Sharon, com Luke e eu as adotando ou não, e que não ser pai das crianças que você espera adotar na verdade é um pré-requisito, e não uma barreira, mas ela simplesmente olha através de nós e balança a cabeça mecanicamente e rápido demais, como se alguém estivesse dando corda às suas costas.

Não acho que eu iria um dia matar alguém ou encomendar a morte de alguém – a não ser que as vidas de Dinah ou Nonie estivessem em risco –, mas adoraria, adoraria se Marianne Lendrim caísse morta amanhã. Ela na verdade nem precisaria esperar tanto; naquela noite estaria bem. Eu provavelmente deveria me sentir culpada por desejar que deixasse de existir, mas não me sinto. Meu trabalho como guardiã de Dinah e Nonie é privá-las de coisas perigosas: primeiramente, sua única avó sobrevivente, depois álcool, drogas, tatuagens e piercings que irão lamentar, viagens por países inseguros.

Eu enfio a carta e o cartão de Ingrid em minha bolsa e deixo o envelope vazio rasgado na mesa da cozinha para Luke vê-lo pela manhã. É algo mais fácil de fazer do que dizer "eu li a carta", menos chance de levar a uma conversa que ambos acharíamos insuportável.

Tendo sujado minha mente pensando em Marianne, precisava limpá-la, ficar perto de Dinah e Nonie e ver seus rostos adormecidos. Eu passava muito tempo nos quartos delas à noite, apenas as vendo dormir, monitorando o efeito que isso tinha em meu humor: uma instantânea injeção de alegria. Quando acordam e estamos juntas é mais complicado. Normalmente estamos falando, e me preocupo em falhar com elas um pouquinho mais a cada palavra que sai de minha boca.

Subo na ponta dos pés, passo pelo quarto de Luke – aquele que costumava ser o meu – e seu escritório. Enquanto subo o lance de escadas mais curto para o segundo andar penso na bela escadaria que Ginny pedira que eu imaginasse. *Sua escadaria perfeita tem dez degraus. À medida que você desce, quero ver você mergulhando na calma e no relaxamento...*

Paro no alto da escada diante do quarto de Nonie, registrando pela primeira vez a anomalia. Dez degraus, Ginny tinha dito. Decididamente dez. Mas ela me tirou da hipnose com um seco um-dois-três-quatro-cinco. Nenhuma menção à escadaria no final da sessão. O que aconteceu com ela? Se uma escadaria de dez degraus é o caminho para um lugar de completa calma e relaxamento, então certamente também não deveria ser o caminho para fora dele?

Um pequeno detalhe, mas é isso o que o torna tão irritante. Quão difícil teria sido para Ginny completar a metáfora, dizer *E agora, à medida que conto até dez, você irá subir os degraus de sua escadaria um a um, com cada passo a tirando da paz e da tranquilidade e a levando para o mundo real de merda?*

Se eu fosse hipnoterapeuta, seria boa em meu trabalho e cuidaria direito de minhas imagens. Eu *sou* boa em meu trabalho. Posso ser apenas gerente de licenças do conselho municipal, como Jo seria a primeira a observar, mas sou brilhante no que faço, e se não pudesse fazer isso de modo brilhante, faria alguma outra coisa. A maioria das pessoas parece não se aborrecer de passar oito horas por dia, cinco dias por semana envolvida em uma atividade na qual são de medianas a péssimas. Eu me vejo pensando isso, ou uma versão disso, constantemente. Luke diz que é porque estou permanentemente exausta e irritada. Em restaurantes eu sibilo para ele: "*Tudo* que um chef precisa fazer é cozinhar uma comida boa; é *isso* que se exige dele, é a coisa à qual ele escolheu devotar a vida. E o que ele faz? Cozinha coisas que têm gosto de merda e as serve frias!"

Tudo o que Ginny tinha de fazer para manter as coisas lógicas e simétricas era me levar de volta em minha escadaria imaginária. Tudo que o detetive Gibbs tinha de fazer era ser honesto comigo, e eu teria sido honesta com ele. Também a sargento Zailer. Parecia ter sido horas antes, mas acho que eu estava gostando de conversar com ela antes que ficasse óbvio que toda a conversa, do seu ponto de vista, era de modo a levar a uma armadilha.

Do que você se sente culpada?

Por que ela pediu o endereço da casa com a gravação grosseira do lado de baixo do peitoral da janela? Para me testar? Uma forma fácil de conferir se sou uma mentirosa e uma fantasista?

Simon Waterhouse me tratou como um ser humano. Ele fez um sacrifício: abriu mão do direito de desconfiar de mim muito antes de poder saber que eu não tinha qualquer relação com a morte de Katharine Allen, quando não tínhamos trocado mais que algumas palavras. Com poucos segundos de reunião tínhamos deixado para trás nossos papéis definidos e éramos simplesmente duas pessoas reunindo nosso conhecimento para realizar algo.

A linguagem corporal de Gibbs e Proust evidenciava desaprovação; provavelmente achavam Waterhouse pouco profissional por confiar em mim quando tinha todos os motivos para não fazer isso, mas se ele tivesse sido mais circunspecto e me tratado menos como uma aliada, será que naquele momento eu sentiria que devia lhe contar toda a verdade? Tentar o máximo possível lembrar onde vi aquele pedaço de papel?

Acho que não.

Há quanto tempo eu estava de pé ali, do lado de fora do quarto de Nonie? Não mais de um minuto, talvez, mas tudo conta; cada segundo me leva para mais perto da manhã e do momento em que serei parte de uma família novamente, não mais um cérebro se revirando em um corpo tenso, assombrando as noites das pessoas comuns com minha vigília.

O andar das garotas cheirava a condicionador de roupas com perfume floral. Eu lavo os lençóis delas uma vez por semana, sem falta; quando disse isso a Jo ela riu e falou: — Lavar roupas de cama uma vez por semana é *normal*, Amber. Não é algo de que se vangloriar.

    Eu me inclino para dentro do quarto de Nonie para conferir. Como sempre, ela está aninhada de lado como um ponto de interrogação invertido, com a boca ligeiramente aberta e a colcha cuidadosamente enfiada sob o braço direito. Em um lado da cabeça está a gorda enciclopédia que compramos para ela no aniversário e, no outro, alinhados contra a parede, uma fila de bonecos de bichos: um urso, um unicórnio, um coelho, um panda, uma coruja corpulenta que tem uma grande semelhança com um jogador de dardos que vi na TV, embora não consiga me lembrar do nome.

    O quarto de Nonie é cheio de filas: na escrivaninha, nas prateleiras, algumas no tapete. Não importa qual seja o objeto, desde que consiga colocar as mãos em um número suficiente para apresentá-los em fila: pares de óculos de papel com lentes 3-D do cinema, garrafinhas de espuma de banho e gel de banho, anéis com pedaços de vidro colorido imitando joias, distintivos, bolas de gude, elásticos de cabelo, potes de hidratante para os lábios. Os lábios de Nonie são sempre rachados.

    Lágrimas enchem meus olhos, trazendo com elas a habitual confusão, me lembrando que o amor pode ser pior para o sistema do que o ódio. Deve haver uma ligação entre os dois – entre eu amar Dinah e Nonie tanto e o ódio incontrolável que com frequência cresce dentro de mim sem razão aparente. Antes que Sharon morresse eu não sentia tão forte quanto agora em nenhuma das direções, positiva ou negativa.

    Vou na ponta dos pés até a cama e beijo a face de Nonie antes de seguir para o quarto de Dinah. Ligeiramente mais difícil ver o que está acontecendo ali, com as luzes apagadas, mas meus olhos logo se acostumam. A colcha de Dinah está embolada aos seus pés, como se ela tivesse feito questão de brigar com aquilo antes de adormecer. A boca está escancarada. De repente me ocorre que Dinah e Nonie são as únicas pessoas no mundo cujo sono profundo não me incomoda. Fico contente que durmam bem. Estaria disposta a nunca mais fechar os olhos caso pudesse garantir a elas sonos ininterruptos para sempre, cheios de sonhos pacíficos.

Você está contente que elas estejam aqui. Não consegue imaginar a vida sem elas – pelo menos não uma vida que valha a pena viver. Isso de certa forma tem de significar que você está contente com a morte de Sharon. Como pode não significar isso?

Facilmente.

Você traria Sharon de volta caso pudesse, sabendo que Dinah e Nonie voltariam para ela?

Eu me faço essa pergunta toda noite. Minha resposta é sempre a mesma: *sim, claro*. Mas não consigo parar de conferir. Preciso provar a mim mesma, constantemente, que não sou má, por mais perturbada e culpada que seja. *É isso mesmo, pessoal. Fiquem com Amber Hewerdine à noite e terão a garantia de horas sem fim de diversão.*

Dinah não liga para a aparência de seu quarto, desde que nunca careça de espaço livre nas paredes para prender pedaços de papel com fita adesiva. Nada tem valor para ela até que tenha colocado no papel. Indo dar um beijo nela eu noto uma tira de beiradas irregulares presa em uma de suas cortinas. Abro a outra para deixar entrar mais luz da luminária na rua, e me dou conta de que estou olhando para uma lista de elenco. De sob o travesseiro de Dinah se projeta uma caneta que não estava ali no dia anterior.

Aquilo é novidade – trabalho daquele dia. Eu franzo o cenho, perplexa. A peça está valendo ou não? Luke e a sra. Truscott acham que não; será que Dinah sabe mais? Estará contando comigo para salvar o dia? Por isso prendeu a lista do elenco na cortina, onde eu não poderia deixar de notar?

"HECTOR E SUAS DEZ IRMÃS", ela escreveu em maiúsculas.

"PERSONAGENS E ATORES. Hector: Thaddeus Morrison; mãe de Hector: srta. Emerson. Eu sorrio. Dinah não queria ser da sala da srta. Emerson, mas isso não foi ruim para ela; o sr. Cornforth não seria de modo algum um escravo tão disposto.

Olho os nomes dos outros personagens: Rosie, Pinky, Strawby, Cherry, Seashell, Sunset, Candy, Berry, Flossy e Taramasalata. As irmãs obcecadas por rosa de Hector, presumivelmente. A obsessão chegava aos nomes.

Quando me inclino para beijar a bochecha de Dinah, fico paralisada. *E se...*

Não, não há razão para pensar isso.

Sim. Há sim.

Estou excitada, e não sei se deveria estar. Devo acordar Luke?

Eu deveria primeiramente preparar uma xícara de chá e bebê-lo, deixar passar um tempo para verificar se acho que vale a pena interromper a noite dele por causa daquilo, mas estou impaciente demais.

Desço as escadas correndo, entrando em um quarto que parece denso de sono de um modo que os quartos de Dinah e Nonie não estão.

– Luke. Acorde.

Um sussurro e uma ordem ao mesmo tempo.

Nenhuma reação. Eu o sacudo. Ele abre os olhos.

– Qual é o problema?

– E se fossem marcações? "Gentil, Cruel, Meio que Cruel"; a primeira letra de cada palavra tem uma maiúscula a não ser o "q" de "que". Meio, com M maiúsculo; Cruel com C maiúsculo. Lembra de quando eu estava lhe contando, que perguntei por que você escreveria desse modo a não ser que fossem títulos ou nomes? Não tinha pensado em cabeçalhos, mas com os espaços no meio... E se quem escreveu isso planejasse preencher os espaços com... algo? Nomes de pessoas, talvez.

O que mais poderia ser? Ações – é a única outra coisa em que consigo pensar. Eu poderia dividir meu próprio comportamento em atos gentis, atos cruéis e aqueles que se encaixassem no meio. Mas nunca faria isso. *Ninguém faria.*

Luke se ergue, recosta na cabeceira, esfrega os olhos.

– É – ele concorda, um pouco entusiasmado demais. Eu me ofendo. Ele disse uma palavra e já soa como um homem fazendo o melhor de si em circunstâncias difíceis. – Poderiam ser cabeçalhos. Mas...

– Eu me dou conta de que é vagabundo como momento eureca, mas ainda é alguma coisa, não é? – digo, defensiva. – Eu deveria dizer à polícia.

– Estamos no meio da noite, Amber – diz Luke, gentil. – Eu preciso dormir. Mencione isso à polícia se quiser, mas... para ser honesto, se você pensou nisso, estou certo de que eles também.

– É verdade, desculpe, eu me esqueci, todas as mentes geram os mesmos pensamentos, não é mesmo? Por isso Einstein não foi a única pessoa a sair com a... a...

Ah, Deus do céu.

– Teoria da relatividade? – sugere Luke, sorrindo sonolento.

– É. Por isso todos os amigos e vizinhos dele em Berlim saíram com a mesma teoria exatamente ao mesmo tempo.

– Berlim?

– Errado?

– Munique, Zurique. Einstein circulou.

Não há motivo pelo qual eu devesse saber isso. Eu odiava todos os temas científicos na escola, e matemática; desisti deles assim que pude. Meu diploma foi em História da Arte. Francamente, Einstein tem sorte de ser citado por mim.

– Cabeçalhos normalmente são sublinhados – digo. – Os policiais não necessariamente fariam a ligação. Eu não fiz, até ver a relação de elenco de Dinah. Ela colocou os cabeçalhos em maiúsculas em vez de sublinhá-los.

Luke não parece convencido. Estou com medo de a conversa terminar, de ficar sozinha novamente.

– Eu poderia muito bem contar à polícia. Vou mesmo falar com eles amanhã.

E me sentir uma idiota quando me contarem que não dão a mínima se as palavras que vi eram três cabeçalhos ou não; que o importante era onde as vira – a parte que não conseguia lembrar e para a qual não tinha teorias.

– Eles querem falar com você novamente amanhã?

– O oposto – digo. Eu poderia muito bem ensaiar minha confissão. – Eu menti para eles. O dia 2 de novembro, o dia em que Katharine Allen foi assassinada, foi o mesmo dia em que eu deveria ir àquele curso no Departamento de Trânsito. Eles me perguntaram onde estava entre 11 da manhã e 1 hora da tarde.

– O quê? Você não me contou isso – Luke reagiu. Nada mais de voz pastosa. Luke está totalmente desperto. *Amber 1, Sono 0.*

– O que disse a eles?

– Disse que estava no curso. Perguntaram se alguém poderia confirmar que eu estivera lá. Disse que não era provável que alguém se lembrasse do meu rosto, mas que eu tivera de levar a carteira de motorista como identificação, e em algum lugar estaria registrado que tinha ido.

Luke franze o cenho pensando nisso.

– É – diz finalmente. – E se forem conferir, é o que irão encontrar. Você não assassinou Katharine Allen, não sabe quem fez, então é uma mentirinha. Você não é louca o bastante para contar a verdade, é?

Eu sorrio, apreciando sua formulação não preconceituosa.

– Eu tenho de. Você não irá me convencer a não fazer isso, então nem tente. Sei que não fará diferença, *sei* que tenho de dizer a Jo o que disse à polícia, e ela ficará furiosa...

— Furiosa? — reage Luke, olhando ao redor do quarto para sua plateia imaginária, a multidão que apenas ele consegue ver, todos do seu lado e agitando bandeiras. — Amber, acorde! Você e Jo cometeram um *crime*. Pelo menos uma de vocês. Não estou certa de qual.

— Acho que ambas, tecnicamente.

— Você poderia ir para a cadeia!

— Ei; quer se lembrar de quão bom você é em não gritar comigo? Estou tentando fazer a coisa certa, para variar. Provavelmente não combina comigo, mas apreciaria se pelo menos tentasse estar cheio de admiração.

Luke está certo: eu poderia acabar com um prontuário policial, se não atrás das grades. Só que isso não irá acontecer. Simon Waterhouse guardará isso para si caso eu peça. *Não é mesmo?* Como posso estar tão certa de que irá me proteger, de que não joga para o time?

Com aqueles parceiros específicos, qual pessoa inteligente jogaria?

— Você mesma disse: é a única pista que eles conseguiram em um caso de homicídio — diz Luke, lutando para soar frio. Como a maioria dos homens ele no fundo acredita que apenas argumentos ilógicos podem ser oferecidos por alguém tomado por fortes sentimentos. — Se você caminhar até a delegacia e admitir calmamente ser uma mentirosa...

— Eu tenho um álibi! Certo, não é o álibi que dei a eles...

— Por que eles precisam saber disso? Você tem um álibi. É só o que importa. Você estava em outro lugar quando Katharine Allen foi morta — grunhe Luke. — Estou perdendo meu tempo, não é mesmo?

— Não — digo a ele. — Ajuda ouvir você dizer tudo isso, ajuda a me convencer de que você provavelmente está certo.

Luke joga as mãos para o alto.

— Então...

– Dizer a verdade a Simon Waterhouse pode terminar com eu e Jo na merda, e não ajudará a polícia a encontrar o assassino de Katharine Allen, verdade, mas e daí? É uma investigação de homicídio, Luke. A polícia irá fazer muitas perguntas a muitas pessoas, e irá querer, para cada, uma resposta que não seja mentirosa. Eu posso entender porque isso é importante para eles. Você não? Eles querem *toda* a informação, não a maior parte dela, não apenas as partes que as pessoas não se incomodem de partilhar com eles. Quem sou eu para decidir que eles precisam deste fato, e não daquele? Não tenho uma visão geral do caso. Sequer sei onde vi aquelas palavras escritas. O caso é deles, não meu. Sou um elo em sua corrente (goste disso ou não). Se não contar a eles toda a verdade, estarei dando prioridade ao meu próprio desejo egoísta de me manter longe de problemas, em detrimento da necessidade deles de investigar o homicídio de Katharine Allen do modo ideal: não sendo contidos ou atrapalhados por histórias inventadas.

Luke suspira.

– Simplesmente não vejo como isso poderia fazer diferença – ele murmura. – Jo vai subir pelas paredes. Neil vai surtar... O quê?

Agarrei a mão dele. Algo destrancou dentro do meu cérebro. Inicialmente eu não confio. Dois momentos eureca em uma noite? Será por ter sido hipnotizada naquele dia, pela primeira vez? Talvez o que contei à sargento Zailer fosse errado e houvesse em minha mente um receptáculo chamado inconsciente; talvez, graças a Ginny, a tampa estivesse um pouco mais solta do que estava nessa mesma hora do dia anterior.

– Amber? O que é?

– Os cabeçalhos – digo. – Estabeleci uma relação: um pedaço de papel, outro pedaço de papel.

– Não sei do que está falando.

– Você tem um pensamento, ele leva a outro pensamento, ligado ao primeiro. Livre associação. Psicanalistas usam isso o tempo todo, não é mesmo?

Caso usem, não tenho ideia de como sei que fazem ou por que estou perguntando a Luke, que sabe menos sobre técnicas psicoterapêuticas do que eu. Fatos objetivos são a especialidade de Luke, do tipo que garante a vitória em concursos de conhecimentos gerais em bares: datas de batalhas famosas, a montanha mais alta, onde Einstein viveu. Eu continuo a falar, principalmente para mim mesma:

– Só que não tão livre, porque nada flutua livremente, tudo está ligado a algo mais. Com Ginny, quando eu disse "Gentil, Cruel, Meio que Cruel", sem saber que tinha dito e o que significava, eu estava pensando em Little Orchard. Era o que estava em minha cabeça imediatamente antes de dizer essas palavras.

Luke fecha os olhos.

– Amber, não há razão para pensar que...

– Sim, há – contesto. Não ligo para razão, só para o que meus instintos estão me dizendo. – E se for isso? E se eu vi em Little Orchard?

Mas quantas vezes circulamos por Little Orchard? E não conseguimos encontrar a página com os dizeres "Gentil, Cruel, Meio que Cruel". Não conseguimos lembrar de vê-la em qualquer dos quartos ou banheiros, em nenhuma das duas salas de estar, na cozinha, sala de jantar, sala de jogos ou biblioteca. Não sendo daquelas que desistimos facilmente, fomos minuciosas em nosso exame de todos os lugares menos óbvios: a área de serviço, a despensa, a adega. Imaginamos erguer potes de chutney e garrafas de removedor de manchas Vanish, mas isso não nos levou a lugar algum. Um quarto – aquele dividido pela mãe e a irmã de Jo, Hilary e Kirsty – tinha seu próprio quarto de vestir, um pequeno cômodo sem janelas, com armários dos dois lados. Nós os abrimos, todos eles, e não conseguimos encontrar nosso pedaço de papel.

Erguemos placas de calçamento quebradas no jardim, olhamos nos gargalos de potes de cerâmica e dentro de um buraco de um tronco de árvore grande o bastante para conter uma mão feminina – apertada. Corremos os dedos pela água fria do lago, conferimos as duas construções externas pelo menos três vezes: um gazebo hexagonal cheio de móveis de jardim empoeirados e uma mesa de pingue-pongue quebrada, e uma garagem dupla isolada contendo muitos conjuntos de móveis de cozinha e alguns pneus de automóveis, mas nenhum carro. De fato, detetives vasculhando o lugar não teriam feito um trabalho mais completo do que fizemos usando apenas a memória. Será que eles teriam visto que havia um cobertor elétrico na cama do quarto principal, o de Jo e Neil, e sido inteligentes o bastante para puxá-lo para o caso de haver algo embaixo? Nós fizemos isso. Não havia nada, apenas um colchão. Retornamos a Little Orchard repetidamente e não encontramos nada.

A reação normal a essa altura – e não estou dando nenhum valor positivo à palavra "normal", a estou usando apenas no sentido de "mais comum" – a reação normal seria desistir e supor que, onde quer que Amber tivesse visto as palavras "Gentil, Cruel, Meio que Cruel", não havia sido em Little Orchard.

Essa não é a reação de Amber, e fico contente que não seja. Fico deliciada com o fato de a reação de Amber à sua memória não encontrar o que achava que iria encontrar ser muito mais interessante do que isto, pois são as coisas interessantes e bizarras que realmente nos ajudam. Os detalhes que parecem não fazer absolutamente nenhum sentido são aqueles que, assim que compreendemos seu significado, dão sentido a tudo e nos dizem tudo o que precisamos saber.

Amber não irá recuar de sua certeza de que Little Orchard foi onde ela viu aquelas palavras inexplicáveis. Por que está tão certa? Por que era em Little Orchard que ela estava pensando, deitada na mesma cadeira reclinável na qual estava deitada naquele momento, com os pés apoiados no mesmo tamborete – imediatamente antes de ter dito "Gentil, Cruel, Meio que Cruel" e me acusado de tê-lo dito primeiro. E sim, às vezes um pensamento leva a outro por alguma razão, por haver uma ligação entre os dois, mas é igualmente comum o cérebro passar aleatoriamente de um tema para outro e não haver nenhuma ligação. Eu contei isso a Amber, e isso a deixa impaciente. Nesse caso, ela insiste, há uma ligação, e não é aleatória.

Como ela sabe que há uma conexão se não é capaz de dizer qual seja? Ela não consegue ou não quer responder a essa pergunta. Ela tem certeza de que não viu a página do Meio que Cruel em algum dos aposentos que continuamos revirando em nossos passeios da memória. Decididamente, não estava em nenhum dos lugares que vasculhamos, e vasculhamos duas e três vezes. Várias vezes eu fiz a pergunta óbvia: por que continuamos procurando? Jamais consigo uma resposta, então talvez Amber não saiba por quê. Ou talvez ela saiba, mas como a resposta parece ser impossível, fica constrangida demais de dizer. Lembre-se: constrangimento, culpa, vergonha e humilhação são as emoções mais incapacitantes que podemos ter, muito mais prejudiciais ao nosso bem-estar do que ódio ou profunda infelicidade, que são dirigidas aos outros e, portanto, mais fáceis para nossa noção de eu.

Só havia uma parte de Little Orchard que Amber não via: o escritório trancado no patamar entre o primeiro e o segundo andares. Presumivelmente trancado porque os objetos pessoais dos donos ficavam lá. Não é incomum, quando você aluga uma casa de veraneio, encontrar um ou dois cômodos trancados, e não é absurdo que os donos de Little Orchard estivessem dispostos a tornar parte de sua casa disponível a estranhos – em sua imensa maioria –, e ainda assim mantivessem algum grau de privacidade na forma de um escritório trancado que, provavelmente, continha todo tipo de documento particular: extratos bancários, testamentos, arquivos de trabalho importantes.

Eu pelo menos não acho que seja absurdo. Amber parece achar, embora ela nunca realmente diga isso. Fico pensando em por que ouço raiva em sua voz sempre que ela se refere ao "quarto trancado". Ela diz isso sarcasticamente, entre aspas audíveis. Será que sente raiva de si mesma? Ela sabe que o escritório trancado é o único aposento no qual categoricamente não poderia ter visto a fugidia folha de papel com pauta azul. A porta permaneceu trancada durante toda a sua estadia em Little Orchard, e ela nunca entrou lá. Mas está certa de que não viu o pedaço de papel em nenhuma outra parte da casa, ou em qualquer outro lugar do terreno, e igualmente certa de que foi em Little Orchard que o viu.

Então, há duas possibilidades, pelo que eu posso ver. Uma: Amber entrou sim no escritório trancado, e sabe o que viu lá, mas não quer admitir isso. Improvável, acho. Sua necessidade de descobrir onde viu aquelas palavras me parece genuína.

Segunda possibilidade: contra toda a lógica, ela enfiou na cabeça que o pedaço de papel que estamos procurando deve estar dentro daquele aposento trancado em Little Orchard. Mas se é onde ele está, então ela não o viu, fim da história. A não ser que seja médium ou telepata – algo em que não acredita –, não pode ter tido uma visão do interior do escritório. Ademais, o bloco de Katharine Allen tinha a gravação daquelas palavras um mês antes, em 2010. Quão provável é que as palavras tenham sido escritas e a página rasgada antes do Natal de 2003, que foi quando Amber esteve em Little Orchard?

Amber sabe de tudo isso, tentou raciocinar, eu diria, e não faz qualquer diferença: seus instintos continuam a gritar com ela, "Está no quarto trancado". Ela não irá admitir, especialmente não para a polícia, porque isso não faz sentido, e está assustada de descobrir que suas crenças fazem tão pouco sentido. Não irá admitir a mim se estivermos sozinhas, embora eu represente todas as coisas sem sentido no que diz respeito a ela.

Não importa se nunca admitir. Não é essa a minha função, obrigar pessoas a admitir coisas das quais se envergonham. Este não é um julgamento espetacular. Embora eu fosse adorar se conseguisse encorajar mais pessoas a sentir menos vergonha de sua irracionalidade e ser mais tolerantes com o que veem como lixo acumulado em suas mentes. Cada crença supersticiosa maluca tem um objetivo e pode ser reformada e transformada em algo maravilhoso e libertador. Sempre que você está com medo, isso significa que está chegando a algum lugar, ou tem a chance de chegar a algum lugar, se você simplesmente se permitisse, se não deixasse que seu medo bloqueasse isso. Medo sem uma razão evidente, quero dizer, não medo por estar no mar e um tubarão enorme vir nadando em sua direção.

Então... Amber não está negando nada do que digo, embora seja alguém que adore uma discussão mais do que qualquer outra coisa; portanto, vou me arriscar a fazer mais duas observações. Ela nos apresentou um mistério verdadeiramente impossível. Se viu o pedaço de papel em Little Orchard, então não pode tê-lo visto no único aposento no qual não entrou. Isso simplesmente não é possível. Ainda assim, ela tem certeza de que não o viu em nenhum dos aposentos nos quais efetivamente entrou, e não está disposta a aceitar que absolutamente não o viu em Little Orchard, mas em algum outro lugar.

Por que Amber iria querer amarrar todos nós – inclusive a si mesma, especialmente a si mesma – nos laços de um enigma impossível?

Mencionei anteriormente como um mistério pode se esconder atrás de outro: um mistério vulnerável, facilmente solucionável se abrigando à sombra de outro que é mais forte e mais resistente. Apresentei uma teoria, que não produziu concordância nem discordância: a de que a pergunta importante é por que importa tanto a Amber que ela ainda não saiba por que Jo e sua família desapareceram e depois reapareceram. Sugeri algumas formas possíveis de responder a pergunta, apenas para tê-la facilmente substituída por uma nova e muito mais dramática. Não estou dizendo que Amber fez nada disso deliberada ou conscientemente, mas ficaria surpresa se sua mente inconsciente não soubesse muito bem que as palavras "quarto trancado" funcionam como um ímã de atenção bastante poderoso.

O mistério impossível por trás do mistério impossível. Mas impossível de formas muito diferentes: um, impossível no conteúdo, o outro, na forma. O mistério que não podemos permitir que alguém solucione, porque causaria muita dor e muito sofrimento, escondido atrás daquele que não podemos solucionar porque literalmente não há solução, a não ser que os termos e as condições tenham sido incorretamente apresentados. Ainda assim, nós nos esforçamos muito tentando solucioná-lo, esperando ser inteligentes o bastante para descobrir uma forma de fazer funcionar, tornar possível o impossível. Nós nos sentiríamos divinos se pelo menos pudéssemos fazer isso. E nos esquecemos de tudo sobre o mistério nada charmoso e simples de resolver que se esconde nas sombras e que não nos oferece visões sobrenaturais nem quartos trancados. Quem precisa de mais dor e sofrimento na vida?

Você precisa enfrentar todas as perguntas que menos deseja responder, Amber – uma a uma. É a única forma de fazer desaparecer de sua vida os enigmas impossíveis.

Vamos começar por um fácil. Como você sabia que havia um cobertor elétrico na cama de Jo e Neil em Little Orchard? E forro de papel nas gavetas do quarto de vestir de Hilary e Kirsty, e uma tigela cheia de bolas de lã de algodão no banheiro de Pam e Quentin?

Eu preciso continuar? Um buraco em um tronco de árvore no jardim, uma divisória para talheres de plástico cinza em um dos móveis de cozinha na garagem? Katharine Allen ainda estava viva em 2003, e você não era insone. Você não tinha ideia de que um dia iria consultar uma hipnoterapeuta que lhe pediria para repassar cada centímetro de Little Orchard na memória em busca de uma folha de papel A4 que pudesse ser uma parte importante de uma investigação de homicídio.

Você não estava inventando esses detalhes, estava? Eram lembranças legítimas, vívidas. Se você negar, eu não acreditarei em você. Pude ver a concentração no seu rosto e o quanto era importante para você ter os detalhes certos.

Você estava realmente se lembrando de vasculhar a casa e o jardim.

O que estava procurando?

4

1/12/2010

Sam Kombothekra estava no escritório de Proust, sentado a uma escrivaninha e em uma cadeira que não eram suas. Ele nunca fizera isso antes, mesmo em dias em que era garantido que Proust não apareceria. Sam não sabia, até ter testado a porta naquele dia, que o Homem de Neve tinha o hábito de deixar seu pequeno cubículo de paredes de vidro destrancado; nunca lhe ocorrera pensar nisso. A não ser que não fosse um hábito; talvez Proust tivesse achado tão estressante o dia anterior que tivesse esquecido, mas Sam não pensava assim. Mais provavelmente, ele supunha que seu escritório não precisava de tranca – o medo que instilara ao longo dos anos seria suficiente para manter as pessoas afastadas.

Na escrivaninha diante de Sam estava a nova caneca "Melhor Avô do Mundo" do superintendente: vermelha com letras brancas e um retrato de um velho com dentes engraçados e um nariz em forma de um morango rosa. Será que os fabricantes estavam tentando sugerir que todos os avós eram alcoólatras, ou apenas os divertidos? A caneca era maior e mais feia que a antecessora, que o Homem de Neve jogara na cabeça de Simon Waterhouse dois anos antes. Simon desviara-se e a caneca se espatifara contra um arquivo. Sam apostaria dinheiro que Proust tinha comprado ele mesmo a substituta. Àquela altura seus netos eram adolescentes e provavelmente o odiavam.

Sam observou enquanto Gibbs entrava na sala de detetives e voltava para conferir, depois de olhar pela janela do escritório de Proust e ver onde o sargento estava sentado. *Sim, estou no lugar errado*, Sam pensou. *Estive no lugar errado por muito tempo.* Amanhã tudo iria mudar. Gibbs e Simon estariam desempregados e Sam teria entregado seu pedido de demissão. O que Colin Sellers faria?

Naqueles dias, Sam se sentia como se mal conhecesse Sellers, que se tornara cheio de segredos e distante desde o fim de sua relação extraconjugal com uma mulher chamada Suki. Sam nunca a encontrara, mas vira fotos que preferia não ter visto – fotos que ele não acreditaria que alguém pensaria em tirar, quanto mais mostrar a colegas. Como a esposa de Sam, Kate, fora rápida em apontar, Sellers parecia ter entendido tudo errado: descuidadamente aberto enquanto enganava a esposa, se vangloriando de seu antigo caso para qualquer um no trabalho disposto a escutar, depois, de repente, cauteloso quando tudo havia terminado e ele não tinha nada a esconder. Nada de que Sam soubesse, pelo menos.

Gibbs entrou sem bater.

– Há algo que você precisa saber, supondo que estejamos investigando Amber Hewerdine.

– Estamos – disse Sam.

Ele permanecera acordado a maior parte da noite anterior pensando em como poderia dar conta do trabalho naquele dia. Proust certamente exigiria que trabalhasse até o fim do aviso prévio, sabendo que era a última coisa que iria querer fazer, mas, em todos os outros sentidos que tinham importância, aquele era o último dia de Sam. Ele estava determinado a fazer que fosse importante. Deixaria todos os outros casos de lado durante as poucas horas seguintes e se concentraria apenas no assassinato de Katharine Allen.

O que significava investigar Amber Hewerdine. Não porque temesse a raiva de Simon se não o fizesse, ou para provar algo a Proust, mas porque era a forma óbvia de avançar. Simon lidara mal com aquilo, mas estava certo: Amber Hewerdine era uma pista importante, e eles não tinham exatamente muita escolha. Sam não conseguia se lembrar de um dia ter tido tão pouco com que contar.

— Quando fui à casa de Hewerdine para trazê-la, ela estava com as duas filhas — disse Gibbs. — A primeira coisa que ela fez foi me impedir de deixar que soubessem que sou da polícia. Disse que era uma palavra suja. A postura dela me deixou puto, e só no meio da noite me ocorreu fazer uma pergunta que deveria ter feito imediatamente: por que ela se importava se suas filhas a viam conversando com um detetive? Isso não exatamente sugere inocência.

— Não são filhas dela — Sam lhe disse. Isso teve o efeito que ele esperava que tivesse. Ele notou, porque normalmente suas palavras causavam muito pouco efeito. Simon e o Homem de Neve eram os que roubavam o show.

— Você está brincando. Então quem são elas? Ela as chamou de "minhas meninas".

— Dinah e Oenone Lendrim.

— Em o quê? Que porra de nome é esse?

— Mitologia grega — disse Sam sorrindo, sabendo que Gibbs imaginaria que ele teria conhecimento disso por seu pai ser grego. — Ela é Nonie para todos os efeitos práticos. Ela e a irmã Dinah são as filhas de Sharon Lendrim.

— E eu deveria reconhecer o nome? — Gibbs perguntou.

— Achei que deveria — disse Sam. — Não se preocupe, também não reconheci. Sharon Lendrim foi assassinada em 22 de novembro de 2008. Em Rawndesley. Não solucionado.

— E Amber Hewerdine ficou com as filhas dela? — reagiu Gibbs, balançando a cabeça enquanto processava a nova informação. — Isso é... não sei o quê, mas é algo. Waterhouse sabe disso?

Sam não ficou surpreso com a pergunta. Simon, a despeito de sua grosseria e imprevisibilidade, era e sempre seria o sistema de inteligência humana ao qual todos os fragmentos importantes de informação tinham de ser fornecidos. Gibbs o venerava. Sam acreditava que Proust também, de um modo engraçado. Nada tinha qualquer importância até que Simon tomasse conhecimento; não fazia sentido tentar pensar em um problema a não ser que Simon estivesse pensando nele simultaneamente, arrastando seus pensamentos com os dele. Sam passara anos se enganando que esse não era o caso, e se cansara da mentira. Ele só era superior a Simon em posto. Só seria melhor fazendo algo totalmente diferente.

— Ele não está atendendo ao telefone — Sam disse a Gibbs. — Deixei uma mensagem para ele. E... preciso sair daqui — disse, pensando no que lhe acontecera. O que estava fazendo na caixa de maldades de Proust? — Que tal uma cerveja no Brown Cow?

— Parece bom — Gibbs respondeu.— Vou deixar uma mensagem para Sellers. Você tem ideia de onde ele está?

Mais de uma vez, nos meses anteriores, Sam ignorara o paradeiro de cada um dos integrantes de sua equipe.

— Eu o mandei falar com Ginny Saxon. Provavelmente perda de tempo.

— Não há como saber até tentar, não é mesmo?

Gibbs foi na frente quando saíram do prédio. Ele era um sujeito soturno, mas algum tempo antes começara a regularmente dar a Sam palavras de estímulo. *Você fez de tudo, sargento. Boa ideia, parceiro.* Colin Sellers fazia o mesmo, e Simon. Como se Sam fosse um novo recruta tímido com déficit de confiança. O que, pensando bem, era como se sentia a maior parte do tempo.

— Não adianta nada perguntar onde Waterhouse está — disse Gibbs quando estavam de pé, no bar, esperando suas cervejas em meio a ternos, gravatas e vozes altas.

— Poderia adiantar — disse Sam. — Não que eu tenha recebido notícias dele, mas posso imaginar.

— Amber Hewerdine?

— Não, acho que não. Liguei para o trabalho dela esta manhã.

– Você é surpreendente, não é? – disse Gibbs, soando espantado.
– Eu sou sargento detetive. Devo tomar decisões e agir com base nelas.

Gibbs pareceu momentaneamente confuso.

– E o que ela disse?

– Simon ligou logo cedo e pediu um encontro. Ela o dispensou. Não foi como disse, mas foi a impressão que tive; antes que ela também me dispensasse.

– Ela estava bastante contente de conversar com Waterhouse noite passada – contou Gibbs. – Ele teve dificuldade de convencê-la a partir.

– Ocupada demais no trabalho, reuniões demais, teria de esperar até amanhã; foi o que disse.

– Se Waterhouse não está com ela, onde está?

Pegaram as bebidas e foram para a mesa vazia mais próxima. Gibbs puxou uma terceira cadeira, o que fez Sam deduzir que esperava que Sellers se juntasse a eles. Gibbs ficava mais relaxado na presença de Sellers. Sam não era íntimo de nenhum deles – não era íntimo de ninguém no trabalho –, mas sabia que sentiria mais falta de sua equipe do que de trabalhar com ela.

O Brown Cow fora reformado novamente pouco antes. As paredes estavam cobertas de painéis de madeira, pintados em uma cor que a esposa de Sam, Kate, chamava de verde azulado, e o antigo piso havia sido trocado por um carpete xadrez vermelho, azul e branco. O senhorio gostava de mudar o visual a cada dois anos, e a tendência de então parecia ser cabine de caça escocesa elegante. A única constante era uma grande pintura a óleo de uma vaca marrom que sempre estivera lá. Haveria uma revolta se alguém tentasse tirá-la – uma revolta refinada ao estilo Spilling – e muito corretamente. Sam desenvolvera afeto pela vaca, que mantinha seu olho inteligente sobre você, onde quer que se sentasse, e ao longo dos anos provara ser uma boa ouvinte. Às vezes, quando tinha dificuldade em falar com seus detetives, Sam imaginava que estava falando com a vaca, e descobria que conseguia se expressar mais claramente.

— Simon estará pensando no que você pensou. — Disse a Gibbs.

— Como Amber o estava, de repente, evitando, após ter sido tão solícita na noite anterior? Será que ele estava errado de confiar nela e lhe contar tudo o que contara?

— Eu posso responder isso — Gibbs murmurou.

— Ele irá querer verificar o álibi dela para 2 de novembro. É onde ele está: procurando o máximo possível por todos os que estiveram naquele curso de direção consciente. Não será suficiente ver uma marcação no espaço ao lado do nome dela. Ele irá querer encontrar alguém que se lembre de seu rosto e possa lhe dizer se ela passou o dia inteiro lá ou se deu uma saída de meia hora em algum momento entre onze e uma. A viagem de carro do Rawndesley Road Conference Centre até o apartamento de Kat Allen não podia levar mais de cinco minutos.

Sam ergueu o copo.

— Να σκάσουν οι εχθροί μας — disse, antes de tomar um gole. Gibbs não apreciaria a ironia do brinde grego, que significava "Que nossos inimigos explodam de inveja". Sam não tinha inimigos e, pelo que sabia, ninguém nunca o invejara.

— O centro de conferências? — perguntou Gibbs. — Foi onde aconteceu o curso?

Sam faz que sim com a cabeça.

— Amber disse que havia vinte deles lá, certo? Vinte motoristas em excesso de velocidade?

— Se você chama três quilômetros acima do limite de excesso, então sim — respondeu Gibbs.

— Mais do que suficiente para tomar o dia inteiro de Simon — suspirou Sam. — Ele não pode se arriscar a ir ao trabalho. Alguém como eu pode lhe perguntar como se sente sendo demitido, estragar sua negação. Não ficaria surpreso se ele não aparecesse às nove da manhã de amanhã para a cerimônia oficial de demissão.

— Ele aparecerá.

— Será? Achei que ele iria me ligar quando recebesse minha mensagem sobre Sharon Lendrim. Fiz questão de guardar a maior parte da história de modo a que tivesse um estímulo para entrar em contato – disse Sam, dando de ombros. – Não tive notícias dele.

— Não considere isso pessoal. Conte para mim, caso valha o incômodo.

Sam ficou chocado.

— É meu trabalho ter o incômodo.

Um trabalho que logo não terei.

— Veja, ambos sabemos o que irá acontecer amanhã de manhã – Gibbs disse. – Com Waterhouse às nove e comigo nove e quinze. Eu só pensei...

— Ainda não é amanhã – disse Sam, se sentindo em pânico.

— Ainda é hoje, e você ainda trabalha para mim.

— Certo, não precisa ostentar a patente.

Sam riu.

— A maioria dos sargentos ostenta a patente várias vezes por dia, todos os dias. Se eu fizesse isso com maior frequência talvez não estivéssemos na confusão em que nos encontramos agora.

Gibbs olhou para ele por alguns segundos, depois se virou para seu copo.

O que você espera que ele diga? Não se culpe, não há nada que você poderia ter feito? Claro que Sam queria contar a Gibbs sobre o assassinato de Sharon Lendrim; de todas as conversas que eles poderiam ter naquele dia, essa prometia ser a mais fácil.

— Tudo o que sei a esta altura é o que a sargento Ursula Shearer, de Rawndesley, me contou. Sharon Lendrim morava em Rawndesley, na Monson Street. Era mãe solteira de duas filhas, trabalhava no hospital como nutricionista de diabéticos.

— As filhas são do mesmo pai? — Gibbs perguntou.

— Ninguém sabe, mas não houve pais na história em nenhum momento. A mãe de Sharon, Marianne, contou à polícia ter certeza de que Sharon usara um banco de esperma ou uma doação de um amigo gay; para humilhá-la, pois sabia que Marianne seria contra. Segundo a sargento Shearer, humilhação é a única reação razoável a Marianne Lendrim.

— Eles verificaram o álibi dela? — Gibbs perguntou.

— Sim. Estava no apartamento de um amigo em Veneza no dia 22 de novembro de 2008, de modo que quem jogou gasolina pela abertura de cartas de Sharon uma e dez da manhã e em seguida um fósforo, não pode ter sido Marianne.

Gibbs franziu o cenho.

— Foi como aconteceu?

— Sharon estava dormindo na cama, morreu intoxicada.

— E quanto às filhas?

— Essa é a parte interessante. Assim que o incêndio começou, os vizinhos notaram e deram o alerta. Quando os bombeiros chegaram, encontraram Sharon morta dentro da casa e as camas das meninas vazias. Estavam esperando encontrar as duas irmãs que os vizinhos tinham dito que moravam na casa, uma de cinco anos e outra de seis.

— Em Veneza com a Avó Malvada? — chutou Gibbs.

— Não — disse Sam. — Nada tão normal. Enquanto a mãe morria sozinha em casa, Dinah e Nonie Lendrim estavam no pub.

...

Charlie estava mantendo um registro de todas as formas pelas quais o caso de sua irmã Olivia com Chris Gibbs prejudicava sua qualidade de vida. Às vezes se esquecia em qual número chegara. A nova adição que acabara de lhe ocorrer — não poder sugerir que ela e Liv se encontrassem no Brown Cow, seu pub preferido em todo o mundo, caso Gibbs estivesse lá – era a de número vinte e seis ou vinte e sete.

Charlie poderia ter subido o nível de sua escolha de local de encontro alternativo, ou escolhido algo no mesmo patamar do Brown Cow, mas, em vez disso, optara pelo Web & Grub, um pequeno e fedorento cibercafé debruçado sobre a Winstanley Estate que dividia as instalações com uma empresa de táxi e não servia comida quente. A oferta do dia era de cinco sanduíches dispostos em uma linha lamentável no balcão, entre o caixa e a caixinha de gorjeta de papelão feita em casa: dois de atum e três de queijo com picles, todos em embalagens plásticas triangulares. Bebidas quentes eram servidas em copos de isopor; para os que preferiam algo gelado, havia garrafas de água e caixas de suco de laranja e groselha em uma grande geladeira que zumbia e cuja porta de vidro estava coberta de digitais engorduradas e adesivos rasgados. Ao telefone Olivia não dissera uma palavra sobre a escolha de local, e, assim, Charlie sabia que ela entendera a mensagem: era culpa dela que não pudessem comer o crepe de espinafre e aspargos do Brown Cow, seu refogado de lentilha e chouriço, sua salsicha alsaciana.

Também não havia álcool no Web & Grub. Uma caneca de lager forte ajudaria Charlie a sobreviver ao encontro, o primeiro dela e de Liv em meses. Será que teria tempo de correr até a loja de bebidas ao lado, comprar uma lata e beber antes que Liv chegasse?

Tarde demais: ali estava ela. Enquanto avançava, acenava frenética e chorosamente, como se de um transatlântico que zarpasse rapidamente. A expressão alegre em seu rosto endureceu algo em Charlie. Se estivesse no lugar da irmã, caso os papéis fossem trocados, Charlie teria recebido o perdão de Liv como um insulto, achado mais ofensivo que os meses de silêncio.

Quem é você para me perdoar, cacete, quando não fiz nada de errado?

Charlie ficou imaginando como podia ainda sentir tanta raiva quando a voz em sua cabeça era manifestamente a favor de Olivia. Ela, deliberadamente, não dissera nada sobre perdão ao telefone. Tudo o que fizera fora perguntar se ela e Liv poderiam se encontrar. *Não lhe diga que perdeu peso e parece ótima. Ela saberá que você sabe o motivo disso. Poderia muito bem escrever "CHRIS GIBBS" em letras maiúsculas na mesa entre as duas.*

Liv se sentou, apertando a estranha bolsa de couro de vaca sobre o peito como uma armadura. Suas alças rígidas dificultavam a visão de seu rosto por Charlie. A forma curva fazia pensar em pontes: erguê-las, queimá-las.

– Isso é tão estranho. Achei que poderia nunca vê-la novamente. Você também pensou isso? – tagarelou Liv. – Não, claro que não. Você sabia que poderia me ligar quando quisesse. Deus, estou realmente tremendo! Por alguma razão isto parece um encontro clandestino. Deve ser o ambiente insalubre. Não que eu esteja reclamando – acrescentou rapidamente, erguendo as duas mãos em um gesto de rendição, como se Charlie apontasse uma arma para seu coração.

Não diga: "Se quer conversar sobre insalubre..."

– Eu me encontraria com você em qualquer lugar. Eu a encontraria em um trailer – disse Liv, olhos arregalados, encarando Charlie e agarrando as alças da bolsa com as duas mãos. Ela estremeceu.

Charlie moveu a cabeça para indicar que entendera a mensagem: Liv estava desesperada para fazer as pazes. Ela uma vez dissera a Charlie que odiava tanto trailers que a própria palavra a deixava nauseada; tentava evitar ouvi-la ou dizê-la. Inicialmente Charlie achou que isso era uma afetação – ela participara das mesmas férias em família que Liv todo ano, no trailer dos pais, e não sentira qualquer efeito adverso – mas a coerência da irmã ao longo de décadas a levou a pensar novamente. No que dizia respeito a fobias, aquela

era uma bizarra. Charlie ficou pensando em o que Ginny Saxon teria a dizer sobre isso.
– Quer comer alguma coisa? – perguntou a Liv.
– Você quer?
– Acho que não estou com fome.
– Nem eu. Então vamos almoçar sem comida – disse Liv e deu uma risadinha. – Como em *Dallas*. Lembra de como eles costumavam se sentar para enormes refeições deliciosas, tinham uma grande briga e iam todos embora?

Não lhe diga que ela está sendo óbvia demais, despudoradamente invocando lembranças felizes de infância. Então as duas adoravam Dallas; e daí?

– Não quero dizer que iremos ter uma enorme briga. Claro que não – disse Liv, parecendo aterrorizada. – Estou muito feliz de ver você. Eu não brigaria nem mesmo se você...

Pedisse para jurar que tinha trocado fluidos corporais com Chris Gibbs pela última vez?

– Não consigo pensar em nada – ela disse, dando de ombros. – Minha cabeça ficou vazia. Estou com medo de você. É melhor que você fale – e ergueu as mãos novamente. – Não que esteja dizendo que você é assustadora. Merda, agora eu pareço passivo-agressiva, como se estivesse dizendo uma coisa quando quero dizer outra. Sinceramente, não.

– Eu procurei uma hipnotizadora – Charlie anunciou. Era mais fácil contar isso enquanto Liv estava tagarelando. Só que ela não estava mais, o que significava que o resto do que Charlie tinha a dizer, a continuação, iria enfrentar a pressão de um silêncio atento. – Bem, eu a vi uma vez, mas provavelmente voltarei. É por causa do fumo. Para me ajudar a parar. Parece funcionar com muita gente, então pensei em tentar. Não é nada demais, e não teria mencionado, só que...

— Você queria uma desculpa para me procurar? — sugeriu Liv, esperançosa.

Charlie inspirou, prendeu o ar nos pulmões pelo máximo que conseguiu, imaginou que era nicotina. Finalmente falou:

— Mas acho que escolhi a mulher errada para me ajudar. Não quero entrar em detalhes, mas parece haver uma ligação, ou possível ligação, entre minha... — disse, e se deteve, não conseguindo se forçar a dizer "terapeuta". — Entre essa hipnotizadora e um caso de Simon no momento.

Hipnotizadora, terapeuta — Charlie não estava certa de qual soava pior.

— Qual caso? — perguntou Liv. — Não Kat Allen?

Todas as defesas erguidas em um segundo. Não era necessário esforço; Charlie mal sentia alguma coisa. Estava ficando boa nisso. Após anos de prática, sua alma estava acostumada a adotar a postura de resistência.

Claro que Liv saberia tudo sobre o assassinato de Katharine Allen por intermédio de Gibbs. *Kat*. Como se a tivesse conhecido a vida inteira. Liv sendo Liv, não via motivo para ficar quieta; em vez disso, por que não explicitar sua invasão ao mundo de Charlie? As pessoas desviavam a atenção de seu próprio egoísmo incapacitante de diversas formas, Charlie tinha notado. A forma de Liv era se esconder por trás de uma máscara de ingênuo entusiasmo infantil.

— Simon teve de ser claro no trabalho sobre minha ligação com essa... mulher; Ginny, é como ela se chama, e não queria que você soubesse disso por nenhuma outra pessoa.

Não fora tão difícil quanto temera papaguear as palavras de Simon como se ela mesma acreditasse nelas. Olivia não precisava saber que Charlie no momento odiava Simon, ou que seu ódio não diminuía em nada seu amor por ele, o que a deixava ainda mais ressentida.

Ele não precisava humilhá-la levando seu caderno para o trabalho, onde qualquer um que desejasse, incluindo Gibbs, seria capaz de ler suas indignas, e impossíveis de enviar, cartas a Olivia. Charlie suplicara a ele, aos prantos, para rasgar e levar apenas a página relevante, a página do Meio que Cruel. Quando isso não deu certo, ela mudou o objeto de sua súplica: será que ele não podia ter bom senso e passar cinco minutos, ou meia hora, ou o tempo necessário, construindo, com a ajuda de Charlie, uma mentira aceitável que lhe permitisse contar à equipe tudo o que precisava saber sem colocar em risco o seu emprego?

Não, ele não podia. Ou melhor, não faria. – Estou farto de coisas complicadas – disse ele. – Eu tenho uma informação nova. Outras pessoas precisam saber disso. Não deveria começar a pensar melhor, planejar, armar, me preocupar em como proteger meu emprego, a mim mesmo ou qualquer um. Tudo isso é um desperdício da minha energia. Se alguém não gostar da verdade, problema dele. Às vezes eu também não gosto, mas não faz sentido fingir que não temos de conviver com ela.

Charlie era melhor que a maioria em encarar a verdade – imaginava que tinha de ser, do contrário, por que se sentiria infeliz a maior parte do tempo? –, mas teria gostado, se fosse possível, de manter certas verdades em particular: sua visita a uma hipnoterapeuta, as cartas emocionais que escrevera na crença ingênua de que ninguém além dela as leria. Frenética, dera uma série de sugestões desesperadas em que não tivera tempo de pensar: Simon poderia lhe dar uma chance de conversar novamente com Ginny Saxon, convencê-la a procurar a polícia, não falar nada sobre Charlie, alegando estar preocupada com algo sinistro que uma cliente dissera sob hipnose. Um pouco forçado, talvez, mas Charlie achou que poderia persuadir Ginny a ir em frente, no interesse da privacidade de uma paciente e de ajudar no progresso da investigação de um caso de homicídio.

Simon não se dispusera a discutir isso. – Eu estou indo, levando o caderno, e vou contar tudo; isso é o que *eu* farei. Outras pessoas podem se enrolar caso queiram, me demitir caso queiram, dizer a si mesmas que estou me lixando para seus sentimentos caso queiram. Nada disso é problema meu.

Mais tarde ocorrera a Charlie que seu plano não teria funcionado de qualquer forma. Caso Sam, Gibbs ou Sellers tomassem o depoimento de Amber Hewerdine logo descobririam sobre a outra paciente de Ginny Saxon, a fumante com o caderno.

– Você me convidou a vir aqui para me contar que está fazendo hipnoterapia? – perguntou Liv. – Não por ter sentido minha falta, por querer deixar o passado para trás e voltarmos às coisas como eram, ou... – enumerou, antes de se interromper e baixar os olhos para a mesa. – Desculpe. Não queria colocar palavras em sua boca.

Charlie estava ocupada tentando impedir que elas escapassem.

Não diga que você adoraria que as coisas voltassem a ser como eram antes de ela cair na cama com Gibbs.

Não chame atenção para o fato de que o passado é um pouco maior que as experiências desagradáveis que ela gostaria de deixar para trás, que também inclui coisas às quais ela está ansiosa para se agarrar – uma em particular, que deseja que passe para o presente.

Não exija saber como ela tem a ousadia de usar uma linguagem – palavras com significados fixos – de forma tão desonesta e interesseira.

Charlie pensou em Amber Hewerdine, sua intolerância a qualquer coisa que tivesse o mínimo sinal de babaquice. Ginny Saxon devia ter passado uma tarde infernal tendo de lidar primeiro com Amber, e depois com Charlie; certamente, a maioria das pessoas que buscavam sua ajuda era mais crédula e fazia perguntas menos capciosas.

Você está desejando que Amber Hewerdine fosse sua irmã, uma mulher que você só encontrou duas vezes e que mal conhece? Patético.

– Fico feliz de conversar sobre qualquer coisa que deseje – disse Liv. – Eu apenas... supus que iríamos falar sobre mim e Chris, só isso.

– Se você quer falar sobre Gibbs do modo como você falaria sobre qualquer outro namorado... *seu* outro namorado, por exemplo... tudo bem para mim. Se você preferir não mencioná-lo, tudo bem, também. O que não iremos discutir, nunca, é o certo e o errado de nada... se você me sacaneou ou não, se eu exagerei na reação...

– As coisas conflituosas – Liv resumiu.

Charlie concordou.

– Mas...

– Algum problema?

Liv suspirou.

– É um tanto estranho, não? Como podemos resolver algo se não...

– Resolver não será possível – disse Charlie rispidamente, folheando mentalmente as dezenas de violentas acusações que poderia fazer à irmã se tivesse a chance. – A única coisa em que consigo pensar que poderia funcionar seria se fingíssemos que tudo está normal e nunca houve um problema. Estou disposta a tentar, caso você esteja.

Liv parecia preocupada.

– Posso perguntar uma coisa, só para esclarecer?

– Tudo está claro.

– Para mim não está. Você diz que posso falar sobre Chris como falaria de qualquer outro namorado, mas você não fala sério, fala? Como irá se sentir se eu ligar completamente perturbada no dia em que os gêmeos de Debbie e dele nascerem?

Talvez ela, afinal, não tivesse sido clara.

– Como eu iria me *sentir* é irrelevante. Essa é a parte sobre a qual não conversaremos e você não perguntaria se tivesse alguma noção. O que eu *diria* é o mesmo que diria caso você estivesse saindo com um homem que eu não conheço cuja esposa tivesse acabado de dar à luz gêmeos: se isso a incomoda tanto, termine, a não ser que terminar a incomode mais.

– Eu sempre me sentirei culpada de mencionar o nome de Chris – disse Liv, emburrada. – Você sabe que sim. Como posso ter uma conversa deixando de fora meus sentimentos? Não sou um robô.

Charlie quis grunhir e pousar a cabeça na mesa. Ela teria de redigir um contrato, com direito a cláusulas e acordos restritivos?

– Você pode falar o quanto quiser sobre sentimentos, desde que não sejam seus sentimentos por mim e *meus* sentimentos.

– Então, só pelo debate...

– Não teremos nenhum debate – Charlie disse com firmeza.

– ... tudo bem se eu disser "passei a noite inteira chorando porque tenho de me casar com Dom e não posso me casar com Chris", mas não está tudo bem se eu perguntar se você me perdoou ou irá me perdoar algum dia?

– Por George, ela sacou – reagiu Charlie citando *My Fair Lady*, outro preferido da infância das duas.

Liv balançou a cabeça, parecendo irritada.

– Então tudo bem. Eu concordo com seus termos ridículos. Deus, você só está casada com Simon há quatro meses e ele já a convenceu a falar como se sentimentos fossem alguma espécie de lixo repulsivo. Por favor, pelo seu próprio bem, não converse comigo sobre isso caso não queira, mas, por favor, tente sentir alguma emoção enquanto ainda consegue, antes que Simon a robotize completamente. Porque é o que está acontecendo, Char – disse Liv, a voz trêmula. – Ele está tentando transformar você em um... espaço vazio, para poder viver com você sem se sentir ameaçado.

Charlie sorriu.

– Ora, veja. Para voltar ao exemplo teórico que você acabou de usar: não me interessa nada se você entende ou não, mas você deve se dar conta de que não *tem* de se casar com Dom.

Liv começou a chorar.

– Tem um lenço? – pediu, sussurrando.

– Espaços vazios não precisam de lenços – Charlie disse. – Nós somos muito secos.

– Como você aguenta isso, Char?

Ginny diria que é porque aprendi na primeira infância a bloquear minhas reações emocionais. Sabia que lembranças traumáticas não processadas são guardadas em uma parte do cérebro diferente daquela que abriga o resto de nossa experiência?

– Ginny? – perguntou Liv.

– Minha hipnotizadora. Aparentemente, sou uma das pessoas mais emocionalmente dissociativas que ela já conheceu.

– Por isso as suas novas regras? – Liv perguntou. – "Uma das" não é o suficiente e você quer a medalha de ouro?

– É – disse Charlie, entrando na brincadeira. – Apenas espere até Ginny saber desta conversa; terá de concordar que eu surpreendi a concorrência.

– É tão *não* você ver uma hipnoterapeuta. Você nunca disse nada sobre querer parar de fumar.

– Ginny diz que ainda não estou pronta para parar. Enquanto ambas esperamos que eu esteja pronta, tenho a sensação de que posso aprender uma ou duas coisas. Tipo, você sabia que algumas pessoas reprimem lembranças dolorosas a ponto de não ter consciência de a lembrança estar lá até a resgatarem sob hipnose, enquanto outras pessoas têm lembranças *factuais* precisas, sabem todos os detalhes do que aconteceu, mas eliminam os sentimentos que deveriam acompanhar os acontecimentos? Eu sou desse tipo, o segundo tipo. Obviamente, faz mais sentido ser do segundo tipo.

– Charlie...

– O outro lote, o Grupo A, nunca sabe quando será surpreendido por algo de que se lembra de repente. Nós somos mais inteligentes e furtivos. Dizemos a nós mesmos que não podemos estar reprimindo nada, porque, veja, sabemos tudo o que há para saber sobre nós mesmos, todos os fatos. *E*, ainda assim, nos sentimos uma merda o tempo todo, e nos orgulhamos disso, de modo que não pode haver sentimentos ruins que estejamos reprimindo, certo?

– É Simon, não é? – perguntou Liv. – Por isso você está vendo essa mulher. É tudo por ele.

Charlie bufou.

– É, foi ideia de Simon. Não parece ser a cara dele sugerir consultar uma hipnotizadora? Ele está sempre pensando em terapias alternativas, como você sabe.

– Ele disse que não gosta de que você fume, não foi? – insistiu Liv.

– Não. Ele não liga. Está acostumado.

– Ele está preocupado com sua saúde agora que você é oficialmente dele. Está tentando proteger seu investimento. Não quer passar a aposentadoria cuidando de uma esposa com enfisema e uma perna amputada.

– *Com* uma perna amputada? Acho que se você teve sua perna amputada, não circula com ela depois. Eu posso estar errada. Você decididamente está. A hipnoterapia foi ideia minha. E de todos os homens que poderiam terminar com uma mulher inválida que não consegue respirar, Simon lidaria com isso melhor que a maioria. Não há nada de que ele goste mais do que o trágico simbolismo de fazer enormes sacrifícios.

– Sexo! – anunciou Olivia, batendo o punho na mesa em triunfo. Os taxistas reunidos ao redor da geladeira zumbindo interromperam a conversa parte em polonês, parte em inglês para observar.

– Sexo, não morte.

Charlie aprovou.

– Esse é um slogan de campanha vencedor. Eu votaria em você.

– Simon está usando o cigarro como desculpa para não dormir com você. *Por isso* você precisou se encontrar comigo de repente e me contar sobre sua hipnoterapia, que é unicamente com o objetivo de ajudá-la a parar de fumar, o que você quer fazer *apenas* por questões de saúde. É plausível. Muitas pessoas cairiam nessa. Mas você não estava certa de que eu cairia. Você sabe que sei o quanto você adora seus cigarros, o quão pouco se preocupa com consequências a longo prazo. Não poderia correr o risco de Chris me contar quando não estivesse lá para observar minha reação, poderia? Precisava ver por si mesma se eu iria cair nessa.

– Tudo verdade – disse Charlie. – Mas você está errada sobre o sexo.

Olivia pareceu ofendida.

– Eu *não* estou errada – disse, petulante.

– Olhe, acredite em mim, sei como é doloroso quando você tem de desistir de uma teoria que se encaixa perfeitamente. Simon usar meu cigarro para evitar o sexo é uma grande ideia, uma que merece ser verdade. Infelizmente, não é. Simon nunca disse nada de positivo ou negativo sobre meu hábito sujo. Nunca lhe ocorreu tentar usar isso como forma de evitar o sexo. Ele não precisa – disse Charlie, rindo. – Estamos falando de um especialista mundial em evitar a intimidade. Você acha que ele não conseguiria evitar o sexo com uma *não* fumante? Seus métodos são eficazes em todo o espectro. Eles não são dependentes de nicotina.

– Então, se não é o que eu acho, o que é? – Liv perguntou.

– Por que você está indo a uma hipnoterapeuta?

Charlie pensou um pouco nisso. Depois falou.

– Não posso responder a essa pergunta. Você terá de perguntar ao meu Observador Oculto; a parte de mim encarregada de acumular informações que em algum nível eu preciso ter, mas que não estou autorizada a alcançar com minha mente consciente.

Olivia enfiou a mão na bolsa e tirou sua agenda.

– Quando você estará livre? – perguntou.

– Por quê? – Charlie perguntou.

— Eu gostaria que nos encontrássemos novamente, assim que possível. Para conversar.

— Estamos conversando agora.

— É, e não está funcionando para mim — disse Liv, se levantando, agenda aberta na mão. — Mande uma data por e-mail. Eu estarei lá, onde e quando você disser. Com sorte, da próxima vez eu aproveito mais.

— Não há muita chance disso — murmurou Charlie enquanto a irmã corria para se proteger.

...

— Enquanto os bombeiros tentavam apagar o incêndio na casa de Sharon, o dono do pub local, o Four Fountains, na Wight Street, ligava para a polícia — contou Sam. — Dinah e Nonie Lendrim tinham caminhado até o pub vestindo apenas pijamas, tremendo e de mãos dadas.

— Você está tentando me dar arrepios? — disse Gibbs.

— O nome do dono do pub era Terry Bond. Estava aberto até mais tarde naquela noite. Tinha uma licença especial para uma programação ao vivo, uma noite de comédia para amadores. Ficou bastante surpreso ao ver duas garotinhas entrando, e ainda mais surpreso quando elas lhe contaram o que acabara de lhes acontecer. Tinham sido acordadas por um bombeiro uniformizado: capacete, máscara protetora, tudo. Ele as arrastara das camas, escada abaixo, até fora da casa. Segundo as duas garotas, essa pessoa só lhes disse duas coisas o tempo todo: "Fogo", e depois "Corram", assim que ele ou ela as levou para a calçada.

— Ele ou ela? — perguntou Gibbs. — Elas não sabiam dizer se era homem ou mulher?

— Dinah estava certa de que era um homem. Nonie pensava ser uma mulher. Em dado momento a sargento Shearer e sua equipe pararam de perguntar. As garotas estavam cada vez mais perturbadas com sua incapacidade de concordar e começaram a tremer sempre que um detetive chegava perto delas. As duas mudaram suas versões algumas vezes, para fazer a outra se sentir melhor. Shearer disse que era inútil. O que é uma pena, pois quem estava por trás daquela máscara, homem ou mulher, assassinou Sharon Lendrim.

Gibbs esperou, não com a mesma paciência que teria caso fosse Simon explicando.

– Dinah fez o que foi mandado e correu na direção da rua principal – contou Sam. – Nonie ficou para trás, preocupada com a mãe. Ela viu a pessoa vestindo o uniforme de bombeiro correr de volta para casa, e então Dinah gritou para ela: "Venha, Nonie, corra".

– Como você faria, caso tivesse recebido essa ordem de um adulto supostamente tentando salvar a sua vida – disse Gibbs.

Sam concordou.

– O uniforme teria sido o suficiente para convencer. Pessoas vestindo uniformes de bombeiros salvam vidas. Eles são heróis. Todo mundo sabe disso, mesmo crianças de cinco e seis anos. Nonie supôs que o bombeiro estava voltando para dentro da casa para buscar Sharon. Sua irmã estava lhe dizendo para correr, então ela correu.

– Deixando o assassino para fazer o quê? Trancar a porta da frente, jogar gasolina pela abertura de cartas e tacar fogo? Incendiário, não bombeiro.

– Certo. Um incendiário com uma chave da porta da frente, portanto, provavelmente alguém que Sharon conhecia. Alguém malvado o bastante para tirar uma vida friamente, mas que também se importava o suficiente para salvar as filhas de Sharon.

– Duvido que Sharon estivesse fria quando morreu – disse Gibbs, franzindo o cenho. – É incomum um incendiário rancoroso tirar as crianças do caminho primeiro. Normalmente, eles estão cagando. Desde que seja um alvo fácil, a família inteira pode queimar, no que diz respeito a eles; é parte da punição.

– Não neste caso. Esta assassina é perturbada o bastante para imaginar que seus princípios estão intactos porque deixou as duas meninas vivas. Ela correu um grande risco para salvá-las: se permitiu ser vista, falou com elas. Com ou sem máscara, Dinah e Nonie poderiam ter dado à polícia detalhes que a denunciariam.

– Por que "ela"? Diga "ele", se pode ser qualquer dos dois.

Sam sorriu; ele vira a objeção chegando.

– A abordagem não sexista correta é alternar caso você esteja em dúvida quanto ao gênero. E não foi por isso que eu disse "ela". Se tivesse de chutar, escolheria que uma mulher é a assassina de Sharon Lendrim, por duas razões. A maioria dos incendiários, aqueles que estão se lixando se cônjuges, bebês e avós também morrem, são homens. Esta salvou duas garotas. É o tipo de coisa que uma mulher faria.

– Há muitos homens por aí que comeriam uma bala de revólver antes de matar duas crianças queimadas. Eu sou um deles, você é outro. Sua segunda razão é melhor?

– Dinah e Nonie estavam desorientadas – disse Sam. – É meio da noite, há um estranho em seu quarto, com uniforme de bombeiro e máscara. Eu acho que, todas as outras coisas sendo iguais, ambas suporiam que era um homem. É um trabalho que as pessoas associam com homens. Para Nonie dizer que era uma mulher...

– Ao passo que para Dinah dizer que era um homem poderia simplesmente ter sido suposição? – reagiu Gibbs, balançando a cabeça. – Mas ambas ouviram a voz dele. A voz dela, seja como for.

– Ursula Shearer concorda com você – disse Sam. – Igualmente provável um ou outro, na opinião dela.

– Fico pensando em o que Waterhouse diria.

Sam suspirou e prosseguiu.

– Uma coisa em que as garotas são unânimes, embora só tenha lhes ocorrido mais tarde, quando perguntadas: elas não viram fogo nem sentiram cheiro de fumaça enquanto saíam da casa. E Nonie não viu nada quando olhou para trás. A única razão que tinham para achar que sua casa estava pegando fogo era o bombeiro uniformizado dizendo "Fogo" e as arrastando para fora da cama.

– Porque naquele momento não havia um incêndio – murmurou Gibbs.

– As garotas correram até o posto de gasolina no cruzamento de Spilling Road e Ineson Way, mas estava fechado; ele não funciona vinte e quatro horas. Foi quando pensaram no Four Fountains. Elas sabiam que ainda estava aberto, que Terry Bond tinha uma licença especial para aquela noite. Bem, Dinah sabia.

– Uma garota de seis anos que sabe a hora de fechamento do pub local? – reagiu Gibbs, tomando um gole de cerveja. – Eu não entendo isso. Por que não correram para a casa de um vizinho?

– Elas não souberam explicar. Ursula Shearer acha que foi o modo como o assassino da mãe falou: "Corram." Com urgência, como em "Corram e não parem de correr, desapareçam daqui, não olhem para trás". Não foi um "Vão aqui do lado". E... Dinah mencionou a mais de um dos detetives de Shearer que não queria acordar ninguém que estivesse dormindo, não se não precisasse.

– Uma menina gentil de seis anos que sabe a hora do fechamento do pub local? – reagiu Gibbs. – Eu não engulo isso. Ela e a irmã poderiam ter se livrado da mãe?

– Só em um filme de terror.

– As vidas de algumas pessoas *são* filmes de terror.

– Há uma explicação menos tenebrosa, graças a Deus – disse Sam. – Havia uma senhora história entre Sharon Lendrim e o Four Fountains. Em junho de 2008, Terry Bond pediu ao conselho uma alteração em sua licença. Ele queria ficar aberto até mais tarde às quintas, sextas e sábados; até uma e meia, em vez de onze e meia, para poder fazer noites de calouros regulares.

— Amber Hewerdine é gerente de licenciamento do conselho municipal — murmurou Gibbs em voz baixa.

— Bem observado — disse Sam. — Lembre-se sempre desse detalhe. É importante.

— Eu nunca teria adivinhado — disse Gibbs, sarcástico.

— Terry Bond não queria ter de pedir uma licença especial sempre que pretendesse fazer uma noite de comédia. Ele era mais ambicioso, queria transformar o Four Fountains na casa número um de comédia ao vivo de Culver Valley. Um grupo de moradores preocupados se opôs à ampliação da licença do pub. Argumentaram que horários mais tardios significariam mais bêbados fazendo mais barulho tarde da noite, mais danos a propriedades, mais lixo — contou Sam, que estaria do lado deles caso o pub fosse em seu bairro.

— A argumentação deles era boa: o pub ficava em uma zona originalmente residencial, tinha sido a casa de uma família, era cercado de todos os lados por residências familiares. Você entendeu. A presidente da associação de moradores fez um reconhecimento e definiu que o quintal dos fundos de Sharon Lendrim dava para o estacionamento do pub, com apenas uma cerca baixa separando os dois. A mulher, um tanto puritana, segundo todos os relatos, convenceu Sharon de que uma ampliação do horário de funcionamento do pub seria um desastre para ela, especialmente com suas crianças pequenas. Sharon entrou em pânico e se juntou à campanha contra a ampliação da licença. Em duas semanas, ela estava encarregada daquilo, uma defensora da causa muito ativa e articulada, cuja melhor amiga de escola, por acaso, era a gerente de licenciamento do conselho municipal. Dinah e Nonie sabiam tudo sobre isso. Havia cartazes e papéis espalhados pela casa inteira, integrantes da associação de moradores entrando e saindo.

— Estraga-prazeres — disse Gibbs. — Sentados em silêncio em suas casas sem beber. Esquisitões.

— Os estraga-prazeres ficaram encantados por sua porta-voz por acaso ser a melhor amiga de Amber Hewerdine, até descobrirem que Amber, longe de estar disposta a usar sua influência para ajudar a amiga, fez exatamente o contrário: disse a Sharon que ela estava sendo ridícula, paranoica e irracional. As duas ficaram brigadas algumas semanas, sem se falar. Enquanto isso, Terry Bond, sem entender por que toda aquela confusão se voltava contra ele, retirou seu pedido. A última coisa que ele desejava era ser odiado por todos os vizinhos. Ele não era o maior fã de Sharon Lendrim, como você pode imaginar, e vice-versa. Quando ela foi assassinada, doze pessoas procuraram a equipe de Ursula Shearer para dizer que ele deveria estar por trás daquilo. Só uma pessoa os procurou para dizer que decididamente Terry Bond não era o assassino de Sharon.

— Amber Hewerdine — chutou Gibbs.

— Depois que Bond retirou o pedido, Amber ligou para Sharon e perguntou se poderiam se encontrar, tentar resolver as coisas. Sharon concordou porque Dinah e Nonie adoravam Amber e sentiam sua falta. Foi marcado um almoço, no qual Amber contou a Sharon algumas coisas sobre a associação de moradores que antes Sharon não tinha querido ouvir; que, basicamente, ela se opunha a qualquer coisa e tudo que fosse possível. Fazer objeções às coisas era seu passatempo. Eles tinham protestado contra a abertura de um restaurante indiano nas proximidades, um bistrô francês, até mesmo uma galeria de arte, argumentando que iria servir vinho em suas exposições fechadas, e que bêbados sairiam cambaleando pelas calçadas armados com quadros com perigosas molduras de cantos pontudos. Falando sério, não estou brincando. Eles desaprovavam qualquer um que quisesse se divertir, queriam que todos ficassem sentados em casa, em silêncio, tomando água, ou pelo menos era como Amber Hewerdine via as coisas. Não muito diferente de sua visão — disse Sam, sorrindo.

— Amber fez um desafio a Sharon: ir com ela a uma das noites de comédia de Terry Bond e ver como se sentia depois. Segundo a declaração que Amber deu depois do assassinato de Sharon, ela concordou em ir por culpa. Estava preocupada que Amber tivesse razão: que havia sido levada a entrar em pânico por um bando de autoritários quando não havia nenhuma razão para pânico, e, nesse processo, destruído os sonhos inofensivos de um dono de pub.

— Eu ainda não conheci um dono de pub inofensivo, mas continue — disse Gibbs. — Ou eu deveria fazer as honras? Sharon passou a melhor noite de sua vida, e ela e Terry Bond tiveram algo ardente...

— Escolha outra metáfora — recomendou Sam.

— Foi o que aconteceu?

— Amber diz que sim. Diz que Sharon adorou tudo no Four Fountains, adorou os comediantes que se apresentaram naquela noite...

— Eu odeio comediantes — Gibbs disse. — Eles não são engraçados.

— ... lembrou de que nenhum ruído do pub nunca a incomodara ou às filhas, mesmo em noites com horário estendido, quando às vezes ficava aberto até três horas da manhã. Terry Bond disse a ela o motivo pelo qual nunca fora incomodada pelo ruído. Quando ele assumira o Four Fountains, instalara novas janelas à prova de som com vidros duplos, colocara isolamento acústico nas paredes, não permitia que nenhum de seus clientes fosse para o jardim depois de nove da noite, colocara placas no jardim dizendo que qualquer um que perturbasse a paz seria expulso e barrado...

— Ele queria Sharon Lendrim do seu lado.

— Segundo Amber Hewerdine, conseguiu. Ela lhe disse para fazer um novo pedido. Dessa vez o apoiaria e até mesmo falaria por ele na audiência de licenciamento, como uma convertida. Bond ficou encantado, compreensivelmente. Deu a Sharon um ingresso grátis para a próxima noite de comédia no pub, disse que conseguiria até mesmo uma babá para as meninas, prometeu erguer uma cerca alta e plantar uma fila de coníferas nos fundos do jardim, para dar à sua casa uma proteção a mais.

Sam se deu conta de que mal tocara em sua bebida. Então isso explicava a sede. Ele a virou em dois goles, consciente de que virar em um soava melhor, mesmo que só estivesse dizendo isso para si mesmo.

– A noite de comédia seguinte no Four Fountains foi em 22 de novembro de 2008. A noite em que Sharon morreu. Ela se divertiu muito, segundo Bond. E, segundo a filha adolescente dele, que foi babá para Dinah e Nonie, Sharon ficou no pub até onze, depois foi para casa dormir. Dinah ainda estava de pé, conversando com a filha de Bond. Foi para a cama quando Sharon foi, onze e meia. Antes disso, ouviu a babá dizer a Sharon: "Você voltou cedo." Sharon retrucou brincando. "Não é cedo. Eu teria gostado de ficar até o fim, mas sou velha demais para passar a noite toda acordada." Por isso Dinah sabia que o pub ainda estaria aberto quando ela e Nonie estavam correndo e precisavam ir para algum lugar – não porque seja uma criança esquisita psicopata que passa as madrugadas em bares.

– Então isso de as crianças não quererem acordar os vizinhos... – começou Gibbs.

– Poderia ter alguma relação com ouvir inúmeros integrantes da associação de moradores resmungando sobre pessoas sem consideração que não se importavam de perturbar o sono de contribuintes que trabalhavam duro – disse Sam, concluindo a frase.

– Então Bond não tinha motivo para botar fogo na casa de Sharon – disse Gibbs.

– Não se o que ele, a filha, Dinah Lendrim, Nonie Lendrim e Amber Hewerdine dizem é verdade, não – concordou Sam. – O problema é que ninguém mais teve conhecimento da mudança de opinião de Sharon ou de seu acordo com Bond.

— Cinco pessoas não é o bastante?

— Normalmente seria, se doze pessoas não estivessem dizendo exatamente o oposto: que Terry Bond odiava Sharon Lendrim, que ela nunca mudaria de ideia sobre a ampliação do horário de funcionamento do pub, que deveria ser um assassinato por vingança contratado por Bond. No momento em que Sharon foi assassinada, Bond tinha feito um novo pedido ao departamento de licenciamento do Conselho, e a associação de moradores estava se preparando para agir contra isso. Amber Hewerdine contou a Ursula Shearer que Sharon estava com medo de se revelar e contar aos seus seguidores intolerantes que trocara de lado. Ela estava adiando... e então foi assassinada.

— E ficou parecendo que Bond a queria fora do caminho para ter uma chance de sair vitorioso da segunda vez — disse Gibbs. — Nada disso responde como Amber Hewerdine ficou com as filhas de Sharon Lendrim.

— Sharon fez um testamento nomeando Amber a guardiã no caso de sua morte. Ela se preocupava com que as filhas não fossem para Marianne, a avó e única parente viva. Agora Amber e Luke estão tentando adotar as duas. Marianne é frontalmente contra isso, diz Ursula Shearer. A Assistência Social a entrevistou sobre as duas, Marianne e Amber. Queriam sua opinião sobre a possível adoção e as objeções de Marianne a ela, já que conhece todos os envolvidos.

— E? — perguntou Gibbs.

— Ursula gosta de Amber e confia nela — disse Sam. — Acha que é ótima para as garotas, assim como o marido Luke. Embora diga que pode ser difícil e goste de dizer às pessoas como fazer seu trabalho. Nada que Ursula possa dizer convencerá Amber de que Sharon não foi assassinada por um dos integrantes da associação de moradores.

Gibbs engasgou quando a cerveja desceu pelo caminho errado.

— Os puritanos?

— Ursula diz que isso é besteira. Todos os intolerantes tinham álibis. Amber sabe disso, mas está se aferrando à sua teoria. De vez em quando liga para Ursula e tenta novamente convencê-la: alguém matou Sharon para manchar a reputação de Terry Bond. Talvez ninguém possa provar que Bond esteve por trás disso, mas a desconfiança é uma força poderosa. Poderia ser o suficiente para garantir que a comissão de licenciamento recusasse qualquer pedido futuro que Bond fizesse de prorrogação do horário. Se esse era o objetivo do assassino de Sharon, de certa forma funcionou. Quando Bond soube que Sharon tinha sido assassinada ficou arrasado e retirou o pedido imediatamente. Ele concorda com a teoria de Amber, é o único, e se culpa: decidiu que fora seu pedido ao Conselho que causara todo o problema. Você pode imaginar como ele deve ter se torturado.

Sam pudera notar, ouvindo a história, que Ursula Shearer sentia pena de Bond. Isso o levara a lhe perguntar se Bond ainda era o dono do Four Fountains. Ele deu a Gibbs a resposta.

— O pub nunca fez outra noite de comédia depois daquela em que Sharon morreu. Em 2009 Bond e a filha se mudaram. Hoje moram na Cornualha.

— Não deveríamos estar aqui — Gibbs disse. — Deveríamos estar comparando as anotações de caso de Ursula Shearer sobre Sharon Lendrim com as anotações sobre Kat Allen para ver se elas tinham mais em comum do que sabemos.

— Ursula está copiando tudo e irá mandar — disse Sam. — Minha previsão é que, afora Amber Hewerdine, nada mais coincidirá.

— Você já está errado — Gibbs disse a ele. — Ambos são impossíveis de solucionar. Não conseguimos encontrar ninguém que desgostasse de Katharine Allen, quanto mais a quisesse morta. Dois anos depois do acontecido, ninguém pagou pelo assassinato de

Sharon Lendrim, a sargento Shearer está certa de que não foi Terry Bond ou qualquer dos puritanos. Ela tem teorias implausíveis, suspeitos em que nenhuma sujeira gruda? Alguém por quem ela tenha sentimentos dúbios?

Ele estava certo. Sam não tinha pensado nisso, e deveria ter. Simon teria.

– Ela não tem ninguém, tem? – perguntou Gibbs. – Nem nós temos no caso de Katharine Allen.

Sam aprovou. Isso não necessariamente significava algo. *Sim, significa. Nunca há nada, nunca. Exceto agora, quando há duas vezes nada.*

A única vez em que você não descobre nada na vida de uma vítima para explicar seu assassinato era no caso de um ataque sexual de um estranho. Nem Sharon Lendrim nem Kat Allen haviam sofrido violência sexual.

– Dois assassinatos sem pontas soltas aparecendo onde possamos ver – continua Gibbs. – Nos dois casos não há solução que faça sentido, mas também não há nada que não faça sentido. Um assassino que queria matar duas pessoas sem que ninguém conseguisse imaginar por que, nos dois casos. Alguém cujo cérebro pegue nada e transforme isso em algo, talvez. Para todos os outros, o motivo para o assassinato pareceria irracional ou inexistente.

Sam tinha de admitir que fazia sentido. Alguns motivos faziam todo sentido, e estavam no mundo para que todos vissem, como uma briga muito pública entre um dono de bar e uma associação de moradores; outros estavam escritos no mundo com tinta invisível, existindo apenas nas histórias ocultas que seus donos repetiam interminavelmente para si mesmos, mas para ninguém mais. A não ser que Sam tivesse entendido mal, Gibbs tinha em mente um assassino que só iria matar caso estivesse certo de que não havia chance de o motivo ser deduzido por ninguém.

Ele ou ela. Alguém discreto, arrumado, cuidadoso.

Sam sabia o que Gibbs ia dizer antes mesmo que dissesse.
– Amber Hewerdine matou as duas. Não me peça para provar; eu não tenho tempo. Vou ser demitido amanhã, lembra?

...

– Eu gostaria de poder ser mais útil – disse Edward Ormston a Simon, ajeitando os óculos e o ângulo da fotografia em sua mão.

Os dois estavam sentados lado a lado em bancos altos junto ao bar de café da manhã na cozinha de Ormston, em Combingham, tomando chá. Simon tentava não se distrair com a visão da esposa de Ormston calçando botas Wellington e brincando com dois cães setter no quintal. Cachorros precisavam ser levados para passear regularmente, Simon sabia disso, mas ele nunca vira ninguém brincar com eles do modo como aquela mulher fazia, rindo e dando pulos. Será que quando ele saísse Ormston bateria na janela e gritaria: "Pare com isso, sim? Está parecendo uma maldita idiota!" Dificilmente; parecia ser um homem gentil com uma voz suave e sem aspereza, o que fazia dele um ser estranho no que dizia respeito a Simon.

– Não, lamento – disse Ormston. – Não saberia dizer se ela estava lá ou não. Não me lembro do rosto de ninguém no curso. Se você acha que não irá ver as pessoas novamente, não se preocupa em arquivar suas imagens para referências futuras, não é? Pelo menos não eu. Eram dezenove estranhos, vinte contando o professor. Desculpe, o facilitador – disse Ormston, sorrindo. – Todos parecem ser facilitadores ou algo assim atualmente, não é mesmo? Não havia facilitadores quando eu tinha a sua idade.

– O nome dela é Amber Hewerdine – disse Simon. – Trabalha para o conselho municipal, no departamento de licenciamento. Tem um marido chamado Luke que trabalha com cantaria, e duas filhas – disse. Pensando na mensagem que Sam deixara em sua secretária, Simon acrescentou: – Não são filhas dela, ela é a guardiã legal, desde que a mãe morreu. Amber e Luke querem adotá-las, mas ainda não fizeram isso.

– Que medonho; a morte da mãe delas, quero dizer. Desculpe, não entendo bem... – disse Ormston, que era educado demais para perguntar diretamente por que Simon estava lhe contando a história de vida de uma estranha.

– Estava imaginando se algum desses detalhes poderia despertar alguma lembrança. A situação familiar incomum... Obviamente, nada disso está ajudando.

Simon tentou afastar a decepção de sua voz. Ormston era a última pessoa em sua lista de tentativas; todas as outras pessoas no curso de Amber Hewerdine ele ouvira pessoalmente ou pelo telefone, ou desistira delas por não poderem ser encontradas, pelo menos no momento. Ninguém com quem falara se lembrava do rosto de Amber, embora todos tivessem insistido que isso não significava que não estivesse lá. Muito tempo tinha se passado; todos tinham visto e esquecido de muitos rostos desde 2 de novembro. Simon deixara Ormston para o fim, imaginando que ele seria o "Ed" que Amber mencionara, aquele que sobrevivera a um acidente de carro que matara sua filha, *Louise ou Lucy*. Havia na parede da cozinha uma fotografia emoldurada de uma criança pequena loura. Seria ela?

– Nós não trocamos nomes ou detalhes pessoais – Ormston disse. – Houve muito pouca conversa de qualquer tipo, mesmo nos intervalos. As pessoas mantinham as cabeças baixas, se comunicavam com o mundo exterior por seus celulares. Nenhum de nós queria realmente estar ali. Todos estávamos levemente constrangidos e querendo terminar aquilo e sair de lá o mais rápido possível.

– Amber se lembrava de você. Ela o chamou de "Ed".

– Ah, acho que posso explicar isso. Talvez eu afinal possa ajudá-lo um pouco – falou, sorrindo.– Veja bem, o facilitador perguntou meu nome na frente do grupo. Eu sou Ed para todos que me conhecem, nunca Edward, de modo que foi o que disse. Todos na sala me ouviram dizer isso. Eu teria preferido que ele não desviasse a atenção para mim perguntando meu nome e não o de qualquer outro, mas não o culpo. Entendi por que fez isso. Era sua forma bastante desajeitada de tentar se relacionar comigo como um ser humano, já que se relacionar comigo como um participante do curso o colocara no que achava ser uma situação constrangedora. E, para ser justo, eu já chamara atenção para mim mesmo.

– Você contou ao grupo sobre a morte de sua filha – disse Simon.

Ormston ergueu as sobrancelhas.

– Você sabe disso?

– Amber mencionou.

– Abençoada seja – disse Ormston.

Simon ficou pensando se ele seria religioso. Depois ficou pensando em por que nunca ouvira seus próprios pais católicos devotos abençoarem alguém. Sempre supusera que eles se superavam em termos de carolice, embora fossem incompetentes em todos os outros setores da vida; talvez estivesse errado e fossem um lixo até mesmo em ser religiosos. Isso, compreendeu Simon, os deixaria sem qualquer característica redentora. Era uma ideia deprimente.

– Essa é sua filha? – perguntou, fazendo um gesto na direção da foto emoldurada na parede.

– Sim. Louise. Não é bonita?

– Deve ser insuportável perder um filho.

– Nada é insuportável – disse Ormston, olhando para a fotografia. – Isso eu posso lhe garantir. Nós suportamos tudo. Que escolha temos?

– Isso não tem nada a ver com meu caso, mas... por que contou a eles? No curso, sobre a morte de Louise? Você poderia ter ficado quieto. Ninguém saberia.

Ormston concordou.

– Eu considerei isso. Pensei exatamente isso: não há necessidade de contar a eles. Depois pensei: por que não contaria? Era a resposta verdadeira a uma pergunta que me havia sido feita. Eu não teria dito espontaneamente, caso não tivesse sido perguntado diretamente se algum de nós tivera uma experiência pessoal com acidente de trânsito, mas também não vi por que deveria ter o trabalho de esconder isso.

Simon entendeu perfeitamente; fora como ele se sentira quando Charlie lhe contara sobre encontrar Amber Hewerdine em frente ao consultório de Ginny Saxon e implorara para perder tempo inventando mentiras desnecessárias.

— Contar a verdade pode não ser a melhor coisa para as pessoas que têm de ouvir, mas normalmente é a melhor coisa para quem conta — disse.

— Não posso concordar mais — disse Ormston. — E quer saber de uma coisa que quase ninguém mais sabe?

Simon ficou imaginando o que ele diria a seguir, em um mundo ideal: *Quer saber quem assassinou Kat Allen? O que significam as palavras "Gentil, Cruel, Meio que Cruel"?*

— Quando você faz o que é melhor para você, sempre acaba chocado de descobrir que também é o melhor para todos os outros. Não são muitas as pessoas que se dão conta disso; eu mesmo não percebi por um longo tempo. Todos imaginamos que se formos diretos quanto ao que queremos e precisamos, iremos enfrentar resistências e acabaremos tendo de lutar sob pressão, talvez uma luta que não possamos vencer. Na verdade, é nos forçar a fazer o que imaginamos ser o melhor para os outros que leva a problemas e conflitos.

Simon não estava convencido, mas não se sentia capaz de discordar, considerando que Ormston tão recentemente concordara com ele. Tudo o que sabia era que sua mente estava mais leve desde que decidira que ser objetivo e direto era melhor para ele — melhor até do que ter um emprego, ou não o teria colocado em risco.

— Espere um segundo — disse Ormston, apertando os olhos. — Amber. Sabe, acho que havia uma Amber. Sim. O facilitador perguntou quantos de nós se arriscavam no âmbar nos sinais. Estou bastante certo de que havia uma mulher que disse algo sobre seu nome ser Amber. Acho que foi a que fez um grande discurso. Tinha uma voz cortante, acho que me lembro, como uma nobre. E... uma formulação incomum. Houve muitas trocas de sobrancelhas erguidas quando ela começou a falar.

Simon franziu o cenho. O sotaque de Amber Hewerdine era puro Culver Valley.

– Qual discurso? – perguntou.

– Sobre mortes nas estradas serem inevitáveis no mundo moderno, e se realmente queríamos que as pessoas não morressem em nossas estradas deveríamos nos livrar totalmente dos carros. Estou parafraseando; ela falou de forma mais animada e excêntrica do que isso. Como ninguém queria abolir os carros, disse, deveríamos todos parar de reclamar – disse Ormston, dando um risinho. – Todos pareceram terrivelmente preocupados que eu ficasse aborrecido, mas não fiquei. Havia algo de um desafio à morte que era satisfatório em seu ponto de vista. Ela era contra radares de velocidade e cursos de direção consciente, contra lombadas, contra limites de velocidade de trinta quilômetros por hora. Ninguém deveria basear seu comportamento ao volante no medo e na lógica do pior caso possível, ela disse. Sempre que você entra em um carro, corre o risco de morrer, portanto, poderia muito bem aceitar isso e dirigir feliz, tão rápido quanto quisesse, livre de medo e culpa. Acho que essa era a sua filosofia.

Ormston olhou de relance pela janela. No jardim, a esposa tinha se acalmado, mesmo que os dois cachorros não tivessem; estava arremessando gravetos para que os pegassem e trouxessem de volta.

– Não posso dizer que concordo com ela que mais mortes é um preço que valha a pena pagar por mais liberdade, mas admirei sua coragem – disse.

— Essa mulher poderia ter se ausentado do curso em algum momento ao longo do dia? — Simon perguntou.

Ormston balançou a cabeça.

— Ficamos lá o tempo todo. Mesmo no intervalo para almoço, todos ficamos na sala, menos as pessoas que fugiram para o toalete.

— É esta? Amber, a mulher que fez o discurso? — perguntou Simon, passando a Ormston outra fotografia. Esta do *Rawndesley Evening News*. Amber entre dois conselheiros municipais, sorrindo. A legenda dizia: "Conselho de funcionários aplaude introdução de Zona de Impacto Cumulativo em East Rawndesley". — Você se lembra de tanto do que ela falou. Tem certeza de que não se lembra do rosto?

— Não lembro — disse Ormston. — Lamento, mas você não iria querer que eu fingisse, não é mesmo? Eu não reconheço esse rosto.

Então. A resposta é "a chave", e a resposta é a chave. Não estou me repetindo. Estou dizendo que a resposta "a chave" é a chave. Podemos ver cada nova resposta como uma chave para uma porta trancada que impede nossa passagem. Às vezes abrimos uma porta trancada e nos vemos diante de outra, o que significa que precisamos caçar a chave seguinte. Com frequência estamos nos deparando com porta após porta, após porta. Quando isso acontece, como desconfio que acontecerá aqui, é ao mesmo tempo um bom sinal e um mau sinal: nossa jornada, é quase certo, será consideravelmente mais frustrante, mas, se conseguirmos superar os obstáculos que bloqueiam nosso caminho, o prêmio poderá ser substancial. É lógico: quanto mais precioso o objeto, maior a proteção.

Por que Amber vasculhou Little Orchard de cima a baixo? Porque estava procurando a chave do quarto fechado, como acabou de nos contar. Ela acha que também nos disse por que estava procurando a chave, o que aconteceu quando a encontrou e o que isso prova. Para o caso dessa história mal contada não oferecer provas suficientes e satisfatórias sobre sua conclusão, e sabendo em determinado nível que sua determinação de dizer o menor número possível de palavras é tão prejudicial a ela quanto é a nós, ela a sustentou com diversas histórias secundárias, todas igualmente mal contadas e reduzidas ao essencial – tudo, a seu ver, fornecendo mais provas.

Mas do quê? De que Jo é uma pessoa ruim? Amber desconfia que a soma total de suas histórias não chega sequer perto de contestar a bondade essencial de Jo, de que Amber me lembrou mais de uma vez esta manhã, de modo a ser justa: Jo é a mãe devotada de seus dois filhos, esposa amorosa de seu marido Neil, filha e irmã maravilhosa. Sua mãe Hilary e sua irmã totalmente dependente Kirsty passam quase todos os dias em sua casa. Ela prepara a maioria de suas refeições, até mesmo lhes dá comida para levar para casa, sabendo que é a única forma de comerem direito. Hilary, mãe solteira, esgotada de tantos anos cuidando de uma criança muito deficiente vinte e quatro horas por dia, não conseguiria dar conta se Jo não a alimentasse e levantasse seu moral constantemente. Ritchie, o irmão de Jo, nunca teve um emprego. Ele é o que alguns chamariam de vagabundo, mas Jo não o julga, e regularmente lembra a Hilary todas as razões para pensar bem dele: é inteligente, criativo, gentil, leal, e um dia irá descobrir sua paixão e o que quer fazer da vida, desde que aqueles mais próximos continuem a acreditar nele. Jo dá dinheiro a Ritchie sempre que ele precisa, e Neil não faz objeções. Presumivelmente, como um dos principais beneficiários da sua política de a família acima de tudo, ele sabe que não deve questionar isso.

Jo é tão dedicada como nora quanto é como filha. Quando a mãe de Neil, Pam, morreu de câncer de fígado, Jo percebeu imediatamente que seu sogro, Quentin, não conseguiria viver sozinho, e o transferiu para sua casa. Sabina, babá de William e Barney, é igualmente parte da família. Também passa o tempo todo na casa de Jo, sendo alimentada e cuidada. Não faz distinção entre seu dia de trabalho e o resto da vida, e só sai do lado de Jo para ir para casa dormir, ao que parece.

Será que Amber é parte dessa grande família calorosa centrada em Jo? Deveria ser. É casada com o irmão de Neil, Luke. Mas ela fala como se não fosse beneficiária, como se fosse uma estranha. Por quê? Por causa das histórias que nos contou, que provam... o quê?

Deixe-me repassá-las, acrescentando algumas de minhas próprias observações e preenchendo os detalhes que faltam com palpites inteligentes, baseados em coisas que Amber disse nesta sessão e também esta manhã, quando estávamos sozinhas. Se você vai contar uma história, deve contá-la corretamente, dar vida a ela. É o que tentarei fazer, e estou disposta a apostar que terminarei com tanta verdade em minhas histórias quanto teria se descrevesse acontecimentos sobre os quais acreditasse ter conhecimento objetivo. Amber, esqueça que essas são suas histórias e apenas escute. Lembre-se, uma história não é uma lembrança; uma lembrança não é uma história. Cada história contém lembranças, mas as interpretações e análises que aplicamos aos acontecimentos surgem depois. Elas não podem ser chamadas de lembranças.

Primeiro dia útil depois do Natal de 2003. Jo, Neil e seus dois filhos retornaram incólumes. Jo reuniu todos, anunciou que tudo estava bem, mas se recusou a explicar por que ela, o marido e os filhos tinham desaparecido da reunião familiar e, assim fazendo, transformado o Natal, um dia que deveria ser feliz e festejado, em uma provação traumática para todos aqueles próximos a eles. Todos, pelo menos aparentemente, aceitam a falta de explicação, e concordam com a ideia de Jo de que o dia deveria ser o dia de Natal que nunca existiu. Então, primeiramente, há a troca de presentes e o caos de papel de presente rasgado espalhado por toda parte, depois um jantar festivo com peru para onze pessoas a ser preparado exclusivamente por Jo. Amber então acredita que a cunhada teve uma ideia brilhante e perversa enquanto preparava aquela refeição grandiosa, insistindo em que não precisava da ajuda de ninguém e podia trabalhar com muito mais eficiência tendo a substancial cozinha de Little Orchard apenas para si: pareça como se estivesse trabalhando como uma escrava em prol do bem comum e ninguém irá desconfiar de que você está se enterrando sob uma montanha de trabalho de modo a evitar conversas potencialmente problemáticas. Amber está convencida de que essa sempre foi a política de Jo.

Enquanto Jo está ocupada montando o perfeito banquete de Natal, o que todos os outros estão fazendo? Neil está no andar de cima tirando "um cochilo", dizem todos, embora dormisse havia tanto tempo que a Amber parece que, na verdade, ele tenta enfiar uma noite inteira em um dia, o que provavelmente significa que não dormiu nada nas duas noites anteriores. Luke está sentado a um canto com bloco e caneta, fazendo mudanças de última hora no jogo de perguntas e respostas de seu Dia de Natal. O pai dele, Quentin, está entediando Ritchie com uma de suas intermináveis histórias labirínticas – dessa vez sobre uma fossa séptica e diversas tentativas fracassadas de instalá-la –, da qual Ritchie não sabe como escapar. Sabina está tentando de tudo para impedir Barney de chorar, andando com ele, jogando-o para cima e para baixo, deitando-o de costas.

Hilary circula por perto, dando conselhos indesejados. Diz a Sabina que Jo deveria ter bom senso e parar de amamentar. Barney acabou de comer e está novamente com fome; deve ser por isso que chora. Bebês amamentados no peito são famintos e insatisfeitos, diz Hilary. Gritam o tempo todo e nunca dormem – pergunte a qualquer parteira, qualquer agente de saúde. Não aceite aquilo que eles devem dizer, a versão oficial; pergunte o que realmente acham, em off. Sabina diz que essa decisão é de Jo, e que Hilary está discutindo com a pessoa errada. Por acaso, Sabina concorda com Hilary. Ela já cuidou de dezenas de bebês e não tem dúvida alguma de que os que tomam mamadeira são mais contentes e dormem melhor. Suas mães são mais felizes e mais relaxadas por poder delegar a outros o trabalho de alimentar quando precisam de uma folga. Sabina já disse tudo isso a Jo, conta a Hilary, mas Jo quer que seu filho tenha o melhor começo de vida possível em relação a comida, e os profissionais de saúde são unânimes quanto a isso, de modo que Sabina deixou de lado suas próprias opiniões e apoia a decisão de Jo. O que mais ela pode fazer?

Hilary não está satisfeita. Ela tira da bolsa uma mamadeira em saco plástico lacrado e uma caixa de leite em pó. Diz que Jo não está ali no momento, está ocupada cozinhando. Deixe que eu dê isto a Barney, fala. Já fiz isso antes. Jo não soube de nada, e fez grande diferença. Ele foi um bebê diferente naquele dia, quase não chorou. Pam finca pé. Nada deve ser feito a Barney sem o consentimento de Jo. Independentemente do que achamos, diz, a decisão é de Jo. Ela não faz menção a Neil, seu filho e pai de Barney. A opinião dele sobre como o filho deveria ser alimentado é irrelevante.

Uma discreta briga relativamente educada se segue entre as duas avós. Pam normalmente é silenciosa e cede, e Hilary fica irritada. A vida é dura o bastante para todos, ela argumenta. Por que tornar mais dura deixando uma criança com fome? Kirsty, desacostumada a ver a mãe com raiva, começa a fazer ruídos perturbadores e a balançar-se de um lado para o outro. William, de cinco anos, se irrita com o barulho e corre para longe dele. Amber vai atrás. Ela o alcança no jardim. Ele conta que está assustado com Kirsty, que descreve como "um grande monstro". Amber não sabe o que dizer, e pergunta se William algum dia contou aos pais o medo que sente de Kirsty. Ele diz que sim, e que a mãe disse que não podia ter medo dela. Ela é sua tia, é família. Ela o ama e ele tem de amá-la, embora seja diferente. Não é culpa dela. William pede que Amber não conte a Jo o que ele disse, ou que fugiu de Kirsty.

Isso deixa Amber com raiva. Jo não deveria dizer a William como se sentir; deveria entender que uma criança de cinco anos de idade obviamente iria ficar alarmada com alguém como Kirsty, que é claramente adulta, mas não se comporta como tal. Como Jo ousa fazer William sentir que tem de manter seu medo escondido? Para alegrá-lo ela sugere que brinquem de algo, uma espécie de esconde-esconde: caçar a chave do escritório trancado de Little Orchard. William fica muito empolgado com a ideia, e eles começam a busca, conjeturando sobre o que poderia haver dentro do quarto proibido. Ninguém pergunta o que estão fazendo enquanto vagam pela casa, entrando e saindo de aposentos. Quando o jantar é servido, eles procuraram em todos os lugares com exceção da cozinha, da área de serviço e da suíte de Jo e Neil, onde não podem entrar porque primeiro Neil está cochilando, depois tomando banho e se arrumando para o jantar de Natal. Depois da refeição, o item seguinte da agenda é o jogo de perguntas e respostas de Luke. Amber e William não participam. Continuam com seu jogo secreto, dizendo a todos que esperam ter uma surpresa a oferecer mais tarde. Será que Amber tem consciência de que deseja ter seu próprio segredo, já que Jo tem um que não está partilhando? Será que tem escrúpulos morais sobre violar a privacidade dos proprietários de Little Orchard caso tenha sorte e encontre a chave? Meu palpite seria não e não. Conscientemente, Amber está preocupada apenas com não encontrar a chave, imaginando se seria maluca de embarcar naquela caçada que certamente estava condenada ao fracasso. E se ela nunca encontrasse? William ficaria terrivelmente desapontado.

Não havia necessidade de pânico: um exame atento da cozinha revela uma chave em um barbante comprido, pendurada em um prego nos fundos de um armário de pinho. Deve ser essa, Amber diz a William assim que a vê balançando no espaço entre o armário e a parede. Por que mais alguém manteria uma chave em um lugar tão inacessível? Amber machuca as costas tentando mover o armário para alcançar a chave. É pesado demais para que o levante sozinha, mas ela insiste porque – como Jo mais cedo, e no mesmo espaço, a cozinha – não quer ajuda. Quer provar que pode fazer tudo ela mesma.

William, tomado de excitação, corre para a sala e interrompe o jogo de Luke com seu anúncio triunfal: ele e Amber encontraram a chave do quarto trancado. Amber declara sua intenção de usá-la e dar uma espiada – quem quer ir também? Um convite deliberadamente provocante: desafiar os outros a deterem-na. Se Amber não se ressentisse tanto do silêncio que cercava o desaparecimento de Jo e Neil, teria se comportado de modo diferente? Acho que sim. Acho que não é coincidência ela ter criado uma oportunidade de encenar um protesto contra sinais metafóricos, quando não reais, de "entrada proibida" e coisas sendo escondidas dela.

Jo fica furiosa. Exige que Amber lhe entregue a chave imediatamente. Ela é responsável pela casa, lembra rapidamente. Foram ela e Neil que a alugaram dos donos e, portanto, são seus guardiães. Amber lhe diz para relaxar. Não é como se eles fossem causar algum dano ao escritório. Só vão dar uma olhada e descobrir o que há lá. É a conclusão inofensiva da brincadeira inofensiva de Amber e William. Luke, Ritchie e Sabina ficam tentados a aceitar, infectados pelo entusiasmo de Amber e William. Todos concordam em que não pode fazer mal; são feitas piadas – herméticas, para que William não entendesse – sobre brinquedos sexuais e mudas de cannabis. Quentin não liga. Ele só está interessado em suas próprias preocupações, e o conteúdo do quarto trancado de Little Orchard não pode afetá-lo. Pam acha que eles deveriam recolocar a chave no lugar e diz isso, com a mesma firmeza com que dissera antes que Barney não deveria tomar leite em pó; isso imediatamente leva Hilary a dizer que uma espiada rápida não fará mal, só para deixar William feliz.

Amber sugere uma votação, sabendo que irá vencer. Jo finca pé. Está furiosa, quase chorando de raiva. Descarta a ideia de Amber de que qualquer princípio democrático possa ser aplicado; ela e Neil pagaram integralmente o aluguel, bem como o depósito, o que faz deles as únicas pessoas com direito a opinar sobre o assunto. Neil concorda: destrancar o escritório está fora de questão. Ninguém imagina que a chave que Amber encontrou possa pertencer a uma porta diferente; todos supõem que é a certa. Jo diz a Amber, na frente de todos, que a ideia toda – o jogo de caça à chave e envolver William naquilo – foi total e completamente imoral, e que ela deveria se envergonhar.

Amber se recusa a sentir vergonha. Ainda acha que não haveria mal algum em dar uma espiada rápida dentro do escritório, e que a maioria das pessoas, em situação semelhante, faria isso, assim como a maioria das pessoas escuta conversas picantes e olha por sobre os ombros de estranhos para ver as mensagens que estão escrevendo sempre que podem. Argumenta que em algum nível os donos de Little Orchard devem saber disso.

Jo diz que nunca iria escutar ou tentar ler a correspondência pessoal de alguém.

Amber diz que ela nunca diria a ninguém para sentir vergonha ou se parabenizaria por ser uma pessoa melhor que as outras.

Amber devolve a chave a Jo.

5

Quarta-feira, 1º de dezembro de 2010

— Setenta e três? Setenta? Setenta e seis? — tenta Nonie, disparando números para mim, a voz tremendo de angústia.

— Não entre em pânico — digo, desejando que estivesse no banco do carona ao meu lado e pudesse ver meu rosto, sabendo que ela deseja a mesma coisa. Nonie é vítima de sua própria política escrupulosa de justiça: quando ela, Dinah e eu estamos juntas no carro, ela e Dinah devem se sentar atrás, embora ambas adorassem sentar na frente. Dinah sugeriu que se revezassem, mas Nonie não permitiu isso. Como nenhuma de nós sabe quantas viagens de carro haverá no total em toda a nossa vida juntas, não podemos estar certas de que não será um número ímpar. Alguém poderia acabar tendo uma vez a mais.

— Não consigo fazer isso! Eu não entendo! Setenta e sete?

— Não. Lamento — digo. Desespero e respiração ofegante fazem parte das rotinas de dever de casa da maioria das pessoas? Tento captar o olhar de Nonie no espelho retrovisor. Sempre consegui acalmá-la com meus olhos mais rapidamente do que com palavras.

— Setenta e cinco!

Eu odeio as quartas-feiras. Não estou livre nas tardes de quarta-feira; sou cativa de uma tradição que adoraria muito encerrar: eu pego as garotas na escola e vamos jantar na casa conhecida por todos como sendo a "de Jo", embora Neil, William, Barney e Quentin também morem lá. Também nas quartas-feiras Nonie tem matemática como última aula da tarde, a lição que nunca deixa de convencê-la de que é a pessoa mais idiota do planeta.

– Não faz sentido gritar números aleatórios, Nones – digo, mexendo nos controles do painel.

Fui tola o bastante de permitir que Luke me convencesse a comprar um carro melhor e mais novo do que aquele com o qual me sinto confortável, considerando nossas finanças precárias, e nunca entendi seus diversos comandos e botões. Os complicados diagramas de fluxo de ar com muitas saídas indicam que ele oferece uma gama de opções de aquecimento, mas nunca tive tempo de descobrir qual é qual, então aperto quaisquer botões que sinta vontade e nunca me lembro qual sequência de ações levou ao resultado desejado, nas raras oportunidades em que tenho sorte bastante de consegui-lo. Naquele dia estou com azar. Em vez de o calor ser igualmente distribuído pelo carro inteiro, consigo um jorro sufocante de ar escaldante. Decido que prefiro congelar. Invejo os casacos de inverno que comprei para as meninas, que parecem colchões de ar infláveis com mangas.

– Mesmo que você diga a resposta certa, não entenderá por que é a certa – digo a Nonie. – Se você simplesmente se acalmar e deixar que eu explique...

– O que a sra. Truscott disse? – pergunta Dinah.

– Espere, Dinah, deixe-me terminar.

– Você nunca irá terminar. Nonie irá falar *para sempre* como não consegue entender nada de matemática.

– Está tudo bem para você! Você é brilhante em matemática. Eu sou um lixo. Sempre serei um lixo.

– É setenta e quatro, *evidentemente*. Sessenta e seis mais oito: setenta e quatro. O que a sra. Truscott disse, Amber?

– Não me *diga*!

– Dinah, *não*...

– Já disse. O que a sra. Truscott...

– Não chore, Nones, não tem importância.
Ela precisa me ver sorrindo para ela. Tentando não pensar em Ed do curso no Departamento de Trânsito ao qual faltei e em sua filha morta, desvio os olhos da rua à frente e me viro no assento para que Nonie possa ver meu rosto. Com sorte há nele uma expressão tranquilizadora e não uma de terror abjeto. É a mim que estou dizendo, tanto quanto estou dizendo a ela, para não entrar em pânico e não chorar. Não sei como prestar atenção nas duas garotas ao mesmo tempo; é um enigma que não consigo solucionar. Estou certa de que tem de haver uma resposta, uma que uma mãe saberia instintivamente, mas eu não sou mãe nem nunca serei – não de verdade. Gostaria de dar às meninas toda a minha atenção o tempo todo, mas isso não é possível, e nenhuma delas irá esperar. Dinah é exigente demais, e Nonie preocupada demais.

Eu odeio a matemática pelo que faz a ela. Gostaria de chutar seus dentes desprezíveis. Sempre desconfiei que era uma pilha nociva de falta de sentido, e agora tenho provas de sua maldade e do volume de infelicidade que está causando a essa criança adorável e esforçada cuja felicidade é responsabilidade minha. Se eu posso conseguir o fim do banimento da peça de Dinah, certamente posso conseguir que matemática seja eliminada definitivamente do currículo? Evidentemente algumas pessoas precisam estudar isso, aqueles que serão matemáticos e cientistas, mas há outros – como eu, como Nonie – que, igualmente evidentemente, não precisam se incomodar com ela porque nunca iremos chegar muito longe e sempre a acharemos a coisa mais sem graça do mundo por não ter gente nela.

Luke me proibiu de ventilar esses pontos de vista filistinos na presença de Nonie. Embora eu secretamente imagine com quem poderia dormir de modo a garantir a ela uma nota decente em matemática que a permita entrar para uma faculdade boa e estudar disciplinas certas como Literatura Inglesa, História e Psicologia, disciplinas com pessoas nelas, Luke continua a acreditar que um dia, com a ajuda certa, tudo irá se encaixar e Nonie irá ter acesso às suas habilidades matemáticas inatas há tanto tempo adormecidas. Eu não acredito nisso nem por um instante, mas odeio pensar que meu interminável pessimismo possa limitar suas chances de vida, então minto.

– Você não precisa ter medo da matemática, Nonie – falo. *Sim, precisa. Há todos os motivos para ter medo de uma coisa que você odeia e da qual não consegue se livrar.* – Posso lhe dar outra adição para resolver; e Dinah, por favor, não conte a ela desta vez. Deixe-me tentar explicar a ela o método. Nones, assim que você entender o raciocínio envolvido...

– Eu nunca vou entender – diz Nonie em voz baixa. – Não faz sentido. Podemos ouvir Lady Gaga?

– Primeiro me conte sobre a sra. Truscott – insiste Dinah.

– Eu já lhe contei – digo, esticando a mão para trás, dando um apertão de apoio no joelho de Nonie. Eu não devia deixar Dinah atropelar a irmã, mas sinto que Nonie secretamente espera que eu não faça objeções à mudança de assunto. – Sua peça está de volta.

– Mas o que você disse? Como a persuadiu?

– Podemos escutar Lady Gaga, Amber?

Eu trinco os dentes. Ainda não estamos nem na metade do caminho para a casa de Jo. Há um limite para quantas músicas altas e retumbantes eu posso suportar, logo depois de um fracasso em matemática. Minha regra secreta é nada de música antes de passarmos pelo supermercado chinês no cruzamento de Valley Road e Hopelea Street. Se pelo menos Dinah e Nonie aprendessem a adorar Dar Williams ou Martha Wainwright eu alegremente deixaria que escutassem todo o caminho da escola à casa de Jo.

– Amber? Podemos?

– Conte o que a sra. Truscott disse!

– Em um minuto, Nones – digo, me arriscando a tirar as duas mãos do volante por um segundo e soprá-las em uma tentativa vã de aquecê-las. – Eu só... Não sei, Dinah, não me lembro de todas as palavras da conversa. Disse a ela o quanto a peça significava para você...
– Você está mentindo. Sempre sei quando você está mentindo.
– Mesmo quando estou de costas para você? Isso não é justo.
– O que não é justo? – pergunta Nonie, alarmada por um caso de injustiça ter se esgueirado por ela sem que notasse.
– Dinah saber que estou mentindo.
– Por que isso não é justo?
– Porque sou adulta. Sou há muito tempo. Conquistei o direito de me safar com mais do que pareço ser capaz.
Quando não estou mentindo estou sendo honesta demais. Sei que mais tarde terei de explicar a Nonie o que quis dizer com essa observação, assim que tiver acabado de lhe explicar toda a matemática.
– Com o que você a ameaçou? – pergunta Dinah, que não será distraída. – Ela não teria recuado a não ser que você a assustasse mais do que já estava assustada com os pais que tinham reclamado.
– É assim que você me vê, como alguém que mente, ameaça e intimida as pessoas?
– Sim – diz Dinah, e depois de uma pausa acrescenta: – Talvez não seja uma boa ideia você e Luke nos adotarem.
– Não diga isso! – geme Nonie. Maravilha, ela está chorando de novo. – Essa é uma boa ideia. É a *melhor* ideia.
Não estou certa se meu coração ainda bate. O carro continua a se mover para frente; esse tem de ser um sinal positivo.
– Se você nos adotar se tornará mãe – esclarece Dinah. – Você deixará de fazer todas as melhores coisas que faz, como assustar a sra. Truscott. Estará sempre rindo das coisas idiotas que os pais dos nossos amigos fazem e dizem, todas as suas regras idiotas de pais. Você se tornará tão idiota quanto eles.

O alívio corre por mim, inundando cada centímetro meu.
– Eu não me tornarei maternal, prometo.
Se a adoção for aprovada, se Marianne não estragar tudo.
– Então, o que você fez? Com a sra. Truscott?
– Amber, dezessete mais três é vinte? – Nonie pergunta.
– Sim, é. Muito bem – respondo. É o que ela sempre faz, e isso me faz morrer de amor por ela. Com medo de ser uma decepção para todos nós por não conseguir responder a pergunta mais difícil, ela faz a si mesma uma mais fácil e a responde corretamente, para provar que não é um completo desperdício de espaço. Eu digo a Dinah: – Você adivinhou certo. Eu a ameacei, e ela recuou.

Engasgos excitados do banco de trás. Não consigo deixar de sorrir.

– O que você disse que iria fazer? – manda Dinah, incapaz de conter sua ansiedade de saber. – Você quase bateu nela?

– Não. Na verdade é chato. Você ficará decepcionada – aviso.

– Primeiro tentei convencê-la, disse que não era justo prometer que você poderia montar sua peça e depois vetá-la, mas ela simplesmente continuava dizendo que era uma infelicidade e não podia ser evitado, como se não tivesse nada a ver com ela. Então mostrei que sempre que há um concerto ou peça na escola ela está lá distribuindo vinho e sherry aos pais com um grande sorriso no rosto e recebendo "doações" voluntárias totalmente não relacionadas a fundos escolares que só por acaso são do mesmo valor de uma taça de vinho, ou duas, ou quatro, caso o dr. e a sra. Doubly-Barrelly tiverem levado junto vovó e vovô.

– Isso foi realmente inteligente – diz Dinah. De modo atípico para ela, soa humilde. Cheia de admiração. Eu deveria me sentir culpada, mas me desmancho.

– Não entendo – diz Nonie.

– Escolas não são autorizadas a vender álcool – Dinah diz a ela.

– Você precisa de uma licença especial do trabalho da Amber, e a escola não tem. A sra. Truscott tem vendido, mas fingido que não, e Amber ameaçou prendê-la se...

– Bem, não exatamente – corto. – Eu só disse a ela que, como gerente de licenciamento do conselho... Para ser honesta, só precisei dizer isso. Como todas as melhores ameaças, a minha foi insinuada, não feita abertamente – digo. *Merda*. Não é ideal dizer isso em voz alta. Eu pigarreio. – Ameaçar as pessoas é errado, quase sempre, mas também é errado... empurrar álcool. Se você bebe álcool demais pode se viciar nisso e até mesmo morrer. Certo, quem quer um pouco de Lady Gaga? – pergunto, empolgada.

– Eu primeiro preciso entender meu dever de casa de matemática – diz Nonie, nervosa por seu desejo parecer ser atendido. – Pergunte uma adição.

Eu me imagino grunhindo em voz alta – um longo rugido, como o de um leão – até que a ânsia de grunhir passe.

– Certo. Mas por favor, *por favor*, tente não se aborrecer, o que quer que aconteça.

– Quer dizer quando eu errar?

– Não.

Sim.

– Não é o que eu quero dizer. Quanto é cinquenta e oito mais cinco?

Será que eu estou reforçando sua crença em que ela não merece ouvir música até concluir uma medonha corrida de obstáculos intelectuais? Será que meu lema como sua guardiã deveria ser pornografia melódica primeiro, matemática depois?

O pânico de Nonie é instantâneo.

– Não sei! Cinquenta e três? Não! Sessenta e um? Sessenta!

– Calma, Nonie. Escute. Cinquenta e oito mais dois é sessenta, não é? Então...

– Isso eu sei! Cinquenta e oito mais dois é sessenta, cinquenta e oito mais um é cinquenta e nove. Está vendo? Eu sei fazer desde que não passe dos dez seguintes!

O som dela hiperventilando enche o carro. Faz com que eu queira abrir a janela e correr o risco de perder meu nariz para o congelamento.

– Nones – digo, calmamente. – Eu posso lhe ensinar o que fazer, que é não entrar em pânico, se passar para a dezena...
– Cinquenta e dois! Cinquenta e três!
– Não, tipo, *explode* – diz Dinah, ajudando muito.
– Nonie, eu não posso fazer isso se você continuar gritando números para mim, meu amor.
– É cinquenta e três! – ela guincha de repente, triunfante. – Cinquenta e oito mais dois é cinquenta, mais outros três para completar os cinco...
– Ela está contando nos dedos – Dinah diz. – Deveria ser aritmética *mental*.
– Cinquenta e três – Nonie insiste. – Não é, Amber?
– Bem, na verdade você se saiu bastante bem – eu começo a dizer.
– Bastante bem? – reage Dinah. – É *sessenta* e três. Cinquenta e oito mais dois não é cinquenta, é sessenta.
– Ah, não! Eu *odeio* isso! *Nunca* vou conseguir uma resposta certa! – diz Nonie, soluçando.
– Sim, você vai, Nones. Você foi brilhante – digo, apertando sua perna novamente. – Você usou a técnica certa. Você entendeu como fazer, essa é a coisa mais importante. Você misturou cinquenta e sessenta, mas e daí?
Eles ficam bastante perto no grande esquema das coisas. Nós realmente temos de fazer essas distinções banais?
– Eu sei que você *quis* dizer sessenta.
– Que sorte que você não é professora de matemática – me diz Dinah.
Eu consigo não dizer que preferiria passar meus dias monitorando o comportamento de lesmas do que ensinando matemática, e me dou um ponto por contenção e maturidade.

— Amber ensina matemática — diz Nonie. — Ensina a mim.

Há mais pacotes de biscoitos vazios sendo soprados na calçada diante do supermercado chinês que de hábito, assim como duas latas vazias de lager e o conteúdo de vários cinzeiros de carros perto do meio-fio. Morar com Dinah me deixou mais sensível a esse tipo de visão. Não há como ela não notar. *Um, dois, três...*

— Olhe só aquilo — ela diz. — É revoltante. Pessoas que jogam lixo deviam ser colocadas na prisão. Deveriam ter suas celas enchidas de pilhas de lixo, tão altas que não conseguissem esticar as cabeças acima dela, e tivessem de respirar o cheiro horrível para sempre.

— Você não pode fazer isso com as pessoas, seja lá o que elas tenham feito — diz Nonie. — Pode, Amber?

Eu ligo o aparelho de som do carro sem perguntar às meninas se elas ainda querem música ou não, e coloco o volume mais alto do que normalmente consigo tolerar. Eu nem mesmo gosto de Lady Gaga, a não ser como um modo de encerrar conversas, quando estou esgotada demais para falar mais. Deveria ter usado essa técnica com Simon Waterhouse quando ele tentou insistir em me ver hoje. *Lamento, estou ocupada demais. Agora deixe-me afogar todas as suas perguntas posteriores com "Bad Romance".*

Não estava preparada para conversar com ele sem primeiro alertar Jo; não teria sido justo com ela. Jo provavelmente recebe de mim um comportamento melhor do que qualquer outra pessoa que eu conheça; mais consideração, mais tato. Nunca consigo decidir se isso é autopreservação sensata da minha parte ou um tolo desperdício de minha reflexão, considerando como me sinto com relação a ela. Isso me beneficia tanto quanto a ela se a privo de motivos para me atacar, mas às vezes ela faz isso mesmo assim, o que me obriga a notar minha incessante bajulação, e a futilidade dela, e então fico furiosa à toa.

Por que não decidi que era mais importante ser justa com Simon Waterhouse, que só me tratou bem? Por que ainda é importante para mim provar a Jo que sou uma pessoa melhor do que ela acha que sou?

— O que é "Gentil, Cruel, Meio que Cruel"? — Dinah pergunta no breve intervalo entre duas músicas.

Eu desligo o som.

— Onde você ouviu isso?

— Em lugar nenhum.

Enfio o pé no freio, paro no meio-fio.

— Dinah, não me sacaneie. Isso é importante. Onde você...

— Eu não *ouvi* em lugar nenhum. Eu vi escrito.

— Onde? Quando?

Não pode ser assim tão fácil, certamente.

— Esta manhã. Na página de televisão de ontem. Você escreveu. Era a sua letra.

Meu corpo inteiro murcha. Devo parecer um airbag com um furo, esvaziando lentamente.

— Certo — digo. — Desculpe. Eu... eu entendi mal. Só estava fazendo garatujas.

— Uma garatuja é uma imagem, não palavras — diz Nonie.

— Mas por que você escreveu essas palavras? — pergunta Dinah. — De onde as tirou?

— Não sei. Acho que estava apenas passando tempo, imagino.

— Por que você disse que era importante? Por que essas palavras são importantes?

— Dinah, pare! — suplica Nonie.

— Elas não são, elas...

— Você está mentindo novamente.

— Dinah, por favor — digo, tentando falar com autoridade.

— Por favor não a faça admitir que está mentindo? Por que não diz simplesmente que prefere não me contar?

É uma saída ou uma armadilha. Estou desesperada o suficiente para tentar.

– Eu prefiro não lhe contar.
– Certo.

Não posso ver Dinah dando de ombros para aceitar, mas posso ouvir. *Brilhante. Mentiras e reconciliações: o caminho para avançar.*

– Kirsty vai estar na casa de Jo? – pergunta Nonie.
– Provavelmente. Com Hilary.
– Amber?
– Ahn?
– O que há de errado com Kirsty? Como ela ficou assim?
– Não sei, Nones. Eu realmente não posso perguntar. *Eu tentei uma vez, com tato, e fui atacada.*
– Fico feliz por Nonie ser minha irmã – Dinah diz. – Eu odiaria ter uma irmã como Kirsty. Não conseguiria amá-la. Você não pode amar alguém assim.
– Dinah! Isso é... – eu começo, e me interrompo. Ia dizer que era algo terrível a dizer, mas talvez seja mais terrível deixar uma garota de oito anos de idade se sentir culpada por expressar seus sentimentos. Em vez disso falo: – Jo ama muito Kirsty. E se você e Nonie tivessem uma irmã como Kirsty tenho certeza de que você realmente *iria* amá-la, porque...
– Não iria – Dinah insiste. – Eu não me permitiria. Quando alguém é como Kirsty e não sabe falar, você não sabe dizer se é uma pessoa legal ou uma pessoa má. E se você a amar e o tempo todo ela for malvada e horrível, mas a maldade estiver trancada do lado de dentro, para você não saber?

Eu luto para esconder meu choque.

– Não é assim, Dines. Kirsty não é legal ou não legal do modo como a maioria das pessoas é. A mente dela nunca se desenvolveu o suficiente para ela ser uma coisa ou outra. Mentalmente ela é quase como... bem, ela é como um bebê.

– Como você pode dizer isso se não sabe o que há de errado com ela? Como sabe que ela não é a pessoa mais gentil ou mais

cruel do mundo, mas, como não consegue dizer nada, ninguém nunca irá descobrir?
– Alguns bebês parecem bastante malvados – Nonie diz. – Aqueles que gritam com raiva. Eu sei que todos os bebês choram, mas alguns choram de tristeza. Acho que esses são os legais.

Se Sharon estivesse ali saberia como lidar com aquela avalanche de teorias bizarras de suas filhas? Eu fecho os olhos. *Não vá até lá. Concentre-se em alguma outra coisa; no lixo, nos símbolos complicados no painel.* Não posso me permitir pensar em Sharon; preciso chegar à casa de Jo com minhas defesas intactas.

Quanto é cinquenta e oito mais sessenta e três?

– Amber!

A voz de Dinah me traz de volta. Devo ter adormecido por alguns segundos. Seria bom ser capaz de dizer que me sinto revigorada, mas não seria verdade. De fato é como se alguém tivesse bombeado uma névoa pesada para dentro do meu cérebro. Suspiro e ligo o motor. Eu deveria estar fazendo um sermão sobre o valor inato de todos os seres humanos enquanto dirijo, mas não tenho energia para isso. Em vez disso, faço com que as garotas jurem não mencionar a Jo nossa conversa sobre Kirsty. Nunca.

...

– Olá, olá! Entrem!

Jo segura a porta aberta para nós, um grande sorriso no rosto. É um dia de cabelos em nuvem, significando que naquela manhã ela não se preocupou em aplicar o que chama de sua "coisa especial" para fazer com que cada cacho isolado se destaque. Olho para ela e vejo uma mulher tão obviamente receptiva e generosa que é quase constrangedor lembrar de com que frequência desconfiei do contrário. Essa sempre é minha primeira reação. Algo sobre a repentina visão dela estimula meu cérebro a aplicar golpes em si mesmo.

Ela veste jeans desbotado rasgado nos joelhos e uma camiseta laranja apertada com decote redondo, brilhando para nós como se a tivéssemos feito ganhar o dia só por aparecer.

– Oi, querida, como você está? Oi, Nones, sobreviveu à matemática de quarta-feira? Amber, você parece esgotada, querida. Se precisar fechar os olhos por dez minutos, fique à vontade de usar minha cama e de Neil. Ninguém a incomodará lá. Prepararei uma garrafa de água quente caso queira.

Eu preciso fechar meus olhos por dez anos.

– Estou bem, obrigada.

Claro que alguém iria me incomodar. Ninguém consegue ficar sozinho em um aposento na casa de Jo por mais de trinta segundos. Há pessoas demais circulando, sempre. Posso ouvir Quentin, Sabina e William conversando ao fundo, todos ao mesmo tempo. Abaixo das vozes há um som irregular de galope que ouvi muitas vezes: Kirsty correndo pelo piso superior com Hilary a seguindo de perto.

– Tem certeza? – Jo pergunta.

– É muito tentador. Mas eu não iria dormir, e então me sentiria pior.

– Pobrezinha. Deve ser medonho.

Eu me obrigo a sorrir, penso em quando ela me perguntou, impaciente, se já tinha pensado em se, talvez, apenas não estivesse cansada o bastante, não trabalhando duro o bastante durante o dia, e por isso não conseguia adormecer.

É isso o que faço. Quando ela é gentil comigo me lembro de todos os ferimentos que involuntariamente me infligiu ao longo dos anos. Quando ela é fria e insensível, é sua longa lista de boas ações que exige minha atenção. Eu me esforço para vê-la por inteiro e nunca consigo. Tudo o que sei é que ela não é nada como eu. Seria fácil demais explicar a diferença entre nós dizendo que é mais mutável que eu, ou que não guarda rancor e eu sim. Conheço outros esquisitos – Luke, por exemplo – que são capazes de perdoar, esquecer e seguir em frente, mas com Jo é como se ela apertasse algum tipo de botão interno de apagar e tudo em que não quer pensar, como Little Orchard, é eliminado do registro como se nunca tivesse existido, lhe permitindo sorrir para mim como uma idiota em êxtase que não se lembra de nada.

– Terra chamando Amber, como Barney diria! Será que ela me fez uma pergunta?

– Realmente estou bem, Jo.

É cedo demais na visita para que comece a pensar de modo analítico. Sequer tirei meu casaco, e nada aconteceu até o momento que demande análise. *Aja como uma visitante normal. Peça uma xícara de chá.*

– Você deve estar ansiosa por uma infusão – diz Jo, aproveitando a deixa. Naquela casa, tudo o que você deseja ou precisa é oferecido antes que você tenha oportunidade de pedir. É estranhamente debilitante.

Deus, sou uma escrota mesquinha. Como alguém consegue me suportar? Talvez ninguém consiga.

Sharon conseguia suportar você. Quanto mais escrota você era, mais ela ria. Por isso você era muito mais gentil perto dela. Sabia que não adiantava ser escrota – ela apenas continuaria gostando de você mesmo assim, vaca teimosa que era.

– Lendo sua expressão eu diria que teve um dia duro – diz Jo.

– Vou lhe dizer, vou servir você de um dos meus novos saquinhos de chá chiques; cada um envolvido individualmente em seu próprio pacote dentro da caixa. Você merece classe.

– É o mínimo que espero – digo de forma grandiosa debochada, e ela ri o caminho todo até a cozinha, um cômodo do qual não se afasta mais do que cinco minutos por vez.

Dinah e Nonie desapareceram atrás da porta fechada da sala de jantar com William e Barney, deixando seus casacos fofos de colchão de ar no chão do corredor. Eu os pego, tiro o meu e tento pendurar os três nos ganchos na parede. Como de hábito, fracasso. Todo mundo que mora em Rawndesley ou perto, em algum momento, apareceu na casa de Jo, pendurou um paletó, casaco de brim ou capa de chuva ali, foi embora sem ele e nunca voltou para pegar. Uma vez fiquei em pé ali mesmo onde estava e escutei enquanto Neil, em um tom de leve surpresa, repassava os casacos um por um. "Este é do Sr. Boyd do outro lado da rua, e... ah, sim, este é da mãe de Sabina, de quando voltou da Itália, e acho que Jo disse que este pertence a alguém da aula de pilates de Sabina."

Jo é um tipo de dona de casa muito diferente do meu – não que algum dia me descreva dessa forma. Eu arrumo minha casa em benefício das pessoas que vivem nela: eu, Luke, Dinah e Nonie. Jo organiza a dela em função do bem da humanidade. Ainda não consigo acreditar que ela deixou Quentin ficar com o quarto de William quando Pam morreu. William e Barney agora dividem o pequeno quartinho que mal dá para um filho.

Jogo nossos casacos na cadeira mais próxima, sigo para a cozinha e quase tropeço em Neil, que sai do toalete de baixo com o telefone grudado no ouvido.

– Isso não está incluído – ele diz. – Você sabe como funciona: você oferece um serviço e dá um preço total. Se você demora mais tempo do que achou que iria demorar não pode voltar e pedir mais dinheiro. Você está sendo escroto.

Ele faz gestos grosseiros para o telefone olhando para mim. Há uma pancada acima. Ambos erguemos os olhos e vemos o teto tremer. Neil olha para a porta do banheiro de baixo como se pensando em voltar para lá.

Eu não esperava que ele estivesse ali. Normalmente não o vejo quando apareço às quartas; costuma trabalhar até tarde. Não é um pouco falta de consideração sua ir para casa quando obviamente não há espaço ali? Observo desde o corredor estreito enquanto ele começa a subir as escadas e, então, após outro baque e um grito de

"Kirsty!" da parte de Hilary, pensa melhor e volta para baixo. Não tem nenhum lugar onde manter sua discussão telefônica; Jo está na cozinha, me chamando para ir até lá, Quentin e Sabina conversam na sala de estar, as crianças estão fazendo barulho na sala de jantar.

Quando Luke me apresentou a Neil e Jo, lembro de perguntar o que ele fazia.

"Eu tenho minha própria pequena empresa", disse afetuosamente, como se falasse de um poodle ou hamster. "Fazemos filmes de janela."

"O que, como *Janela indiscreta* de Alfred Hitchcock?", perguntei. Foi uma piada idiota.

"Nãããoo", disse Jo com paciência exagerada, revirando os olhos para Neil, conspiradora. "Alfred Hitchcock fez *Janela indiscreta* de Alfred Hitchcock. Nunca ouvimos essa antes, ouvimos, Neil?"

Quando depois perguntei a Luke, ele admitiu que não tinha notado a expressão confusa de Neil, o modo como olhara para Jo quando dissera isso, sua resposta à pergunta que deveria ser retórica: "Não, acho que nunca ouvimos antes. Você realmente é original, Amber."

– Amber, você quer o chá ou não? – grita Jo.

– Estou indo!

– *Ciao*, Amber! – diz Sabina.

– É Amber? – pergunta Quentin, parecendo surpreso. Ele não ouviu a campainha, Jo nos convidando a entrar ou William e Barney exigindo saber quando chegaríamos, como sei que devem ter feito pelo menos dezessete vezes?

– Acho que não contei a Amber sobre encontrar Harold Sargent – anuncia Quentin, como se isso fosse boa notícia para todos. – Acho que não contei a Luke, pensando bem. Claro, Harold está pensando em instalar um desses planos inclinados para escadas, mas eu disse a ele, eu disse: "Você sabe que eles só funcionam em algumas escadas. Podem não funcionar na sua."

Ah, Deus, por favor, que alguém ou algo o distraia antes que venha procurar por mim armado com uma de suas longas histórias sem sentido. Ele não me contou sobre seu encontro com Harold Sargent, nem deveria, porque não faço a menor ideia de quem é Harold Sargent. Mesmo quando começo sabendo de quem e do que Quentin está falando, fico perdida em dez minutos. As histórias dele são tão tediosas que minha mente vaga, e quando me dou conta de que estive ausente e sintonizo novamente, o elenco de personagens com frequência mudou totalmente: em vez de Margaret Dawson e a balaustrada do lado de fora da estação ele está falando sobre o mau comportamento de alguém chamado Kevin e os riscos de deixar de revestir de fibra de vidro o interior de fossas sépticas. Quentin e Pam tinham uma fossa séptica cerca de vinte anos antes, quando moravam no meio do nada entre Combingham e Silsford, e Quentin ainda é obcecado com essas malditas coisas.

– Acho que Amber está cansada demais agora para falar – ouço Sabina dizer. *Obrigada, obrigada.* – Você sabe que ela não dorme.

Sorrio disso. Sabina sabe muito bem que Quentin não sabe nada sobre mim, embora eu esteja ligada ao filho dele por quase uma década, motivo pelo qual ela está lhe contando. Uma de suas características estranhas é que se pode confiar em que não saberá nada sobre as pessoas mais próximas dele a qualquer momento, simultaneamente sabendo todos os mínimos detalhes tediosos sobre as vidas de todos ao redor dele de quem as pessoas nunca conheceram nem ouviram falar. Se ele por acaso encontrasse Harold Sargent na rua, de repente iria se descobrir cheio de informações sobre as minúcias de minha vida com as quais entediar o pobre Harold.

– Então por que você não me conta? Eu *adoraria* ouvir a história – diz Sabina de modo convincente. Ela é um anjo. – Devo lhe preparar uma xícara de chá antes?

Embora totalmente saudável e não tendo qualquer deficiência, Quentin não podia realizar a menor tarefa doméstica, e ninguém nunca sugeriu que pudesse. O mais perto que chegou, certo Natal em minha casa quando todo mundo menos ele estava ajudando com os preparativos para o jantar de Natal, foi dizer: – Lamento não estar ajudando – Pam deu um risinho como se essa fosse a ideia mais tola do mundo, e falou: – Está tudo bem, querido. Ninguém espera isso de você.

Quando estava morrendo, ela sentia mais medo por Quentin do que por si mesma. – Ele não sabe fazer as coisas mais simples, Amber – sussurrou para mim certa vez. – Não sabe se cuidar, e agora é tarde demais para ele aprender. – Eu quis gritar: *Por quê? Cozinhar um ovo não é mais difícil agora do que era há cinquenta anos.* – É culpa minha – disse Pam. – Eu gostava de cuidar dele. E ele trabalhava muito... – Se não estivesse doente, poderia ter discutido com ela. Até se aposentar, Quentin dirigiu o departamento de iluminação e espelhos da Remmicks; quão duro isso pode ter sido? Estou certa de que conseguiria vender luminárias e espelhos às pessoas cinco dias por semana e ainda colocar uma fatia de pão na torradeira no fim de semana.

Vozes altas vinham da sala de jantar.

– Não, escute – diz William. – Eu sou mais velho que Dinah, Dinah é mais velha que Nonie, Nonie é mais velha que Barney, então...

– Diga "mais bonito que" – ordena Dinah. – Eu... ah, não, é a mesma coisa, não é? Diga "está guardando um segredo de".

Não tenho ideia de sobre o que estão falando, mas não consigo deixar de imaginar se Dinah está pensando em segredos por minha causa.

Por que você não diz simplesmente que prefere não me contar?

– Amber? Seu chá elegante está ficando frio! – berra Jo como se o corredor ficasse a quilômetros da cozinha. Nada é longe demais de nada naquela casa. É uma das coisas que não suporto no lugar, e há muitas outras. Os pequenos azulejos quadrados multicoloridos nas paredes da cozinha fazem meus olhos doer. Eu em geral gosto de cor, mas ali há um abuso. Cada aposento é pintado em uma diferente primária alegre, como em uma creche, e entupido de móveis grandes e imponentes demais, a maioria deles antiguidades, e não adequados para uma casa que foi construída em 1995. Você não pode dar um passo sem se deparar com um pesado aparador de mogno esculpido ou uma escrivaninha de nogueira decorada. Mesas soltas se lançam em ângulos bizarros para garantir que ninguém consiga andar em linha reta. A cozinha tem um balcão de café da manhã exagerado que se projeta para o meio do espaço, cercado por seis bancos altos. Jo sempre ordena que eu me sente em um deles, para que possamos conversar enquanto ela prepara o jantar, e depois tem de se esgueirar ao redor de mim, murmurando: "Lamento, se você pudesse chegar um pouquinho para o lado..." Não há lado do balcão de café onde eu pudesse me sentar e não precisasse ser deslocada. Se me sento do lado da janela fico no caminho da geladeira; na extremidade curva, bloqueio a lavadora de pratos; no lado do corredor, fico apertada contra a porta da despensa.

 Kirsty ainda está tendo um ataque no andar de cima. Ouço Hilary tentando acalmá-la, assim como tentei acalmar Nonie no carro.

 – Oi, Hilary – grito para ela. – Precisa de ajuda?

 Neil passa por mim a caminho da porta da frente, o telefone ainda ao ouvido. Abre a porta e sai para a calçada.

 – Certo, agora consigo ouvir você – diz. Ele poderia ter ficado furioso com o cara com quem estava falando um minuto antes, mas de repente soa animado, e entendo o motivo: o zumbido sereno do trânsito na rua é um alívio.

 – Não, obrigado, estamos bem! – diz Hilary do alto das escadas. – Vamos descer em um segundo.

 Neil fecha a porta após passar.

Encontro Jo na cozinha, folheando o jornal local. Ela poderia ter me levado o chá em vez de deixar que esfriasse, mas prefere que eu preste as homenagens no local de sua escolha.

Estou novamente analisando demais.

— Pegue uma cadeira alta — ela diz. É como ela chama os bancos do balcão de café. *Porque quer transformar todo mundo em filho. Ah, deixe para lá, por Deus.*

— Sabina acabou de me salvar de uma das narrativas intermináveis de Quentin — sussurro.

— Ela é brilhante com ele. Atualmente é mais babá dele que dos meninos.

Eu faço o ruído de concordância que reservo para as ocasiões em que discordo de Jo; é muito parecido com o ruído que faço quando concordo com ela, apenas mais baixo e menos sincero. Saiba Jo isso ou não, Sabina nunca foi babá dos meninos, embora esse tenha sido seu título desde o começo. Pelo que posso dizer, seu papel ali é de filha mais velha mimada e defensora de Jo. Jo sempre cuidou de todas as necessidades de William e Barney, enquanto Sabina observa, impressionada, e dá apoio moral, independentemente da moralidade do que está sendo apoiado. Quando William bateu em outro garoto no parquinho, Sabina concordou com Jo que tinha sido culpa do outro garoto por provocá-lo. Ela celebra, animada, todas as decisões de Jo sobre a criação de filhos, e oferece aos visitantes constantes comentários sobre como Jo é uma mãe maravilhosa, nos intervalos entre corridas, massagens e aulas de inglês, que Jo sempre apresenta em termos de a pobre Sabina precisando desesperadamente de uma folga.

Sabina lida com habilidade com Quentin e Jo porque eles são adultos; é apenas com crianças que ela não tem a menor noção do que fazer e de quem sente algum medo. Luke e eu choramos de rir da ideia de ela decidir se preparar para ser uma babá. Ainda assim, a piada somos nós; Sabina devia saber aquilo em que nunca teríamos acreditado: que há pessoas dispostas a gastar dinheiro com a ilusão de cuidados para os filhos.

Com frequência fico imaginando se no fundo Sabina realmente gosta de Jo – embora não com a frequência com que imagino se Neil gosta de Jo.

O chá elegante está delicioso.

– Hum. Por que não tenho coisas celestiais como esta em minha casa? – pergunto.

– Você tem sorte. Não tem Quentin em sua casa – sussurra Jo, sorrindo.

– Eu tenho, pode acreditar.

– Você *tem* Quentin morando em sua casa? Engraçado, poderia jurar que ele mora aqui.

Eu rio por mais tempo do que a piada merece, caindo facilmente no que Sharon costumava chamar de minha rotina "FON": ser a fonte de oferta narcisista que Jo precisa que eu seja. Em seu tempo livre, inspirada por ter Marianne como mãe, Sharon leu todos os livros sobre criação perturbada em que conseguiu colocar as mãos. Sua casa era cheia de volumes grossos com títulos como *Pais tóxicos: Superando seu legado doloroso e resgatando sua vida*, que ela se recusava a esconder quando Marianne fazia visitas.

Sharon e Jo nunca se conheceram, embora por anos Jo continuasse dizendo que Sharon parecia ser "uma peça" e que adoraria conhecê-la, e Sharon tivesse ouvido de mim muitas das histórias de Jo, de modo que provavelmente se conheciam tão bem quanto poderiam duas pessoas que nunca se encontraram.

Não consegui apresentá-las. É culpa minha não ter conseguido, e fico nauseada quando penso nisso. Um momento de descuido... Esse é o núcleo soturno de tudo que tenho contra Jo e contra mim mesma: ter sido idiota o bastante para dar a ela o poder de destruir a mim e a Luke, destruir a mim e a Sharon...

– Estou fazendo o jantar mais simples e adorável do mundo – diz Jo, sua voz me trazendo de volta ao presente. – Até mesmo uma não cozinheira como você daria conta: linguine com manjericão, tomate, muçarela e azeite misturados; só isso, tudo o que há!

– Então é basicamente uma Insalata Tricolore com massa?

– É. Com um toque ou dois de chili vermelho, pimenta-do-reino e parmesão. Por que não pensei nisso há anos? Quentin não come isso – tem folhas, nada de carne, não é quente o bastante, blá-blá-blá. Fiz para ele um bolo de batata e carne esta manhã.

– Você é uma santa – digo a ela.

Ela se vira para me encarar.

– Falei sério antes. Você deveria se considerar sortuda. Sabina ajuda muito, mas... às vezes ainda tenho fantasias sobre colocar um travesseiro sobre o rosto dele – diz, e coloca as mãos sobre a boca.

– Desculpe, é uma coisa terrível de dizer.

– Não é não. É totalmente compreensível. Só seria terrível se você fizesse.

Dinah entra correndo na cozinha.

– Amber, William está nos ensinando a diferença entre relações transitivas e intransitivas. Posso lhe contar?

– Não isso de novo! – Jo diz. – Essa criança está obcecada.

William tinha uma tendência a estranhas fixações. Ele parece mais velho, mais sério e mais pedante cada vez que o vejo. Barney, por outro lado, está regredindo: algumas semanas antes ele abandonou sua voz normal e começou a falar errado como uma criancinha. E continuou assim desde então. Jo acha bonitinho, mas isso me enlouquece.

– Você não sabe a diferença, sabe? – diz Dinah, se vangloriando.

Eu não sei. Evidentemente minha educação foi tristemente deficiente.

William, Nonie e Barney aparecem à porta.

– William aprendeu na escola junto com um zilhão de outras coisas, mas por alguma razão foi isso o que permaneceu – diz Jo.

– Uma relação transitiva é como "é mais jovem que" – Dinah explica. – Se eu sou mais jovem que William, e Nonie é mais jovem que eu, então Nonie também é mais jovem que William. Uma relação *in*transitiva é como "está aborrecido com". Se eu estou aborrecida com você e você está aborrecida com Luke, isso não significa que eu esteja aborrecida com Luke, não é? Posso não estar.

– Muito inteligente – digo. Por que ninguém nunca me ensinou isso?

– Vamos colocar mais coisas em nossas listas! – diz Nonie.

– Estamos fazendo listas de verbos transitivos e intransitivos – conta William. Seu tom insinua que eu sou uma idiota que não consegue acompanhar. Fico pensando se ele tem algum amigo na escola.

– Qui dal "gosta pizza"? – Barney sugere em sua nova gíria bebê.

– Não, isso é...

– Isso é quase totalmente certo, Barney. Você só precisa acrescentar um pouco mais – diz Jo, lançando um olhar de alerta para William. – Você poderia dizer "Gosta de pizza *mais que*". Muito bem, Barn! Que esperto!

Dinah lança um olhar de incredulidade na minha direção. Eu penso no dever de casa de matemática de Nonie e me sinto prejudicada.

Assim que as crianças saem Jo diz:

– O professor de William é genial. Falando sério. Um *verdadeiro* gênio que passou anos se recusando a ter um emprego porque não queria fazer nada além de ler e pensar. A história de vida dele é fascinante. Ele mora em um barco.

Claro que sim. Em termos abstratos, pessoas que moram em barcos me incomodam, embora eu tivesse gostado do único morador de barcos que já conheci, um homem com quem costumava trabalhar no conselho.

– Jo, sobre Quentin... Sei que disse que você é uma santa, e é, mas... você sabe que não precisa ser, não é? Se ficar insuportável demais tê-lo morando aqui...

Jo para de picar o manjericão. Pousa a faca e fica de pé de costas para mim, rígida e imóvel.

– O que você está dizendo?

Sinto algo duro e hostil se arrastando na minha direção; sua invisibilidade o torna ainda mais ameaçador. Como engatilhei isso? Estou do lado de Jo, uma tática que normalmente funciona bem.

Qualquer coisa que você disser agora será errada. E você não saberá por quê. E você se sentirá vítima e ameaçada ao mesmo tempo, aliviada de poder dizer a si mesma: "É isso, isso é o que acontece, e isso acontece. Olhe, está acontecendo agora".

– O que exatamente está querendo dizer? – pergunta Jo novamente, na voz que tenho dificuldade de acreditar que não exagero em minha cabeça quando não a estou ouvindo.

Voltar atrás não irá funcionar. Minha melhor chance é a honestidade.

– Ignore – digo. – Sei que você é uma nora boa demais para botá-lo para fora. É minha culpa falando. Luke e eu devíamos tirá-lo de suas mãos de tempos em tempos, mas não o fazemos porque a ideia de ele ficar... – digo, e estremeço. – Suponho que eu interesseiramente tenha pensado que em vez disso poderia ajudar sugerindo que você o mande embora. Quanto mais a vejo sofrendo com ele, pior me sinto. E vamos encarar, não há nada de errado com ele a não ser... tudo o que há de errado com ele. Por que não pode morar sozinho, ou conhecer uma viúva entediante que esteja interessada em acolhê-lo?

Jo se vira para me encarar.

– Não espero que você o divida – ela diz, retornando na direção do discurso temperatura normal. – Você tem seu próprio trabalho

com Dinah e Nonie. Mas não posso mandá-lo embora, Amber. Como poderia? Ele ficaria perdido sozinho, totalmente perdido.
Ela trança os dedos, me observando cuidadosamente. Por quê? Por que não continua a picar as coisas?
– Não é mesmo? – ela cobra quando não digo nada. – Admita.
A honestidade funcionou para mim uma vez; vale a pena tentar novamente.
– Sim, ele inicialmente ficaria perdido, mas... esse é o problema dele, Jo. Ele está de posse de suas faculdades e é capaz de levar a vida que quiser, mesmo com essa idade. Admito livremente que posso ser uma vaca egoísta, mas, para mim, o direito de desfrutar da própria vida, própria e *única*, supera o dever para com os outros sempre. Eu assumi Dinah e Nonie porque queria. Eu adoro tê-las; elas melhoram a minha vida. Em nem um milhão de anos permitiria que Quentin se mudasse para minha casa.
– Sim, permitiria. Se Luke fosse filho único, se fosse uma escolha entre deixar Quentin morar com vocês ou...
– Jo, falando sério. Em nenhuma circunstância eu concordaria em viver sob o mesmo teto que Quentin Utting.
– Bem... – ela começa, avaliando o que eu disse. – Luke certamente não pensa assim. E se você pensa, merece morrer infeliz e sozinha, sem ninguém para amar e cuidar de você.
Ela se vira, abre outro pacote de muçarela. O queijo rola para o balcão como uma bola de golfe molhada amassada.

...

Você merece morrer infeliz. E sozinha. Sem ninguém para amá-la e cuidar de você.
Maldição. Ninguém ouviu isso além de mim. *Maldição, maldição, maldição.*
– Não acho que seja isso o que mereço – digo objetivamente, tentando ignorar a sensação de que tenho veneno dentro de mim.

— Se eu for insuportável de ter por perto quando estiver velha, tudo bem, bastante justo, mas se faço com que as pessoas perto de mim se sintam bem em vez de querer se enforcar no gancho de casaco mais próximo, então acho que *não* mereço morrer infeliz e sozinha. Eu só faço isso com Jo: falar como se estivesse me representando no tribunal de Old Bailey.

— Podemos mudar de assunto? — ela diz rígida, os olhos fixos em sua pilha de manjericão.

Luke certamente não pensa assim.

Sim, ele pensa. Luke odiaria ter Quentin morando conosco tanto quanto eu. Mais. Luke nunca falou com Jo sobre seus sentimentos. Ela é uma mentirosa, e quero lhe dizer que sei disso. Mudar de assunto é o oposto do que quero fazer.

— Não acho que acreditar que ninguém deveria sacrificar o próprio bem-estar por causa do outro devesse automaticamente me desqualificar como...

— Você não consegue deixar nada para lá, não é, jamais? — corta Jo, batendo na tábua de cozinha com o pacote de linguine que tem nas mãos. — Você simplesmente não consegue... seguir em frente. Você tem de continuar me atiçando...

Ouço um gemido atrás de mim: Kirsty com cabelos molhados, vestindo pijamas e camisola, e Hilary de jeans e uma camisa cheia de pontos molhados. Fico pateticamente contente de vê-las e tenho de conter a ânsia de perguntar a Hilary: "Quanto disso você ouviu?"

— Oi, pessoal — é o que digo em vez disso. — Estão bem? Banho bom, Kirsty?

Jo uma vez me perguntou se alguma vez me ocorrera que nunca fazia nenhuma pergunta à sua irmã mais jovem sobre si mesma, então passei a fazer sempre. *E daí se ela não consegue responder? Não é por você, é por ela. Como você se sentiria se ninguém nunca lhe perguntasse como está ou o que tem feito?*

Hilary e Kirsty com frequência passam a noite na casa de Jo; a sala de estar tem dois sofás-camas que Jo comprou para encorajar que isso acontecesse, mais ou menos na mesma época em que transformou um armário sobre as escadas e parte do antes decente quarto dela e de Neil em dois banheiros minúsculos de modo a ter banheiros suficientes para todos que chegassem.

– Acho que Kirsty e eu vamos embora, querida – Hilary diz a Jo. – Não consigo fazer com que ela se acalme, e...

E nossa própria casa grande com nossas camas confortáveis fica a apenas três minutos de carro daqui?

– Mas que pena! – diz Jo. – O que há, Kirsty? Está cansada?

– Vemos vocês amanhã – diz Hilary. – Acho que ela está cansada, sim. Passamos grande parte da noite de ontem circulando pela casa, não é Kirsty?

Será que Jo discorda de minhas ideias sobre Quentin por causa de Hilary, por Hilary ter sacrificado a maior parte de sua vida por Kirsty? Mas não foi o que quis dizer. Hilary adora Kirsty; ela não vê isso como um sacrifício, não se ressente. Como Jo, Hilary é uma pessoa que cuida dos outros, e Kirsty é sua filha adorada e verdadeiramente desamparada. Kirsty não fica tagarelando sobre Harold Sargent e fossas sépticas. É totalmente diferente.

Estou fazendo isso de novo: me defendendo, embora ninguém esteja escutando.

– Certo – diz Jo, assim que Hilary e Kirsty foram embora. – Acho que é hora de abrir uma garrafa de vinho. O que acha? – pergunta, sorrindo para mim.

Não sei que loucura me deu, mas me ouço dizer:

– Ano Zero novamente, é? Estava esperando que você ficasse mais tempo com raiva, para que eu pudesse dizer mais alguma coisa de que não irá gostar. Eu me envolvi de modo bizarro em uma investigação policial.

Mesmo enquanto digo isso, minha ligação com morte violenta não me soa a coisa mais impressionante: o mais chocante é que, pela primeira vez na vida, eu explicitamente mencionei o passado oficialmente cancelado na presença de Jo. Fico imaginando se ela está pensando na mesma coisa. Será que tem consciência de sua característica de apagar o passado? Talvez esteja tudo em minha cabeça.

Conto o mínimo possível sobre o assassinato de Katharine Allen, e termino com um truque barato: acrescento que ela, claro, poderá entender por que tenho de contar à polícia que foi ao meu curso no Departamento de Trânsito fingindo ser eu.

Ela está chocada, com mais medo que raiva.

– Você não pode contar a eles! Amber, como você pode... – diz, balançando a cabeça. – Eu lhe fiz um favor, um com o qual nunca deveria ter concordado. Foi tudo errado desde o princípio. Acho que me lembro de dizer isso na época. Você mesma deveria ter feito o curso.

Sim, eu deveria. Em vez disso me coloquei à mercê da única pessoa sem misericórdia que conheço, e há apenas um mês. Quão recentemente deixei de ser uma completa idiota? E se ainda for? Um pensamento assustador.

– Em vez disso você traiu Sharon ao...

– Ah, não! – corto. Isso eu não vou aturar. Eu me levanto. – Nunca traí Sharon. E se você achava que era errado, deveria ter dito "não", simples assim.

– Eu queria ajudar você, certo ou errado! Não fico o tempo todo julgando como você. Eu me preocupo com as pessoas. E agora vai me entregar à polícia? Muito obrigada!

Outra coisa errada na cozinha de Jo: não tem uma porta para fora.

– Eu preciso de um pouco de ar – digo a ela. – Vou dar uma volta no quarteirão. Não demoro mais de dez minutos. Você pode começar seu próximo Ano Zero quando eu voltar.

Não me preocupo com o casaco: tudo o que quero é sair. Enquanto caminho, tento descobrir por que não peguei Dinah e Nonie e fui embora de vez. Por que prometi voltar? Por que sugeri outra tábula artificialmente rasa, como se fingir que nada de ruim acontecesse fosse uma política que eu aprovasse.

— Amber? — ouço. Viro e vejo Neil atrás de mim, celular na mão. — Você está bem?

Devolvo a pergunta, Neil. Como você pode estar bem sendo casado com ela?

— Posso lhe perguntar uma coisa? — digo.

— Claro.

— Fique à vontade para me mandar cuidar da minha própria vida, mas... naquele Natal que passamos fora juntos. Por que você, Jo e os meninos desapareceram? O que aconteceu?

Eu fiz isso. Fiz a pergunta e nada horrendo aconteceu. Ainda. Um riso grosso escapa da minha boca; soa estranho até mesmo para mim.

— Desculpe. É que quero perguntar isso há anos. E sempre senti muito medo.

— Eu também — Neil diz, desconfortável, olhando para os pés, que bate para mantê-los aquecidos. Não consigo sentir o frio; minha raiva me aquece por dentro. — Com medo, quero dizer.

— O quê... — começo, e me calo. Sei o que ele vai dizer, e me choca que não tenha pensado nessa possibilidade; nem uma vez, nem mesmo de passagem. — Você não sabe por que vocês desapareceram, sabe?

Neil balança a cabeça.

— Naquela noite eu fui para a cama antes de Jo, lembra? Depois só me lembro de ela me sacudindo para acordar, me dizendo que tínhamos de pegar os meninos e partir. Quando perguntei por que ela... — diz, e se interrompe antes de continuar. — Eu me sinto mal contando isso a você.

– Não é como se você estivesse me dando informações privilegiadas – digo, tentando fazer com que se sinta melhor. – Somos ambos igualmente desprivilegiados.

– Nós ficamos sentados no carro. Foi tudo o que fizemos, a noite inteira. Perto do Blantyre Park, em Spilling. Não sei por que ali. Foi aonde Jo me mandou ir, Spilling. Ficamos sentados lá, alimentando William com salgadinhos e refrigerante para animá-lo. Ele e Barney estavam ambos cansados. Chorando. Eu continuava perguntando por que, qual era o plano. Jo não dizia nada. Ela não me deixou dirigir para casa em Rawndesley, não me deixou telefonar e avisar todos vocês que estávamos bem. Ficava realmente com raiva de mim quando eu dizia algo, então... parei de fazer perguntas – Neil diz, dando de ombros. – Realmente idiota. Não me orgulho disso, mas... Jo é Jo. Os meninos finalmente adormeceram. Cochilei no banco do motorista. Quando Jo me acordou era de manhã. Disse para dirigir rumo ao norte. Manchester ou Leeds, disse, uma cidade grande. Fomos para Manchester, passamos a maior parte do dia e da noite de Natal em um hotel. Jo me acordou novamente no meio da noite e disse que tínhamos de voltar para Little Orchard. Nunca entendi nada daquilo. Foi maluquice.

Quase tão maluco quanto ficar casado com uma imprevisível e instável... o quê? O que Jo realmente é?

– Você perguntou para ela depois?

Neil assovia baixo, olhos arregalados.

– Claro que não. O que quer que fosse, ela deixou suficientemente claro naquela noite que não queria falar sobre o assunto.

– Era uma bela casa, Little Orchard – digo. É inacreditável, absolutamente inacreditável para mim que eu esteja dizendo o nome em voz alta, ainda mais para Neil. – Vocês têm o contato dos donos?

E agora estou dizendo algo insano em que sequer pensei direito.

– Luke e eu estávamos pensando que poderíamos...

— Você não pode. Não está mais para alugar. Jo tentou reservar novamente, para nós e amigos, mas está alugado por longo prazo.

Fico pensando em se quem está alugando viu as palavras "Gentil, Cruel, Meio que Cruel" escritas em uma folha A4 pautada recentemente.

Fingindo não ter notado o medo no rosto de Neil, mesmo assim pergunto se posso ter o contato dos donos.

...

Há algumas vantagens em nunca dormir. Se você quer fazer algo e não ser visto fazendo, tem muitas oportunidades. Naquela noite, pela primeira vez desde o começo de minha insônia, estava ansiosa para que Luke fosse dormir, para que aquilo em que pensava como sendo a "minha" parte da noite começasse.

E no momento é meia-noite e quinze e estou olhando para um calendário em uma tela de computador, enrolada em dois cobertores (porque não me permito manter o aquecimento ligado de noite, por mais frio que esteja — outra punição por meu fracasso em dormir), pensando em por que Neil se preocupou em mentir para mim sobre Little Orchard quando devia saber com que facilidade eu iria desmascará-lo. Será que achou que aceitei sua palavra quando me disse que a casa não estava mais disponível para aluguel por temporada, que ele e Jo tinham jogado fora o contato dos donos?

Não estou certa de por que não aceitei a palavra dele. Não esperava encontrar nada interessante quando digitei "Little Orchard, Cobham, Surrey", na caixa de busca do Google, mas ali está, em um site chamado My Home For Hire, e aquele calendário, com os quadrados azuis indicando disponibilidade e os laranjas marcando datas já reservadas, parece não saber nada sobre um inquilino permanente ou quase permanente. Segundo a página de "Verificar disponibilidade" na tela diante de mim, posso reservar Little Orchard a qualquer momento entre agora e uma semana depois, na sexta-feira, qualquer momento entre a segunda-feira seguinte e 20 de dezembro. Entre essas datas, e depois, está reservada. Confiro os preços: 5.950 libras por uma semana, ou 1.000 libras por noite, desde que me comprometa a permanecer pelo menos duas noites. O dono pode ser encontrado em littleorchardcobham@yahoo.co.uk.

Coloco meu próprio endereço de e-mail na caixa oferecida e digito "consulta de reserva" na caixa de assunto. Redijo uma mensagem perguntando se poderia reservar Little Orchard para o fim de semana de 17 a 19 de dezembro, e menciono ter sido parte de um grupo que se hospedou na casa em dezembro de 2003. Acrescento duas linhas dizendo como gostei de minha primeira estadia, como gostaria de voltar a Little Orchard desde então, especialmente com minhas duas filhas, que sei que iriam adorar.

Leio a mensagem. A última parte me constrange. Soa falso; não estou me esforçando o bastante. Deleto as partes sentimentaloides, teclo enviar e recosto na cadeira, arrumando os cobertores. Àquela altura, não tenho ideia de se estou disposta a gastar duas mil libras que não temos em uma segunda visita a Little Orchard.

Com que objetivo? Para procurar algumas palavras em um pedaço de papel, palavras que você não tem um bom motivo para crer que irá encontrar lá? Luke achará que estou maluca. Ficará preocupado comigo.

Ou Neil mentiu descaradamente para mim ou sua informação passou do prazo de validade. Talvez alguém tivesse alugado a casa pelo ano anterior inteiro, e agora partiu. Neil não disse quando Jo tentou reservar Little Orchard novamente para eles e seus amigos.

Quais amigos? Neil e Jo não têm nenhum. Eles passam todo seu tempo livre com a família.

Ele mentiu para mim.

Por quê? Por que temeria a perspectiva de Luke e eu voltarmos lá? Achar que Jo se oporia à ideia seria razão suficiente, mas por que acharia isso? Por que Jo ligaria? Poderia ter alguma relação com a chave do quarto trancado?

Era importante para Jo me manter fora do escritório de Little Orchard. Aquela discussão foi a única vez em que a vi tremer fisicamente. Lembro de pensar então que, mesmo para Jo, aquele grau de ultraje e repulsa era exagerado. E se estivesse errada? E se não fosse repulsa à minha falta de escrúpulos, mas medo, o medo que eu vira no rosto de Neil algumas horas antes?

Mas do quê? Será que Jo e Neil usaram aquela chave antes que eu pensasse em procurar por ela? Será que trancaram algo no escritório de Little Orchard enquanto estávamos lá? Teria alguma relação com o motivo de Jo querer desaparecer com Neil e os meninos no meio da noite?

O computador apita: mensagem nova. Eu abro. É assinada por Veronique Coudert. Francesa, obviamente. "Cara sra. Hewerdine. Agradecemos por sua consulta. Infelizmente, não estou oferecendo Little Orchard a visitantes no futuro próximo, já que agora estou morando na casa com minha família. Lamento ser a portadora de notícias frustrantes e lhe desejo sorte em encontrar uma propriedade alternativa para seu fim de semana em dezembro".

Eu mastigo o lábio. Então não é um aluguel de longo prazo; a dona voltou a morar lá.

Só que não pode ser assim, pois há reservas no calendário de disponibilidade para dezembro.

Por que uma mulher que nunca conheci mentiria para mim? Por que Neil mentiria? A não ser que Veronique Coudert tenha mentido também para ele. Ou a não ser que o calendário de vagas esteja errado, desatualizado. *Qual das anteriores?* Estou exausta demais para conseguir distinguir entre as ideias nas quais deveria prestar atenção e quais deveria descartar.

Um barulho alto como um tapa manda uma onda de choque pelo meu corpo. Veio de baixo e soou como uma pilha de cartas caindo no chão do corredor. Será que temos um carteiro insone?

Eu desço ao térreo, ainda tentando, sem conseguir, entender o que acabara de acontecer. Se Little Orchard não estava mais disponível para aluguel, certamente a coisa mais fácil do mundo seria retirá-la do site My Home For Hire. Por que Veronique Coudert não cuidou disso, para se poupar o incômodo de ter de responder a inúmeros e-mails como o meu? A não ser que a casa ainda *esteja* disponível, para todos exceto eu. Ou todos menos eu, Jo, Neil...

Paro diante do quarto de Luke, tremendo de frio. Tivemos de dar nossos nomes em 2003. Jo tinha um formulário. Ela colocara os nomes de todos nós, e todos tivemos de assinar. Hilary segurou a mão de Kirsty e, juntas, elas colocaram um rabisco no lugar certo. Era algum tipo de documento oficial. Meu nome estava lá, e minha assinatura. No que diz respeito a nomes, Amber Hewerdine é fácil de lembrar.

Por que Veronique Coudert não iria querer que qualquer de nós voltasse à sua casa?

Será que teríamos feito algo errado sete anos antes, algo sobre o que não sei nada? Se Jo e Neil destrancaram a porta do escritório, será que os donos de algum modo descobriram? Talvez Jo tivesse preenchido uma pesquisa de satisfação de cliente e em "Outros comentários" escreveu que um membro do grupo, a totalmente sem princípios Amber Hewerdine, defendera dar uma espiada no quarto proibido e que ela, a maravilhosamente correta e moral Jo, impedira.

É, certo. Estou cansada demais para descobrir em que momento minhas especulações sensatas transbordaram para o reino da pura fantasia.

Há um grande envelope marrom estofado caído no chão do corredor logo abaixo da passagem de cartas, dobrado ao meio para ser enfiado pela abertura. Eu o abro, tiro algumas folhas de A4 branco cobertas com letras pequenas e um pedaço de papel com uma caligrafia curva extravagante. "Cara Amber, desculpe-me se a deixei puta mais cedo. Eu verdadeiramente gostei de conversar com você e, acredite, não me sinto assim com a maioria das pessoas. Recebi a garantia de alguém que (irritantemente) raramente está errado de que você não deve ser uma suspeita, embora tecnicamente seja, então eis algumas informações sobre o caso Katharine Allen que não deveria lhe dar. A pessoa irritante ficaria enfurecida se soubesse que fiz isso, embora, dependendo do humor, pudesse facilmente decidir fazer isso ele mesmo – apenas eu não posso. Se algo chamar sua atenção como importante, por favor me procure e a mais ninguém e, por favor, destrua estas anotações assim que tiver lido. Charlie Zailer." Ela escreveu seu número de telefone abaixo do nome.

Um bilhete estranho. A pessoa irritante deve ser Simon Waterhouse. *O marido dela.* Por que me contar tudo, mesmo os mínimos detalhes, sobre a relação deles? Leio o bilhete novamente e decido que ela devia estar bêbada e/ou tão solitária que não ligava mais. Nos meses seguintes à morte de Sharon eu disse a estranhos todo tipo de coisas emocionais e inadequadamente íntimas; agora isso me dá um arrepio, o modo como me lançava sobre pessoas que mal conhecia e tentava enfiá-las na grande lacuna que era a ausência de Sharon.

Levo as páginas impressas para cima e me sento novamente diante do computador. Sou tomada de um impulso louco de enviar outro e-mail a Veronique Coudert. Decido fazer isso, antes que o bom senso tenha uma chance de exercer sua influência de estraga-prazeres. Que mal pode fazer? Na pior das hipóteses, uma francesa que nunca irei conhecer decidir que sou maluca – e daí?

"Querida Veronique", digito. "Obrigada por sua resposta. As palavras 'Gentil, Cruel, Meio que Cruel' significam algo para você? Ou o nome Katharine (Kat) Allen? Atenciosamente, Amber Hewerdine." Com o coração acelerado, aperto "enviar". Depois volto minha atenção para as anotações de Charlie.

Elas são decepcionantes. Não é culpa dela; é minha, por esperar que algo significativo pule em cima de mim. Leio tudo duas vezes e não encontro nenhuma correlação entre a vida de Katharine Allen e a minha. Ela nasceu em Pulham Market, onde ainda moram seus pais, aparentemente, casados e felizes. Tem duas irmãs, uma casada com dois filhos e morando em Belize, a outra solteira com um bebê morando em Norwich. Katharine trabalhava como professora primária na Meadowcroft School, em Spilling. Ela e o namorado, Luke, estavam prestes a morar juntos quando ela foi assassinada. Luke tem um álibi forte e nunca foi considerado suspeito.

O namorado de Kat Allen tem o mesmo prenome de meu marido. Decido que isso não conta como correlação.

Um novo e-mail de Veronique Coudert aparece em minha caixa de entrada. Clico para abrir. Diz: "Cara sra. Hewerdine, por favor não responda a esta mensagem. Atenciosamente, mme. Coudert."

Dois e-mails no meio da noite, duas respostas instantâneas. *Estranho*. Ela não podia estar sentada ao computador esperando que eu, uma completa estranha, entrasse em contato. *A não ser que Neil a tivesse alertado...* Não, isso é ridículo.

Mastigo o lado de dentro do lábio, pensando. Por favor não responda ao quê? Não há nada a que responder. E ela passou de Veronique para madame; me afastando.

Farejo o ar, imaginando poder sentir o cheiro de algo ruim: mais mentiras. É possível mentir de forma inacreditavelmente sutil, eu me dou conta, se referindo à ausência de uma mensagem como uma mensagem.

Ela não respondeu às minhas perguntas. Poderia ter respondido, mas escolheu não fazer isso.

Porque eram invasivas e inadequadas.

Suspiro e volto minha atenção novamente para as anotações à minha frente. Katharine Allen era popular no trabalho: seus alunos e os colegas professores gostavam muito dela. Era amigável, prestativa, trabalhava em equipe...

Ler aquilo tudo pela terceira vez não vai me levar a lugar algum. O único fato que chamava alguma atenção ali era que Kat Allen, quando criança, atuara em três produções para a televisão. Embora "atuar" possa ser um exagero, já que ela tinha quatro, cinco e seis anos quando interpretou seus três papéis: "garota tímida no ônibus" em *Bubblegum Breakdown*, "segunda garota afogada" em *Washed Clean Away* e "Lily-Anne" em *The Dollface Diaries*. Suas duas irmãs também tiveram breves períodos como estrelas mirins. Era claro que qualquer que tenha sido o detetive que fez as anotações não achou o histórico dramático das irmãs Allen nem interessante nem relevante.

Há um cheiro estranho na casa; não estou imaginando. E também um barulho estranho, vindo de baixo. Eu me arrasto da cadeira e vou investigar, e não consigo bocejar porque os músculos ao redor da boca estão cansados demais. Preciso deitar no chão em algum lugar e fechar os olhos. Acho que quebrei um recorde naquela noite: não consigo me lembrar de ter me sentido tão cansada em qualquer momento dos dezoito meses anteriores. Com sorte eu poderia apagar por uma hora inteira, o que raramente acontece.

Sinto o calor à medida que avanço, antes de ver. E então há a cor, mais forte do que já vi antes em minha casa, e mais móvel, subindo e tremulando.

Interpreto o que estou vendo e penso: "Ah, isso". Não estou em pânico. Não acho que esteja em pânico. Nosso corredor está pegando fogo. Ondas de horror fluem na minha direção, mas não me tocam, embora eu esteja presa no círculo que elas fazem. Posso ouvir gritos que ninguém está dando. *Mexa-se*. Tudo está em câmera lenta.

As chamas já chegaram ao alto das duas paredes, como uma espécie mortal de hera, dourada e tremeluzente. Vejo através da fumaça algo que parece metal no chão junto à abertura de cartas. Não sei dizer o que é. *Mexa-se. Agora.*

Isso é culpa minha. Eu tirei as pilhas de todos os nossos alarmes de incêndio. Eles continuavam disparando quando Luke cozinhava, e toda vez, não importava o que disséssemos, Dinah e Nonie começavam a tremer e chorar histericamente, insistindo em que devia haver um incêndio em algum lugar da casa.
Será que o assassino de Sharon fez isso?
Não posso pensar nisso agora. Sei exatamente o que fazer. Dou as costas ao fogo, subo a escada e acordo Luke, dizendo para ele manter a calma. Por intermédio de algum tipo de filtro me dou conta de que ele não está calmo, que sou melhor em manter a calma. Ele começa imediatamente a tossir. Eu só tusso de vez em quando. Digo que as meninas estão seguras: estão acima de nós, no andar de cima. Digo para abrir a janela do corredor em frente ao quarto de Nonie. De lá podemos sair e é só uma pequena queda até o teto plano da ampliação de dois andares que os donos anteriores fizeram na casa. Pego o celular de Luke, o coloco em suas mãos e digo que assim que tiver aberto a janela precisa ligar e pedir ajuda.

Subo correndo e acordo as meninas, sussurrando para tranquilizá-las. Do ponto de vista delas, deve parecer que minha única razão para acordá-las é lhes dizer que tudo ficará bem, não tendo nada a ver com nada de ruim acontecendo. Estou dizendo a verdade: acredito que tudo ficará bem, e por isso não estou com medo. Estou chocada, mas não com medo – é o que estou dizendo a mim mesma. *Sem medo. Sem medo.* Eu compreendi: a única forma de não ficarmos bem é se as chamas subirem as escadas até o segundo andar antes de chegarmos à janela, e elas não subirão. Quando as vi pela última vez – as chamas –, estavam no alto das paredes, mas ainda a meio corredor de distância, na metade do espaço entre a porta da frente e o começo da escada. Enquanto ajudo uma Nonie silenciosa e uma Dinah ultrajada a colocar roupões e chinelos, me preocupo em não usar a palavra "incêndio".

Luke espera por nós junto à janela. Ajuda as garotas a passar e tenta me ajudar também, mas faço com que ele vá na frente. Tenho de ser a última, tenho de colocar em risco a mim mesma, mais ninguém. Nonie está tossindo. Se eu soubesse quem começou o incêndio o mataria, sem dúvida, por fazê-la tossir daquele jeito.

Algum tempo depois – não tenho ideia de quanto – estamos sentados na extremidade mais distante do teto da ampliação, pés balançando na beirada, esperando ouvir o som de um caminhão dos bombeiros. Trememos de frio e nos agarramos uns aos outros. É ridículo que nossa casa esteja em chamas atrás de nós e ainda assim congelemos.

– Vamos conseguir consertar a casa? – Nonie pergunta.

– A casa não tem importância – digo. – Nós somos tudo o que importa.

Dinah cai em prantos e cobre o rosto com as mãos.

– É culpa minha. Isto é culpa minha.

– Claro que não é – digo.

– É. Eu fiz vocês comprarem esta casa. Vocês compraram porque eu disse que tinha adorado.

– E por que *nós* adoramos.

– Mas vocês não teriam comprado se eu tivesse dito que *não* tinha gostado, e a adorei por um motivo ruim. Achei que parecia o tipo de casa em que uma pessoa realmente famosa teria morado, e eu quero ser famosa.

Luke e eu trocamos olhares que não conseguiram dar um veredicto unânime sobre qual de nós estava mais preparado para lidar com aquilo.

– Eu queria uma casa que um dia pudesse ter uma placa nela dizendo: "Dinah Lendrim morou aqui de 2009 até...", quando me mudei – diz Dinah soluçando. – Vi isso em casas em Londres quando mamãe nos levava, e são sempre casas altas de aparência antiga como esta. Como o número 10 de Downing Street. Lembra daquele bangalô que vimos, com o jardim bonito? Eu realmente adorei aquela casa, mas fingi ter odiado porque você nunca vê uma casa como aquela com uma placa de pessoa famosa!

Luke diz algo em resposta: a coisa certa, com sorte. Não consigo me concentrar. Por que os bombeiros estão demorando tanto? Talvez não estejam; talvez nós só estivéssemos havia alguns segundos ali. Se você está sentado em um telhado do lado de fora, a vários metros da casa que queima atrás de você, há algum modo de fogo ou fumaça chegar até você? Em que momento devemos saltar? *Ainda não.* Os telhados de nossa casa merecedora de uma placa são altos. Não vou arriscar quebrar ossos das meninas a não ser e até que tenha de fazer isso.

De frente nossa casa parece muito com o número 10 de Downing Street. Por que isso nunca me ocorreu antes?

– Se tivéssemos comprado aquele bangalô isto não teria acontecido.

– Teria sim – diz Nonie, corrigindo a irmã mais velha, algo que ela não ousa fazer com frequência. – Quem começou aquele incêndio não quer queimar a casa. Se estivéssemos no bangalô eles teriam colocado fogo no bangalô. Não é mesmo, Amber?

Eu a aperto com força.

– Amber?

– Ahn?

– Da última vez... quando mamãe morreu, a pessoa má que começou o incêndio garantiu que eu e Dinah estivéssemos em segurança fora de casa.

Ah, Deus, por favor, não a deixe perguntar o que ela está prestes a perguntar.

– Por que não foi assim desta vez?

Da última vez, desta vez, da próxima vez. Para a maioria das crianças de sete anos, alguém colocar fogo em sua casa seria no máximo um acontecimento único. Algo negro e duro está crescendo dentro de mim. Pode ser sede de vingança.

Luke fala:
– Não sabemos se alguém começou este incêndio. Pode ter sido um acidente.

Não pode não.
– Amber? Você acha que vovó Marianne colocou fogo na nossa casa? – Nonie pergunta.
– Não seja idiota – Dinah diz.
– Por que é idiota? Ela sempre foi má com mamãe, e ela nunca quer nos ver. Sequer telefona mais.
– Sua avó não começou o incêndio – digo.
Por quê? Por que ela não poderia ter começado o último? Tem de ser a mesma pessoa?
– Não deveríamos ter tirado as pilhas dos alarmes de fumaça – Luke diz.
– Nós temos um alarme de fumaça humano – digo, apontando para mim mesma. *Um que passa a noite inteira indo de aposento em aposento, verificando se tudo está certo, só por garantia.*
– Amber?
– Sim, Nones?
– Eu odiaria ser famosa. Às vezes na escola, quando as pessoas me perguntam de onde vem Nonie, se eu não quero dizer que vem de Oenone e explicar que é grego, digo que é diminutivo de Anônima. Eu posso mudar meu nome para Anônima antes que as pessoas na escola descubram que não é verdade?

Ouço uma sirene a distância. Está chegando mais perto. Começo a chorar.

Se algo acontece uma vez podemos não prestar muita atenção. Se acontece duas vezes ou mais, começamos a identificar um padrão. A psique humana adora tanto os padrões que faz de tudo para encontrá-los sempre que pode, às vezes até mesmo os vendo onde não há nenhum.

A discussão sobre a chave do escritório trancado em Little Orchard foi parte de um padrão: Jo tem um longo histórico de se considerar mais virtuosa que outras pessoas e se conceder superioridade moral sempre que pode. Uma vez, quando Amber perguntou se o quadro clínico de Kirsty tinha nome – se ela nascera daquele jeito ou sofrera algum acidente – Jo exigiu saber por que Amber achava que aquela era uma pergunta aceitável. Alguém já lhe perguntou o que a fez como é? Ela não deu nenhuma resposta a Amber, a não ser dizer que não havia nada de errado com Kirsty. Ela apenas era diferente, e todos a amavam exatamente como era. Amber tivera o cuidado de não usar a palavra "errado", sabendo que isso aborreceria Jo; formulara sua pergunta da forma mais delicada possível, mas Jo ouvira a versão insensível não dita e reagira a isso.

Amber sabe que não pode cumprimentar Jo com um beijo, como costuma fazer com a maioria das pessoas de quem é próxima. Tentou fazer isso nos primeiros dias de sua relação com Luke, e Jo caiu na gargalhada e recuou, dizendo: – Não me beije. Eu não conseguirei me manter séria. – Quando Amber perguntou o que queria dizer, Jo falou: – Toda essa coisa pretensiosa de beijinho. Desculpe, eu sou do norte, simplesmente não consigo fazer isso. – Amber deve ter ficado chocada. Também magoada, imagino. Para muitas pessoas, não é nada pretensioso cumprimentar alguém com um beijo. É simplesmente uma expressão de afeto, e ninguém gosta de ter seu afeto rejeitado. Neil, que testemunhou a cena, devia ter notado o constrangimento de Amber. Talvez por isso tenha decidido desviar a atenção, provocando Jo. – Garotas do norte só beijam você se isso render alguma coisa para elas – Neil disse a Amber. – Preferivelmente uma boa transa, casamento e dois filhos, nessa ordem. – Será que Amber esperava que Jo ficasse magoada? Caso positivo, deve ter ficado decepcionada quando Jo simplesmente deu de ombros e falou: – Não sou uma pessoa tátil.

Depois, quando Amber contou a Luke o que tinha acontecido ele concordou que era verdade, Jo não era tátil, embora nunca tivesse pensado nisso antes. – Ela sempre fica para trás quando começa a coisa de cumprimentar com beijinhos, toma o cuidado de não ficar na linha de fogo. – Será que essa corroboração por Luke de que não era pessoal reduziu o peso do incidente para Amber? Claramente não, ou naquele dia, anos depois, ela não acharia que aquilo merecia ser mencionado. Ficar para trás é uma coisa, ela pode ter pensado, mas se você estraga tudo e alguém chega perto o bastante para se inclinar para frente e tentar beijá-lo, você certamente deveria deixar que fosse em frente, por mais desconfortável que se sentisse, caso a alternativa fosse constranger e rejeitar a pessoa.

E a política de Jo é incoerente. Amber entrou na sala de estar de Jo e a flagrou sentada no sofá com William e Barney um de cada lado, dando um grande abraço nos dois. Ao ver Amber ali, Jo deu um pulo imediatamente, quase empurrando os meninos para longe, como se tivesse sido flagrada fazendo algo vergonhoso. Talvez se isso não tivesse acontecido, Amber esquecesse o incidente anterior. Talvez isso o tivesse redespertado em sua cabeça: provas concretas de que Jo não se incomodava de beijar pessoas em geral, apenas Amber em particular.

Se é nisso que Amber acredita, acho que está errada. Crianças que foram vítimas de agressão física, sexual ou emocional com frequência se tornam adultos com aversão ao tato. Com frequência, a única exceção que estão dispostas a fazer é para com os filhos.

A desconsideração de Jo é um tema recorrente para Amber, e particularmente doloroso, eu diria, porque Jo repetidamente provou ser capaz do oposto; não há dúvida de que ela sabe ser atenciosa quando quer.

Pouco depois de Amber e Luke se casarem, Jo perguntou a ela se planejava parar de trabalhar quando tivesse o primeiro filho. Amber disse que não: não suportava a ideia de desistir de sua carreira. Jo, que fora fonoaudióloga até ter William e deixara de trabalhar, dera uma gargalhada. Supondo que a lembrança de Amber seja precisa, a reação de Jo foi dizer: – Qualquer um pensaria que você é uma atriz de Hollywood ou uma cientista ganhadora do Nobel. Você é uma funcionária de licenciamento do município, por Deus. – Na verdade, Amber não era uma funcionária de licenciamento, ela era a funcionária de licenciamento do conselho municipal de Rawndesley – ela, claro, não destacou isso. Nem disse a Jo que era possível amar e se orgulhar de um trabalho que, pelo título, não soava especialmente glamoroso. Estou supondo que Jo decidiu encerrar a conversa nesse ponto, segura em sua suposição de que Amber estava errada em valorizar tanto sua identidade profissional. O que ela deveria ter feito era: "Ah, me desculpe pela minha ignorância. Fale sobre seu trabalho. Do que você gosta nele?"

Quando Amber contou a Jo sobre sua promoção de funcionária de licenciamento a gerente de licenciamento, Jo disse: – Não são apenas nomes diferentes para o mesmo trabalho? Ainda não entendo o que você faz o dia inteiro. – Quando Amber tentou, não pela primeira vez, descrever os procedimentos de seu trabalho Jo a interrompeu e mudou de assunto.

Uma vez, antes de Barney nascer, Amber e Luke foram passar o fim de semana com Jo, Neil e William. Na noite de sexta-feira, Amber tomou um banho imediatamente antes de ir para a cama. Na manhã seguinte, quando Jo perguntou se tivera uma boa noite de sono, Amber respondeu que sim e que soube que seria assim quando deitou na cama. – Sempre durmo bem nas raras noites em que eu e minha roupa de cama estão impecavelmente limpas ao mesmo tempo. Não que isso aconteça com grande frequência – brincou. Luke e Neil riram. Jo torceu o nariz e disse: – Irc! Isso é nojento. Você realmente precisa nos contar isso?

Em geral, Jo se sente livre para questionar a ética e o comportamento de Amber sempre que é do seu interesse. Tentou interferir nos planos de casamento de Amber, levando-a a dizer a Luke que sempre quisera fugir para casar no exterior, o que era mentira. Depois que Sharon morreu, quando Amber contou a Jo que ela e Luke estavam planejando comprar uma casa maior que pudesse abrigar melhor quatro pessoas, Jo se colocou ferrenhamente contra o plano e pareceu não perceber que não era de sua conta. Acusou Amber de ser egoísta ao colocar suas próprias necessidades à frente daquelas de Dinah e Nonie.

Amber ficou confusa. Seu principal motivo para querer uma casa maior era que as meninas não tivessem de dividir o único quarto extra que ela e Luke tinham na época. Amber cometeu o equívoco de admitir a Jo que uma consideração secundária era que ela mesma poderia sentir necessidade de espaço, tanto físico quanto psicológico, quando Dinah e Nonie se mudassem. Jo a censurou e disse: – O tamanho de sua casa é irrelevante. Do que aquelas pobres crianças precisam é estabilidade. Elas sempre conheceram você e Luke naquela casa. Não acha que já tiveram de lidar com mudança e drama suficientes, sem que você precise aumentar isso? – Quando Amber destacou que Dinah e Nonie estavam empolgadas para ajudar a escolher uma casa nova, Jo balançou a cabeça como se desistindo e disse: – Não adianta conversar com você. Você pensa como quer, independentemente do que eu diga.

Adiantando ou não, a essa conversa não se seguiu uma mudança de política por parte de Jo. Ela continuou a criticar as ações e decisões de Amber, particularmente em relação às meninas, e regularmente expressava seu ponto de vista de que era "errado" Amber e Luke terem sua guarda. – Elas deveriam estar com a avó – ela insistia teimosamente sempre que surgia o assunto. – Você e Luke podem gostar delas, mas não são parentes. Não pode ser a mesma coisa. – Ao ser lembrada de que Marianne Lendrim, embora se opusesse à ideia de adoção, estava totalmente feliz com as netas morando com Amber e Luke e tivesse dito que seria impossível que morassem com ela ou mesmo eventualmente passassem uma noite, a reação de Jo foi dar um grande suspiro e dizer: – Bem, claro que iria dizer isso, não é? Se eu estivesse no lugar dela também reduziria os contatos, me protegeria. Ela sabe que um dia Dinah e Nonie serão velhas o bastante para ouvir que a mãe morta fez um testamento dizendo que preferia que as filhas fossem criadas por uma velha viciada em heroína ou um pedófilo que pela própria avó.

    Algo ou tudo isso explica por que Amber tem tanto ressentimento de Jo? Acho que há algo mais, algo que ela não está nos contando.

    Amber?

6

2/12/2010

— Waterhouse! — chamou Proust, parecendo contente em vê-lo. — Não estava certo se você se apresentaria na hora marcada, mas aqui está você: nove horas em ponto. Feche a porta após entrar, por favor.
— Seis palavras. É tudo o que é necessário.
— Perdoe-me?
— "Waterhouse, está demitido. Gibbs, está demitido." Diga e siga com a vida. Alguém tentou matar Amber Hewerdine e sua família ontem à noite. Irão tentar novamente. Da próxima vez poderão ser bem-sucedidos.
Proust olhou à esquerda, depois à direita.
— Gibbs? Você está alucinando, Waterhouse. Sente-se — disse, fazendo um gesto na direção da única cadeira existente no escritório.
— É a sua cadeira.
— Eu a estou usando no momento? Se a estou oferecendo a você e não estou eu mesmo sentado nela, como isso pode ser um problema?
Simon contornou a escrivaninha do inspetor e se sentou. Sentiu-se tolo como se tentasse encarnar um inspetor, se permitindo uma constrangedora ilusãoególatra em público. *Primeiro ponto para o Homem de Neve.* Logo seria *game, set* e *match.*
— Temo que tenha mais de seis palavras para você, mas deixe-me sugerir outro artifício para poupar tempo. Que tal você não me interromper a cada dez segundos?

Simon fez que sim com a cabeça.

— Concordância instantânea. — Isso significa que você imagina que será fácil para você — disse Proust, sorrindo enquanto andava de um lado para outro. — Você não tem mais medo de mim. Você sempre teve; até muito recentemente tinha, mas não mais. Isso era o primeiro item da pauta ou um preâmbulo? Tinha importância?

— Nunca houve nenhuma necessidade de que você tivesse, e sempre fiquei imaginando o motivo. Não há nada tão aterrorizante em mim, há? Eu falo o que penso e não aturo idiotas; o que seria particularmente problemático para você, entendo isso, mas, ainda assim... por que o medo? Ninguém mais sente medo de mim. Alguns achariam que eu era uma espécie de valentão tirânico.

— Alguns achariam — Simon concordou.

— Estou certo de que você seria o primeiro a admitir que trato as pessoas com justiça, incluindo você. Eu me esforço para ser justo com você — disse Proust, balançando a cabeça. O olhar confuso em seu rosto parecia genuíno. Para qual ele teria sido a maior perda, Simon pensou: as artes dramáticas ou a cela acolchoada do hospício local reservada para os casos mais graves?

— Sempre atribuí seu medo de mim a alguma deficiência peculiar sua. Uma entre muitas.

O Homem de Neve se esticou sobre a mesa para agarrar sua nova caneca de Melhor Avô do Mundo. Simon se encolheu, lembrando da antecessora sendo lançada na sua direção.

— Tenho de admitir que houve ocasiões em que achei sua fobia útil como um meio de controlá-lo, e outras em que ela me irritou além da medida porque interfere com sua capacidade de prestar atenção aos muitos argumentos que apresento, cada e todos os dias de trabalho. Seja como for, você não pode me culpar por notar meu novo membro da equipe. Admirável Novo Waterhouse. Admirável e confuso. Você não tem ideia de por que seu medo de mim poderia ter abandonado o posto e caminhado rumo ao ocaso, de mãos dadas com seu medo do desemprego. Então? Você tem?

Não.

– Vou lhe dizer por que – disse Proust, se inclinando sobre a mesa. O hálito cheirava a chá quente. – Algo novo e intimidador entrou em sua vida. Você está tão petrificado com isso que, de repente, todos os seus antigos medos banais ganharam nova proporção: seu inspetor senil, seus frágeis pais idosos. Você também tem enfrentado sua mãe? Recusado-se a beber o sangue da Virgem Maria ou o que quer que ela e seu culto bizarro fazem, não perturbados pela prova recente de que toda a organização não passa de uma fachada para uma epidemia global de perversão sexual... – disse Proust, e se interrompeu. Franziu o cenho. – Perdi o fio da meada.

– Você estava insultando minha mãe.

– Não estava!

Um punho esmurrando a mesa, fazendo-a sacudir; chá subindo no ar, pingando no chão. Simon não se abalou com os efeitos especiais; já tinha visto tudo aquilo antes. Estava tentando compreender as táticas de batalha do Homem de Neve, lutando para não se impressionar. *Desafie uma opinião e aquele que detém a opinião pode apresentar um contra-argumento; contradiga um fato incontestável e as chances são de que sua plateia fuja, confusa, para questionar sua própria sanidade.*

– Seja maduro uma vez na vida, Waterhouse! – cortou Proust.

– Não tente transformar isto em um bate-boca. Estou tentando ajudá-lo, acredite ou não.

Escolha difícil, mas fico com não.

Proust soltou o ar lentamente.

– Seu desrespeito costumava vazar apesar de todo o seu esforço; agora, de repente, você está fazendo marola com ele como uma prostituta urinando em um...

Outra interrupção não programada. Simon não estava disposto a ajudar uma segunda vez sugerindo coisas em que uma prostituta poderia mijar.

— Patético, Waterhouse. Não sou eu falando, é sua voz interior. Eu tentaria o sotaque, só que não falo autoestima baixa. É um idioma que nunca precisei aprender.

Simon avaliou suas opções. O que o impedia de ir embora? Ele estava esperando apenas uma coisa: ouvir que estava demitido. Era melhor ser demitido de perto do que remotamente a distância? Simon não conseguia ver por quê; ainda assim, planejava ficar sentado imóvel até ouvir as palavras.

— Alguma ideia de qual poderia ser essa nova fonte de terror em sua vida?

— Não há nada.

Proust riu.

— Como, nem mesmo Charlie Zailer? Matrimônio, Waterhouse. Você está preso. Não pode se divorciar. Isso implicaria admitir que cometeu um erro, o que você é congenitamente incapaz de fazer. Mas está paralisado com o medo das exigências que o casamento fará, exigências que você é inadequado demais para cumprir. Isso muda tudo, não é? Se você tropeçasse em uma bomba-relógio, poderia se sentar nela e colocar os pés para cima. Nenhum outro medo pode tocá-lo agora que está tendo de lidar com o maior de todos.

— Se eu discordar, isso estragará sua diversão? — Simon perguntou.

— Se você discordar, isso me levará a pensar, e não pela primeira vez, como uma pessoa pode viver mais de quarenta anos sem autoconhecimento e não notar sua ausência. Não há uma gota disso em você, Waterhouse; esta é a minha tentativa de uma transfusão muito necessária.

— A sua necessidade é maior do que a minha, como fica evidente pela sua fantasia de ser um doador compatível — Simon disse. Isso fazia sentido? Em sua cabeça, sim. Suas palavras ecoaram no silêncio que se seguiu.

– Insulte-me o quanto quiser – Proust disse finalmente. – Não irá me convencer de que sua avaliação é a aliada confiável que costumava ser. Você realmente acredita que a sargento Zailer procurou hipnose porque quer largar o cigarro? Fumar é um dos poucos prazeres de sua vida infeliz. Você não está louco para saber o que ela realmente quer? Eu lhe garanto que por mais dinheiro que flua de sua conta-corrente conjunta com Zailer para a bolsa com borlas de uma bruxa inferior em Great Holling, isso não irá resolver o problema, qualquer que seja. E se você por acaso já sabe qual é, ou se aceitar meu conselho e descobrir, por favor, não me esclareça. Há limites.

– Aparentemente, não há.

Proust girou, seu rosto, uma confusão de manchas rosa e branca.

– Você acha que quero demiti-lo? Você está errado. Faça sua mente repassar os desertos tóxicos de nossos muitos anos juntos. Tive muitas oportunidades de me livrar de você. O que fiz? Eu as deixei passar, cada uma e todas elas.

Isso era verdade. *Isso e nada mais.*

– O problema é que, queira eu perdê-lo ou não, não tenho muita escolha. Você tornou isso compulsório. Se eu deixasse você continuar a fazer as coisas como sempre, como isso iria parecer para o resto da equipe? Eu seria o inspetor que deixou um detetive descontrolado passar por cima dele; todos saberiam disso. Eu perderia o respeito de cada pessoa nesta delegacia, até o pessoal da cantina e os faxineiros.

– Um choque de cultura poderia não ter tão ruim quanto você imagina – Simon murmurou. Ele podia suportar a agressão; o que não conseguia aturar era o Homem de Neve lhe dizendo que não queria perdê-lo.

Não foi isso o que ele disse. Pare de ouvir coisas que não está dizendo.

— Isso não é sobre um choque de cultura! — disse Proust, batendo com a caneca no parapeito da janela e esfregando as laterais da cabeça com as pontas de dedos brancos. Simon observou, deduziu pela linguagem corporal que o inspetor se preocupava com algo. Como essa coisa não era nem Simon nem a decência humana básica, difícil imaginar o que poderia ser. — É sobre fazer meu próprio trabalho infeliz! É sobre ter a coragem de reconhecer quando um dos meus detetives deixa de ser uma boa aposta para se tornar um risco e ter a coragem de chamar a atenção para isso.

— Você nunca disse que eu era uma boa aposta.

— Se eu tivesse, teria estado errado um dia, se não desde o começo, motivo pelo qual não me preocupei com isso. Escute-me, Waterhouse. Deixe-me sentar, por favor?

O inspetor estava pedindo permissão? Algo em seu tom sugeria uma consciência de que Simon era o mais jovem e forte dos dois.

Isto não é uma conversa sincera, Simon disse a si mesmo, tentando não notar seu próprio desconforto crescente. *Isto sou eu sendo demitido.*

Eles trocaram de lugar. Simon esperou que, assim que Proust estivesse sentado, a interação normal entre eles pudesse voltar. Depois se deu conta de que era uma esperança pervertida, e que sair dali enquanto ainda estava razoavelmente são era a melhor coisa a fazer, quisesse ele ir ou não.

— Olhe para você: ignorando sua própria decadência — declamou Proust do conforto de sua cadeira. Se Simon estava esperando ouvir uma acusação que pudesse refutar com convicção, certamente era esta. Ele se sentia como se tivesse passado a vida inteira testemunhando sua própria decadência, consciente de que seus recursos internos estavam se esgotando e não havia nada que pudesse fazer para deter o processo — Você não tem nada que dê sentido à sua vida fora isto, literalmente nada, e, ainda assim, irresponsavelmente coloca em risco sua carreira se permitindo acreditar que essa perda não o incomodaria. E pelo quê? Pela diversão de ser grosseiro comigo diante de seus colegas? Você poderia ter o resultado que desejava, e não arriscado nada, repassando a informação da sargento Zailer sobre a srta. Hewerdine ao sargento Kombothekra. Teria em algum momento acabado em uma sala de entrevistas com Hewerdine...

– Alguém colocou fogo na casa dela noite passada – Simon interrompeu. – Se eu tivesse seguido os canais adequados ainda estaríamos verificando antecedentes.

– Pedi que não me interrompesse.

– Se Amber não tivesse tirado o marido e as duas meninas a tempo...

– O que ela fez.

– ... ela poderia estar morta agora, antes que eu tivesse alguma chance de lhe perguntar qualquer coisa.

Proust apertou os olhos.

– Assim que uma pessoa é entrevistada por você ela pode morrer alegremente; é o que está dizendo? – reagiu, balançando a cabeça, e fez uma igreja e torre com as mãos. – Por que me dou o trabalho, Waterhouse? Consegue me dizer isso? Você sabe tanto. Por que não me diz por que me dou o trabalho de tentar ajudá-lo?

– Sinta-se livre para parar de se dar o trabalho assim que quiser – disse Simon.

– Abra os ouvidos e ligue o seu cérebro – berrou o Homem de Neve, saltando do assento como se ele o tivesse empurrado. – Você escolheu Amber Hewerdine como elemento especial. Por quê? Sem nenhum bom motivo, supôs que ela não matou Kat Allen, quando é a única pessoa que podemos ligar ao local do crime, mesmo que indiretamente. A não ser que esteja querendo colocar a culpa em um bloco A4 pautado, Hewerdine é tudo que temos! Insiste em que seu álibi é bom, quando todos com quem falou que estavam no

maldito curso dizem não lembrar do rosto dela! Você nos diz que temos de confiar nela, tendo a ouvido se vangloriar de sua falta de respeito pela lei. Ela espera poder dirigir a qualquer velocidade que queira, e acha inconveniente ter de pagar o preço quando...
– Ah, vamos lá. Todo mundo...
– Não todo mundo! Não eu. Eu não corro, e se corresse e fosse apanhado, aceitaria minha punição. A melhor amiga de Amber Hewerdine morre em um incêndio criminoso, Hewerdine fica com as filhas dela. Acho que podemos chamar isso de lucro. Na época, houve consenso em apontar para um dono de pub local.
– Nem todos pensavam assim. Apenas...
– Se você me interromper mais uma vez, Waterhouse, realmente mandarei você embora.

Isso significava o que Simon achava que significava?

– Hewerdine faz uma grande cena ao se oferecer para ajudar a polícia – disse Proust, ganhando velocidade à medida que tagarelava. – Ela discorda sobre Terry Bond, não o culpa pelo incêndio. Ela é a melhor amiga de Sharon Lendrim desde a infância. Está em uma posição única em relação ao crime, sabe de algo que ninguém mais sabe... Isso lhe soa familiar? Pense no caderno da sargento Zailer. Quantas pessoas inocentes você conhece que conseguem estar em uma posição única em relação a dois homicídios?

Nada irritava mais Simon do que o Homem de Neve ter um bom argumento.

– Hewerdine alega que Bond e Sharon Lendrim eram ótimos amigos quando Lendrim morreu. Tiveram uma reconciliação pouco divulgada...

– As filhas de Sharon sabiam que eles tinham resolvido suas diferenças. Assim como a filha de Terry Bond, segundo o contato de Sam.

– O *contato* do sargento Kombothekra é Ursula Shearer. Ela não conseguiria encontrar um homicida em um tabuleiro de Detetive, mesmo se você enfiasse sua cabeça no envelope secreto – disse Proust, passando a língua sobre o lábio inferior. – Não estou dizendo que Terry Bond ou qualquer de seus capangas iniciou o fogo. Amber Hewerdine fez isso. Só pode. Ela era a única a lucrar com isso: ficou com as filhas de Sharon.

– Não faz sentido – Simon disse. – Se seu objetivo era afastar as suspeitas de si mesma, por que não deixar que todos pensassem que foi Bond? Por que se apresentar e dizer que acha que foi alguém da associação de moradores? É bastante improvável...

– Minha nossa, Waterhouse, eu não deveria ter de lhe explicar isso! Bastante improvável conquista as pessoas. Conquista idiotas como você! Bastante improvável faz com que detetives e sargentos queiram provar sua superioridade demonstrando sua capacidade de pensar fora do padrão. Hewerdine é uma atriz consumada. Ela se apresenta com uma teoria que não é tão evidente quanto o que todos os outros estão dizendo e parece não apenas solícita, mas também inteligente: uma pensadora original. Ela chega ao círculo interno dos detetives mostrando que está no nível deles, consegue pensar como um deles; exatamente a tática que tentou conosco. Gibbs e eu percebemos isso; você caiu. Ela abre caminho e é capaz de acompanhar. Agora incendiou a própria casa e está confiante em que saberá se e quando voltarmos os olhos para ela, pois seu grande companheiro Waterhouse irá lhe contar tudo que precisar saber.

– Por que queimar a própria casa? – perguntou Simon.

Um longo olhar de Proust.

– Se você é uma das vítimas, não pode ser o perpetrador?

O que você está fazendo, cretino? Se ele tem algo a dizer, deixe que ele mesmo diga. Tarde demais.

– A sra. Hewerdine é uma vítima especialmente distinta – disse Proust. – A única a sobreviver, juntamente com seus mais próximos e queridos. Katharine Allen não sobreviveu. Nem Sharon Lendrim.

Três crimes: dois incêndios criminosos, um em 2008, outro na noite anterior, e um ataque com instrumento contundente um mês antes. O mesmo perpetrador? Em caso positivo, por que mudar de método para o segundo homicídio e depois retornar a incêndio criminoso no caso de Amber Hewerdine? O assassinato de Katharine Allen não se encaixava no padrão.

– Não se esqueça de que a casa da sra. Hewerdine ainda está de pé – disse Proust. – Uma reforma no corredor, uma nova porta da frente...

– Ela não é culpada de nada – Simon disse. – Você está latindo para a árvore errada. Caso estivesse certo isso teria de significar que ela encenou o encontro com Charlie em frente ao consultório de Ginny Saxon. Isso é impossível. Ela teria de saber que Charlie iria escrever "Gentil, Cruel" em seu caderno. Como poderia saber disso?

Proust esticou a mão na direção de uma pilha de papéis e os agitou no ar.

– A feiticeira de Great Holling contou a Sellers que Hewerdine se referiu à perspectiva de toda a sua família morrer como sendo "um bônus".

– Ela fez uma piada.

E você está sacudindo os papéis errados para mim; esses são formulários de despesa, não a entrevista de Sellers com Ginny Saxon.

– Para começar, por que Hewerdine foi ver Saxon? Insônia! – disse o Homem de Neve, triunfante, como se incapacidade de dormir e responsabilidade por dois homicídios fossem a mesma coisa. – O que mantém as pessoas acordadas à noite? Culpa. Você ouviu Hewerdine falando sobre sua mente dividida em duas. Não acha que isso é abrir caminho para uma defesa de responsabilidade reduzida no caso de ela perder o controle sobre nós e acabarmos acusando-a?

— Não, não acho — disse Simon. — Eu ouvi uma mulher tentando descrever uma experiência incomum que tivera. Incomum e perturbadora.

— Não, essa foi a sargento Zailer, depois da noite de seu casamento — retrucou Proust. — Amber Hewerdine é uma lunática que gosta de se fantasiar de detetive. É uma criminosa. Nós sabemos disso; não está aberto a discussão. Ela fugiu sem remunerar Ginny Saxon, invadiu o carro da sargento Zailer sem autorização — enumerou Proust, continuando a cuspir em seco por alguns segundos depois de ficar sem palavras.

Ele estava certo. Na falta de outros suspeitos, não fazia sentido estar convencido da inocência de Amber Hewerdine. Em circunstâncias diferentes, Simon poderia ter tentado se convencer do contrário.

— Algo mais que queira dizer antes que os outros entrem? — Proust perguntou.

Os outros? Simon ficara com a impressão de que Gibbs fora marcado para depois; não sabia nada sobre mais alguém.

Ainda não havia sido liberado. Ficou pensando em por que não.

— Então deixe-os entrar — disse o Homem de Neve.

...

Sam Kombothekra conferiu o relógio. Nove e onze. Desistira de tentar trabalhar, sabendo que não conseguiria se concentrar. O Homem de Neve já não queria apenas ver Gibbs em seu escritório às nove e quinze; estendera o convite para todos. Sam deu uma espiada em Sellers, que ria de alguma coisa no Twitter, devorando um saco de bombons Maltesers. Não lhe ocorrera que uma demissão em massa podia estar em jogo? Sellers era um menino grande, ignorando as preocupações dos adultos ao seu redor. A calma de Gibbs aparentemente fazia mais sentido. Devia ter aceitado a possibilidade de perder o emprego quando decidiu abandonar o controle e seguir as ordens de Simon em vez daquelas que vinham de Proust por intermédio de Sam. Havia algo zen em Gibbs, Sam decidiu, e depois ficou imaginando o que a palavra significava. Era um ramo do budismo, ele sabia disso. Seria também um adjetivo? Como era a única pessoa apreensiva na sala, Sam ficou imaginando se estaria sendo paranoico. Talvez não houvesse nada com que se preocupar. Ele e Sellers não tinham feito nada errado; era difícil imaginar como Proust poderia se livrar deles, ou por que iria querer fazer isso naquele dia, quando mesmo ele, certamente, podia ver que precisava de uma equipe sólida trabalhando nas novas informações que poderiam levar ao fechamento de três casos.

Ou talvez não. Sam estava ansioso para saber o que aconteceria, precisava buscar o melhor resultado. De onde vinha essa sensação de ser o homem certo para o trabalho? Parte do problema era nunca saber em qual mundo ele vivia: aquele definido por Simon ou o definido por Proust. Na terça-feira e no dia anterior Proust estivera em ascendência para Sam. Naquele momento, depois do incêndio na casa de Amber Hewerdine, era Simon. Isso fez Sam querer permanecer – o fez querer, acima de tudo, não ser forçado a partir. Rezou para que o Homem de Neve não estivesse prestes a tirar dele essa escolha.

A porta do escritório de Proust se abriu. Ninguém saiu. Sam viu Simon vacilar, sentiu sua incerteza quanto a ficar ou partir.

– Venham – ele disse a Sellers e Gibbs. – Vamos acabar com isso.

Ele foi na frente, sua cabeça cheia de imagens de soldados avançando para enfrentar um massacre de balas. Essa era uma coisa de que não sentiria falta: a marcha desolada rumo a um espaço fechado em que nunca havia nada de bom esperando por ninguém.

– Avanços no incêndio criminoso? – rosnou o Homem de Neve para ele quando entrou. – Ou, não havendo isso, em alguma coisa?

– O incêndio da noite passada na casa de Hewerdine foi confirmado como criminoso... – Sam começou.
– Avanços no incêndio criminoso além de afirmar o fato óbvio de que foi um incêndio criminoso? – devolveu Proust. Ele desviou os olhos de Sam e percorreu a fila com eles. Os quatro estavam sempre de pé em fila em seu escritório, como pinos esperando para serem derrubados por uma bola rolando.
– O chefe dos bombeiros avalia que o objetivo era parecer intencional – disse Gibbs. – O incendiário enfiou uma lata de líquido inflamável catalisador pela abertura de cartas.
– Ele poderia muito bem ter se livrado daquilo – disse Sellers.
– Pela abertura de cartas? Não seria mais provável que o jogasse do lado de fora...
– Avanços, pedi, não discussões. Algo mais?
– Amber Hewerdine está ansiosa para falar com Simon assim que for possível – Sam disse.
– Espero que a tenha armado com um bastão, sargento.
– Senhor?
– Para que ela possa afastar a concorrência. Sabe sobre o que quer falar com Waterhouse?
– Ela não quis me dizer, mas...
– Posso entender o motivo dela. Por que o trabalho? Se você tivesse alguma coisa importante a dizer, perderia seu tempo dizendo a você, sargento?
Lá vamos nós.
– Depende de para quem mais houvesse a dizer, senhor.
– Quem mais? – enunciou Proust retoricamente, inclinando a cabeça para trás. – De fato, quem mais. Acho que você acertou o problema, sargento. Não há mais ninguém, ninguém de valor algum. Esta *equipe* é um organismo decadente. Sellers, quando você deu sua última contribuição significativa a algo, fora à caixa registradora da cantina? Detetive Gibbs, você escolheu o lado negro, por

razões sinistras demais para que um sujeito sensível como eu queira especular. Você se juntou às fileiras das almas mortas. Waterhouse, Rei das Almas Mortas; quanto menos dito sobre você, melhor, especialmente já que passei os últimos quinze minutos dizendo isso de uma dúzia de formas diferentes, nenhuma das quais você ouviu. E o sargento Kombothekra, o pior do bando todo.

Sam tentou não demonstrar sua surpresa. *O pior*. Não era uma marca que ele um dia tivesse associado a si mesmo, não mais do que "o melhor".

– Vamos repassar algumas das suas melhores falas, sargento? O que você disse ou fez quando Waterhouse decidiu trazer uma suspeita para entrevista sem seu conhecimento ou meu? O que disse quando descobriu que ele tinha partilhado informações de um caso confidencial com a esposa? Nada. Nem uma palavra. Você é o sargento dele. O que o leva a pensar que pode ficar sentado e deixar a meu cargo disciplina-lo? Não digo nem assumir a liderança, você não fala sequer em posição de apoio!

Sellers estava suando. Sam podia sentir o calor emanando dele.

– Não espere demonstrações de apoio de qualquer de nós – disse Simon em voz baixa. – Não conseguirá nenhuma. Ninguém o apoia.

Proust concordou como se desejasse e tivesse antecipado a reação.

– Vocês todos me conhecem há tempo suficiente para conhecer minhas forças e fraquezas – ele disse. – Vocês preferem, nada caridosamente, se concentrar nas fraquezas. Claro que sim. Sou seu inspetor. Todos precisam de um saco de pancadas, e sou o de vocês. Aceito isso. A maior parte do tempo não reclamo. Motivo pelo qual espero não ouvir uma palavra de reclamação de qualquer um de vocês agora – disse o Homem de Neve, apontando o indicador para eles –, porque estou prestes a demonstrar quão justo e flexível sou, e isso irá se chocar com sua imagem distorcida de mim.

Sam achou estranhamente reconfortante já terem chegado àquele estágio: o estágio de "se preocupar em não olhar nos olhos de ninguém", durante o qual o inspetor enunciava seus próprios elogios; isso era sempre seguido pelo estágio "como odeio vocês por me deixarem contar as maneiras", e indicava que Proust estava pelo menos na metade de seu novo espetáculo de horrores.

– Esta manhã eu ia iniciar procedimentos disciplinares contra o detetive Gibbs e o detetive Waterhouse; procedimentos que teriam resultado em sua suspensão imediata e sua não tão imediata, mas igualmente certa, dispensa. Então tomei conhecimento dos acontecimentos da noite passada e mudei de ideia. Waterhouse nos contou que Amber Hewerdine era interessante para nós em relação ao homicídio de Katharine Allen. No final das contas, ele estava certo. Sabemos mais agora do que sabíamos antes. Espero não ter de lhes dizer por que agora temos de pensar em três crimes em vez de apenas um. A morte de Sharon Lendrim e o ataque da noite passada à casa de Hewerdine foram ambos incêndios criminosos. Hewerdine e Lendrim eram amigas. As filhas de Lendrim estavam nas duas casas alvo de incêndio, embora retiradas antes do ataque a uma e não à outra, o que é interessante. Amber Hewerdine está relacionada com o local do assassinato de Katharine Allen pela sua certeza de ter visto as palavras "Gentil, Cruel, Meio que Cruel" em uma folha de papel que parece ter vindo do bloco no apartamento de Allen. O que achamos de um elo ou da falta de elo entre a morte de Lendrim e a de Katharine Allen?

– Amber Hewerdine é o elo – disse Simon. – Quem matou Lendrim matou Allen. Precisamos descobrir quem sabia que tínhamos ouvido Hewerdine em relação ao assassinato de Allen. Alguém que soube decidiu alertar Hewerdine a não nos ajudar, e o alerta se transformou em confissão. O incêndio criminoso da noite passada foi uma mensagem clara para Hewerdine: "Eu matei Sharon, eu matei Katharine Allen e eu a matarei se não ficar de boca fechada."

— É possível — disse Proust. — Há outra possibilidade: nosso incendiário não sabia nada sobre Hewerdine conversar conosco e nunca ouviu falar de Katharine Allen. O momento do ataque à casa de Hewerdine é pura coincidência.

— Não acredito nisso — disse Simon.

— Nem eu. O que nos deixa com a questão de por que Katharine Allen foi espancada até a morte com uma vara de janela e não...

— disse o Homem de Neve. Ele parou, esfregou o lábio superior com o indicador. Ficou parecendo um bigode rosa móvel. — Colocar fogo em um apartamento seria diferente de incendiar uma casa. Não escuridão significa não invisibilidade. Nosso homem pode ter decidido que não ficaria à vontade de pé em um corredor bem iluminado jogando líquido inflamável pela abertura de cartas.

— Ou tinha certeza de que conseguiria entrar no apartamento de Kat Allen, ao passo que sabia que Sharon Lendrim e Amber Hewerdine não o deixariam entrar — disse Simon.

— Não existe um "ele" — Gibbs disse. — Hewerdine matou Lendrim e Kat Allen, depois incendiou a própria casa. Nós sabemos que algo passou pela entrada de cartas? Não poderia ter sido feito por dentro? Mesmo que não pudesse, Hewerdine poderia ter ido para fora, jogado a coisa dentro de casa, entrado novamente, fechado a porta e colocado fogo.

— Bem, sargento Kombothekra? Vai responder à pergunta de Gibbs?

— Neste estágio só nos disseram definitivamente que foi criminoso. Terei de perguntar mais especificamente se o incêndio poderia ter sido iniciado por dentro da casa.

— Você terá, não é mesmo? — concordou Proust. — Também terá de revirar tudo que Ursula Shearer conseguiu sobre o assassinato de Lendrim. Identificar qualquer lacuna. Espere encontrar muitas. Alguém que não era um bombeiro estava circulando com uniforme de bombeiro; de onde ele veio?

— Eu vou me encontrar com a sargento Shearer esta manhã, senhor. Pedirei que me atualize rapidamente.

— Bom. Você e ela são almas gêmeas profissionais. Estou certo de que se darão muito bem. Waterhouse, quero que você...

— Pode ter sido um bombeiro — Simon interrompeu. — Sabemos que não foi um de Culver Valley, é só o que sabemos. Mas e quanto a municípios vizinhos?

— Sellers, entre em contato com os corpos de bombeiros de Tóquio, Taiti e ilhas Echo, que ouvi dizer serem propriedade particular da família Disney. Waterhouse, quero que você se concentre em Amber Hewerdine e mais nada. Se Gibbs estiver certo, você pode encontrar o caminho para...

— Ele não está — Simon disse.

— ... persuadi-la a confessar. Isso tornaria nossas vidas mais fáceis.

— Podemos fazer isso descartando Amber Hewerdine como suspeita.

— Uma boa razão para isso? — cobrou o Homem de Neve.

— Ela ser evidentemente inocente — Simon disse.

Tudo bem, hora da confissão. Amber está certa: eu menti. Não houve discussão em Little Orchard entre as duas avós sobre se o bebê Barney deveria ou não tomar leite em pó contra os desejos da mãe. Inventei isso do começo ao fim. Não tenho ideia de por que escolhi esse tema para a discussão imaginária entre Hilary e Pam; poderia facilmente ter dito que discutiram por causa da decisão de Tony Blair de ir à guerra no Iraque. Não tenho ideia se Jo amamentou ou deu mamadeira aos filhos, qual a opinião de Tony Blair sobre o assunto, nem a de Pam ou de Hilary. O incidente foi total invenção minha, portanto, vocês podem apagá-lo do registro e esquecer totalmente.

Podem? Espero que estejam sentindo certo grau de confusão no momento, enquanto lutam para apagar este incidente ficcional de sua compreensão do que aconteceu em Little Orchard. Algo dentro de vocês está dizendo: "Espere, não sei se consigo esquecer disso tudo tão facilmente. Afinal, me contaram o que aconteceu." Mesmo Amber, que estava lá e tem certeza de que isso não aconteceu – que protestou quando aleguei que sim – está lutando com uma sensação de que isso não pode ter saído do nada; esse fantasma, esse não acontecimento, deve ter algum significado, no mínimo em minha mente.

Imagine esta cena, de todos os programas de TV que você já viu: o promotor diz ao júri "O réu foi ouvido gritando: 'Eu sou o assassino mais perigoso da cidade e me orgulho disso. Confiram minha camiseta encharcada de sangue!'. O advogado de defesa se levanta de um pulo

UMA CERTA CRUELDADE   241

e diz: 'Protesto, excelência, isso é boato'. 'Aceito', diz o juiz. 'O júri irá ignorar a última declaração'". O júri ignora a declaração? Claro que não. Acontece o oposto: o ouvir dizer se crava nas mentes dos jurados ainda com mais força do que qualquer outra evidência, por ter sido oficialmente banida. Ao desautorizá-la, o juiz invocou um arquétipo que temos entranhado nos ossos. O que é proibido? Verdades perigosas são proibidas. Portanto, informação banida deve ser informação verdadeira.

Minha discussão inventada entre Pam e Hilary não é nada tão respeitável quanto boato. É uma mentira deslavada. Como a inventei, posso jurar que não tem qualquer relevância. O fato de que estão achando difícil esquecer prova que assim que você transforma algo em qualquer tipo de história – e eu fiz isso bem, com muitos detalhes – você o torna real, o transforma em um objeto, mesmo que seja um objeto conceitual. Se é uma mentira, então é ao mesmo tempo real e falsa, o que é perturbador. É assim que mentiras e mentirosos florescem no mundo. Acreditamos neles porque preferimos não ficar confusos.

Eu normalmente não mentiria sobre a experiência de vida de um de meus pacientes, particularmente na presença da polícia. Não foi profissional de minha parte fazer isso, mas Amber está determinada a dizer o mínimo possível, então meu objetivo foi em parte compeli-la a participar daquilo que estamos tentando conseguir aqui, e em parte tentar conquistá-la com a ousadia de minha impropriedade. Simon, você pode não saber por que Amber o respeita mais do que qualquer dos seus colegas, mas eu sei, pois ela me contou; ela admira sua disposição de ser antiprofissional por uma boa causa. Na cabeça de Amber, o comportamento profissional é uma muleta na qual imbecis medíocres se apoiam. Pessoas verdadeiramente inteligentes se dão conta de que se esconder por trás de um papel profissional inevitavelmente envolve alguma dose de comportamento contraintuitivo e falso, e para conseguir os melhores resultados das pessoas precisamos ser sinceros com nós mesmos na frente delas.

Meu verdadeiro eu estava ficando desesperado para romper o impasse, e é fantástico que tenhamos tido um momento de ruptura. É isso o que é tão bom na hipnoterapia: nada acontece, nada acontece, você sente que não está chegando a lugar algum, e então de repente surge uma nova lembrança.

Eu sabia que Amber iria contradizer minha mentira. Também sabia que não seria capaz de falar com autoridade sobre o que não aconteceu em Little Orchard sem lembrar do que aconteceu, e lembrar disso de forma poderosa. Simon, se eu lhe pedisse que me contasse o que fez ontem à noite você poderia dizer "assisti à TV". Você estaria no piloto automático da memória, se preferir. Poderia dizer essas palavras sem que a lembrança fosse particularmente vívida. Mas se então o desafiasse dizendo "Não, você não fez isso; você foi ao baile dançar" seu instinto de buscar a verdade iria se rebelar, e suas lembranças, as armas de que precisa para discutir comigo, se apresentariam com mais força: assistir ao noticiário enquanto tomava uma xícara de chá, sentindo um pouco de frio porque o aquecimento tinha sido desligado uma hora antes...

Minha mentira obrigou a memória de Amber a reagir, e agora temos mais informações puras com as quais trabalhar, então vamos dar uma olhada. Na véspera de Natal, quando Neil disse que ia para a cama, Jo lhe disse que não subiria com ele. Ficou no térreo com a mãe, a irmã e o irmão, enquanto Neil, Amber e Luke subiram. Isso nós já sabemos. O detalhe adicional que podemos incluir agora é que Jo, Hilary e Ritchie pareciam todos preocupados. Tinham algo que queriam discutir, ou estavam no meio de uma discussão – algo importante. Era evidente nos rostos dos três que estavam ansiosos para ficar sozinhos e poder continuar a conversa que tinham iniciado, qualquer que fosse. Amber pode não ser capaz de acreditar que demorou tanto para lembrar do que agora sabe ser um elemento fundamental daquela cena de ir para a cama na véspera de Natal, mas não tenho dificuldade em acreditar nisso. Deixamos de lembrar de coisas por diversas razões: repressão, negação e distração são as mais comuns. As pessoas com frequência confundem repressão com negação, mas elas são enormemente diferentes uma da outra: na repressão, nós verdadeiramente não temos ideia de que algo aconteceu. Do ponto de vista de nossa mente consciente, é como se nunca tivesse acontecido, até o momento em que a hipnoterapia ou outra coisa estimula nosso subconsciente a se abrir e liberar isso – uma metáfora grosseira e imprecisa, mas você pegou a ideia. Amber podia ter visto o pedaço de papel com a anotação "Gentil, Cruel, Meio que Cruel" em Little Orchard e reprimido a lembrança.

A negação é diferente: é mais como ter na manga da camisa uma mancha que a incomoda. Você coloca o pulôver por cima para que ela não apareça, e quase, mas não totalmente, se esquece de que está lá.

A distração é quando você não se lembra de algo que normalmente lembraria porque sua atenção está em outra coisa; há algo mais em foco no primeiro plano, fazendo com que negligencie o segundo. Talvez Amber tenha visto as palavras "Gentil, Cruel, Meio que Cruel" em Little Orchard, mas não se lembrasse por ser a parte menos memorável de uma cena específica. Se for o caso, há todos os motivos para ter esperança. Se ela de repente consegue se lembrar de Jo, Hilary e Ritchie tendo estado reservados e preocupados na véspera de Natal, pode muito bem lembrar de outros detalhes cruciais.

Amber não se lembrava do clima tenso e conspiratório entre Jo, sua mãe e seu irmão até agora por causa de uma distração: o elemento do episódio que se destacou foi a reação de Neil a Jo não subir com ele. Ficou desapontado, confuso, irritado, e demonstrou isso. Amber notou por ser muito incomum: em geral ninguém exprime abertamente insatisfação com o comportamento de Jo. Jo absolutamente não pode ser questionada, desafiada, criticada; todos têm medo dela, justificadamente. O segredo por trás do segredo. Há algo muito errado com Jo, algo sobre o que ninguém na família sabe, nem mesmo a própria Jo.

7

Quinta-feira, 2 de dezembro de 2010

Charlie Zailer está conferindo o relógio quando eu chego. Na mesa, diante dela, há uma lata fechada de 7Up. Considerando onde estamos – um cibercafé sem graça chamado Web & Grub, cheio de taxistas, superfícies engorduradas e etiquetas de preço cinzentas escritas à mão – fico pensando se o escolheu por ser hermeticamente fechado, como precaução de saúde.

– Não irá demorar – digo.

Ela parece constrangida.

– Demore o quanto quiser – diz, e faz um gesto para que me sente. Eu não quero. Estou abarrotada de uma energia nervosa. – Simon me contou o que aconteceu noite passada. Você está bem?

– Você viu alguma coisa?

Não sou eu quem precisa responder a perguntas.

– Não. Se tivesse visto, teria contado a Simon. Não vi nada.

Ela parece ser alguém que não incendiou a minha casa. Nunca achei que fosse, de modo que não há nenhum ajuste mental a fazer.

– Eu era a única pessoa na rua quando coloquei o envelope. O fogo o destruiu?

– Não. Eu estava acordada. Quando ouvi o fogo estava no andar de cima lendo as anotações.

– Você *ouviu* o fogo?

Eu confirmo com a cabeça. Fico incomodada por não conseguir descrever o som com precisão.

– Quanto tempo depois?

– Não sei. Talvez três quartos de hora. Tinha repassado as anotações sobre Katharine Allen duas vezes antes de ir olhar, mas não sei quanto tempo o fogo queimou antes que eu percebesse. Quem fez isso poderia ter chegado lá dez minutos depois de você ir embora.

– Ou antes de minha chegada. Se você vai incendiar uma casa, faria isso imediatamente, assim que chegasse lá? Ou deixaria o tempo passar, estudando o ambiente primeiro?

– Eu iria querer acabar com aquilo e sair de lá o mais rapidamente possível – digo. Posso ver que ela discorda de mim. – Você ficaria esperando?

– Eu iria querer me familiarizar com o ambiente. A não ser que já o conhecesse de cor.

Minhas pernas tremem. Apoio as mãos na mesa para ter firmeza.

– Por que não se senta? – ela sugere.

Por que não? Por que estou me enganando, fingindo que posso entrar aqui rapidamente, agarrar uma resposta fácil e correr com ela até a delegacia, agitando-a no ar como se fosse um cachecol de clube de futebol? *Sim, quando estava diante de sua casa noite passada vi um homem que poderia se chamar Neil espreitando nos arbustos com uma caixa de fósforos na mão.* Ela nunca diria aquilo; era idiotice esperar que dissesse.

Desconfiar de Neil não fazia sentido, nem mesmo para mim. Quando penso nele isoladamente, sei que nunca incendiaria nada, especialmente não uma casa com duas crianças dentro. Só quando penso em Jo começo a especular sobre Neil. Jo não faria o trabalho sujo ela mesma se não fosse obrigada.

– Quem iniciou o fogo poderia estar lá enquanto eu estava – Charlie diz. – Poderia ter me observado passar o envelope pela abertura de cartas.

– Talvez você tenha visto algo que não se lembra – digo, consciente de como estou soando muito diferente de mim mesma. Se eu tivesse fotografias de Jo e Neil comigo iria mostrar, esperando despertar suas lembranças. Gostaria de pensar que não faria isso. Desejaria ainda poder me dar o luxo de ser capaz de rir da ideia de recuperar lembranças enterradas.

Logo de manhã bem cedo telefonei para Ginny Saxon e marquei uma consulta para o dia seguinte, de dez a uma: três horas, sem intervalo. Duzentas e dez libras, mais as setenta que eu devia a ela da sessão abortada de quinta-feira. Ela resistiu à ideia de passar mais de uma hora comigo, até explicar que a urgência tinha mais a ver com homicídio e incêndio criminoso do que com eu ser uma menina mimada que não consegue lidar com um período de uma hora por semana como todos os outros.

Gentil, Cruel, Meio que Cruel. A lembrança de ver aquelas palavras está em algum lugar dentro de mim. Está apenas parcialmente enterrada; posso ver aquele pedaço de papel, aqueles Gs, Cs, M...

– Vocês... mudaram? – pergunta Charlie.

– Temporariamente.

– Para onde?

Meu peito se enche de algo sólido. É difícil falar quando há tanto que você está tentando não dizer.

– Família estendida – respondo. *Poderia ser pior. Você poderia estar na casa de Jo.* – Eu preciso lhe pedir um enorme favor – solto. Não faz sentido fingir que é banal. É a coisa mais importante que já pedi que alguém fizesse por mim.

E você está pedindo a uma estranha. Belo plano.

– Por que eu? – Charlie Zailer pergunta. – Você mal me conhece.

Quero contar a ela que conhecer pessoas no sentido convencional não significa nada. Eu conheço Luke, mas não posso lhe contar sobre a pior coisa que já fiz. Conhecia Sharon; também não podia contar a ela. Conheço Neil – nós até mesmo partilhamos um medo de Jo –, mas não sei se ele é um aliado ou um inimigo; não sei se

Veronique Coudert mentiu para ambos sobre Little Orchard ou se Neil mentiu para mim.

Fico contente por Charlie ter perguntado *Por que eu?* – em vez de me dizer como está ocupada e quão pouco quer se envolver com meus problemas.

– Por que você me deu as anotações sobre Katharine Allen depois de me dizer que não podia fazer isso?

Ela sorri à menção de sua violação.

– Eu estava puta com Simon. Ele levou meu caderno para o trabalho, aquele que você viu, o agitou diante de todos os colegas. Pedi para não fazer isso, mas ele não escutou. Nunca escuta. Ah, agora entendo por que fui a escolhida para o enorme favor. Você acha que tem uma vantagem. A qualquer momento que quiser poderá contar a Simon que lhe dei as cópias daqueles arquivos.

– Eu não faria isso.

Estou prestes a perguntar como ela podia achar que eu faria isso. Eu me detenho a tempo. Não é o tipo de pergunta que você pode fazer a uma pessoa que viu três vezes.

– Assegure-se de não fazê-lo – ela diz. – Eu quero usar isso eu mesma em algum momento, para marcar um belo ponto em uma discussão sobre quem é melhor em sacanear o outro. Qual é o favor?

Vou precisar me sentar para isso. Escolho a cadeira que parece menos imunda.

– Há uma casa em Surrey chamada Little Orchard, casa de veraneio para alugar. Eu fiquei lá uma vez, em 2003.

Ela ergueu uma das mãos.

– Sei que disse que você poderia demorar o quanto quisesses, mas se vamos começar há sete anos...

– O histórico não é importante – digo a ela. – Eu quero reservar uma estadia lá novamente. A casa está anunciada em um site na internet chamado My Home For Hire. Mandei um e-mail para a dona noite passada. Ela disse que não estava mais alugando a casa, mas mentiu. Simplesmente não quer alugar para mim, mas... preciso ir lá novamente.

Estou tentando ler a expressão no rosto de Charlie. Espero que não seja incredulidade.

— Você quer que eu reserve para você em meu nome?

Confirmo com a cabeça.

— Eu pagarei. Não lhe custará nada.

— Eu não a estou encorajando a fazer isso, mas teoricamente... você não poderia simplesmente fazer a reserva usando um nome inventado?

— Não funcionaria — digo. — Em algum momento terei de fazer o pagamento. Pagar em dinheiro pareceria suspeito demais. Preciso de uma conta-corrente real em um nome que não seja o meu, e... não tenho uma.

— E pensou em mim? — reagiu Charlie, rindo. — Você é inacreditável.

— Você só precisa transferir o dinheiro que eu lhe darei, combinar de pegar as chaves, descobrir as senhas dos alarmes...

— Amber, pare. Mesmo que eu tivesse tempo de ir e voltar de Surrey de carro...

— Você não precisará. Eu nunca conheci Veronique Coudert...

— Quem?

— A dona. Eu nunca a conheci. Ela não sabe como eu sou. Pegarei as chaves fingindo ser Charles Zailer. Nada disso pode lhe causar qualquer inconveniente.

— Ainda assim, você o descreveu como um favor enorme.

— É... conceitualmente enorme — digo. — Em termos práticos, é quase nada.

— Entendo. Conceitualmente enorme porque esmagadoramente ruim e errado, mas não terei de queimar calorias demais — ela diz, balançando a cabeça. — E a dona, essa tal Coudert, concordará em me alugar a casa porque... não estou na lista negra?

Eu não consigo sequer me obrigar a contradizê-la.
— Significando que você está. Por quê?
— Sinceramente, não tenho ideia — respondo.
— Posso ser igualmente sincera com você? — ela pergunta, enfiando o mindinho na abertura da lata de 7Up e tentando erguê-la da mesa. Ela cai para trás com um baque. — Se você estivesse pedindo esse favor à sua melhor amiga seria inadequado, mas pedir a mim, uma policial...
— Minha melhor amiga está morta. Foi assassinada — corto. — Alguém incendiou sua casa dois anos atrás.

Charlie faz que sim com a cabeça.
— Simon me contou. Você deve conhecer muita gente, Amber. Por que está me pedindo para fazer isso? Por que não Simon? Quando irá vê-lo?

Ela confere o relógio. Eu a odeio pelo tanto que sabe, por todo o poder que tem quando eu tenho tão pouco.

— Por que... — começo, e tenho de parar para pigarrear. — Por que pediria a Simon? Ele é... Isto não é...

Minha incapacidade de produzir uma sequência compreensível de palavras me assusta. Noite passada, pela primeira vez desde o começo da insônia, não dormi absolutamente nada.

— Isto não tem nada a ver com a morte de Katharine Allen — digo a Charlie.

— Não tem?
— Não.

É verdade. Não sei se Jo fez algo errado, ou se Neil fez. Não sei se há alguma relação entre eles e Little Orchard além de terem ficado do lá uma vez. Não sei se esconderam algo no escritório trancado, nem sei o que está escondido lá. Talvez não haja nada. Escondido e particular são duas coisas diferentes.

— Você vai contar a Simon sobre esta conversa, não vai?

— Sim. Ele é meu marido, e ambos trabalhamos na polícia. Se você achava que conseguiria me convencer a fazer seu enorme favor e esconder isso dele...

— E quanto à noite passada? As anotações que me deu; você ficou contente de esconder isso dele.

Será que ela está certa? Eu pensei nisso como uma vantagem? O cansaço é como uma névoa que pousou sobre meu cérebro e obscureceu tudo; já não consigo me deslocar em segurança. Não tenho ideia de o que estou fazendo, pensando ou sentindo.

— Eu *fiquei* feliz de esconder dele — diz Charlie. — Agora estou pensando que seria melhor esclarecer isso também — ela diz, e suspira. — Veja, Amber, fui uma idiota noite passada, e você está sendo uma agora. Sei que você não matou ninguém. Estou tão convencida disso quanto Simon, mas se você quer saber o que realmente acho...

Eu não quero. Nunca disse que queria.

Ela toma meu silêncio como um sinal de que deveria prosseguir.

— Você querer reservar essa tal de Little Orchard está relacionado com a morte de sua amiga, com Katharine Allen, com o incêndio da noite passada. Não sei qual é a relação. Não acho que você mesma saiba com certeza. Caso soubesse procuraria Simon, se conseguisse garantir que não acabaria parecendo idiota. Eu não sou ele, mas estou ligada a ele. Quer você se dê conta ou não, por isso me pediu. Por isso e pelo meu histórico de comportamento absurdo, pelo qual assumo toda responsabilidade.

Ela está sorrindo para mim. Não estou no clima de sorrirem para mim.

— Fale diretamente com Simon — ela diz. — Sei que não é o que você quer ouvir, mas é o melhor conselho que posso lhe dar.

...

Não gosto de ouvir conselhos. Não sou boa em abandonar meus próprios instintos, me obrigar a sintonizar naqueles de outras pessoas. Sei quão errada posso estar. Um palpite me diz que a avaliação de Charlie Zailer é menos confiável do que a minha. Não me reconheço em muitas das afirmações que a ouço fazer sobre mim. Ela me disse que eu teria procurado Simon e não ela caso estivesse certa de que Little Orchard estava ligada à morte de Katharine Allen, caso pudesse garantir que não pareceria idiota.

Não é verdade. Além de Luke, Dinah e Nonie, não ligo para o que as pessoas pensam de mim. Se mencionasse a Simon uma possível ligação entre Little Orchard e o homicídio de Katharine Allen, sei qual seria o seu passo seguinte. Não teria dificuldade em entrar no escritório trancado; se você é policial e está investigando um homicídio, está autorizado a derrubar a porta.

Seja lá o que houver naquele quarto, quero ver antes dele.

Por quê? Porque você acha que irá descobrir algo sobre Jo e Neil? Porque Neil é irmão de Luke, e se ele pode ter matado alguém...

Como você pode pensar isso?

Neil não fez nada. A falta de sono está me deixando insana.

Não contei a Simon porque não há motivos sólidos para pensar que haja alguma ligação entre Little Orchard e qualquer assassinato, o de Katharine Allen ou o de Sharon. Uma conexão em minha mente não é a mesma coisa que uma conexão no mundo real.

Ele irá descobrir de qualquer modo, provavelmente assim que chegar em casa naquela noite. Que Charlie conte a ele; minha garganta já está irritada e inflamada de um lado de tanto falar. Fico pensando em se estaria ficando doente. Quando fico é sempre assim que começo a sentir primeiro: perto das amígdalas.

Se ele irá descobrir esta noite isso só me deixa esta tarde para... fazer o quê? Não sei quão séria sou. Não séria o bastante para colocar em palavras o que poderia fazer.

Esfrego meu pescoço enquanto Simon revisa o que escreveu, conferindo se está tudo certo.

— Você terá de contar a todos sobre o curso no Departamento de Trânsito? – pergunto.

— Eu deveria. Mas... desde que lembre disso enquanto prosseguimos, acho que posso me limitar a guardar para mim mesmo. Mas não posso fazer qualquer promessa. Lamento – ele diz, erguendo os olhos para mim, ansioso. – Você está bem para mais uma meia hora mais ou menos? Tenho mais algumas perguntas.

Não estou certa de que meus olhos permanecerão abertos por muito mais tempo. Preciso dormir. Se Simon fosse embora, sei que conseguiria apagar por pelo menos uma hora, aninhada naquele sofá floral com calombos. Não me permito a esperança de conseguir dormir melhor ali na casa de Hilary do que em casa. Não sei de onde veio a ideia, e tenho tentado afastá-la da minha cabeça desde que percebi que ela estava à espreita.

Outro detalhe que não partilhei com Simon: como Luke, as meninas e eu terminamos ali. Fiz questão de apresentar nosso novo arranjo de moradia como nada misterioso e autoexplicativo: estávamos ficando com nossa família estendida. Ele não questionou, pois fazia sentido. O que faz menos sentido é que, a despeito da casa de Hilary ser suficientemente grande para acomodar seis pessoas, ela e Kirsty se transferiram temporariamente para a casa de Jo e Neil que, naquele momento, é ainda mais problematicamente "não grande o suficiente para as pessoas que nela estão" do que era antes.

Era a única forma. Estou tentando não pensar em como aconteceu, porque me aterroriza. Isso não faz sentido; não fazia enquanto estava acontecendo, e ainda assim todos os presentes, inclusive eu, sabiam que iria acontecer e receberam como se fosse um velho amigo da família que chegou. Estamos todos muito acostumados à maluquice; ninguém se perturba com ela. Assim que ficamos sozinhos eu disse a Luke: — Isto é além do irracional.

— Não estou me queixando – ele retrucou. – Temos uma casa grande só para nós pelo tempo que precisarmos, e fica no caminho do ônibus escolar. Considere-se com sorte por não acabarmos na casa de Jo. Teria sido um pesadelo.

Foi quando me ocorreu: podíamos estar acostumados com aquilo, mas sou a única que pensa nisso como sendo "a maluquice". Nunca deveria ter achado inevitável que terminássemos na casa de Jo. É assustador Luke não ver isso tão claramente quanto eu. Ela tentou insistir em que nos mudássemos para lá; foi a primeira coisa que saiu de sua boca antes de "Vocês estão todos bem?". Deveríamos ter dito: "Não, obrigado". Em vez disso gaguejamos, pigarreamos e tentamos timidamente sugerir que nos ter todos sob sua responsabilidade poderia não ser a melhor coisa para ela. Apelamos ao interesse pessoal dela, mais nada.

Porque não há mais nada.

Ela mandou que não fôssemos ridículos, que adoraria ter todos ali, e começou a falar sobre camas especiais que desdobram de poltronas, com os devidos colchões de molas. Eu não estava realmente escutando. Tentava modificar algo em meu cérebro de modo a tornar impossível para mim dizer sim sem realmente querer morrer. Será que pensei em como Luke se sentia, ou isso foi depois? Sabia que ele não estaria ansioso pelo aperto na casa de Jo, ou em morar com o pai pela primeira vez em vinte e cinco anos, mas seria mais que isso para ele? Não podia lhe perguntar como se sentia quanto a Jo, e ainda não posso. Ele iria querer saber por que estava perguntando, devolvendo a pergunta para mim.

Hilary nos salvou. Ela disse: – Tenho uma ideia melhor, Jo. Por que Kirsty e eu não nos mudamos para cá por algumas semanas? Você e Kirsty poderiam passar mais tempo juntas, o que seria maravilhoso para as duas, e Amber, Luke e as meninas poderiam se mudar para nossa casa e...

– Obrigada – eu disse antes que tivesse terminado. – Seria muita gentileza de sua parte, Hilary. Tem certeza de que não se incomoda?

Ela não respondeu imediatamente. Temi ter entendido mal, mas como poderia? Não houvera nada de ambíguo em sua sugestão. Foi quando notei que todos estavam olhando para Jo. Todos: Luke, Neil, Hilary, Sabina, Quentin, Dinah e Nonie. William e Barney dormiam no andar de cima. Parte de mim ficou surpresa por Jo não tê-los acordado também; a reunião de família poderia ter mais gente, a sala ficar mais cheia. Hilary precisara acordar uma vizinha para cuidar de Kirsty enquanto ela saía. Ritchie, irmão de Jo, fora convidado, mas alegara doença. Estava mal do estômago.

– Brilhante, mãe! – disse Jo, sorrindo. – Perfeito. Não posso acreditar que não pensei nisso.

Será que Hilary sentiu que eu estava desesperada para não ficar na casa de Jo, mas com medo demais de dizer isso? Estava me salvando intencionalmente?

– Amber? Você está acordada?

A voz de Simon.

Minhas pálpebras estão pesadas como concreto. Eu as abro à força.

– A resposta a essa pergunta sempre será sim. Não tenho outras respostas, além daquelas que já lhe dei.

– Você é melhor em responder perguntas do que qualquer um que já entrevistei – diz Simon seriamente. – Por isso tenho mais, porque você me contou tanto. Isso faz sentido?

Sim. Estou exausta demais para tentar enunciar palavras desnecessárias.

– Sua cunhada, Johannah. Jo. Você diz que explicou a ela, antes que assumisse seu lugar no curso no Departamento de Trânsito, que precisava lembrar de todos os detalhes para lhe contar depois. Por que era tão importante para você saber desses detalhes?

– Eu deveria estar lá. Sabia que o que Jo e eu estávamos fazendo era... bem, não acho que fosse realmente errado, não acho que tenha importância para a conjuntura universal se as pessoas mentem sobre ir a cursos sem sentido que são um desperdício de tempo de todo mundo, mas sabia que era ilegal. Oficialmente deveria ser eu naquele curso, e não era, mas pelo menos se soubesse exatamente o que havia acontecido, se pudesse me sentir como se tivesse estado lá... – digo, e sacudo minha cabeça impaciente, nauseada com minha longa justificativa. – Autoilusão é a resposta mais curta – digo.

– E Jo, quando você disse que queria saber sobre o curso nos mínimos detalhes ela não questionou isso, não ficou imaginando por quê?

– Não. Acho que supôs que eu precisaria dizer algo caso as pessoas me perguntassem como tinha sido.

Será que ele está insatisfeito com minha explicação? É difícil dizer. Há algo de crítico em seus traços faciais mesmo quando está fazendo elogios.

– Você descreveu Jo como sendo "viciada em superioridade moral". Por que ela concordaria em fazer algo ilegal que ela mesma considera errado?

– Ela é igualmente viciada em poder. Se sacrifica sua pureza moral em um gigantesco favor para mim, eu devo um a ela – digo, e mordo o lábio, infeliz com minha resposta. É verdade, mas há muito mais do que isso. – Ela com frequência é agressiva comigo, mas... rapidamente, quase como um clarão subliminar de maldade, terminado antes mesmo que eu saiba. E nunca é suficientemente horrível, ou por tempo suficiente. Nunca acho que possa provar. Recentemente comecei a imaginar se podia ser deliberado.

– O que quer dizer? – Simon pergunta.

– Uma tática. Ela o fisga fazendo mais por você do que qualquer um poderia esperar: se sacrificando mais, cozinhando mais, o salvando de todas as coisas ruins. Então, quando o tem suficientemente perto e novamente crédulo, ela mira outro golpe assassino em sua alma.

– Continue.

Mesmo? Ele deve ser masoquista.

Tenho permissão oficial para dizer algumas das coisas que passei a vida inteira tentando não dizer.

– Ela ou deveria fazer o que pode para me ajudar, sem tentar me fazer sentir culpada, ou não me ajudar, por isso ser contra seus princípios. Um ou outro. Eu não pedi a ela para ir ao curso no Departamento de Trânsito no meu lugar. Ela se ofereceu. Eu deveria ter dito não. Teria perdido minha carteira por algum tempo. E daí? De qualquer maneira, alguns dos pontos mais velhos venceriam em pouco tempo. Lamento, Jo, mas você não faz a coisa errada e ainda se faz passar por virtuosa. Se é tão terrivelmente errado, não o faça, a não ser que você deseje ser vista fazendo um grande gesto, um sacrifício ainda maior por você desaprovar *duplamente*. Você desaprova minha disposição de violar a lei a colocando no meu lugar no curso, e desaprova meu motivo para não ir eu mesma.

Maldição. Eu pareço estar gritando com Simon como se ele fosse Jo. Que constrangedor.

– Desculpe – eu murmuro.

Por que acho mais fácil fazer associações livres em um depoimento à polícia do que em um consultório de hipnoterapia? Talvez Simon Waterhouse possa curar minha insônia.

– Continue – ele diz.

Concluo que ele daria um bom terapeuta. Não exigir que eu projete uma escadaria, esse é o segredo do sucesso dele.

– Jo conseguiu exatamente o que queria com a situação. Suportou o fardo do meu pecado, como Jesus ou algo assim, e passou por santa. Ela não estava fazendo isso por mim. Deixou bastante claro. Eu teria merecido tudo o que tive. Dinah e Nonie eram os inocentes que não se podia permitir que sofressem – digo, fazendo aspas no ar com os dedos – "mais do que já sofreram".

– Ela disse isso?

Eu faço que sim com a cabeça, contente por ele achar que isso merecia atenção especial. Sempre sutil, Jo me colocou na mesma categoria do assassino de Sharon e se retratou como aquela que resgatou Dinah e Nonie.

Simon está olhando para mim, esperando.

– Eu preciso conseguir levar as meninas de carro – explico. – Para casas de amigos, equitação, patinação no gelo... praticamente tudo. Por elas, Jo se permitiu uma violação moral. É sempre pelo bem de alguém. Há alguns anos confidenciei algo a ela, pedi que não contasse a Luke. Algo que eu tinha feito.

Por que está contando isso a ele?

Não estou. Descrever como Jo reagiu ao segredo e revelar o segredo são duas coisas diferentes.

– Na época, eu não conhecia Jo tão bem quanto agora, do contrário nunca teria lhe contado. Ainda estava fascinada com seu lado bom. Ela concordou em não dizer nada, naquela ocasião, pelo bem de Luke. E devo ser grata a ela por estar disposta a sacrificar sua integridade moral impecável por se importar tanto com aquele com quem estou falhando. Lamento se nada disso faz sentido.

– Isso faz sentido.

Escrevendo em seu caderno, Simon se ajeita na poltrona de encosto envolvente. Fios rasgados do tecido pousam em seu ombro como dedos verdes magrelos. A maioria dos móveis de Hilary tem um ar de venda de garagem. Ela fica ocupada demais cuidando de Kirsty para pensar em móveis. A despeito do descuido – tinta rachada e descascando nas janelas, pedaços de vitral colorido faltando no painel acima da porta da frente – é uma casa adorável. *Especialmente quando a alternativa é a casa de Jo.*

– Sabe o que realmente me incomoda? – digo. – Jo poderia ter contado a Luke o que eu pedira que não contasse. O que a detinha? Ela continuava dizendo que *eu* tinha de contar, lançou sobre mim uma culpa tão grande sobre como odiava ter de mentir para ele que levei mais de um ano para perceber que, odiasse ou não, ela ainda assim estava fazendo aquilo. Se não contar a alguém algo que ele gostaria de saber pode ser considerado mentir – digo. Eu suspiro, fecho os olhos, me obrigo a abri-los. – Quando disse que não ia contar a Luke jamais, era como se Jo não me ouvisse. Ela continuava dizendo que tinha de contar, e a razão que dava repetidamente era ela mesma: enquanto continuássemos tramando para esconder aquilo dele, ela estava moralmente comprometida.

Simon está franzindo o cenho.

– Você diz que ela ficou quieta pelo bem de Luke, mas se tentou persuadi-la a contar a ele...

– Sim, por ele: ele merecia ouvir de mim, merecia minha confissão. Tradução: ela desejava para mim problemas pelos quais não pudesse acusá-la diretamente. Por isso não colocou em prática seus supostos princípios e contou a Luke. Moralmente abalada! Como se não o fosse de outro modo, como se, sem meu grave segredo sujando sua alma, ela fosse livre de pecado! Engraçado que não pareça achar que ser ofensiva comigo sempre que deseja afete de modo algum seu status moral.

– Fazendo o papel de advogado do diabo por um momento; você não a colocou em uma posição difícil ao confidenciar a ela? Se sabia que ela não ficaria feliz participando de um logro...

– Eu precisava conversar com alguém. Achei que era minha amiga – digo, e esfrego a pele sob meus olhos com os dedos. Parece funda demais, macia demais. – Não há algo admirável em aceitar que as confusões das outras pessoas têm tudo a ver com você e resistir à ânsia de se colocar no papel principal, como juiz? Aceitar que seus pensamentos e ações são eticamente irrelevantes, porque não é o *seu* dilema, dando espaço para a moral de outra pessoa, mesmo que ela seja... Questionável?

Mas, no final das contas, ela estava certa, não é? Você lhe disse que não teria importância, mas teve.

Fico imaginando se Jo se sentiu moralmente prejudicada em Little Orchard quando obrigou Neil a sair da cama no meio da noite e se recusou a explicar por que tinham de pegar William e Barney e desaparecer. Apostaria todo o meu dinheiro que não; como a necessidade de segredo tinha origem nela, e não em mim, erros não poderiam estar envolvidos.

– Imagino que não queira me contar qual era esse segredo? – pergunta Simon.

– Eu lhe diria se fosse relevante para algo. Confie em mim, não é.

– Você disse que Jo desaprovava seu motivo para não ir pessoalmente ao curso no Departamento de Trânsito?

– Eu estava planejando fazer isso até Terry Bond me telefonar.

De uma história perturbadora para outra, sem uma pausa. Seria grosseiro gemer. Nada daquilo era culpa de Simon.

– Terry Bond, o antigo dono do pub Four Fountains?

Eu confirmo que sim com a cabeça.

– Ele agora está em Truro, mas conversamos de tempos em tempos. Ele me ligou para contar que seu restaurante finalmente abrira. Queria ter inaugurado meses antes, mas houve vários contratempos. Tinha organizado um bufê de almoço para celebrar, uma espécie de festa de lançamento. Disse que eu tinha de ir, ou não faria sentido. Era no mesmo dia do curso no Departamento de Trânsito, e quase em cima da hora, mas... eu não podia dizer não. Não queria dizer não.

Simon espera que eu continue.

– Ele precisava de mim lá – disse. Eu provavelmente estaria chorando se restasse alguma umidade em meus olhos, se a falta de sono não os tivesse secado. – Por causa de tudo que havia acontecido com Sharon e porque... sou importante para ele. E por causa de um curso idiota de direção...

– Você é importante para Terry Bond? Por quê?

— Eu sabia que não era um assassino. No final, convenci a polícia. Ou, caso você prefira a versão de Jo, eu não sabia nada e estava me enganando: Terry poderia muito bem ter assassinado Sharon, e como não posso alegar que não o fez, traio a lembrança de minha melhor amiga indo à inauguração de seu restaurante.

— Então, se eu falar com Bond ele poderá confirmar seu álibi? – pergunta Simon.

— Sim. Se você estiver disposto a aceitar a palavra de um antigo suspeito de homicídio.

— Você tentou desmarcar o curso, marcar para outra data?

— Já tinha feito isso todas as vezes que era permitido.

— Então... o que nos contou sobre o homem do curso chamado Ed, sobre a filha dele morrer em um acidente de trânsito... Jo lhe contou isso?

Confirmo com a cabeça.

— Ela mencionou que pareceu reclamar dos direitos e liberdades dos motoristas?

— Jo? – reajo, rindo. – Se alguém no curso disse isso, não pode ter sido ela. É uma grande defensora de punição para pequenas transgressões.

Claro que é. Punição é como pessoas autoproclamadas boas ferem as outras e ainda parecem boas.

Simon estuda suas anotações.

— A mulher se dizendo Amber disse isso. Havia apenas uma no curso – diz, e olha para mim para verificar se entendi. – Carros são máquinas letais, ela disse; se as queremos em nossas vidas, temos de aceitar algumas mortes nas ruas. O que não deveríamos aceitar é termos todos de dirigir antinaturalmente devagar e pensar em morte o tempo todo, obrigados a nos preocupar com radares, multas; ser forçados a ir a cursos sem sentido. Ela não lhe contou nada disso?

— Não. Essas não são as opiniões de Jo. As delas são o oposto.

– Talvez ela a estivesse interpretando não apenas no nome – Simon sugere. – Poderia ter achado que esses eram seus pontos de vista?

Um estremecimento arrepia minha pele. Então penso novamente. *Só porque me assusta não significa que seja verdade.*

– Sim, mas... ela não iria querer ventilar esses pontos de vista. Jo quer que suas opiniões sejam ouvidas e não as de ninguém mais.

– Há uma gravação sua dizendo que alguém da associação de moradores assassinou Sharon – diz Simon, mudando de assunto.

– É o que você realmente pensa?

– Eu nunca disse isso. Eu disse que eles *poderiam* ter, e destaquei que, como Sharon mudara de lado, apoiando Terry na questão da licença estendida do pub, eram os que tinham motivo, não ele. Foi ultrajante pra cacete o modo como fizeram fila para acusá-lo.

Mas você nunca acreditou realmente que um deles era um assassino, acreditou?

– Amber? Tudo bem com você?

– Tudo certo – minto. – Cansada, só isso.

– Quem você acha que assassinou Sharon?

Ninguém, ninguém.

Não permitirei que um nome me venha à cabeça. Consigo dar de ombros.

– Acha que foi a mesma pessoa que incendiou sua casa noite passada?

Ele está falando sério? Como eu poderia saber disso?

Você sabe.

– Tente não se preocupar – diz Simon, tendo feito de tudo para me preocupar. – Haverá proteção policial aqui de agora em diante, bem como na escola de Dinah e Nonie. Todos os professores têm conhecimento da situação.

Tento me impedir de dizer que vi a proteção policial em frente à casa de Hilary e que não estava impressionada: até o momento, um jovem policial uniformizado com pele irritada do barbear e o rádio do carro alto demais.

— Só mais duas perguntas sobre Dinah e Nonie Lendrim — diz Simon, como se elas não tivessem nada a ver comigo, fossem apenas duas garotas quaisquer que sequer tinham meu sobrenome. Se a adoção prosseguir, Dinah e Nonie ainda serão Lendrim. Luke brincou sobre acrescentar nossos sobrenomes aos delas; "sobrenomes triplos", como ele chamava. Dinah e Nonie Hewerdine-Utting-Lendrim. Ele me perguntou se eu achava que os sobrenomes duplos da escola se sentiriam ameaçados. Rimos disso. — Você sabe quem é o pai delas, ou pais? — Simon pergunta.

— Não. Nem Sharon sabia. Das duas vezes ela fez inseminação artificial.

Ele parece não estar bem certo do significado disso.

— Ela comprou esperma de doador em alguma clínica particular. É tudo o que sei. Ela me fez jurar não contar a ninguém.

Não tenho como saber se ela queria que fizesse uma exceção a você, mas é o que estou dizendo a mim mesma.

— E Marianne, a mãe de Sharon; ela é contra a adoção, embora ela mesma não queira as meninas e não se importe que você e Luke sejam seus guardiães legais.

Eu confirmo.

— Ela só quer impedir a adoção.

— Por quê?

Porque ela é uma bruxa má. Tento formular uma resposta mais aberta e informativa.

— Ela não vê necessidade. Dinah e Nonie já moram conosco, somos seus guardiães... Marianne acha que nós nos tornarmos seus pais seria negar a existência de Sharon, fingir que ela nunca foi a mãe. É besteira! — digo. — Sharon sempre será a mãe delas. Luke e eu seríamos os pais adotivos. É diferente. Não é um caso de ou, ou.

– Mas... como você disse antes, as coisas seriam basicamente como são agora em termos práticos. Por que importa tanto para você e Luke adotá-las?

– Está perguntando se somos estéreis? Não somos.

– Não – ele responde parecendo surpreso. – Não foi o que quis dizer.

Gaguejo um pedido de desculpas. Será que a maioria das pessoas fica constrangida com a própria idiotice tão regularmente quanto eu?

– É importante para nós porque é importante para Dinah e Nonie – digo a ele. – Elas querem uma mãe e um pai.

Será que ele entende? Mesmo que sim, a compreensão dele é inútil caso também possa entender o ponto de vista de Marianne: que não é necessário. *Se não é necessário, se nada mudaria, por que passar por uma batalha jurídica que não terá outro objetivo que não desperdiçar tempo e dinheiro, chatear as meninas, chatear uma pobre senhora idosa que já perdeu a filha única?* Eu respiro fundo, lembro a mim mesma que Simon não disse nada disso nem tenho motivos para achar que é o que pensa.

Falo com ele como se estivesse em uma entrevista coletiva. As pessoas que dão declarações à imprensa nem sempre dizem a verdade. Elas pegam o que desejariam que fosse verdade e apresentam como se fosse um fato.

– Dinah e Nonie querem pais e irão tê-los – digo, como se nenhum outro resultado fosse possível.

Estou começando a perceber por que Amber parece achar tão difícil desistir do mistério de Little Orchard. Como ela é inteligente e, tenha noção disso ou não, altamente intuitiva, apenas ela em toda a família sente que há algo muito estranho com Jo. Neil, Hilary e Sabina provavelmente consideram Jo sensível – um pouco autoritária e controladora, talvez –, mas apenas Amber percebe isso como algo mais sinistro ou perigoso do que parece. Mas Amber vê Jo regularmente, portanto, de um ponto de vista factual, ela sabe que tudo na vida de Jo é claro e aberto. O único elemento desconhecido é o quebra-cabeça não solucionado: aonde Jo foi quando desapareceu naquele Natal? Por que desapareceu? Por que reapareceu?

O mistério por trás do mistério; Amber espera que a resposta à pergunta mais limitada traga com ela a resposta àquela que constantemente foge a uma definição clara e, portanto, nunca pode ser formulada.

Não precisa funcionar assim. Podemos fazer isso da outra forma. Deixe-me provar. Graças aos poderes quase inacreditáveis de reprodução histórica de Amber, agora estou confiante de que posso solucionar decisivamente o quebra-cabeça mais esquivo, embora ainda não tenha nenhuma ideia de para onde Jo, Neil e os meninos desapareceram, ou por quê.

Tudo o que ouvi sobre Jo me diz que ela sofre de distúrbio de personalidade narcisista. Ela é uma clássica narcisista psicologicamente agressiva. Teme tanto a solidão que enche sua casa do maior número possível de pessoas; é cruel e crítica, não permite aos outros ter suas próprias opiniões; é contraditória. Amber, tudo o que você disse sobre Jo ser agressiva em dado momento, depois exigir que participe da farsa de que sua explosão nunca aconteceu – isso é o clássico distúrbio de personalidade narcisista. Você mesma me contou que Sharon o diagnosticou, embora só pretendesse fazer uma brincadeira quando se referiu a você como fonte de oferta narcisista para Jo. Sharon sabia tudo sobre narcisistas perigosos por causa da experiência com a própria mãe, é claro. Narcisistas vertem sua peçonha sobre você quando se sentem mal, do modo como eu ou você poderíamos arrotar alto caso estivéssemos com gases. Assim que o ar preso é libertado, nos sentimos melhor: normais novamente. Um narcisista não sente culpa e não tem consciência de que suas explosões desagradáveis podem afetar negativamente os outros.

Simon, você está parecendo desconfortável. Como posso diagnosticar uma mulher que nunca vi? Infelizmente, no caso dos narcisistas, o diagnóstico remoto é quase sempre o melhor que se pode fazer. A maioria deles detesta e teme a ideia de psicoterapia. Eles a denigrem e a ridicularizam diante de qualquer um que queira escutar. Acusam terapeutas de ser doentios e depravados, enchendo de mentiras as cabeças dos pacientes. Os narcisistas causam poucos problemas psicológicos a si mesmos, ficando felizes em negar para sempre a verdade sobre seu distúrbio e supor que o mundo é o culpado por tudo de ruim que acontece com eles. São os maridos, as esposas, os filhos e os colegas de narcisistas que buscam a terapia aos milhares – literalmente – por causa do sofrimento infligido pelos narcisistas de suas vidas.

E antes que Amber chame a atenção para o fato de Jo ser dedicada aos filhos... Os narcisistas o são, desde que aqueles filhos sejam um bom reflexo deles e os tratem como a fonte de toda sabedoria. Assim que os adoráveis acessórios começam a querer ser um pouco independentes, ou desenvolvem as próprias ideias que não necessariamente estão de acordo com as visões do narcisista, que Deus os ajude. Vamos retornar à véspera de Natal em Little Orchard. Jo não tem relações sociais com amigos, e parece não ter interesse em criar nenhuma. Sua companhia preferida é a família: sua família de origem, a família que criou com Neil, e agregados como Amber e Luke. Muito provavelmente, foi em sua família original que ela sofreu o trauma que a levou a se tornar uma narcisista, mas como o narcisismo apenas reprime a dor real e acredita em uma visão falsa e idealizada do próprio eu, de sua vida e história, Jo terá idealizado sua infância, sua mãe, seus irmãos – talvez ao ponto da idolatria, acreditando serem perfeitos.

Pessoas que supervalorizam a família – e alguém sem amigos tem de cair nessa categoria – quase sempre estimam a família de nascença mais do que a família que criaram ativamente. Fácil ver o motivo: sua família natal foi onde a importância da família acima de tudo mais foi instilada neles, a noção de "Tudo o que você poderia precisar e querer está aqui, dentro destas paredes, portanto, não há necessidade de se arriscar do lado de fora". A família natal, ou quem a controla, seria tola de fazer uma lavagem cerebral em seus filhos para levá-los a crer que, assim que crescerem, se casarem e tiverem seus próprios filhos, essa família "escolhida" irá superar a preexistente. Acontece o oposto: para preservar sua própria força e influência, a família natal instila em seus filhos a crença em que, embora a família escolhida seja importante, claro, porque família está acima de tudo, nunca será tão importante quanto a família de origem.

Vocês certamente conheceram mulheres que ignoram as opiniões dos maridos, mas se curvam às dos pais? Homens que obrigam seus filhos pequenos a negar suas próprias necessidades caso essas necessidades sejam inconvenientes para vovó ou vovô? Jo é um exemplo clássico, possivelmente ela mesma filha de um narcisista. Hilary se incomoda de Kirsty precisar dela para as mínimas coisas, ou se vale dessa necessidade para inflar o próprio ego e se sentir importante? Narcisistas tendem a vir de e criar famílias que supervalorizam a família. Precisam fazer isso. Quem iria querer ser amigo de alguém que se comporta de forma tão chocante e errática? É mais fácil fazer lavagem cerebral em parentes, e estes acham mais difícil escapar.

Amber, por outro lado, é apenas cunhada de Jo. Poderia facilmente escapar. Poderia dizer a Luke esta noite: "Jo é uma escrota. Não quero vê-la mais". Por que não faz isso?

O mistério por trás do mistério.

Neil, marido de Jo, não tem ideia de por que foi acordado no meio da noite da véspera do Natal de 2003 e obrigado a deixar a casa em segredo. Ele não precisa saber, precisa? Ele é família, sim, mas não é sangue. Ele não é um membro da primeira família de Jo, a família que permaneceu na sala muito tempo depois de todos os outros irem para a cama, para discutir algo secreto e importante.

Se alguém sabe o que fez Jo decidir que ela, Neil e os meninos precisavam desaparecer naquela noite terá de ser Hilary, mãe de Jo, ou Ritchie, seu irmão. E saibam eles ou não, eu apostaria que o desaparecimento foi de algum modo causado por ou está ligado àquela conversa particular na sala.

Você está bem, Simon? Quer um copo d'água?

8

2/12/2010

— Você gosta dos seus pais? — perguntou Marianne Lendrim, como se fosse ela a conduzir a entrevista.

Quando ela concordara tão facilmente em comparecer, Gibbs supusera que a disposição se estenderia a responder às perguntas. Estava errado. Até aquele momento, ela fizera todas as perguntas. A sua insistência em que não podia lhe contar nada por ser uma investigação confidencial parecia não tê-la dissuadido. Isso, sobre seus pais, era a primeira coisa que perguntava que ele era capaz de responder.

— Eu me dou bem com eles — respondeu.

— É fácil se dar bem com eles. Você gosta de tudo o que eles fizeram por você?

— Provavelmente não tanto quanto deveria — disse.

Não era nada pessoal. Segundo Olivia, Gibbs era insuficientemente feliz pela maioria das coisas. — Não é culpa sua — ela dissera.

— Eu culpo seus pais, embora nunca os tenha conhecido. Filhos de entusiasmados se tornam entusiasmados. Seus pais algum dia apontaram coisas bonitas para você quando era pequeno? Conversaram sobre beleza e alegria, sabiam como se *divertir*? Muita gente não sabe.

A mãe e o pai de Gibbs não conversavam muito e, quando faziam, não era sobre algo em particular. Apenas as merdas de sempre, como a maioria das pessoas. Gibbs tinha mais em comum com os pais do que com Olivia. Beleza e alegria? Ninguém que ele conhecia falava sobre isso, e o motivo era evidente. Até mesmo pensar nisso parecia errado quando você estava sentado a uma mesa diante de Marianne Lendrim, o completo oposto disso. Seus cabelos grisalhos eram trançados e arrumados em dois círculos ao estilo salsicha de Cumberland atrás das orelhas. Dos dois lados do nariz as bochechas caíam como dois sacos cor-de-rosa vazios. Sua expressão era superior e crítica, como se nada que visse ou ouvisse combinasse com ela. Suas roupas não teriam combinado com ninguém: uma saia de veludo vermelha de aparência cara com abertura lateral e forro de seda visível, usada com meias de lã pretas e tênis pesados preto e cinza. Será que ela planejava correr até o Palácio de Buckingham para uma audiência com a rainha assim que Gibbs a tivesse dispensado?

– Eu, se fosse você, começaria a gostar de sua mãe e seu pai – aconselhou Marianne. – Você não quer morrer moço, quer?

– Eu não disse que não gosto deles. O que minha morte tem a ver com isso?

– Crianças que não gostam dos pais tendem a morrer jovens. Sharon morreu.

Gibbs atribuiu o prazer na voz dela à suposição equivocada de que o tinha chocado e assustado.

– Sharon morreu porque alguém incendiou sua casa – ele disse.

– Esse alguém teria sido você?

– Você sabe que não – rosnou Marianne. Ela ficava com raiva sempre que ele tentava mudar de assunto. Queria seguir sem interrupção. – Eu estava em Veneza.

– Você pediu que alguém incendiasse a casa de Sharon por você?

– Não, e se você irá...

– Então a morte dela não pode ter nada a ver com ela não gostar de você como mãe, a não ser que eu esteja perdendo alguma coisa – disse Gibbs.

Um sorriso condescendente surgiu entre as duas bolsas rosas de bochechas amassadas.

– Pense em todos os grandes escritores e artistas que morreram jovens: Kafka, Keats, Proust, quase qualquer um que você cite. Suas biografias lhe dirão que doenças os mataram, mas o que causou as doenças?

– Você conversou com os médicos de todos?

– Em vez de acalentar os pais e honrá-los, eles os viam como problemas. Obstáculos. Faz sentido: se você sente ingratidão e ressentimento pelas pessoas que lhe deram a vida, está atacando a força vital dentro de si. Essa é a causa de quase todas as doenças.

Gibbs desejou ter um emprego que não implicasse escutar tanto lixo. Se ele tivesse sido demitido naquela manhã, àquela altura seria a vez de outro. Poderia ter passado a vida inteira sem conhecer Marianne Lendrim.

– Pense nas pessoas que você conhece. Quais são as robustas? Quais são aquelas que sempre estão de licença do trabalho por causa de um resfriado ou uma enxaqueca? Pessoas saudáveis respeitam e gostam dos pais. Se não acredita em mim, faça sua própria pesquisa. Você irá me procurar para me dizer como eu estava certa. Posso lhe prometer que não será o primeiro. Caso esteja acalentando alguma negatividade em relação aos seus pais em seu coração, seu corpo irá atacar sua própria energia vital. É só uma questão de tempo – disse Marianne, uma expressão maliciosa surgindo em seu rosto.

– Essa tal Katharine Allen; como *ela* se sentia quanto aos pais? Ela também morreu jovem.

– Não havia nenhum problema entre Kat e os pais – Gibbs disse.

– É o que você diz. Não tem como saber isso.

– Kat Allen foi espancada até a morte. É difícil ver como sua teoria poderia se aplicar a ela, ou a Sharon. Posturas negativas iniciam incêndios em casas? Fazem varas de metal despencar sobre as cabeças das pessoas?

Marianne lançou a ele um olhar de pena.

– Não sou Deus. Não sei tudo sobre as leis de causa e efeito. O que sei é isto: se você emite ondas cardíacas inferiores para o mundo, elas acabam voltando para você de maneiras que não pode antecipar.

– Então Sharon não gostava de você. Você gostava dela?

Marianne riu como se a pergunta fosse ridícula.

– Eu era a mãe dela. Mães devem amar suas filhas, não gostar delas. As filhas não sacrificam nada pelas mães, absolutamente nada. Afeto e respeito são o que os filhos devem aos pais, e é uma dívida de mão única, assim como a obrigação de cuidar é de mão única, de pai para filho.

Gibbs estava estupefato.

– Nunca deixei de amar Sharon – Marianne contou. – Embora Deus saiba que de qualquer ponto de vista objetivo você teria de dizer que ela era impossível de amar.

– Onde você esteve noite passada entre meia-noite e 2 horas da manhã? – Gibbs perguntou.

– Na cama, dormindo. Normalmente estou, no meio da noite.

– Sozinha?

– Sim.

– Lembra-se de onde estava na terça-feira, 2 de novembro?

– Eu trabalho como voluntária na enfermaria às terças-feiras – disse Marianne. – Devo ter estado lá. Não tirei dias de folga recentemente.

– Katharine Allen foi morta entre 11 da manhã e 1 hora da tarde de terça-feira, 2 de novembro – contou Gibbs. – Lembra-se do que fez em sua hora de almoço nesse dia?

– Bem, eu não matei uma garota de quem nunca tinha ouvido falar, se é o que está insinuando – disse Marianne, encarando-o com desprezo. – Tenho almoço grátis na cantina quando faço trabalho voluntário, e é onde sempre vou, com minha revista e minhas palavras cruzadas; pode perguntar a qualquer um que trabalha lá.

Gibbs planejava fazer isso, embora fosse difícil se entusiasmar com a ideia quando já sabia o que iria ouvir. Marianne Lendrim estava contando a verdade. Ela estava bem no alto da lista de pessoas que Gibbs esperava nunca encontrar novamente, mas não tinha assassinado Kat Allen e não tinha matado a filha. Até que fosse aprovada uma lei tornando ilegal a antipatia, não havia nada pelo que pudesse prendê-la ou do que acusá-la.

...

Tendo feito a coisa certa e se recusado a prestar o enorme favor a Amber Hewerdine, Charlie não viu razão pela qual não poderia visitar o site My Home For Hire e dar uma olhada na casa que Amber alegava não ter qualquer relação com o assassinato de Katharine Allen. Little Orchard. Ela digitou o nome na caixa de busca, achando que não gostava muito dele. Havia nele algo de falsamente modesto. "Orchard? Um pomar? Sim, mas bem pequenininho." Não havia nenhuma outra razão para ter aquele nome, e qualquer um com um pomar nos fundos do jardim deveria ser honesto e chamar sua casa de Mansão do Cretino Rico sortudo. Ou *Manoir*, já que a dona Veronique Coudert supostamente era francesa.

Por que nada estava acontecendo? As palavras "Little Orchard" ainda estavam na caixa de buscas; Charlie se esquecera de apertar *enter*. Fez isso enquanto o telefone na escrivaninha começava a tocar. Era Liv.

– Tem um minuto? – perguntou alegremente a Charlie, como se um longo silêncio nunca tivesse surgido entre elas.

Se for me contar que você e Gibbs terminaram, eu tenho o dia inteiro.

– Não. Estou trabalhando.

– Mentirosa. O que está fazendo realmente?

Charlie fez uma careta ao telefone.

– O que você quer, Liv?

– Essa tal Sharon Lendrim que morreu em um incêndio, cujas filhas...

– Você não deveria saber de nada disso – cortou Charlie, lutando contra a sensação de sofrer para respirar que acompanhava más notícias.

– Nem você – disse Liv. *E vou contar.* Se pelo menos ela se mostrasse de verdade e dissesse isso em seguida, Charlie pensou, seria satisfatório de uma forma divertida.

– Verdade, eu também não deveria saber. *A diferença é que eu trabalho na polícia, e você não. E sou casada com Simon, não apenas transo com ele enquanto esperamos que ele tenha gêmeos e eu me case com outra pessoa.*

– Eu estava pensando: considerando que Kat Allen estrelou umas coisas na TV quando era mais moça...

– Liv, não vou conversar com você sobre um caso que não tem nenhuma relação com qualquer de nós.

– Tudo bem.

Charlie ouviu um clique alto. Ficou desconfiada. Desde quando era tão fácil se livrar de Olivia? Era a segunda vez em uma semana que ela encerrara uma conversa, algo que a velha Liv nunca tinha feito. Qualquer que fosse a situação, ela sempre queria continuar discutindo até você estar caída no chão com sangue escorrendo dos ouvidos.

Não, Charlie não se permitiria cair naquela armadilha. Não existia velha Liv e nova Liv. Sua irmã era sua irmã, a pessoa que sempre fora.

Ela agora pode encerrar uma conversa; não precisa mais se agarrar obstinadamente. Está no meio da ação, goste você disso ou não. Não há como se livrar dela.

Agora que isso ocorrera a Charlie, e agora que estava olhando para fotografias de uma casa de alvenaria vermelha coberta de glicínias que instantaneamente, por alguma visão, a fizera pensar na casa de pessoas ricas mais velhas, descobriu que perdera o interesse por Little Orchard. O telefonema de Liv acabara com toda a diversão. *Você deveria estar trabalhando, não se divertindo*. Especificamente, Charlie deveria estar redigindo um documento chamado "Intervenção de crise em ambiente de múltiplas agências: Um guia para praticantes". Dizer que ela não estava ansiosa para fazer aquilo naquela tarde seria dizer o mínimo.

Ela clicou em "Verificar disponibilidade". Parecia haver algumas reservas, a despeito de a casa supostamente não estar mais para alugar. Será que Veronique Coudert colocara Amber numa lista negra, como Amber desconfiava? Haveria algum mal em Charlie testar isso? Ela poderia enviar um e-mail, perguntar sobre disponibilidade. Será que faria mal, desde que recuasse antes que algum compromisso fosse assumido? Desde que não contasse a Amber o que tinha feito, coisa que não faria?

Clicou em "Contato com o proprietário" e redigiu a mensagem mais curta possível, sem sequer um "Caro senhor ou madame" ou um "Atenciosamente". Não queria perder mais tempo do que já perdera, então se limitou ao fundamental: Little Orchard estaria disponível em algum dos fins de semana de janeiro de 2011? Apertou *send*, incomodada consigo mesma por se sentir culpada. A parte que Amber quisera que ela fizesse que era errada era a parte que ela não tinha qualquer intenção de fazer: reservar a casa para que Amber pudesse ficar lá em seu nome, sem a permissão do proprietário. Ultrajante. Por outro lado, uma simples pergunta era algo inofensivo.

Charlie ficou imaginando por que sentia necessidade de continuar se dizendo isso. Ficou imaginando o que Simon pensaria. Em que momento iria contar a ele?

Ela bebericou seu chá frio, desejando que estivesse quente, mas não o suficiente para tomar uma providência. Uma de três coisas aconteceria: Veronique Coudert não responderia, responderia dizendo que a casa estava disponível, ou diria que não estava.

O que quer que ela faça, você não terá ideia do que significa.
Charlie sabia que deveria contar a Simon imediatamente. Ou a Sam. O nome Veronique Coudert não aparecia nos arquivos de Katharine Allen, Charlie sabia disso, mas era possível que Coudert estivesse ligada ao caso Sharon Lendrim. Em algum lugar na delegacia de Rawndesley poderia haver pastas cheias do seu nome. Ou ela poderia não ter nada a ver com algo criminoso. Significando que Amber Hewerdine tinha ainda mais coragem do que Charlie lhe atribuíra, caso tivesse buscado conseguir a ajuda de uma sargento de polícia simplesmente por ter ficado furiosa por não poder alugar a casa de veraneio escolhida. *Vaca metida.*

Por que Liv tinha ligado? O que estivera prestes a dizer? Algo a ver com Katharine Allen ter atuado em alguns filmes quando criança – por que isso seria importante? Telefonar para a irmã estava fora de questão. Em vez disso, Charlie decidiu reler todas as anotações sobre Katharine Allen, para ver se conseguia descobrir o que chamara a atenção de Liv.

Ela recebera um e-mail, de littleorchardcobham@yahoo.co.uk. Clicou em "Abrir mensagem" e viu que Amber estava certa sobre ter sido colocada na lista negra. A dona de Little Orchard, cujo nome nada francês Charlie não reconheceu, aparentemente estava feliz em alugar a casa para Charlie. Então, por que não para Amber?

E se essa mulher para cujo e-mail Charlie estava olhando no momento era a proprietária de Little Orchard como alegava ser, quem era Veronique Coudert?

...

Tendo se despedido de Ursula Shearer e enfiado garganta abaixo um sanduíche cujo gosto sequer sentira, a tarefa seguinte de Sam era dirigir até Rawndesley e tomar o depoimento de Ritchie Baker, irmão da cunhada de Amber Hewerdine, Jo. Sam não sabia por que aquele homem com parentesco distante seria de especial interesse, mas Simon lhe pedira para falar com Baker, perguntar a ele sobre a noite anterior, ter uma noção de quem era como pessoa. Ah, e avaliar sua saúde na medida do possível, considerando a falta de formação médica de Sam. Esse tópico, o mais dificilmente realizável dos objetivos postos, tinha sido incluído no final, quase como uma ideia de última hora. – Eu mesmo cuidarei do resto do clã – Simon dissera, soturno, e Sam não conseguira deixar de ver uma careta no rosto de Simon, semelhante à que com frequência morava ali, derrubando cada membro da família no chão, um depois do outro.

Ele deveria se preocupar por seguir ordens de Simon quando, como líder, era ele quem deveria cuidar de cargas de trabalho e distribuir tarefas? Se Simon achava que Ritchie Baker devia ser ouvido, provavelmente estava certo. Sam estava determinado a não permitir que a constante depreciação dele por Proust abalasse sua confiança ainda mais do que já tinha conseguido. Parte de ser um bom líder era reconhecer as forças dos membros da sua equipe e dar a eles a oportunidade de se superar. Pelo menos era o que pensava Kate, esposa de Sam; ficara horrorizada ao ouvir que Sam estivera prestes a pedir demissão quando acreditara que Simon e Gibbs seriam demitidos. – Você sabe, em uma emergência você conseguiria viver sem Simon Waterhouse – ela dissera.

Sam ouviu uma voz feminina chamar seu nome quando se aproximava do seu carro no estacionamento. Virou-se e viu Olivia Zailer, irmã de Charlie. Sam inicialmente não a reconheceu. Perdera peso. O casaco que vestia tinha os maiores punhos e colarinho que Sam já vira. Seu batom rosa brilhante era quase fluorescente; os cabelos, empilhados em uma espécie de torre no alto da cabeça, tinham mais tons de louro que Sam teria acreditado ser possível. Não havia muitas pessoas com essa aparência que iam à delegacia, como se pudessem esperar a chegada de uma equipe de filmagem a qualquer momento.

– Tem tempo para um bate-papo rápido? – Olivia perguntou.

— Na verdade não tenho. Desculpe.
— Menos de um minuto, menos de trinta segundos. Eu juro, eu juro!
Ela irradiou encorajamento em sua direção. O que ela fazia dormindo com Chris Gibbs? Sam decidiu que aquele não era o momento de pensar em como era improvável os dois como um casal; poderia se revelar em seu rosto.
— Rápido, então — ele disse.
— Quem colocou fogo na casa de Sharon Lendrim...
— Opa, espere um segundo. Não posso conversar sobre isso com você, Olivia. Nem Gibbs deveria estar conversando...
— Ele não disse nenhuma palavra a Debbie. Ela não sabe de nada.
Será que Sam deveria achar isso tranquilizador?
— Ah, vamos lá, Sam! Vai ficar aí me dizendo o que deveria ou não deveria ou quer ouvir o que tenho a dizer?
Era claro o que Sam deveria fazer de modo a cumprir suas obrigações profissionais: encerrar aquela conversa e contar a Proust que Gibbs violara a confidencialidade. Qual o sentido? Proust já sabia que Simon partilhara informações privilegiadas com Charlie; sabia que Gibbs agira sem autorização quando levara Amber Hewerdine simplesmente por ordem de Simon. Se Sam lhe contasse sobre outra das transgressões de Gibbs, faria alguma diferença? Gibbs seria punido? Quanto mais Sam trabalhava na polícia, mais convencido ficava de que punições não fazem bem a ninguém, nem à autoridade que as impunha nem a quem as recebia.
— Eu preferiria ouvir de Gibbs, seja lá o que for — disse a Olivia.
— E se ele não tivesse o bom senso de não conversar com você sobre trabalho, você deveria ter tido o bom senso de impedi-lo quando ele começasse. Eu não converso com Kate sobre os casos nos quais estou trabalhando. Nunca.

– Ainda não contei a Gibbs – disse Olivia, sorrindo como se descrevesse uma característica encantadora da relação dos dois. – Quis experimentar primeiro em outra pessoa. Tentei conversar com Charlie sobre isso...

– Outra pessoa que não está no caso – destacou Sam.

– ... mas ela não quis saber, então pensei: "Quem é *razoável*? Quem poderia ver além das regras, dos deveres e..."

– Certo, vamos ouvir.

Ele acabaria cedendo; poderia muito bem poupar algum tempo.

– Quem levou as duas filhas de Sharon Lendrim para fora da casa antes de começar o incêndio vestia um uniforme de bombeiro, certo?

– Eu concordei em escutar – disse Sam. – Não concordei em lhe contar nada.

Olivia revirou os olhos.

– Eu *sei* que estava vestido como bombeiro. Também sei que Kat Allen atuou em alguns filmes quando era criança. Duas perguntas: alguém sabe de onde veio o uniforme de bombeiro? E vocês encontraram uma ligação entre Kat Allen e Sharon Lendrim?

Sam não conseguiu falar. A audácia dela o deixara mudo. Ele pensou que havia uma razão para Olivia Zailer não ser uma detetive. Mesmo se Sharon Lendrim e Kat Allen tivessem sido mortas pela mesma pessoa, não havia base para crer que deveria haver outra ligação entre elas. Se você é um assassino e duas pessoas em diferentes momentos de sua vida provocam sua raiva assassina e você mata ambas, você pode ser o único elo entre uma e outra; que muito provavelmente será. Sam não disse nada disso. Nem disse a Olivia que não, nem ele nem Ursula Shearer sabiam de onde viera o uniforme de bombeiro. Sam escutara incrédulo a descrição por Ursula das tentativas de sua equipe de rastrear o uniforme. Eles reviraram totalmente o Culver Valley, mas não foram além, concentrando quase todo tempo e esforço da equipe de investigação em tentar provar que Terry Bond não era tão inocente quanto parecia ser. Sam não via nenhuma base para supor que o assassino de Sharon Lendrim fosse da região, ou que ele ou ela deveria ter conseguido ali os acessórios de bombeiro. Tentara não se sentir superior ao lhe ocorrer que Ursula Shearer nunca morara em nenhum outro lugar além de Rawndesley.

– Até logo, Olivia – ele disse com firmeza, destrancando o carro e abrindo a porta. Estava muito frio, além de tudo.

– Espere, não terminei – ela disse, se inclinando para frente e agarrando seu braço. – Quando adulta, Katharine Allen era professora primária. Quando criança, era atriz.

– Com o que você está brincando? – perguntou. Algo brotara de dentro de Sam e ele não tivera oportunidade de reprimir. Ele não queria, não daquela vez. – Quem você acha que é? Me agarrando, como se eu fosse algum tipo de... Nada disso é da sua conta, não posso discutir isso com você, e se não entende isso, se não consegue ver ou não liga por estar me colocando em uma situação difícil... Eu deveria ser grato por *Debbie* não saber? Em que planeta você vive? Já lhe ocorreu que poderia estar colocando em grave risco duas investigações de homicídio ao se comportar desse jeito?

O que está acontecendo aqui? *Eu não grito*, Sam pensou. *Nunca*. O que ele tinha dito? Como ela já poderia estar chorando? O medo inchou dentro dele. Quem teria ouvido? Alguém poderia ter facilmente escutado sua explosão. Gibbs, Simon, Proust – era com eles que Sam deveria estar gritando. Não com a irmã de Charlie Zailer.

Ela já começara a ir embora. Sam olhou para ela, grudado no lugar por um peso de revirar o estômago. Ele o reconheceu como culpa enrolada nos restos da sua fúria.

Olivia se virou antes de chegar à rua, e novamente Sam ficou chocado com o choro. Pelo estado de seus olhos fizera isso consideravelmente mais do que teria achado possível entre sair apressada alguns segundos antes e aquele instante. Quão pior era ouvir gritos de alguém que era conhecido por sua polidez? Sam sabia que tinha estragado tudo. Não era justo atrair as pessoas para uma falsa sensação de segurança parecendo ser sempre tão gentil e solícito e depois perder a paciência.

– Olivia, volte – chamou. Ela não quase morrera de câncer quando era mais jovem?

– Não, eu não vou voltar! Eu *nunca* voltarei! – Olivia gritou do outro lado do estacionamento.

Um grupo de jovens policiais uniformizados, saindo do prédio, se esforçou para agir com naturalidade. Sam desejou ser invisível. Ela tinha de fazer soar como se fosse uma briga de namorados? Aquela não era uma situação de "eu nunca voltarei". Poucos segundos antes Sam estava certo de que era uma situação "pare de me abordar na frente da delegacia como se fosse maluca".

– Não vou lhe contar nada. Nada! Você não precisa mesmo que eu lhe conte nada. Katharine Allen era uma atriz mirim que se tornou professora primária. Você é um grande detetive importante. Deveria ser capaz de descobrir isso você mesmo.

Ela desceu a rua marchando em seus saltos inacreditavelmente altos.

Sam entrou no carro e saiu de vista o mais rapidamente possível. Quais eram as chances de ele se concentrar em seu trabalho naquele momento? *Zero*. Esperava que a mente de Ritchie Baker não se incomodasse de repetir suas respostas várias vezes. *Katharine Allen era uma atriz mirim. Agora ela é professora primária.*

Que porra poderia aquilo significar que Sam já não soubesse?

Finalmente, uma acusação! Se pareço contente é porque estou. Acusações sempre são boas notícias do ponto de vista do terapeuta. Consideramos isso um sinal de que tocamos um nervo psicológico; estamos chegando perto demais de uma dolorosa fonte de medo, culpa ou vergonha. Ou isso ou um paciente tem uma queixa legítima contra nós. Vamos tentar descobrir o que é.

A acusação de Amber é de que estou avançando como se Kirsty não contasse, falando como se Jo, Hilary e Ritchie fossem as únicas pessoas na cena de véspera de Natal que importavam; Kirsty poderia muito bem ser uma almofada pelo modo como conto. É importante lembrar que Amber teve uma acusação similar feita a ela por Jo, quando esta decidiu que a incapacidade de Amber de fazer perguntas a Kirsty que ela não poderia responder era negligência e discriminação. Uma acusação ridícula, e havia uma boa dose de absurdo consciente no tom de Amber quando me fez essa acusação, assim como bastante raiva. Ela deliberadamente me enviou um sinal perturbador.

Como uma brincadeira? Uma paródia da irracionalidade de Jo? Ou realmente acredita que não mencionar Kirsty como um dos quatro participantes do que chama de "a conspiração da véspera de Natal" é prova de que tenho preconceito contra deficientes?

De tudo que me contaram sobre ela, meu palpite é que Kirsty tem uma idade mental não superior a dois anos. Talvez menos, já que crianças de dois anos normalmente conseguem falar um pouco. Podem expressar suas próprias emoções e captar os estados emocionais dos outros. Kirsty não consegue falar nada nem reagir ao que lhe é dito. Não sei. Não sou especialista em deficiência mental, mas teria achado ser bastante seguro supor que Kirsty não entendera nada da conversa particular que ocorreu na véspera de Natal depois que todos os outros tinham ido para a cama e, portanto, não se poderia dizer que participou dela, embora estivesse fisicamente presente. Isso não faz dela uma almofada; é simplesmente uma avaliação realista de seu provável envolvimento.

Contudo, em um sentido Amber está certa: como Kirsty é deficiente mental e não pode estar de posse de qualquer informação que pudesse nos ajudar, eu a descartei. Não me concentrei nela da mesma forma que me concentrei em todos os outros personagens de nosso drama de Little Orchard. Agora que foi enfiada debaixo do meu nariz, por assim dizer, estou começando a ter muitas ideias interessantes sobre ela. Você falou muito sobre ela, Amber – referências constantes. Eu não tinha notado. Preconceituosa como sou, supus que uma mulher deficiente mental não podia ser importante.

Em Little Orchard, William lhe contou que achava Kirsty assustadora, e pedira que não contasse a Jo. Para alegrá-lo, você sugeriu um jogo: caça à chave secreta. A porta trancada do escritório a incomodava. Estou imaginando que, muito antes de você ter encontrado a chave e tido a grande briga sobre usá-la ou não, você e Jo discutiram sobre o quarto trancado, talvez quando chegaram e estavam examinando a casa pela primeira vez. Sim? Certo, e então, no primeiro dia útil depois do Natal, depois do desaparecimento e reaparecimento de Jo, Neil e os meninos, depois de Jo ter invocado a necessidade de novamente respeitar a privacidade – dessa vez a dela –, você estava farta. Dane-se a privacidade, você queria respostas. Posso entender perfeitamente porque você estava decidida a encontrar aquela chave, e como isso teria sido importante para você. Motivo pelo qual fico imaginando: por que colocar William nisso? Meninos de cinco anos de idade não são conhecidos por sua contenção ou discrição. Com William envolvido, Jo mais provavelmente descobriria o que você pretendia e tentaria impedi-la. Mas você não é tão egoísta. Sabia que a oportunidade de um esconde-esconde seria uma enorme diversão para William, então correu o risco. Não porque quisesse alegrá-lo, como alegou, ou não apenas por isso. Você também queria recompensá-lo por admitir ter medo de Kirsty.

Você estava muito ansiosa para me contar, na última vez que nos vimos, a opinião de Dinah sobre Kirsty: que era impossível dizer se ela era gentil ou horrível. Você explicou a Dinah que essas considerações não se aplicam quando uma pessoa é tão deficiente quanto Kirsty é, mas Dinah não ficou convencida. Disse que, como Kirsty não sabia falar, ninguém podia provar que não era a pessoa mais gentil ou mais repulsiva do mundo. Dinah se sentia justificada em desconfiar de Kirsty, e permaneceu assim.

Você disse duas, se não três vezes, que poderia ter sido muito mais firme com Dinah do que fora e mostrado que o que ela dizia era impreciso, que seria injusto de sua parte ter essa visão de uma mulher indefesa e inofensiva. Por que não disse nada disso? Você não acha importante instilar nas crianças crenças compassivas e corrigir suas incompreensões?

Deixe-me passar para a terceira pessoa, por que isto não é um ataque. Estou apenas fazendo perguntas. Amber explicou por que não questionou Dinah: após anos aturando Jo, ela não gosta da prática de dizer às outras pessoas como deveriam pensar ou como deveriam sentir. Também considera Dinah e Nonie mais importantes que qualquer princípio. Não queria que Dinah se sentisse culpada por ter feito o que, a uma menina de oito anos, poderia parecer uma suposição lógica.

Não estou convencida. É possível explicar a uma criança que está errada sem fazer essa criança se sentir culpada. Você diz isso sem raiva ou censura, você diz: "Entendo por que pode ter pensado isso. É um equívoco fácil de cometer."

Examinando esses dois incidentes juntos – sugerir o jogo de esconde-esconde a William imediatamente após ele ter expressado seu medo proibido de Kirsty e não lidar com a incompreensão por Dinah da deficiência de Kirsty –, me parece bastante claro que Amber se identificou tanto com William quanto com Dinah quando fizeram esses comentários. Meu palpite é que a própria Amber se proibiu certos pensamentos sobre Kirsty, aqueles dos quais se sente culpada. É improvável que tivesse medo dela, como William. Não desconfiaria de Kirsty sendo mudamente malvada, como Dinah desconfia. O que, então?

Amber se referiu de passagem a Jo descrevendo o irmão Ritchie como o bebê da família, mas não disse nada sobre se era Jo ou Kirsty a irmã mais velha. Eu apostaria mil libras – não que tenha mil libras – que Kirsty é a filha do meio, nascida dois, três, talvez quatro anos depois de Jo. O distúrbio de personalidade narcisista é causado por trauma emocional por volta dos três anos de idade: o choque de segurança ou amor sendo retirados de repente, como um tapete sendo puxado sob seus pés. Quando Kirsty nasceu, supondo que tenha nascido como é, deve ter produzido um volume enorme de perturbação emocional na família. Esse trauma provavelmente está na raiz do narcisismo de Jo.

Kirsty não consegue falar. Provavelmente, também não consegue entender muito. É tão deficiente que há o risco de as pessoas a tratarem como se fosse uma almofada, algo que simplesmente está ali na sala. Jo teve uma conversa particular com a família original na noite da véspera de Natal, tão particular que o marido Neil não tomou parte. Jo acha normal e aceitável, em uma reunião da família estendida, conspirar com a mãe, o irmão e a irmã contra o marido, que ela mandou para a cama sozinho. Acha que é aceitável acordar Neil no meio da noite, exigir que se junte a ela em uma fuga sem lhe contar do que estão fugindo. A maioria das mulheres confia nos parceiros, mas não Jo. Como todos os narcisistas, é obcecada por controle. Sabe o que quer fazer e não pode permitir que qualquer opinião de Neil a impeça de cuidar das próprias necessidades.

Kirsty, por outro lado... Quem poderia ser melhor confidente, do ponto de vista de Jo? Ela não pode discordar, não pode revelar. Perto de Kirsty, Jo não sentiria necessidade de mentir sobre nada, esconder nada.

Vou me colocar em uma situação difícil aqui: Amber não corrigiu o erro de avaliação de Dinah sobre Kirsty por ser parecido demais com o dela mesmo. Sempre que Amber olha nos olhos de Kirsty se vê imaginando: o que você sabe? Como sei que você não tem toda a informação que desejo? Tudo bem, você não consegue falar, mas quem sabe o que acontece por trás desses olhos? Sequer sei o que há de errado com você. E então Amber se sente culpada, pois claro que sabe que Kirsty não pode ter conhecimento de nada.

Ou talvez olhe para Kirsty e pense: você deve ter visto e ouvido coisas que, se fosse normal, seria capaz de compreender e me contar. Nesse caso, Amber se sentiria ainda mais culpada. Imagine sentir ressentimento da pobre Kirsty. Que tipo de pessoa terrível isso a tornaria? Imagine ter inveja de Kirsty; o que há de errado com você, que tem inveja de alguém tão pior que você mesma?

Mas é perfeitamente compreensível. Lembra-se de que mais cedo falei que o desespero de Amber por saber por que Jo, Neil e os meninos haviam desaparecido tinha de ter sido mantido vivo todos esses anos por algo, alguma força? Uma das possíveis explicações que sugeri foi que poderia estar convencida de que mais alguém sabe a verdade, alguém que merecia menos do que ela.

Kirsty é essa pessoa. Amber fica furiosa por Kirsty poder ter a informação secreta estocada em algum ponto de seu cérebro danificado, sob a forma de informação nunca a ser compreendida, que ela recolheu por olhos e ouvidos, enquanto ela, Amber, que é mais do que capaz de escutar e compreender, é deixada no escuro: uma estranha que não sabe nada.

Também disse antes que talvez Amber acredite que Jo lhe deve um segredo. Significando que, em algum momento antes de terem ido a Little Orchard, Amber contou um segredo a Jo – um grande, no meu palpite. Narcisistas passam grande parte do tempo se vendendo aos outros, sendo encantadores e sedutores para fisgar você, garantir que têm você por perto para quando precisarem atacar alguém. Amber podia facilmente ter sido induzida a crer que podia confiar em Jo antes de conhecê-la bem.

Como sofreu desde então. Por isso suporta os ataques regulares de Jo: porque Jo tem algo contra ela. É sobre isso que não consegue pensar, e a razão pela qual devota toda a sua energia a mistérios impossíveis, que estão se empilhando. Já percebeu? Agora temos dois deles.

Kirsty não pode saber de nada, mas Amber não consegue descartar a desconfiança de que sabe; Amber não viu as palavras "Gentil, Cruel, Meio que Cruel" no quarto trancado ou em qualquer outro aposento de Little Orchard, mas sabe que as viu em Little Orchard.

Como disse antes, não sou contra mistérios impossíveis. Sua impossibilidade não os torna absurdos. Ao contrário, eles são altamente significativos. São o que a mantém fora de seu próprio quarto trancado pessoal, Amber, ao mesmo tempo em que lhe oferecem um meio de entrar. Sua impossibilidade, e o grau em que isso a frustra, é seu subconsciente tentando mostrar à sua mente consciente que não pode mais suportar isso. As coisas precisam sair.

9

Quinta-feira, 2 de dezembro de 2010

— Você falou que nos contaria quando estivéssemos no carro — Dinah diz. — Estamos no carro agora, então tem de nos contar.
— Eu quero lhe contar, Dinah. Só não queria fazer isso cercada por professores e... meninas ricas barulhentas vestidas como tartarugas e lebres.
— Elas estavam ensaiando para uma montagem das *Fábulas de Esopo* — diz Nonie.
O interior do carro cheira a cloro. Hoje é o dia de natação das meninas; os cabelos delas ainda estão molhados.
— Você nunca nos pega numa quinta-feira. Sempre vamos para casa de ônibus.

Eu me dou conta do que há de tão incomum em como me sinto: tenho a energia necessária para aquela conversa. Assim que Simon me deixou sozinha na casa de Hilary, deitei no sofá e apaguei do mundo desperto. Acordei duas horas e meia depois, três da tarde, sentindo a mente mais clara do que senti por um ano e meio, e sabendo que tinha de ir para Little Orchard.

Tenho. Eu tenho de voltar.

— Vamos para uma casa em Surrey — digo a Dinah e Nonie. — Será uma aventura.

Cai neve sobre o carro. Começou há poucos segundos, mas é neve fina, do tipo que não irá me deter. Não estou certa de que alguma coisa me deteria, com minha disposição atual. Eu tiraria penedos gigantescos do meu caminho, se necessário, para chegar a Little Orchard. Não me dei uma chance de pensar no motivo. Não ligo para o motivo.

– Mas ainda havia cinco minutos de escola – Dinah protesta.

– Se você ia nos pegar mais cedo, por que não nos pegou devidamente cedo, para que pudéssemos perder uma aula inteira?

– Fui assim que pude – digo. *E trouxe biscoitos.*

– Qual casa em Surrey, e por quê? – Nonie quer saber, não de forma irracional.

– É chamada Little Orchard. É uma casa de veraneio, como aquela à qual fomos no verão, em Dorset. Luke e eu ficamos uma vez lá, há anos.

– Vamos ficar lá agora?

– Tem uma cama elástica? – Dinah pergunta, cautelosa; como se eu pudesse ter negligenciado esse detalhe crucial. – Luke vai nos encontrar lá depois?

– Não, não vamos ficar lá. Eu só preciso verificar uma coisa com a dona.

Que dificilmente estará lá. O que planejo fazer caso não esteja? Invadir?

– Vamos parar em algum lugar para um belo jantar na volta – digo, tentando fazer parecer divertido, consciente de que terei de compensar as garotas por quatro horas de tédio no carro.

– Não posso faltar à aula amanhã – Dinah diz. – É o primeiro ensaio de verdade de *Hector e suas dez irmãs.*

– Você estará lá – digo a ela.

Alguns segundos depois me dou conta de que há sussurros atrás de mim – beligerantes, não cooperativos. Dinah e Nonie precisam aprender a dizer palavras em silêncio. Eu escuto os tsk-tsk e os sibilos, imaginando expressões faciais e gestos de mão frenéticos que não consigo ver. Como sempre, valorizo os esforços das meninas a meu favor. Normalmente é a mim e não a elas mesmas que tentam proteger quando se comportam assim. Dinah finalmente fala.

— A lista de elenco de *Hector* mudou. Duas garotas que seriam irmãs de Hector não serão mais. Mas tudo bem. Disse a elas que poderão ter papéis melhores na próxima peça que escrever. Embora eu *nunca mais* vá escrever outra, porque é muito estressante. Mas elas não sabem disso. Seja como for, está tudo acertado agora e todos estão bem com isso, então, tudo certo.

Eu reconheço uma distorção quando ouço uma.

— Você não pode prometer a elas papéis principais em uma peça que nunca irá escrever — diz Nonie, suspirando. — Eu terei de escrever se você não o fizer. E não farei algo bom. Só escreverei qualquer coisa para que possam estar nela.

— Escreva a pior peça que conseguir — aconselha Dinah. — É o que merecem, agora que elas...

— *Dinah!* — diz Nonie, soando assustada.

— Agora que elas o quê? — eu pergunto.

— Nada — responde Dinah com firmeza.

Devo insistir em que me conte? Quão ruim pode ser? Ou talvez a pergunta que eu devesse estar fazendo a mim mesma fosse: quão convincentemente posso fingir neste momento estar interessada nas discussões teatrais de meninas de oito anos de idade? *Não muito.* Perguntarei em outra hora. Ou talvez não. Talvez não haja problema e não seja nada negligente de minha parte supor que Dinah não tem estado amarrando integrantes insatisfatórios do elenco nos vestiários da educação física e os espancando com manetes de cordas de pular.

— O que você precisa verificar em Little Orchard? — Nonie pergunta pacientemente. Ela não ficaria impaciente nem se tivesse de me fazer mil perguntas antes de lhe contar o que queria saber.

— Por que não ligou para o dono, ou mandou um e-mail para ele? — pergunta Dinah. — Ninguém vai até Surrey para verificar uma coisa. Você não está nos contando a verdade. *De novo.*

— Dinah! — murmura Nonie.

– Está tudo bem, Nones. Ela está certa. Vocês merecem saber a verdade.

– Finalmente! – diz Dinah. – Ela vai parar de nos tratar como criancinhas idiotas.

É difícil saber por onde começar.

– Há coisas demais que não compreendo – digo. – Alguém colocou fogo em nossa casa. Não sei quem ou por que...

– E nós não sabemos quem colocou fogo em nossa velha casa – diz Nonie objetivamente. – A casa de mamãe.

Quando ela menciona Sharon, a tristeza em sua voz é mais destacada. Antes de Sharon morrer, Nonie nunca soava triste. Dinah sempre foi mandona, mas há nela agora uma frieza que nunca esteve ali. Pisco para afastar lágrimas inúteis. Pensar em como todos nós mudamos não irá trazer Sharon de volta.

– No momento me sinto como se não soubesse nada – digo, tentando explicar às meninas. – Preciso encontrar algumas respostas. Quanto mais souber, mais seguros estaremos todos.

Espero que isso seja verdade, e tento não pensar em quão facilmente pode ser o oposto da verdade.

– A polícia não deveria encontrar as respostas? – pergunta Nonie.

– Eles são um lixo – diz Dinah. – Tiveram dois anos para descobrir quem matou mamãe e ainda não sabem.

Esse é um grande passo à frente, e sei que tenho de agradecer ao detetive Colin Sellers por isso. Ele foi heroico na noite anterior. Dinah e Nonie gostaram dele; ele as fez rir e não as pressionou em busca de informações. Por um longo tempo, nenhuma delas dizia a palavra "polícia".

Penso em Simon Waterhouse. Quero contar às meninas que um detetive melhor e mais esperto está agora interessado no que aconteceu com Sharon, mas fico com medo de aumentar suas esperanças.

Continuo com minha explicação, tanto para o meu bem quanto para o delas.

– Esta manhã tentei reservar uma estadia em Little Orchard; achei que poderíamos passar um fim de semana lá em algum momento. A dona me disse que não estava mais disponível para aluguel, mas não acreditei. Ela disse que sua família estava morando lá. Quero saber se é verdade. Se não for, quero saber por que mentiu para mim. A única coisa em que consigo pensar é que, quando nos hospedamos lá antes, ela talvez não tenha ficado feliz com o jeito como deixamos as coisas, ou... não sei. Mas quero tentar descobrir. Espero não estar contando demais. O que Luke acharia?

Ele acharia que sair correndo para Little Orchard era um plano maluco. Motivo pelo qual você não ligou para ele antes de partir e, em vez disso, deixou um bilhete, sabendo que estaria em Surrey no momento em que ele voltasse do trabalho e o encontrasse.

– Ah, não – murmura Nonie.

– O que foi, Nones?

– Será constrangedor. E horrível. Não quero brigar com ninguém.

– O que, com uma mulher horrível que mentiu e disse que não podíamos ficar na casa dela? – reagiu Dinah. – *Eu* quero brigar com ela.

– Ninguém vai ter de brigar – digo, esperando poder manter a promessa. E se Veronique Coudert fizer objeções a eu aparecer em sua casa sem avisar? Dificilmente irá escancarar a porta e me receber de braços abertos.

A neve está ficando mais espessa, mas ainda não sedimentando. Estamos bem; as estradas estão cinzentas, não brancas. Desliguei o rádio a caminho da escola das meninas quando uma voz masculina arrogante me disse para não fazer viagens desnecessárias. Nunca fiz nada mais necessário do que estou fazendo naquele momento. Fico pensando se é assim que pessoas que se afogam tentando salvar seus cães da água gelada se sentem antes de correr o risco idiota que acaba com suas vidas, antes de ouvir sobre eles no noticiário e pensar: "que idiotas."

– Então... você quer descobrir por que essa mulher não quer que você fique na casa dela novamente? – pergunta Nonie.
– Certo.
– Mas... então isso não tem nada a ver com o incêndio da noite passada, ou com a morte da mamãe?
Eu abro a boca para confirmar que não há relação e descubro que não consigo. As palavras e minha língua não colaboram umas com as outras.
– Não posso responder a isso, Nones – digo. – Simplesmente não sei.
– Mas como isso poderia ter relação com aquelas coisas? – ela insiste.
Como poderia? Como poderia?
A resposta tem alguma coisa a ver com cinco palavras: "Gentil, Cruel, Meio que Cruel". Se eu as vi em Little Orchard, e por isso as disse a Ginny imediatamente depois de estar pensando sobre o Natal de 2003; se o assassino de Katharine Allen as escreveu em um bloco em seu apartamento antes de rasgar a página para levá-la; se minha ajuda à polícia em suas investigações inspirou alguém a incendiar minha casa; se o incêndio for a ligação entre o ataque a nós noite passada e o assassinato de Sharon...
Três palavras. Gentil, Cruel, Meio que Cruel. São três palavras, não cinco.
– Amber? – Dinah chama.
– Ahn?
– Por que você escreveu "Gentil, Cruel, Meio que Cruel"?
Dramaturga e leitora de mentes.
Será que consigo explicar sem incluir Katharine Allen na história? Não quero que Dinah e Nonie tenham outro assassinato em suas cabeças.
– Tem alguma coisa a ver conosco? – Nonie pergunta. – Se tiver, você tem de nos contar.

Há uma área de descanso alguns metros à frente. Eu paro, colocando o carro entre dois caminhões estacionados. Quando me viro, vejo medo nos rostos das meninas e me sinto culpada por ter partilhado com elas tanto de minha incerteza. *E agora você vai fazer isso novamente.* Estico a mão na direção delas. Nonie a aperta. Dinah a inspeciona, mas não toca.

– Não tem absolutamente nada a ver com vocês. Eu juro. Não há nada com que vocês precisem se preocupar. Tudo vai ficar bem.

"Gentil, Cruel, Meio que Cruel" é algo que me lembro de ter visto em algum lugar, mas não lembro onde. Achei que se escrevesse e continuasse olhando, poderia despertar minha memória, mas não aconteceu. Pelo menos não ainda.

– É importante? – Nonie pergunta.

– Ela não sabe – diz Dinah com uma voz mais que entediada.

– Pode ser.

– Certo. Pode ser – digo. – Desculpe, Dines. Sei que é frustrante. Também é frustrante para mim.

Ela desvia os olhos de mim, observa pela janela os carros passando borrados a cem quilômetros por hora.

– Certo – ela diz. – Vamos para essa Little Orchard ou não?

...

Não há neve em Cobham, Surrey. Mas choveu: todo o caminho desde a estrada, as ruas margeadas por árvores e as passagens cobertas de folhas estavam pesadas de umidade. A despeito do frio, abri a janela do carro e respirei o ar molhado com um cheiro diferente do ar de Culver Valley.

Little Orchard tinha uma nova porta da frente – vermelho-escuro em vez de preto, sem painel de vitral inserido na madeira – mas, fora isso, parecia igual a como era sete anos antes. A diferença não estava na casa, mas em mim. Quando estive ali em 2003 não tive dificuldade em aceitar que tanto eu quanto o ambiente que me cercava eram reais, que fazíamos parte do mesmo cenário. Hoje me sinto desligada, como se tivesse sido superposta à paisagem. Não importa quantas vezes diga a mim mesma que estou ali, a aceitação desse fato se recusa a penetrar e se fixar.

Aqui estou eu. Aqui estamos nós.

O meu não é o único carro no pátio de cascalho. Há um Honda Accord azul estacionado perto da lateral da casa.

– É aqui? – Nonie pergunta. – É enorme. Por que você e Luke precisaram de uma casa tão grande para ficar? Vocês vieram aqui com amigos?

Eu resisto à ânsia de ser honesta e digo que não tenho ideia de com quem vim. Um grupo de rostos identificados: Jo, Neil, Hilary, Kirsty, Ritchie, Sabina, Pam, Quentin. O que eu sabia sobre qualquer um deles em 2003? O que sei sobre eles agora?

– Há uma cama elástica! – diz Dinah, e em seu entusiasmo ela soa como uma criança; algo incomum nela. – É uma daquelas enormes, como a de William e Barney.

– Parece a de um professor de latim – diz Nonie.

– A cama elástica? – bufa Dinah.

– Não, a casa. Um velho e gentil professor de latim poderia morar aqui. Ele teria um grande escritório com uma lareira a carvão e calçaria chinelos, e chamaria os alunos para o escritório e conversaria com eles sobre seu dever de casa de latim.

– Você está só descrevendo o Sr. McAndrew, do último ano – diz Dinah. – Ele não mora aqui. Como iria para a escola?

– Eu o imagino morando em uma casa como esta – diz Nonie. – Com um gato. Decididamente não um cachorro.

– Por que não um cachorro? – pergunto, não conseguindo resistir.

– É uma casa de gatos.

– Nossa casa é o quê? – pergunto.

– Queimada – diz Dinah.

– Não é uma casa de animais de estimação.
– Boa resposta, Nones – digo, aliviada por não impedir que minha casa seja o que tem de ser por não enchê-la de tartarugas ou gerbos. – Certo, meninas, quero que esperem aqui. Não irá demorar mais que...
– Não – Dinah protesta. – Você não vai nos deixar no carro, de jeito nenhum!
– Podemos ir à cama elástica – Nonie sugere. – Tiramos os sapatos.
– Ela vai dizer não – avisa Dinah.
– Eu vou. Vocês podem usar a cama elástica de William e Barney no fim de semana, Nones, como fazem todo fim de semana.
– Mas eu quero ir *nesta*.
– Vamos lá, vocês podem ir comigo até a casa, esticar as pernas um pouco.
– E escutar a briga! – diz Dinah, esfregando as mãos de ansiedade.
Saltamos do carro para a noite fria e úmida. São seis horas e está escuro como se fosse meia-noite. Espano migalhas dos uniformes escolares das meninas, sabendo que estão lá, embora não consiga vê-las.
– O que você vai dizer? – Nonie me pergunta aos sussurros enquanto nos aproximamos da porta da frente de Little Orchard.
– Escute e irá descobrir – Dinah diz, e sou grata por ela responder por mim. Em minha cabeça já estou falando com Veronique Coudert; não quero ser distraída por nenhuma outra conversa.
Toco a campainha e espero. É uma casa grande. Pode demorar um pouco para ela chegar ali caso esteja bem nos fundos.
– Se não houver ninguém podemos ir à cama elástica – Dinah diz.
– Há alguém aqui – digo. – O dono daquele carro está aqui – falo, apontando para o Accord.

– Podem ter deixado aí para fazer os ladrões acharem que há alguém em casa, quando não há – diz Nonie. Toco a campainha de novo, mas estou impaciente demais para esperar.

– Vamos tentar nos fundos – digo.

Nós usávamos apenas a porta dos fundos quando ficamos em 2003. Não lembro de nenhum de nós discutir por que era assim, mas isso deve ter vindo de algum lugar. Talvez Little Orchard fosse uma daquelas casas em que a porta da frente nunca é usada. Jo deveria saber disso; Veronique Coudert devia ter lhe contado.

Ao tocar a campainha da porta da frente, indiquei a quem está do lado de dentro que sou uma estranha – alguém que não conhece bem Little Orchard, alguém em quem não se deve confiar?

Dinah e Nonie me seguem contornando a casa. O som de seus passos no cascalho é reconfortante: esmagamentos macios irregulares atrás de mim. Nada ali mudou. O jardim ainda tem muitas camadas, uma forma de escadaria, cada degrau um gramado perfeitamente retangular com uma beirada de tijolos arrumados. Há luzes acesas na cozinha e em um dos quartos.

Meu telefone começa a tocar no bolso do casaco. *Merda*. Deve ser Luke. Não quero falar com ele naquele momento, mas sei como ele ficará preocupado se não atender.

– Oi – digo. – Não é um bom momento.

– Amber, o que está acontecendo? Você está levando as meninas para Little Orchard? Por quê?

– Estamos aqui agora – conto a ele. – Está tudo ótimo. Converso com você depois. Certo?

Sem esperar resposta, desligo o telefone e o jogo na bolsa.

– Ele não vai ficar satisfeito com isso – constata Dinah objetivamente.

– Provavelmente não – concordo.

Bato na porta da cozinha de Little Orchard. Uma mulher de meia-idade e cabelos pretos a abre. Veste uma túnica de algodão azul e verde sobre jeans desbotado, com chinelos cor-de-rosa nos pés. Leva enrolado na mão um pano de limpeza amarelo com faixas cinza. Inicialmente parece ansiosa. Depois vê as garotas e sorri.

– Olá – diz. – Como posso ajudá-las? – pergunta, com um sotaque que não é inglês.

– Veronique Coudert?

– Não? Quem é você? Não estou esperando que venha esta noite, ninguém venha. Ninguém me avisou. A casa não está pronta.

Ela está nervosa. Espanhola, acho, talvez portuguesa.

– Sou Amber Hewerdine. Veronique Coudert está em casa?

Claro que não está. Quantos donos de propriedades de aluguel de fim de semana aparecem para ver suas faxineiras trocando as roupas de cama e esvaziando as latas de lixo depois que cada grupo de hóspedes parte?

– Ou... pode me dizer onde posso encontrá-la?

Se ela disser Paris eu posso começar a chorar. Dirigi desde Rawndesley. Minhas meninas estão pacientemente de pé atrás de mim, desejando poder pular em uma cama elástica proibida, no escuro. *Por favor.* Estou rezando para que a faxineira de Little Orchard consiga sentir como seria desastroso para mim ter de ir para casa sem nenhuma informação nova.

– Veronique Coudert? Quem é Veronique Coudert? Nunca ouvi falar dela.

– A dona de Little Orchard – digo.

– Não – diz a faxineira, balançando a cabeça. – E não conheço esse nome. Esta não é a casa de Veronique Coudert. Tem certeza de que está no lugar certo?

– Aqui é Little Orchard – digo, me sentindo irreal, consciente de Nonie e Dinah atrás de mim querendo fazer cem perguntas cada uma. – Esta... esta casa é sua?

– Não, eu sou a empregada... Ah, como vocês dizem? A faxineira. Sou Orianna.

– Qual é o nome da dona?

Ela recua um passo quando eu avanço não intencionalmente. Minha necessidade de respostas está me deixando desajeitada. Atrás de Orianna, a cozinha de Little Orchard está igual ao que era em 2003, a não ser pela ausência de Jo. Eu me vejo olhando para o armário de madeira. Não consigo ver se o prego ainda está lá, se projetando dos fundos, se a chave do escritório trancado está pendurada onde estava sete anos antes. *Eu poderia tirar Orianna do caminho e...* Não. Não poderia. Não foi por isso que eu trouxe as meninas comigo, para não ter escolha a não ser me comportar de forma responsável?

– Qual é o nome da dona? – pergunto novamente.

– Eu... Quem é você? Por que está fazendo essas perguntas?

Orianna continua a se afastar de mim, embora eu esteja de pé, imóvel.

Digo a ela novamente meu nome.

– Quero uma resposta e irei embora – digo. – A quem pertence esta casa?

– Eu gostaria que fosse embora agora, por favor – ela diz.

– Que mal fará me dizer o nome da dona?

– Eu não a conheço. Nunca a vi antes – diz, dando de ombros.

– Você vem aqui, eu não estou esperando...

– Ela está com medo – sussurra Nonie.

Ótimo.

– Está me dizendo que o nome Veronique Coudert não significa nada para você?

Ela balança a cabeça.

– Tenho de ir, lamento muito.

A porta se fecha na minha cara. Escuto enquanto ela gira a chave na fechadura.

— Ainda querem ir à cama elástica? — pergunto às garotas. Se Orianna não gostar disso, se quiser se livrar de nós, só terá de responder à minha pergunta. Ou chamar a dona, ainda melhor.

— Não podemos — diz Nonie, como se fosse a adulta responsável por duas crianças. — Não é justo com aquela senhora. Ela está com medo de nós. Quer que vamos embora.

Eu faço que sim com a cabeça.

— Certo, então venham. De volta ao carro.

Estou falando sobre mover sem me mover. Não consigo pensar em nada a não ser no choque com o que acabei de ouvir. Como Orianna pode não conhecer o nome Veronique Coudert. Não faz sentido.

Nonie dá uma cotovelada em Dinah.

— *Conte* a ela — diz. — Você precisa. Eu odeio isso.

— Pare com isso! Isso dói!

— Odeia o quê? Contar o quê?

— Ou eu conto — ameaça Nonie.

— Ela disse que podia não ser importante!

— Dinah, é melhor me contar — digo, enquanto uma estranha corrente de energia começa a correr pelo meu corpo. Acho que é medo. Quero me virar e correr, mas não consigo. Estou com as únicas duas pessoas em todo o mundo de quem eu nunca, em nenhuma circunstância, fugiria.

— Gentil, Cruel, Meio que Cruel — diz Dinah objetivamente. — Não é nada demais, é só... eu sei o que isso significa.

— O quê? — reajo, agarrando-a e puxando-a para mim. Meu coração parece estar despencando por um lance de escadas íngreme e infinito. — O que quer dizer? Você não pode... Como você pode saber o que significa?

— Fui eu quem inventou isso — ela diz.

Você sabia que, em termos psicoterapêuticos, a casa é uma metáfora para o eu? Jo tenta enfiar pessoas em sua casa e mantê-las lá porque teme que, no fundo, não haja nada a não ser vazio. Amber se sentia frustrada por não poder escancarar a porta do escritório de Little Orchard e revelar seu conteúdo; ela é alguém que valoriza verdade e integridade, sendo forçada, contra a sua vontade, a mentir.

E Simon se sente mais desconfortável a cada segundo. Está morrendo de vontade de saber se há um fragmento de verdade em algo do que estou dizendo. Não nos ajuda o fato de que Amber escolhe não partilhar conosco um volume enorme de informações importantes. Há três coisas acontecendo aqui: repressão, negação e segredo. Amber, só porque há muito que está escolhendo não contar, não significa que você mesma conheça todos os fatos. Parte do que precisamos saber está escondido dentro de você, e você não tem ideia de que está aí; parte você sabe que está, mas tenta fingir que não. Por isso se orgulha tanto dos segredos que esconde no plano consciente. Imagina que, se pode manter esses escondidos, as outras coisas não têm nenhuma chance de sair.

Mas você está aqui porque há coisas que quer saber. Veja, até mesmo trouxe um detetive com você. Acho que está se fazendo as perguntas erradas, e por isso as respostas não estão surgindo. Pergunte-se isto: o que estou aterrorizada de descobrir? O que não estou preparada para revelar?

Na última vez em que nos encontramos você perguntou se a maioria das lembranças reprimidas de meus pacientes tendem a subir à superfície enquanto estão aqui comigo ou se os pacientes chegam dizendo: "Ei, algumas novas lembranças surgiram desde a última vez em que a vi!"? O modo como formulou a pergunta deixava claro que você achava as duas opções absurdas. Eu lhe disse a verdade: a maioria esmagadora vivia seus momentos de descoberta aqui, sob hipnose.

Você desconfiou. Perguntou por que seria assim; certamente, uma lembrança podia vir do subconsciente e chegar à mente consciente a qualquer momento? Eu disse que teoricamente sim, mas muitas lembranças reprimidas são dolorosas. As pessoas sabem que estão seguras aqui. Sabem isso consciente e inconscientemente. Pacientes têm mais probabilidade de liberar trauma em um ambiente seguro, que existe especificamente com esse objetivo, do que sozinhos em casa ou pela manhã, a caminho do escritório.

Quando disse isso, você olhou para mim assombrada, e isso me contou algo sobre você: que não consegue se imaginar mais segura em uma relação comigo ou qualquer outro terapeuta do que trancada dentro de sua própria cabeça, sozinha. Acha que manter seu segredo ou segredos é se manter segura, mas o oposto é a verdade. Por mais envergonhada ou culpada que se sinta, se sentirá melhor se deixar isso sair e lidar com as consequências.

Não a culpo por não confiar em mim. Pessoas que passaram anos sofrendo agressões de um narcisista acham difícil confiar em si mesmas e em outras pessoas. Como você mesma disse, na maior parte do tempo tenta se comportar do modo que Jo espera. Para evitar ataques, se concentra apenas nas necessidades de Jo quando está com ela, o que faz de você uma conarcisista. Você se ressente dela por colocá-la à força nesse papel, e se ressente de si mesma por interpretá-lo, o que a deixa desconfiada de tendências narcisistas e conarcisistas.

Antes que me diga o que quero saber – e tenha em mente que é a única pessoa que sofre por *não* me contar –, precisa que eu passe por certos testes. Tenho de lhe provar que não sou narcisista como Jo, que deixarei que expresse seus sentimentos e escute-os sem julgar e sem lhe dizer como deveria se sentir. Espero ter provado isso. Mas não é suficiente; também tenho de provar que não sou conarcisista – a desafiando, não deixando que se safe de tudo. Motivo pelo qual meu comportamento lhe parece errático, porque estou tentando satisfazer essas duas necessidades simultaneamente; provocando num minuto, sentindo empatia no outro.

É uma estratégia arriscada. Se eu a confundir, se você nunca souber qual comportamento esperar de mim, há o perigo de que me veja como outra Jo.

Uma terapeuta não deveria revelar seu jogo assim. Eu não deveria acenar para você com diagnósticos em uma grande demonstração, ou deixar que fique deitada aí com os olhos fechados e um sorriso de satisfação pessoal no rosto enquanto faço todo o trabalho. Não deveria partilhar com você minhas táticas ardilosas. Então, por que estou fazendo ambos? Estou tentando impressioná-la. Simon a impressionou na primeira vez em que o encontrou, tanto que você está disposta a se obrigar a passar por este sofrimento para ajudá-lo a resolver seu caso de homicídio. Se conseguir impressioná-la com meu brilhantismo psicanalítico e convencê-la de que sou ao mesmo tempo merecedora e potencialmente útil, o grande letreiro em neon em sua mente que está piscando as palavras "Não devo contar a Ginny" talvez possa ser desligado; você talvez possa me contar o que está retendo. Seu subconsciente receberia a indicação de que o sinal de alerta se apagou, o que o tornaria mais capaz de...

O quê?

Amber? O que é? Lembrou de alguma coisa?

10

2/12/2010

Simon estava de pé diante da casa de Jo e Neil Utting em Rawndesley quando seu telefone começou a vibrar no bolso. Ele o pegou, conferiu a tela. Charlie.

– Seja rápida – ele disse. Ela provavelmente só ouviu a parte do "rápida"; ele começara a falar assim que vira seu nome, sabendo que ainda não estavam conectados.

– Onde você está? – ela perguntou.
– Prestes a tomar o depoimento de Johannah Utting. Por quê?
– Eu preciso... – começou Charlie, depois se interrompendo.
– Quem?

Simon poderia ter passado sem o tom desconfiado, assim como poderia ter passado sem a neve que pousava em sua cabeça e sua nuca.

– O que você quer?
– Quem é Johannah Utting? – Charlie perguntou.

Simon fechou os olhos, sabendo que a pergunta seguinte seria: *Ela é atraente?* Era o que Charlie dizia sempre que ele mencionava o nome de uma mulher. *Patético.* E perturbador. Como Simon deveria saber quem era atraente?

– Tenho de ir – ele falou. – Conversamos mais tarde.

Fim da chamada, telefone desligado, fim do problema. *Por ora.*

Jo Utting provavelmente era o que a maioria dos homens chamaria de atraente, embora não de um modo que Simon considerasse interessante. Ele sempre ficara ligeiramente alarmado com cabelos muito cacheados, especialmente em mulheres. Isso o fazia pensar em bonecas ganhando vida em filmes de terror. Não que conseguisse se lembrar de ver um filme no qual isso acontecesse. Os cabelos de Jo Utting eram os mais cacheados que já tinha visto, cada cacho uma mola amarela enrolada. Será que não havia nada que ela pudesse fazer para alisá-los?

Simon foi recebido dentro da pequena casa geminada de tijolos vermelhos por Jo e uma mulher que soava estrangeira e lhe disse com um sorriso ser Sabina, como se ele devesse ter ouvido falar dela. Ele teria achado difícil descrever o cenário no qual penetrou – achou difícil, mesmo em sua cabeça, onde era ao mesmo tempo contador e plateia que já conhecia a história. Como policial, Simon se vira em muitas situações estranhas e desagradáveis ao longo dos anos, mas nunca em uma como aquela.

Um número absurdamente grande de pessoas, algumas crianças, surgiu de repente, e todos tentaram, ao mesmo tempo, engajá-lo em conversas. Ninguém parou de tentar ao ver que os outros estavam tentando, supondo que qualquer um tivesse notado os outros, o que de modo algum era algo garantido. Simon se viu preso em uma nuvem de ruído intolerável que prometia nunca ter fim. Não conseguia reagir porque não conseguia ouvir nenhuma das perguntas. No momento em que tinha conseguido absorver inteiramente o sentido de uma, se dava conta de que não havia ninguém capaz de prestar atenção em sua resposta; ele já não era o objeto de interesse. Os vários participantes daquele emaranhado bizarro tinham voltado as atenções uns para os outros e estavam fazendo anúncios acima de cabeças e entre corpos sobre questões horárias práticas: o que precisava ser feito, por quem, quanto tempo levaria. Simon ouviu seu nome ser mencionado com frequência, mas não foi incluído na discussão, sequer observado, enquanto todos os presentes falavam longa e simultaneamente sobre como se organizariam para falar com ele, considerando todas as outras coisas que tinham de fazer. No fundo do corredor – que parecia estar a quilômetros, embora não pudesse estar a mais de um metro e vinte ou um metro e meio – um homem alto de ombros largos com cabelo escovinha gritava em seu celular sobre o preço de vidro bisotado. Embora o assunto não lhe interessasse, Simon se aferrou ao som daquela voz marcante pelo tempo que conseguiu, até ela ser engolida pela cacofonia maior. Ouviu a palavra "pilates", soube que já a ouvira antes, ficou pensando no que significaria.

Era impossível ir além do corredor para uma sala, ou expressar a necessidade disso. Alguns segundos depois, Simon tinha perdido de vista Jo Utting, a pessoa com quem mais queria falar. Ela estivera de pé bem à sua frente – tivera a impressão de que estava no centro da escaramuça –, e então, de repente, não estava mais lá. Uma mulher grande com cabelos louros escuros escorridos e que parecia ter trinta e poucos anos estava de pé junto a um umbral olhando para Simon, a boca aberta. Vestia pijamas com elefantes cor-de-rosa. Simon registrou que era a deficiente. Atrás dela viu duas finas camas de armar desfeitas que lembravam a cobertura televisiva de desastres, entrevistas com pessoas vivendo em ginásios depois que suas casas tinham sido inundadas.

Ou incendiadas...

Um pequeno homem idoso apareceu abaixo do queixo de Simon exigindo saber o que havia sido feito para salvar uma árvore importante. Uma ordem de derrubada havia sido emitida contra a árvore, injustamente. Era aquela na esquina de Heckencote Road e Great Holling Road. Era justo destruir uma árvore que tinha quase cem anos de idade para que outro hotel pudesse ser construído, o que só aumentaria o problema do trânsito em Rawndesley? Acima do idoso falava uma mulher de aparência ainda mais idosa, insistindo que Simon não estava ali para discutir árvores. Ambos ficaram em silêncio ao mesmo tempo, como se tivessem anulado um ao outro.

Finalmente surgiu uma lacuna na qual Simon poderia inserir uma resposta, se assim desejasse. O problema era que ele não tinha ideia de quem era o homem idoso, ou a mulher. Também achava que sua identidade era menos sólida do que tinha sido ao chegar, alguns minutos antes. Aquele tipo de ambiente, uma casa de família caótica, lhe era desconhecido. Ele crescera em uma casa silenciosa sem convidados. Até ir morar com Charlie, nunca tivera um hóspede em sua própria casa, com exceção de Charlie, que nunca era convidada e que, de qualquer forma, não contava.

A mulher que soava europeia, Sabina, se curvou por cima do velho para agarrar o braço de Simon.

– Sem comentários – ela gritou em seu rosto. Isso confundiu Simon, que não lhe perguntara nada. – Não vou dizer nada sem a presença do meu advogado – continuou, com um forte sotaque londrino. – Conheço meus direitos. Sem comentários.

Ela começou a rir, depois falou com sua voz normal.

– Sempre quis dizer isso a um policial. Não se preocupe, estou brincando. Está agitado aqui. Somos muito barulhentos, me desculpe.

A cabeça cacheada de Jo Utting apareceu, se projetando na passagem mais distante visível.

– William, Barney, saiam do caminho – ela disse. – Deixem o detetive Waterhouse passar.

William e Barney, Simon pensou. Duas pessoas; pelo tom de Jo, provavelmente os dois menores. Não havia como conseguir chegar ao aposento que continha Jo se apenas duas pessoas se movessem, não sem levantar alguns pesados objetos inanimados. Pelo menos quatro pessoas precisavam se mover.

Alguém o empurrou para frente.

– Eu o entregarei a Jo – Sabina disse. Como e quando ela chegara por trás dele? – Nesta casa você tem de forçar.

De algum modo, com a ajuda, Simon avançou em meio à multidão até a cozinha e Jo. O alívio que sentiu durou pouco. Ele aceitou a oferta de Jo de uma xícara de chá, e estava prestes a perguntar se poderia fechar a porta para conseguir ouvir seus pensamentos quando um garoto de rosto sério apareceu diante dele.

– Sabe a diferença entre uma relação transitiva e uma relação intransitiva?

– William, não o atormente – disse Jo, esticando a mão na direção de uma caneca. – Por que você e Barney não vão brincar um pouco com o Wii?

– Tudo bem – disse Simon. Ele não sabia a diferença. O garoto parecia ter doze ou treze anos. Se havia algo, qualquer coisa, que ele sabia e Simon não, essa situação precisava ser corrigida. – Transitiva e...

– Intransitiva – disse William, esticando as costas como um cadete do exército.

– Vá em frente e me diga.

– A rainha é mais rica que meu pai. Meu pai é mais rico que meu tio Luke...

– William! – reagiu Jo, revirando os olhos. – Desculpe – disse a Simon sem emitir um som, corando.

– ... meu tio Luke é mais rico que eu. Isso significa que a rainha é mais rica que eu. É uma relação transitiva. Mas se a rainha fosse mais rica que alguém que era mais rico que eu, mas a rainha *não fosse* mais rica que eu, essa seria uma relação intransitiva. Exceto que mais rico sempre seria transitiva. Intransitiva poderia ser algo como vive ao lado de...

– Certo, William, já é o bastante – disse Jo. – Acho que o detetive Waterhouse compreendeu o princípio. Vamos lá, correndo.

O filho dela saiu do aposento com um ar de decepção, como se tivesse mais a dizer e nunca mais fosse ter a chance. Um garoto esquisito, Simon pensou.

Ele quis aplaudir quando Jo fechou a porta da cozinha, colocando uma barreira entre os dois e o barulho.

– O pai dele *não é* mais rico que o tio Luke – disse, como se fosse importante para ela. – Acho que William supõe que qualquer um que tem o próprio negócio é Bill Gates ou algo assim. Quem me dera!

– Preciso lhe perguntar sobre a noite passada – Simon disse.

– Não antes de eu perguntar se o que Amber me contou é verdade. Você não irá contar a ninguém que ela não foi pessoalmente ao curso de direção consciente?

– Vou fazer de tudo para não precisar.

– Nesse caso – disse Jo, expirando longamente – graças a Deus. Tenho duas crianças pequenas, um sogro dependente morando permanentemente comigo desde que a esposa morreu de câncer de mama, uma irmã com uma grave deficiência mental morando comigo temporariamente, uma mãe que está envelhecendo e não é mais tão forte quanto costumava ser.

– Espero que não haja necessidade de mencionar o curso no Departamento de Trânsito – Simon disse. – *Duas crianças pequenas*. Seria o robusto e articulado William, de aproximadamente doze anos de idade uma delas? Simon não o teria descrito como pequeno. Também não teria chamado o sotaque de Jo de cortante, como Edward Ormston fez. Educado sim; classe média alta, sim, mas não nobre. Não aristocrático.

– As pessoas dependem de mim – disse Jo, dando a Simon uma xícara de chá. – Sei que o que fiz foi errado. Eu me importo demais com as pessoas e coloco sobre meus ombros todos os seus problemas inventados – disse, dando uma risada amarga. – Todos estão sempre dizendo que sou solícita e me sacrifico demais, mas mesmo eu acho que ser processada é o limite.

Ela se virou para Simon, como se em reação a uma ameaça que ele tivesse feito.

– Você não pode me punir por me preocupar a ponto de tentar ajudar as pessoas.

Na verdade, eu poderia.

– Onde estava na noite passada entre meia-noite e duas da manhã?

– Na cama, dormindo. Você não acha realmente que incendiei a casa de Amber?

– Seu marido pode confirmar seu paradeiro?

– Ele também estava dormindo. Todos estávamos.

Então isso foi fácil. Se todos estavam dormindo, isso significava que ninguém podia confirmar que todos estavam dormindo. Afora os meninos, qualquer um deles, incluindo Jo, poderia ter se levantado e ido à casa de Amber iniciar o incêndio. Arriscado. E se não tivessem voltado antes que a notícia despertasse o resto da família? Sabia-se que Amber nunca dormia. Ela poderia ter notado o fogo muito mais cedo do que aconteceu e telefonado para a casa de Jo em minutos, imediatamente depois de chamar o corpo de bombeiros.

Quem naquela casa teria corrido esse risco?

– Quem é "todos nós"? – Simon perguntou. – Quem estava aqui noite passada?

– Eu, Neil, William, Barney...

– Seu marido e filhos?

– Sim, e Quentin, meu sogro.

– Sabina? Ela também é parente?

– Ela é a babá dos meninos. Não, ela não passa a noite aqui. Nem mamãe e Kirsty. Elas foram pra casa por volta de seis, seis e meia.

– Antes do jantar? – perguntou Simon.

Jo lançou um olhar ferido, como se ele tivesse deliberadamente aumentado suas esperanças e depois a deixado na mão. Será que ele está vendo demais? Lembrou a si mesmo que tinham acabado de se conhecer. Nada que ela tivesse feito ou dito podia deixá-lo culpado. Estava fazendo seu trabalho.

– Você está mais interessado nos detalhes do nosso cotidiano do que me é confortável – ela finalmente disse. – Você deve saber que ninguém aqui colocaria fogo na casa de Amber e Luke? Deus! Somos a família deles. Somos tudo o que têm. Pergunte a Amber se ela acha que um de nós poderia ter feito isso. Irá rir na sua cara. Qual a importância de quando jantamos, Deus do céu?

Jo não estava olhando para Simon, mas para a xícara de chá que lhe dera. Ele meio que esperava que ela a tomasse de volta.

– Amber, Dinah e Nonie ficaram para jantar, sim? – continuou Simon calmamente. – Sabina também ficou?

– Sim – disse Jo, destacando a palavra. – Ela passou boa parte da noite, foi para casa por volta de onze. Por quê?

– Então as pessoas no jantar eram você, Neil, seus dois filhos, Sabina, seu sogro, Amber, Dinah e Nonie? Ninguém mais?

– Não.

– E foi durante o jantar que Amber contou a todos o que acontecera quando procurou uma hipnoterapeuta no dia anterior; a policial que ela encontrou, com o caderno?

– Não – disse Jo, emburrada. – Ela não disse nada sobre um caderno. Fez o truque habitual de dizer o mínimo possível. Só nos contou que tinha ido ver uma hipnoterapeuta, e isso a levou a se envolver em uma investigação de homicídio.

– Ela lhe disse o nome da mulher assassinada? – Simon perguntou.

– Katharine Allen.

– Esse nome significa algo para você?

– Não.
– Ainda assim você se lembrou dele.
Um suspiro lento saindo de Jo.
– Eu passei o dia inteiro atrás dela no Google, não é? Como qualquer um faria. Assassinato pode ser um acontecimento cotidiano para você, mas em nossa família é bastante incomum. Não que eu esteja dizendo que minha vida seja tediosa ou algo assim, mas... – disse, e deu de ombros.
– Então sua mãe, sua irmã e seu irmão foram os únicos membros da família que não sabiam que Amber tinha sido ouvida em relação à morte de Katharine Allen?
Jo franziu o cenho.
– Não, todos sabem. Bem, exceto Kirsty, minha irmã, que não é capaz de entender as coisas nesse nível.
– Eles sabem agora – esclareceu Simon. – Mas antes do incêndio...
– Mesmo antes do incêndio, mamãe sabia – Jo disse. – Contei tudo a ela quando telefonei.
– Você telefonou para ela? Quando?
– Noite passada, antes de me deitar. Não sei exatamente a que horas. Umas onze e meia? Ligo toda noite, para ver se ela e Kirsty estão bem e dar boa-noite. Mesmo se não fizesse, teria ligado noite passada para contar o que acontecera com Amber. Também liguei para Ritchie.
– Por quê?
– Isso não é óbvio? – retrucou Jo.
– Não.
Ela encheu a chaleira de água, esquentou novamente, escolheu uma xícara para si. Simon notou que era superior àquela que lhe dera, que estava lascada na borda e coberta com uma trama de rachaduras sob o esmalte.

— Se algo importante acontecesse a alguém da sua família você não se preocuparia em garantir que todos soubessem o mais cedo possível?

— Com que frequência você vê sua mãe, sua irmã e seu irmão? — retrucou Simon com sua própria pergunta.

— Meu irmão a cada dois ou três dias, acho — Jo respondeu. — Vejo mamãe e Kirsty todos os dias. É difícil para mamãe cuidar de Kirsty, e como nenhuma de nós trabalha, faz sentido ficarmos juntas; alguém com quem conversar, você sabe.

Ela deu um sorriso radiante; a expressão permaneceu fixa por tempo demais, imóvel.

— Se você não trabalha, por que precisa de uma babá?

Ela estava fazendo um relato de sua família como se fizesse sentido, mas não fazia, não para Simon. Ver um ao outro todos os dias, ligar toda noite?

Jo riu.

— Você já tentou cuidar sozinho de duas crianças? Neil trabalha o dia inteiro, mamãe fica ocupada com Kirsty... Se eu tentasse fazer tudo sozinha, ficaria maluca. Não tanto agora, mas certamente quando os meninos eram pequenos. Mesmo agora, na maioria das noites, Sabina supervisiona os deveres de casa enquanto eu faço o jantar. E normalmente uma de nós também está lidando com Quentin. Desde que Pam morreu de câncer de fígado — a mãe de Neil...

— Câncer de mama — corrigiu Simon.

— Câncer de fígado.

— Você antes disse câncer de mama.

Havia algo muito errado ali. Simon sentiu um arrepio.

— Não, não disse. Está me dizendo que não sei do que minha própria sogra morreu? Foi câncer de fígado. Foi horrível. Do começo ao fim, demorou cinco anos para matá-la, e agora ela não sofre mais, bom para ela, mas Neil e eu estamos atolados cuidando de Quentin e nos sentindo péssimos de um dia passar pela nossa cabeça que teria sido muito mais fácil o contrário – falou Jo, e seus olhos brilhavam com as lágrimas. – Se Quentin tivesse morrido primeiro e Pam sobrevivido...

Ela lançou um braço na direção da porta, apontando. Nada mais de sorriso brilhante.

– *Você* não tem de viver com ele todo dia. Você não teve de suportar e ver Pam morrer. Eu sim, então não me diga que ela morreu de câncer de mama, como se soubesse mais sobre isso do que sei.

– Quando ela morreu?

– Em janeiro deste ano.

Simon anuiu. Ele achou interessante que Jo estivesse escolhendo apresentar sua divergência como uma sobre diagnóstico. Ela claramente sabia melhor do que ele qual doença tinha matado a sogra, portanto, fazia sentido para ela fingir que podia facilmente vencer a discussão. Na questão de o que ela dissera mais cedo na conversa – se inicialmente tinha dito câncer de fígado, como alegava, ou câncer de mama, como Simon lembrava – os dois estavam em posição igual, um ou outro com a mesma chance de estar certo ou errado.

– Então você ligou duas vezes para sua mãe noite passada? A segunda vez depois de saber do incêndio?

– Neil ligou para ela imediatamente depois que Luke telefonou e nos acordou. Eu estava em choque, não conseguia pensar direito, mas Neil sabia que eu iria querer mamãe aqui, e Sabina. Ele ligou para todo mundo; incluindo Ritchie, mas Ritchie não pôde vir. Está com o estômago ruim.

– E presumivelmente alguém acordou Quentin?

Amber tinha dito que todos menos Kirsty, Ritchie, William e Barney tinham se reunido na sala de estar de Jo nas primeiras horas da manhã.

– Neil acordou o pai, sim.

– Voltando à hora do jantar... – Simon começou.

– Massa com muçarela, manjericão, tomates e azeite – cortou Jo. – Torta de melado de sobremesa. Por Deus, quão interessado você pode estar no jantar de uma família comum? Como conversar sobre meu jantar da noite passada irá lhe ajudar a pegar assassinos?

– William e Barney estavam aqui quando Amber contou a todos sobre Katharine Allen e ser ouvida pela polícia?

– Não. Eles e as meninas tinham saído da mesa. Eu sabia que Amber tinha algo importante a nos contar, então os mandei brincar.

Simon aprovou, aliviado por a família não ser tão anormal a ponto de discutir assassinato à mesa do jantar na frente das crianças.

– Quanto ao curso de direção consciente... – ele começou.

– Já falamos sobre isso – disse Jo em tom de alerta. – Você disse que não voltaria a isso.

Não disse não.

– Preciso saber que não tenho de me preocupar com... qualquer tipo de revés – Jo disse. – Quero que me dê sua palavra.

– Sem revés – prometeu Simon. Se fosse preciso ele negaria. Por hora estava preparado para dizer qualquer coisa que funcionasse. Ele sentia que, a qualquer momento, caso Jo não gostasse do que ouvia, poderia encerrar o depoimento.

Ele forçou um sorriso. Ela tentou corresponder, fazendo uma linha com a boca.

– Mais uma pergunta e a deixarei em paz – ele disse. – Você contou a Amber sobre Edward Ormston, sua filha Louise, que morreu?

O rosto de Jo não dizia nada.

– Quem?

– Ed, do curso no Departamento de Trânsito.

– Ah – ela disse, e manchas rosadas surgiram em suas bochechas. – Ed, sim. Desculpe, é só que... sem o contexto... Eu contei tudo a Amber. Ela insistiu. Não que qualquer das duas tivesse pensado que *isto* iria acontecer.

– Você não contou exatamente tudo a ela – Simon disse.
– Sim, contei. O que não contei a ela?
Um desafio claro: *diga uma coisa que deixei de fora*.
Pela segunda vez no dia Simon descreveu o discurso feito pela mulher que se dizia Amber: a hipocrisia de uma sociedade que valoriza demasiadamente os carros, mas se recusa a aceitar seu lado ruim.
Jo não disse nada. Parecia ainda estar escutando, muito tempo depois de Simon ter terminado. Será que esperava que ele dissesse algo mais?
– Por que não contou a Amber que tinha dito tudo isso?
– Não estou certa de que tenha dito isso.
O dar de ombros de Jo foi improvisado, como se nada pudesse ter menos importância.
– Ed Ormston tem certeza de que disse. Acredito nele.
– Bem, então... Veja, não me lembro, certo? – disse Jo, esfregando a testa. – Talvez tenha dito algo, mas não foi *isso*, eu não teria me saído com um monte de absurdos como esse. Ed não é um frangote, é? Eu meio que fiz um discurso, mas não me lembro dos detalhes – falou, fazendo um gesto de descarte com a mão. – Estava com raiva de estar ali, desperdiçando um dia, e descontei em alguém, suponho, mas se Ed acha que foi o que disse, então me entendeu mal.
– Como exatamente? – Simon perguntou.
– Não sei! Isso foi há um mês. Você se lembra de coisas que disse há um mês?
Considerando que tinha feito Simon pensar, Jo insistiu.
– Você não lembra. Ninguém lembra. Nós lembramos do que outras pessoas disseram, não do que nós mesmos dissemos.
Como eu me lembro de você dizer câncer de mama antes. Não câncer de fígado.

— Então você não estava interpretando Amber? — Simon perguntou. — Expressando o que você imaginava que fossem suas opiniões, em sua ausência e como sua substituta?

Jo fez uma careta.

— Seria melhor você perguntar a ela sobre me interpretar. Por que você acha que ela está tão desesperada para adotar Dinah e Nonie?

— Pelo bem delas. Elas querem pais — disse Simon, repetindo o que Amber lhe dissera.

— Não. Não! Não tem a ver com isso, de modo algum. Tem a ver Amber querer ser eu, como sempre quer. Eu sou mãe de dois filhos, então ela tem de ser. É doentio. *Ela* é doentia — disse Jo, se lançando na direção de Simon. Ele recuou, mas aparentemente ela só queria olhar a xícara dele. — Você precisa de mais chá — ela disse, em uma voz que não tinha nada a ver com aquela que estivera usando alguns segundos antes. — Deveria ter dito.

— Achei que você tinha dito que se importava com Amber — lembrou Simon, já que ela tinha dificuldade em lembrar das próprias palavras.

— Você acha que se alguém é doente eu não deveria me importar com ela? Então você é tão doente quanto ela é, doente da cabeça. Esqueci de perguntar se você toma com açúcar. Toma?

— Não.

— Bom — disse, lançando outro sorriso brilhante. — Porque não há açúcar na casa.

...

Olivia enxugou os olhos e seguiu para a cozinha. Hora de parar de chorar e preparar uma xícara de Lapsang Souchong. E parar de ruminar o que Sam Kombothekra tinha feito de errado, por mais tentador que fosse pensar em qualquer outra coisa que não o que ela mesma estava fazendo de errado, cada segundo de sua vida. Não que passasse todas as suas horas acordada com Chris Gibbs, mas mesmo quando não estavam juntos, como naquele momento, seu estado pecador ainda se aplicava; não havia como se livrar dele. Gibbs não parecia se importar que sua relação fosse injustificável e potencialmente desastrosa para todos os envolvidos. Sempre que Olivia puxava o assunto ele dizia coisas irritantes como "É assim que as coisas são. Não faz sentido desejar que não fossem". Ele parecia não se preocupar com seu status de pessoa boa ou má. Não que Olivia pensasse nesses termos; isso era uma simplificação grosseira.

Nunca antes ela conhecera um homem que se interessasse tanto por ela e nada por si mesmo. Ele nunca dissera que a amava, mas dissera uma vez que a idolatrava. Isoladamente, isso seria adorável, mas Olivia achou desconcertante quando tentou retribuir elogiando-o, só para vê-lo encará-la, confuso, com uma pergunta nos olhos: *quem*? Como se estivesse falando de alguém que nunca tivesse conhecido. Ele se recusava a se colocar sob o holofote dos próprios pensamentos, o que, bem a calhar, significava que nunca era capaz de explicar ou analisar seu comportamento. Ele se referia regularmente ao futuro – um futuro em que os dois estavam juntos, um que não incluía seus respectivos parceiros nem crianças –, mas quando Olivia perguntava como achava que aquilo poderia se tornar real, dava de ombros, como se essa parte não lhe dissesse respeito.

Algo teria de acontecer logo para mudar as coisas, certo? Ele estava prestes a se tornar pai. Como isso podia não virar tudo de cabeça para baixo? Enquanto isso, mais perto de casa – *em* casa – a suposição geral era de que Olivia logo se casaria com Dominic Lund, que estava sentado na sala ao lado, lendo publicações jurídicas diante da TV, ignorando que sua noiva o enganava havia cinco meses. Eu poderia fazer algo acontecer, Olivia pensou, mas não importava quantas vezes repetisse a ideia para si mesma, não acreditava nisso. Não achava que tinha nem o poder nem o direito de decidir qual rumo sua vida iria tomar. Qualquer coisa que fizesse poderia tornar as coisas muito piores.

Quando jovem, ela quase morrera de uma doença que estava além de seu controle. No final, sobrevivera, mas outras pessoas, não ela, fizeram isso acontecer. Desde então, Olivia se vira incapaz de se livrar da convicção de que nenhum ato seu poderia fazer qualquer diferença em qualquer coisa. Não importava o que pensava. Ela não era uma pessoa que o mundo notasse ou com a qual se importasse. Charlie era; Simon era. Só precisavam piscar e o universo se reorganizava ao redor deles. Quando Charlie tivera aquele caso inapropriado alguns anos antes, fora matéria de todos os jornais nacionais.

Seria por isso que Olivia estava treinando como deixar as pessoas com raiva? Para provar a si mesma que podia ter um impacto?

Dom apareceu na cozinha atrás dela, taça de vinho vazia na mão.

– Vai me contar por que está chorando? – perguntou.

– Não estou mais.

– Ajuste o tempo verbal – ele retrucou, impaciente.

– Alguém gritou comigo quando tudo o que eu estava tentando fazer era ajudar – contou Olivia.

Dom deu um risinho enquanto pegava a garrafa de vinho na mesa da cozinha.

– Não surpreende. Já vi você tentar ajudar pessoas.

– Deixe-me perguntar uma coisa a você.

– Estou ocupado, Liv – disse, depois murmurou baixo: – Sabia que era um erro entrar aqui.

– Não vai demorar. Por favor?

Ele não era a plateia ideal, mas era só o que tinha. Gibbs era a pessoa que ela queria impressionar com sua teoria, mas arruinara tudo procurando Sam antes, não estando certa do brilhantismo de sua contribuição para partilhá-la com Gibbs antes de conseguir respostas de um especialista. E agora que preferia comer um balde de unhas do pé a algum dia dizer a Sam mais alguma coisa, significava que também não podia conversar sobre isso com Gibbs. Se ele achasse que sua hipótese era forte o bastante, iria partilhá-la com sua equipe. Claro que iria; como poderia não fazer isso? E se Sam investigasse e se revelasse um beco sem saída, só confirmaria sua visão de Olivia como uma idiota melodramática.

Eu mesma poderia testá-la, ela pensou. Ninguém precisa saber. A não ser que esteja certa.

– Que plano maluco você está concebendo? – perguntou Dom, torcendo no dedo um cacho dos cabelos dela.

– Por que alguém que atuou em três filmes quando criança desistiria de atuar quando adulto? – Olivia perguntou.

– A remuneração é baixa para a maioria das pessoas.

– Certo. Então você faria a coisa sensata, se tornando professora primária.

– Foda-se todo o dinheiro do magistério – disse Dom.

– Interpretar ainda é seu primeiro amor. Você não se esqueceria dele.

– Do que estamos falando? – Dom perguntou entre goles de vinho tinto. Seus lábios estavam sujos de roxo. Ele tinha os lábios mais mancháveis de qualquer um que Liv já conhecera. Será que mais alguém notaria isso nele e apreciaria como era bonitinho se... Não, ela não podia sequer pensar nisso. Largar Dom estava fora de questão.

– Nem todos os atores mirins crescem adorando atuar – ele disse. – Se os pais forçam a barra, podem acabar odiando aquilo. "Foda-se, mãe, não quero participar de *Lassie 23: o retorno do mestiço fedorento*. Não posso ir para a escola como todos os meus colegas, ser um garoto normal?"

Olivia não tinha pensado naquilo.

– E há aqueles que acham que poderiam ser bons – continuou Dom, se animando com o assunto. – Aqueles que fingem que o trabalho do dia a dia só está pagando as contas até serem descobertos por Steven Spielberg.

– E quanto aos sãos? – perguntou Olivia. – Não fodidos por pais que forçam a barra, ou ainda sonhando com Hollywood. Aqueles que sabem que não são astros e gostam de seus empregos cotidianos, mas... digamos que dão aulas em uma escola primária...

Dom franziu o cenho.

– Quem é esse ex-ator professor de escola primária?

– Ela foi assassinada.

Olivia sabia que ele imaginaria que qualquer informação interna teria vindo de Charlie.

– Em Spilling? Então ela é problema de Simon Waterhouse, não seu.

– Uma professora de escola primária que um dia foi atriz estaria disposta a promover o teatro na escola – continuou Liv, tentando não se encolher ao apresentar sua teoria em voz alta. – Não estaria? Ela poderia, é só o que estou dizendo. Se gostava de atuar quando criança, poderia achar que seria divertido para seus alunos. E... onde há atuação, há figurinos. Se Kat Allen era a única professora de sua escola que um dia participou de filmes, talvez estivesse encarregada do teatro na escola – disse. *Talvez tivesse conseguido uma fantasia de bombeiro e a usado para incendiar a casa de Sharon Lendrim.* – Talvez marcasse passeios ao teatro para seus alunos. Talvez alugasse vans e as levasse para ver pantomimas.

– Sem saber do que você está falando é difícil para mim ficar excitado com essa possibilidade – disse Dom, bocejando.

– Teatros têm departamentos de vestuário. Ela poderia ter levado um grupo deles, mostrado, perguntado ao gerente de figurinos se as crianças podiam experimentar os trajes, talvez pegar alguns emprestados – disse Liv, depois gemendo ao ver o rosto de Dom.

– Simplesmente não posso acreditar que ser um ator mirim não tenha algum tipo de... efeito duradouro. Veja, quanto mais eu falo,

mais implausível e complicado parece. Vamos simplificar, a sequência de ligações: atuação, figurinos, traje de bombeiro...
– Traje de *bombeiro*?
– É complicado.
Ela não podia se dar o trabalho de explicar. Dom se virou.
– O que quer que esteja fazendo, não precisa de mim para isso – disse, levando seu vinho de volta à sala.

Olivia sabia que estava divagando – algo que ela fazia melhor que qualquer um que conhecia, até mesmo Simon Waterhouse –, mas essa ideia a enlouqueceria se não cuidasse disso. Um telefonema, era tudo o que seria necessário. Ou, se tivesse sorte e não estivesse a centenas de quilômetros do alvo, uma série de telefonemas. E alguma encenação.

Seria a primeira coisa a fazer no dia seguinte.

...

Tendo se convencido de que Ritchie Baker era indolente demais para fazer algo tão trabalhoso quanto tentar matar alguém, Sam fez a pergunta que Simon enviara por mensagem de texto menos de um minuto antes, antecedida pela palavra "URGENTE" em maiúsculas.

– De que Pam Utting morreu?
– Câncer de fígado. Bem, começou no fígado. Eles diagnosticaram cedo, acharam ter tirado tudo, depois ele voltou, se espalhou por toda parte. Veja, você se incomoda se não falarmos sobre morte e doença? – pediu Ritchie, colocando uma mão na barriga. – Eu me sinto realmente mal. Passei metade da noite passada e a maior parte do dia de hoje no banheiro.

Sam não duvidou disso. O apartamento fedia. Abrir algumas janelas teria ajudado, mas não era o tipo de coisa que um visitante pudesse sugerir. E estava frio do lado de fora – nevando. Sam se esforçava ao máximo para não respirar pelo nariz, e consequentemente soava como se estivesse com o nariz entupido. Se Ritchie perguntasse ele fingiria estar resfriado, mas Ritchie não iria perguntar. Aparentemente feliz de responder a perguntas, ele até o momento não contribuíra espontaneamente com nada para a conversa. *O entrevistado ideal.* Exceto que a passividade domada de Ritchie era estranhamente contagiosa, e de algum modo dava o tom. Se Sam não tomasse cuidado, seu diálogo murcharia até um silêncio companheiro de olhos caídos.

O apartamento era desmazelado ao estilo casa de solteiro e um pouco pior. Tudo que Sam conseguia ver que era feito de algum material estava amarrotado ou embolado – o pano de prato pendurado no gancho da porta, a colcha e o lençol da cama, as roupas espalhadas de Ritchie – principalmente camisetas pretas com símbolos celtas e jeans pretos; uma toalha de banho no chão, os tapetes finos embolados que pareciam ter sido jogados aleatoriamente, suas beiradas um dia brancas retorcidas em bolos cinzentos irregulares. Uma tapeçaria de parede de feltro em cores brilhantes – crianças dançando ao redor de um poço – estava amarrotada e pendia em um ângulo engraçado, em vez de alisada sobre a parede.

Com exceção do banheiro, que Sam não tinha qualquer desejo de inspecionar, Ritchie Baker morava naquele grande cômodo retangular. Tudo estava ali: pia, fogão e módulos de cozinha alinhados sob as janelas, um quarto de canto desajeitadamente marcado por dois guarda-roupas em ângulo reto, um nicho com computador que Sam podia imaginar o senhorio de Ritchie descrevendo como área de estudo. Na outra extremidade do aposento, um círculo de cadeiras sem braços tentava delimitar o máximo possível de sala de estar. Sentar em qualquer lugar além da cama de Ritchie ao lado de Ritchie teria significado perturbar a disposição das cadeiras, então Sam optara por ficar de pé.

Ele escreveu "câncer de fígado" em seu caderno. Será que o detalhe seria suficiente para Simon? Considere que não. "Acharam que tinham tirado, não tiraram, se espalhou por toda parte", Sam acrescentou.

Em certo momento, ele teria ficado incomodado por não saber quem era Pam Utting, ou por que estava perguntando sobre ela. Utting era o sobrenome do marido de Amber Hewerdine, Luke, então presumivelmente Pam era algum parente. Talvez a mãe de Luke. De que modo ela se encaixava na investigação sobre Kat Allen, se é que se encaixava? Como Ritchie Baker se encaixava, e sua irmã Johannah? Tudo o que Sam sabia era que estava trabalhando no homicídio de uma jovem, e de repente tinha homicídios e tentativas de homicídio relacionados indo na sua direção de todos os lados. Ele se esforçava para vê-los como pistas para seu caso original, embora Simon estivesse irredutível em achar que eram isso. Sam se sentia distante da morte de Kat Allen por tempo demais e pessoas demais; isso não podia ser algo bom.

— Eu poderia ter mentido antes sem pretender — disse Ritchie objetivamente, como se não se importasse com aquilo. — Alguém poderia ser capaz de confirmar que fiquei aqui a noite passada inteira: a mulher no apartamento abaixo. Caso você tenha sorte, ela pode ter sido mantida acordada por mim dando descarga a cada meia hora. Acho que a cama dela fica logo abaixo do meu banheiro.

— Você quer dizer se *você* tiver sorte.

Agora que Ritchie tinha mencionado, Sam teria de investigar. *Desculpe-me, madame, pode confirmar que seu vizinho de cima passou a maior parte da noite passada esvaziando as entranhas?*

— Já que estamos falando de quandos e ondes, seria capaz de me dizer o que estava fazendo em 22 de novembro de 2008? — Sam perguntou.

— Não faço ideia. Lamento.

— Uma mulher chamada Sharon Lendrim foi morta naquela noite, a pouca distância daqui. Você soube disso?

— Não, acho que não.

— Então não a conhecia?
— Não.
— O nome não lhe diz nada?
— Não.
— E quanto a Katharine Allen?
Ritchie balançou a cabeça.
— Desculpe. Não.
— As palavras "Gentil, Cruel, Meio que Cruel" significam algo para você?
— Quer dizer, além de gentil significar legal e cruel significar...
— Isso mesmo – disse Sam, interrompendo-o mais secamente do que pretendera. – Além disso.
— Então não – Ritchie respondeu. – Desculpe por não estar sendo muito útil.

Ou ele estava educadamente disfarçando sua curiosidade, ou não tinha nenhuma.

— E quanto a terça-feira, 2 de novembro. Lembra-se do que estava fazendo então, entre onze e uma? *Estava espancando uma professora primária até a morte com uma barra de metal?* Sam desejava saber porque estava fazendo essas perguntas àquele homem especificamente. Ritchie estava ligado a Amber Hewerdine, meio que; era uma das poucas pessoas que soubera ontem que Amber tinha sido ouvida pela polícia na terça-feira. Seria essa uma razão suficiente para estar perguntando a ele sobre Kat Allen?

Se você já tinha perguntado a todos na vida de Kat tudo em que conseguira pensar, então sim, Sam imaginava que sim.

— Lamento – disse Ritchie novamente. – Eu realmente não preciso me lembrar de muita coisa, então tendo a não lembrar. Provavelmente não saberia lhe dizer o que fiz ontem. Estava doente ontem, então lembro por causa disso, mas se não estivesse, quero dizer...

— Que tal conferir sua agenda? – Sam sugeriu. Normalmente teria imaginado que a pessoa com quem estava falando pensaria

nisso ela mesma. Ele acreditava que Ritchie estava fazendo o melhor possível, e esse era o problema. Uma pessoa mais imaginativa tentando tirá-lo do caminho quase certamente teria sido mais prestativa. – E se você ainda tiver sua agenda de dois anos atrás...
– Eu não tenho uma agenda. Nunca tive. Não trabalho e não vejo tantas pessoas assim; quando saio, costumo ir à casa de Jo. Ou à de mamãe, às vezes, mas normalmente à de Jo.
Em outras palavras, você não tem uma vida. Sam ficou pensando se só isso era justificativa para desconfiança.
– Você nunca teve algum tipo de agenda, nem mesmo para encontros?
Você e seus entes queridos não passam as noites conferindo para garantir que o que está escrito na agenda de alguém está escrito na de todos? Havia tantas formas de viver quanto havia pessoas, Sam concluiu, e a sua própria não era necessariamente a melhor.
– Tendo a não marcar coisas com antecedência – disse Ritchie.
– Faço o que me dá vontade, quando estou com disposição.
Certo, não insista nisso.
– O que você faz quando fica em casa? – Sam perguntou, e se arrependeu. Uma imagem de Ritchie sentado no sanitário com os black jeans nos tornozelos ossudos teve de ser afastada rapidamente. – Quais são seus interesses? Está procurando emprego no momento?

Não havia no apartamento livros que Sam conseguisse ver, nada de revistas, nenhum CD, aparelho de som, rádio – nada indicando que Ritchie tivesse muito entusiasmo por alguma coisa. Ou talvez tudo estivesse no computador: filmes, música, até mesmo amigos.

– Não há muitos trabalhos que gostaria de fazer – Ritchie disse.
– Não vejo sentido em fazer um trabalho só por fazer, sem estar apaixonado.
– Por dinheiro? – Sam sugeriu.

Ritchie pareceu levemente confuso, como se fosse algo que nunca teria passado pela sua cabeça se Sam não mencionasse.

— Acho que tenho sorte. Jo e Neil meio que me sustentam. Jo é brilhante. Ela fica do meu lado quando mamãe começa a dizer que sou preguiçoso. Eu me sinto mal, porque ela e Neil não têm muito para eles mesmos, mas Jo diz que têm tudo de que precisam e que família é para isso. Diz que é melhor eu ter tempo para decidir o que quero fazer da vida do que me meter às pressas no trabalho errado e não conseguir mais sair. Isso aconteceu com muita gente que ela conhece — disse Ritchie, tirando os cabelos da frente dos olhos. — É fácil demais continuar a fazer o que se está fazendo, mesmo não gostando disso.

— Sua mãe discorda de Jo? — Sam perguntou.

— É — disse Ritchie, sorrindo. — Mamãe é realmente uma mãe típica. Quer que eu realize algo para que possa ser uma realização dela, por tabela; é o que Jo acha. Mamãe nunca teve a chance de fazer muita coisa por ter de cuidar de Kirsty. Imagino que ache difícil me ver tendo o que a ela parece... bem, como uma vida muito fácil, acho. Jo é mais como mamãe nesse sentido: pensar primeiro nas outras pessoas, cuidar delas. Mamãe não se ressente de Jo como se ressente de mim. É realmente idiota. Nós acabamos girando em círculos: mamãe defendendo Jo, Jo me defendendo...

— Sua mãe acha que você explora Jo permitindo que ela o sustente? — perguntou Sam, achando que seria compreensível se assim fosse. Ficou pensando em como o marido de Jo, Neil, se sentiria. Haveria brigas?

— É — confirmou Ritchie. — Há alguns anos Jo pediu a mamãe para mudar seu testamento, pediu que deixasse a casa só para mim, disse que ficaria mais que feliz de abrir mão da sua parte. Disse que já tinha uma casa. Sou eu que vou precisar da casa da mamãe quando ela morrer, para não ter de alugar este buraco para sempre.

Sam evitou contato visual, concentrando-se em escrever em seu caderno. Seria essa a informação que Simon queria? Certamente soava como se pudesse ser. Sam desistira de se questionar como Simon conseguia farejar a presença de uma história ainda desconhecida onde ninguém mais conseguia. Esse não era um dos pontos fortes de Sam, mas ele tinha outros. Ele se sentia melhor sobre Olivia Zailer mais rápido do que esperara. Tinha gritado, mas ela pedira aquela reação. E daí se não iria ter a vantagem de suas ideias sobre o assassinato de Kat Allen? Ele realmente iria começar a se preocupar por não conhecer as especulações de todo civil que não tinha nenhuma relação com o caso? Não. Seu ponto forte, um de que Simon carecia, era a capacidade de estudar uma situação de forma equilibrada.

– Mamãe disse que o testamento era problema dela e que não iria mudá-lo – continuou Ritchie. – Ela se saiu com um discurso sobre justiça: como os pais têm de tratar todos os filhos igualmente, não importando as circunstâncias, mesmo que um tenha muito e outro não tenha nada. Não que Jo tenha muito, mas... ela está numa situação confortável.

– Você discorda? – Sam perguntou. Quanto mais ele ouvia sobre a mãe de Ritchie Baker, mais a aprovava.

– Normalmente não – disse Ritchie. – Sempre supus que mamãe iria dividir as coisas igualmente entre todos nós. Nunca teria me ocorrido querer a casa só para mim se Jo não tivesse tido a ideia. Mas ela sugeriu isso, disse que era o que desejava, e ainda assim mamãe não aceitou. Isso é só teimosia, não é? Ela está tentando marcar posição.

Talvez uma que precise ser marcada, Sam pensou. Nunca tendo conhecido Jo Utting, ele estava achando difícil acreditar na versão de Ritchie a respeito dela.

– Sua irmã é realmente tão generosa a ponto de dar a você a parte dela da casa da mãe?

Ritchie sorriu.

– Pergunte a Jo se ela é generosa. Ela irá se mijar de rir. Ela tem tudo que poderia querer, diz. Um belo marido com um negócio de sucesso, uma bela casa que é deles, dois filhos bonitos, Sabina para ajudá-la nas coisas do dia a dia... Jo só quer que eu esteja em uma posição tão boa quanto a dela. Ela me diz o tempo todo: "Não se venda por pouco e arrume um emprego qualquer só para deixar mamãe feliz. Espere alguma coisa que tenha importância" – disse Ritchie, e deu um risinho. – Para falar a verdade, acho que ela gosta que eu não trabalhe. Gosta de poder ligar para mim ou aparecer a qualquer momento e eu estar sempre aqui.

Ele realmente gostava da irmã, Sam pensou, e não apenas por questões materialistas.

– Então sua mãe não mudou o testamento?

– Pelo que sei, não – disse Ritchie. – Nós não discutimos isso novamente, por motivos óbvios... Ah – ele disse, e se interrompeu.

– Acho que as razões não seriam óbvias para você, se você não sabe.

Sam esperou.

– No dia seguinte a Jo e mamãe terem brigado por causa disso pela primeira vez, a única vez, algo esquisito aconteceu. Jo... meio que desapareceu sem contar a ninguém aonde ia ou por quê. Com Neil e os meninos. Ah, ela voltou, mas só depois de terem perdido todo o dia de Natal. Ninguém nunca disse nada, mas acho que mamãe sempre achou que seu desaparecimento teve algo a ver com a discussão na véspera do Natal sobre o testamento e a casa. Na verdade, não me surpreenderia se mamãe *tivesse* mudado seu testamento depois daquilo, sem contar nada a ninguém. Ela ficou muito assustada com o desaparecimento de Jo. Todos ficamos.

Será que Sam estava perdendo alguma coisa? Tudo naquela história soava errado para ele.

– Mas Jo voltou, como você disse. Não lhes contou onde tinha estado e por quê?

– Não. Ficou claro que não queria falar sobre aquilo.
– Mas se sua mãe posteriormente mudou de ideia e alterou o testamento, deixando a casa só para você, por que não teria contado a Jo? Jo supostamente teria ficando contente de conseguir o que queria.
– Não sei se mamãe chegou a mudar de ideia – Ritchie disse.
– Só estava especulando.
– Mas se mudou. Hipoteticamente – Sam insistiu. Era a falta de comunicação, e Ritchie apresentar isso como sendo normal, o que mais interessava a Sam. – Por que acha que não contaria a Jo?
Ritchie pensou na pergunta.
– É difícil colocar em palavras – disse finalmente. – Acho... Se mamãe pensasse que a discussão sobre o testamento tivesse aborrecido Jo o suficiente para levá-la a fazer aquilo, teria tido medo de puxar o assunto novamente, não importando o que tivesse a dizer. Quando Jo decide que um assunto está encerrado, ele está encerrado. Se não quer falar sobre algo...
Ele deixou a frase pairando no ar.
– E você não perguntou à sua mãe sobre o testamento desde então, quando Jo não está por perto?
– Não. Não cabe a mim, não é?
– Você e Jo não discutiram isso entre vocês?
– De jeito nenhum. Ela passou o dia de Natal inteiro sumida – enfatizou Ritchie, como se Sam pudesse não ter entendido da primeira vez. Em sua cabeça, claramente, havia uma relação de causa e efeito. Sam ainda não estava convencido de que não era uma coincidência. Com frequência, quando uma coisa acontece depois de outra, as pessoas supõem uma relação de causa e efeito entre as duas que não existe.
– De jeito nenhum irei puxar esse assunto novamente – disse Ritchie, de repente parecendo aborrecido. – A família inteira estava

junta, Jo tinha alugado uma mansão em Surrey... Deveríamos estar nos divertindo.

– Em vez disso, passaram o dia se preocupando – disse Sam.

– É, e tentando convencer a polícia a se interessar. Não vocês. A polícia de Surrey. Todos os contatos que já tive com a polícia daqui foram ótimos.

Sam concordou com um movimento de cabeça, apreciando a preocupação com seus sentimentos, imaginando por que não desaprovava Ritchie tanto quanto imaginava que a maioria das pessoas faria, por mais que achasse que deveria. Fez uma anotação para conferir se os detalhes de Ritchie estavam em alguma base de dados da polícia.

– Eu adoro Jo e a vejo o tempo todo, como disse, mas aprendi minha lição depois de Surrey, por mais tempo que tenha se passado. Cinco ou seis anos, talvez? Não, Barney era um bebê, então deve ser mais, tipo sete anos.

Registro do tempo para pessoas sem agenda, Sam pensou. Soava como o título de um romance que sua esposa Kate poderia ler em seu grupo de leitura.

– Aprendeu sua lição como? – ele perguntou.

– Eles ainda se reúnem todo ano, mas não eu. Dou uma desculpa, normalmente uma muito ruim. Não acho que alguém acredite em mim.

– Desculpa para o quê? – perguntou Sam.

– Passei o dia de Natal sozinho todos os anos desde então – disse Ritchie, orgulhoso.

...

Simon tirou Charlie do seu caminho quando ela tentou beijá-lo.

– Isto acaba aqui e agora – ele disse.

Não o siga. Charlie ficou onde estava, no corredor. Ouviu o casaco dele caindo no chão, a porta da geladeira se abrir e ser batida.

— Isso é uma abreviação de "Eu quero o divórcio"?
— Será, se você não conseguir controlar seus ciúmes.
— Ciúmes?

Do que ele estava falando?

— Três mensagens de texto perguntando quem é Johannah Utting, quando você sabe que estou trabalhando e não posso escrever de volta e de qualquer modo não tenho tempo para essa merda. Estou farto disso. Todo nome de mulher que menciono...

— Você acha que sinto ciúmes de Johannah Utting — Charlie deduziu em voz alta.

— Se eu lhe dissesse quem era, sua pergunta seguinte seria se ela é atraente.

— Não seria não.

— Você não é patética, então não finja ser — rosnou Simon, inabalável. — Você não precisa ter ciúmes de toda mulher que encontro. É com você que estou. Sou casado com você. Estou me cagando para todas as outras, e você sabe, ou deveria saber. Minha vida inteira é você. Você e o trabalho, mas principalmente você. É o tipo de coisa que quer que eu diga? Se disser com maior frequência irá parar de me interrogar todas as vezes que eu mencionar um nome de mulher?

Charlie respirou fundo. Ele a assustava quando estava com tanta raiva, mas o que a assustava ainda mais era saber que ainda conseguia provocá-lo. Ela carecia do instinto de aplacar que a maioria das mulheres parecia ter.

— Respondendo às suas perguntas em ordem: sim, é exatamente o tipo de coisa que eu quero que você diga, embora você devesse tentar trabalhar na forma. Mas essa é uma queixa menor. Irei parar de interrogá-lo quando você colocar nomes de mulheres estranhas no meio de uma conversa? Tudo bem, sim. A não ser que haja circunstâncias especiais.

— Que porra significa isso?

— Significa que ainda quero saber quem é Johannah Utting.
— Ela é atraente. Muito. Mais bonita que você, mas e daí? Eu não a amo e nunca amarei. Eu amo você!

Charlie se encolheu.

— Voltando ao que disse antes, sobre a forma... Gritar comigo desde a cozinha...

— Você tem sorte por eu não estar gritando "Some da minha frente", porque é como me sinto no momento!

— Veja, entenda que isso se distancia um pouco da mensagem, fora isso, romântica que está tentando transmitir.

Assim como a embalagem de dois litros de leite semidesnatado em suas mãos da qual ele estava prestes a tomar um gole. Charlie decidiu não mencionar isso.

— Só porque eu não... Ah, foda-se. Esqueça.

Ele se virou. *Em um aposento diferente, olhando na direção oposta.* Ele era o garoto-propaganda perfeito para fracassos de comunicação em qualquer lugar.

— Só porque você não o quê? — perguntou Charlie. — Não faz mais sexo comigo se consegue evitar? Não me permite explicar que eu poderia ter feito uma pergunta, mas em vez disso supõe o pior e me ataca? Estou me lixando para a aparência de Jo Utting! Não sinto ciúmes dela, nunca senti. Já mencionei que não tenho ideia de quem ela é? Quem ela é? Aí vamos nós, perguntei novamente. Não estou sacando essa coisa de esposa que se rende, estou?

Seria preocupante que Charlie fosse a única a ficar com raiva? Sua primeira reação tinha sido aceitar o ataque injustificado de Simon como se fosse um hóspede importante que ele convidara a permanecer.

— Você quer realmente saber qual a verdadeira razão pela qual estou pagando uma fortuna para ver uma hipnoterapeuta? — ela perguntou.

– Proust acha que não tem nada a ver com parar de fumar – diz Simon, recolocando o leite na geladeira.

– Não consigo abrir mão de nada. Nunca conseguirei. Não de você, não do cigarro, de nada das coisas que amo e estão me matando. Na verdade, ainda não perguntei a ela, mas estou bastante certa de que se e quando o fizer, Ginny irá me dizer que não há como ela me fazer uma lavagem cerebral para que deixe de amá-lo e em vez disso me apaixone por alguém normal.

– Alguém normal correria um quilômetro e meio se visse você chegando – Simon disse. Ele parecia mais calmo. Porque estava pensando em algo, Charlie se deu conta. Nela? Será que devia ousar ter esperança? Provavelmente trabalho, decidiu.

– Vou me poupar algum dinheiro – ela disse, tomando a decisão assim que se ouviu dizendo. – Não voltarei a ver Ginny.

– Nossa vida sexual. Do seu ponto de vista esse é o problema, certo?

Charlie ficou paralisada. Será que tinha ouvido direito?

– Tudo estaria bem entre nós, exceto que não... fazemos isso com suficiente frequência?

Simon estava de pé no umbral, o corpo quase enchendo o espaço entre a cozinha e o corredor.

– Estou um pouco assustada – Charlie admitiu. – Nós realmente vamos ter essa conversa?

– Eu gosto de sexo tanto quanto qualquer um.

– Isso não é verdade, e se você não quer *ser* qualquer um, melhor não admitir isso – disse. Ela tinha acabado de ameaçar fazer sexo com outra pessoa? Não fora sua intenção. Houve noites em que tinha pensado nisso, pensado em deixá-lo dormindo na cama e ir de carro ao tipo de lugar onde poderia facilmente pegar alguém, alguém que não conhecesse, nunca veria novamente e poderia foder só por foder, porque era o que ela e Simon mereciam.

Sabia que nunca faria isso; a prática sexual envolvida em sua fantasia de vingança tinha um nome, um nome suficientemente repulsivo para impedi-la de tornar isso realidade.

– Não é que eu não queira fazer, nem que queira fazer com outra pessoa – disse Simon. – Eu juro. Tudo bem?

– Ahn... na verdade, não. Do que está falando?

– Eu deveria ter tentado explicar isso antes.

– Tente agora. Acredite em mim, se você acha que concluiu seu trabalho no que diz respeito a explicação, não poderia estar mais errado.

– Eu realmente sinto atração por você. Física.

Charlie riu. Ele fez soar como se parecesse uma descoberta recente, uma que o deixava espantado.

– Não iria querer nada além de ir para a cama com você se não soubesse que também era o que você queria – ele jurou em voz baixa. – Não quero dizer...

– Não quer dizer que quer me estuprar – Charlie esclareceu.

– Não.

– Tudo bem, Simon. Entendo que não queria dizer isso.

Ela manteve um tom firme. Se naquele momento acontecesse algo que o deixasse em pânico eles poderiam perder o rumo daquilo para sempre.

– Quero dizer que você querer que aconteça significa que pode, e... suponho que preferiria que não pudesse, porque... não parece certo. Nunca pareceu certo. Não por sua causa. Nada disso tem nada a ver com você. Sou eu, tem alguma coisa errada em mim.

– Continue – Charlie disse.

– Não faz sentido.

A frase que ela ouvira tantas vezes, dita com a mesma frustração. Com a diferença de que daquela vez ele não estava falando sobre algum cenário bizarro de assassinato.

– Não poderia haver nada mais íntimo, mas não pode ser, não é – ele disse, novamente com raiva. Porque era mais fácil do que ficar constrangido ou envergonhado? – Você tem de fazer isso na frente de outra pessoa. Ou se você faz sozinho, é um pervertido. Há...
– Espere um pouco. Na frente de outra pessoa?
– Não estou falando em público, na frente de uma plateia – Simon gaguejou, olhando para o chão. Os dois punhos estavam cerrados. – Só... com quem você está.

Charlie sacou. Ele quisera dizer ela. Ela era "outra pessoa".

– Você está dizendo que é íntimo, então se sente desconfortável de fazer na minha presença? – perguntou. *Não soa como se você mal pudesse acreditar.* – Embora eu seja a pessoa com quem está fazendo?

– O que faz de mim uma aberração – disse Simon, impaciente. – Todos fazem tudo na frente do mundo inteiro atualmente. Ninguém liga, ninguém acha estranho. Se preciso urinar no trabalho, espera-se que faça isso na frente de qualquer um que por acaso esteja no toalete masculino. Isso sempre foi verdade, mas agora... nada mais é íntimo. As pessoas dão à luz na tevê, recebem resultados de testes de paternidade e testes de detector de mentiras, acusam umas às outras de todo tipo de merda sobre o que não deveriam estar falando em público. As pessoas morrem na tela, celebridades filmam suas mortes, defensores da eutanásia documentam seus próprios fins. Você pode ver Saddam Hussein sendo executado no YouTube, cacete! E não, antes que pergunte, não estou comparando o sexo com você a um ditador recebendo o que merecia. Certo?

Charlie viu o erro que tinha cometido: supusera que dizia respeito a ela, que Simon não gostava tanto dela, ou não conseguia se livrar da lembrança de como tinha sido promíscua na primeira vez em que se encontraram. Quando pensou apenas nele e se eliminou da equação, o que dizia fazia sentido. Não, se corrigiu, não fazia sentido e nunca faria, não para ela, mas era coerente com alguns dos outros bloqueios de Simon. Até dois anos antes ele não se dispunha a comer na frente dela; ainda odiava a ideia de ser visto comendo por outras pessoas. Se Charlie sugerisse que fossem a um restaurante ele fingiria estar cansado demais, e diria para pedir para viagem. Ele trancava a porta quando usava o banheiro, todas as vezes. Charlie não. Às vezes sequer a fechava. Simon nunca tinha entrado, nem uma vez.

Os pais dele eram pessoas que tremiam de medo quando a campainha tocava. Charlie vira isso acontecer, mais de uma vez. "Quem é?", diziam, ou às vezes até mesmo "O que é isso?", como se já não reconhecessem o som de alguém do mundo exterior tentando interagir com eles.

Sim, fazia todo sentido, na medida em que alguma coisa em Simon fazia sentido. Charlie disse a si mesma para ficar feliz por pelo menos saber, pelo menos entender qual era o problema. A solução podia ficar para depois. Tinha de haver um modo.

– Sei no que você está pensando – disse Simon. – Também não faço isso.

– Fazer o quê?

– Não quis dizer íntimo assim... com um filme pornô ou uma revista de sacanagem.

– Não achei que você fazia.

– Não sou uma espécie de... pervertido.

– Eu sei disso, Simon. Eu entendo, mas...

Deus, aquilo era difícil. Ser capaz de rir teria ajudado. Ou chorar, ou gritar.

– Você então meio que está numa armadilha, não é? Suas inibições se aplicam igualmente a ter sexo comigo, na minha frente, como você vê, e ao que você chama de ser uma perversão. O que muita gente não acharia absolutamente pervertido ou errado, por falar nisso. Ao contrário do que sua mãe pode ter lhe dito, não é um pecado. Todo mundo faz isso. Não necessariamente usando pornografia, mas...

– Não eu.
– Todos os outros fazem. Pode perguntar. E não é um ou outro, sozinho ou com alguém. Você pode ter ambos. Ambos são altamente recomendados – disse, não conseguindo resistir a acrescentar. Os fundamentos do sexo explicados, em versão resumida.
Simon passou por ela na direção da escada. *Fim da conversa.* Charlie queria perguntar qual era o plano. Eles tinham discutido o problema abertamente; isso tinha de ser algo bom. Será que significava que Simon estaria mais constrangido e desconfortável no futuro, ou menos?
Ela o seguiu escada acima, depois quase caiu quando ele se virou para encará-la.
– Jo – ele disse.
– Perdão?
– Jo Utting.
– Mesmo Jo Utting – disse Charlie. – Tenho certeza de que ela se masturba à beça.
– *Como?* Isso é nojento. Eu não estava, ou nunca estarei novamente, falando sobre isso. Você a chamou de Jo, não Johannah.
– É como ela se refere a si mesma – devolve Charlie.
– Você me perguntou quem é ela – cortou Simon. – Se não sabe quem ela é, como pode saber como chama a si mesma?
– Você já teria essa resposta agora se não tivesse suposto...
– Diga o que está acontecendo! – rugiu Simon em seu rosto.
– Isto é importante.
Diferentemente do que estávamos conversando antes?
– Não – disse Charlie. – Não até você se desculpar.
– Eu peço desculpas. Tudo bem?
– Nada bem. Rápido demais, portanto, nada satisfatório. Do que está se desculpando?
– Não sei – ele respondeu, olhando ao redor, como se esperasse ver a resposta certa em algum lugar perto da escada ou do platô. – Qualquer coisa, tudo. Diga. Por favor.

— Eu primeiro preciso de uma bebida, e me sentar.

Ela queria acrescentar que tivera um choque. Era verdade. Simon deu um suspiro pesado, passou a mão pelo rosto, e Charlie teve uma sensação de afastamento, embora não estivessem se tocando. Alguma força coesiva tinha se rompido, e isso era um alívio; ela recuperara a capacidade de se mover e pensar livremente, independentemente dos movimentos e pensamentos dele. Ele a libertara. Temporariamente. Ele sempre seria capaz de detê-la no meio do caminho, à vontade, distorcer suas percepções, perverter sua noção de si mesma. Loucura imaginar que gente como Ginny Saxon conseguiria um dia mudar isso.

Eles não falaram enquanto preparavam bebidas e se sentavam na sala de estar. Fingindo ser civilizados, pessoas normais, Charlie pensou, pegando uma cerveja e se acomodando para uma bela e relaxada noite. Sabia que teria a plena atenção de Simon assim que começasse a contar a história. Essa era a diferença entre eles, uma de muitas. Mesmo enquanto lhe contasse sobre Amber Hewerdine e Little Orchard, parte de sua mente estaria naquilo que tinha descoberto sobre ele, naquilo que tinha confessado. Também era assim que ele via aquilo, como uma confissão? Será que iria pensar nisso novamente depois ou fingiria para si mesmo que a conversa nunca tinha acontecido?

Charlie sentiu necessidade de corresponder à confissão dele com uma sua; se pudesse ter acrescentado a vergonha dele à sua e sentido tudo por ambos, faria isso alegremente. Esperava que fosse capaz de perdoá-la pelo que então sabia sobre ele e não se ressentisse de sua compreensão como mais uma invasão de sua privacidade.

Ela lhe contou sobre ter passado cópias de algumas das anotações do caso Katharine Allen pela abertura de cartas de Hewerdine na noite anterior. Começou a se desculpar, mas Simon a deteve, disse que não se importava, que ele mesmo havia pensado em fazer isso.

– O que mais? – perguntou.

Charlie descreveu seu encontro com Amber no cibercafé, o favor que se recusara a fazer para ela, o e-mail que enviara à dona de Little Orchard.

– Por que se incomodou? – Simon a interrompeu. – E daí se uma francesa que uma vez alugou uma casa para Amber Hewerdine não quer fazer isso novamente?

– Foi o que pensei com a maior parte do meu cérebro – Charlie disse. – Mas uma pequenina parte de mim ficou imaginando se aquele lugar, Little Orchard, tinha alguma relação com Kat Allen ou o incêndio na casa de Amber noite passada, ou... não sei. Simplesmente não conseguia entender por que ela pediria a mim, e não a qualquer outro, para fazer isso, a não ser que fosse por saber que era casada com você. Fiquei com a sensação de que achava que Veronique Coudert e sua casa estavam de algum modo relacionadas; mas não estava certa o bastante para falar sobre isso com você, caso estivesse errada, então, em vez disso, me procurou. Quase esperando que eu lhe contasse, desse uma olhada nisso ou... – disse Charlie, se interrompendo e dando de ombros. – Não consegui ver nenhum outro motivo pelo qual pediria a uma policial que mal conhece para fazer isso.

– Certo, então você enviou um e-mail a Veronique Coudert – disse Simon. – E?

– Enviei um e-mail ao dono de Little Orchard – corrigiu Charlie. – Sendo uma inocente interessada em casas para o fim de semana, eu não sabia o nome dele ou dela.

– E?

– Pare de dizer "E". Cale a boca e lhe direi o e. Recebi um e--mail dizendo sim, certo, para quando eu queria reservar?

– Então o palpite de Amber estava certo – disse Simon, pensativo. – É ela que não é bem-vinda ali, especificamente. E não tinha ideia de qual poderia ser o motivo?

— Não, mas essa não é a parte mais interessante. O e-mail da dona, um e-mail que fazia uma referência explícita a ela *ser* a dona, não era assinado por Veronique Coudert. Era assinado por Jo Utting.
— Como?
— Estou achando que Jo Utting e Johannah Utting são a mesma pessoa — Charlie diz. — Então lhe pergunto novamente, sem um único osso ciumento em meu corpo carente de sexo: quem é Johannah Utting?
— Cunhada e melhor amiga de Amber Hewerdine — murmurou Simon. — Só que Amber não gosta muito dela.
— Se elas são tão próximas, como Amber não sabe que Jo é dona de Little Orchard? E quem é Veronique Coudert? Simon?
Ela o perdera para seus próprios pensamentos.
— Simon!
— Você diz que ela estava disposta a aceitar sua reserva?
Charlie trincou os dentes.
— Esqueça isso, Simon. Eu não...
— Reserve — ele disse, se levantando. — Assim que puder. Está vazia no momento?
Será que ela devia fingir não ter notado que ninguém tinha reservado Little Orchard para aquele fim de semana? Tarde demais; ele podia ver a verdade em seu rosto.
— Você poderia partir amanhã — ele disse.
— Eu? Por que eu? Não, eu não poderia partir amanhã. Tenho um emprego, e um...
— Ligue e diga que está doente. Você já fez isso antes.
Nada foi decidido ou acertado. Nada pode ser, a não ser que você concorde. Não concorde. Não.
— Por que *você* não vai?
— Jo Utting conhece meu nome e meu rosto — Simon respondeu. — Eu a encontrarei lá, mas ela não pode saber que tem algo a ver comigo. Seja lá o que for que esteja escondendo...

– Isso é maluquice, Simon. Não há necessidade de sair correndo para uma casa qualquer em Surrey. Você sequer sabe por que Amber está tão desesperada para voltar lá. Por que não conversa com ela, com Jo Utting ou as duas?

– Vou fazer isso. É exatamente o que irei fazer. E você irá reservar Little Orchard para este fim de semana, para que eu tenha acesso instantâneo assim que tiver falado com Amber e souber por que preciso da casa.

Charlie fechou os olhos. Minha vida inteira poderia, legitimamente, dizer que estava doente, pensou.

– O que está esperando? – ele falou. O som de sua voz eliminou sua tentativa de fazer sua própria avaliação. – Abra os olhos.

Nenhum esconderijo. Necessidade de privacidade. E autonomia.

– Reserve Little Orchard – ele disse, saindo da sala. Alguns segundos depois Charlie ouviu a porta da frente bater.

V amos fazer alguns minutos de silêncio, respirando lenta e profundamente, calma e silenciosamente, liberando todo estresse e tensão. Você também, Simon. Estou preocupada que o ritmo irregular de sua respiração afete Amber. Encha o peito, até o diafragma. Melhor. Muito melhor. Tudo bem. Agora deixem-me explicar por que é vital que permaneçamos calmos. Uma lembrança brotou, e há ótimos motivos para achar que é importante, mas isso não significa que é a única que provavelmente brotará. Com frequência, quando você libera uma lembrança reprimida, outras saem com ela. Então, em vez de ficarmos excitados com o que Amber lembrou, vamos deixar isso de lado, considerar normal e começar a conversar sobre o assunto como se fosse parte de algo que sempre soubemos. Embora claro que não seja, e é isso o mais fascinante sobre lembranças reprimidas quando emergem. Você nunca duvida delas. Amber, você diz que tem certeza. Este último detalhe é uma parte integral da cena como você se recorda dela. Por mais que eu tentasse, não seria capaz de persuadi-la de ter imaginado. Ainda assim, cinco minutos atrás ela estava ausente de seu quadro mental. Agora que se encaixou no lugar, você o vê como sempre tendo estado ali, ao mesmo tempo sabendo que não estava. Então, se você não sabia disso antes, se estava totalmente ausente, e se agora tem tanta certeza dele quanto tem certeza de que seu nome é Amber, de onde veio esse conhecimento?

É o que acontece quando uma lembrança reprimida chega à superfície: num minuto, não está lá, no seguinte, sempre esteve lá, integralmente. É muito diferente da sensação de algo flutuando no limite mais externo de sua memória, a sensação de "Ah, está na ponta da língua". Essas lembranças de "ponta da mente" são aquelas que deixamos de lado e acabamos esquecendo porque não têm importância para nós. Quando nos damos conta de que precisamos delas e as procuramos, normalmente se apresentam sem demasiada dificuldade – inicialmente como um toque no cérebro, depois uma resposta parcial, a seguir uma integral. Como um bebê nascendo – primeiro a cabeça, depois os ombros... Você pegou a ideia.

Repressão é diferente. Nós reprimimos coisas por uma boa razão: proteção. Amber, você expressou decepção porque, embora tenha resolvido um mistério – sim, resolveu, compreenda isso ou não –, não é o mistério que esperava resolver. Ainda não sabe onde viu aquelas palavras escritas naquela folha de papel pautada. Relaxe. Essa pode ser a lembrança seguinte a se apresentar, agora que lubrificamos o mecanismo travado de sua mente inconsciente. E se não for? Às vezes, a resposta certa não tem a forma que você esperava que tivesse. Arriscando um pouco eu diria que sua decepção é negação disfarçada. É uma rede de segurança. Ainda está tentando puxar a venda sobre os próprios olhos porque tem medo de saber a verdade. Se está decepcionada, tem de significar que não chegamos a lugar algum hoje, nossa sessão foi perda de tempo. Mas não foi. Conseguimos algo. Você nos levou a algum lugar, com o detalhe que faltava de que lembrou, e é um lugar que a assustou tanto que você está tentando reverter sua compreensão.

Não, não... lamento, Simon, você terá sua chance de falar com Amber depois, mas... é importante que eu continue a comandar esta sessão.

Amber, por mais que eu compreenda a tentação, você não pode se render a ela. Caso se obrigue a negar o que sabe, ficará doente – fisicamente, psicologicamente ou ambos.

Então, o que você sabe? Deixe-me jogar o comportamento profissional pela janela novamente, porque se eu for esperar que coloque seu conhecimento em palavras, desconfio que passaremos mais um ano sentadas aqui.

Vou lhe dizer exatamente o que você acabou de me contar. Preste atenção, e veja se consegue ouvir como a verdade é óbvia.

Quando você, Jo e o resto do grupo deixaram Little Orchard em 2003, desculpe, no primeiro dia de 2004, a chave do escritório trancado não estava pendurada no prego atrás do armário da cozinha.

Todos estavam do lado de fora, entrando nos carros, se despedindo, falando do tempo maravilhoso que passaram juntos, ninguém mencionando o desaparecimento e o reaparecimento de Jo, Neil e os filhos. Você e Jo foram as últimas pessoas a sair da casa. – Você poderia sair? –, Jo lhe disse abruptamente, como se tivesse feito algo errado. – Preciso ligar o alarme e você está de pé na frente do sensor. – Você estava junto à porta. Antes de sair, espiou o espaço entre o armário e a parede e viu que a chave não estava mais no barbante onde a encontrara quando a procurou com William no dia 26.

Jo digitou a senha do alarme, se juntou a você do lado de fora, fechou e trancou a porta da cozinha. A seguir foi recolocar as chaves da casa em seu esconderijo na garagem, e depois de nos dizer que ela fez isso, Amber, suas exatas palavras foram: – Eu não a vi fazer isso, mas supus que fez.

O que você supõe agora? Jo devolveu as chaves ao esconderijo na garagem ou não, para que fossem apanhadas depois pelo dono ou pela faxineira? Ou acha que as colocou na bolsa e as levou para casa?

Você já nos disse que quando foi a Little Orchard ontem a faxineira não reconheceu o nome Veronique Coudert, disse que não era a dona da casa. Eu também gostaria de mencionar outra coisa que disse antes. Dinah e Nonie queriam usar a cama elástica no jardim de Little Orchard ontem, e você lhes disse que não podiam. Se elas esperassem o fim de semana, poderiam ir na de William e Barney, que é exatamente do mesmo tipo, e suponho que tenha sido escolhida e comprada por Jo, já que é ela quem toma todas as decisões naquela casa? E se Jo sabe qual acha ser o melhor tipo de cama elástica...

Amber?

Tudo bem, já que você não vai dizer, direi eu: acho que Jo é a dona de Little Orchard. Jo e Neil. Eles não a alugaram para a estadia da família inteira no Natal de 2003 – eles convidaram todos a ficar em sua segunda casa. Recolocar a chave atrás do armário não tinha importância. Os hóspedes têm de deixar as coisas como as encontraram, mas se a casa é sua, você pode mudar o que quiser.

Simon, você está concordando. Você sabia? Não, desculpe, não me responda. Esta não pode se tornar uma conversa de três vias.

Amber, mantenha os olhos fechados, continue respirando lenta e profundamente. Pense naquele quarto trancado, o escritório de Little Orchard. Pense no que poderia haver nele: tudo na casa que prove que pertence a Jo e Neil. Por isso Jo ficou tão assustada quando você quis entrar lá.

Pense no que mais sabe. É estranho que Jo e Neil prefiram manter em segredo serem proprietários de Little Orchard. Pense se conhece o motivo para este segredo. Você sabe mais do que pensa saber. Há mais alguém na família financeiramente bem o bastante para ter uma segunda casa grande e luxuosa? Pelo que você disse, duvido. Jo e Neil poderiam ficar constrangidos de ser vistos ricos como são. Eles dão dinheiro ao irmão de Jo, Ritchie, você disse antes. Neil, que ganha todo o dinheiro, não se importa de Jo sustentar o irmão avesso ao trabalho. Isso faria mais sentido se tivessem muito dinheiro sobrando. Se não querem que as pessoas invejem sua riqueza, talvez isso também explique por que moram em uma casa que você várias vezes disse ser pequena demais para eles.

Lamento, Simon, sei que está desesperado para falar, mas, por favor, simplesmente me ature. Há mais vindo e precisamos chegar ao ponto. Está começando a ser um problema de verdade, Amber, que você esteja pretendendo reter tanto. Eu normalmente não violaria a confidencialidade desta forma, mas também, normalmente, não teria um detetive na sala durante a sessão de hipnoterapia de um paciente, então, que se dane. Antes que você chegasse, Simon, Amber me contava como estava dormindo muito melhor na casa de Hilary, a casa da mãe de Jo, do que em casa. Sugeri uma razão para isso e ela ficou com raiva, me disse que eu não tinha ideia de qual era a razão, que ela sabia exatamente qual era. Quando pedi que me corrigisse, se fechou. Nos diga agora, Amber. Por que está dormindo tão bem na casa de Hilary, se não é pela razão que sugeri?

E pela centésima vez: qual o segredo que contou a Jo? O que ela sabe sobre você de que se envergonha tanto?

11

Sexta-feira, 3 de dezembro de 2010

Estou acordada, e não do modo habitual. Recém-acordada, sem o revestimento de lixa coçando dentro das pálpebras ao qual me acostumei. Eu me sinto substancial e definida – como se tivesse voltado de algum lugar distante – um lugar no qual você só sabe que esteve assim que volta em segurança. Luke se senta na beirada da cama, olhando para mim como se uma autoridade tivesse ordenado que me protegesse, vigiasse cada movimento meu.

– Você dormiu – diz. – A noite inteira.

– Isso é uma acusação? – reajo. Já sinto falta do peso do sono; um cobertor que foi afastado.

– Você deitou na cama, fechou os olhos e dormiu. O que está acontecendo? Como pode dormir aqui e não em casa?

– Vou considerar isso um "sim". Eu estava brincando, mas... – me interrompo. Eu estou embromando, e isso não é justo. – Esqueça minha insônia. Onde estão as meninas?

Luke me lança um olhar estranho.

– Na escola. Eu as coloquei no ônibus há uma eternidade. São dez para nove.

Eu quase rio.

Ele soa como um médico preocupado falando com uma paciente com amnésia. Acho difícil acreditar que Dinah e Nonie se levantaram, se vestiram e tomaram café da manhã sem me acordar.

Eu me enfiei na cama às onze horas da noite passada. Dormi quase dez horas. Inacreditável.

— Alguma das garotas... disse alguma coisa esta manhã? — pergunto a Luke.

Tenho de estar na Ginny às dez e preciso tomar um banho antes de ir a algum lugar, mas esta conversa não pode esperar.

— Não, mas era bastante óbvio que havia algo que não estavam dizendo. Por que as levou a Little Orchard noite passada? O que aconteceu lá? O que está acontecendo, Amber? Não quero fazer isso, mas tenho de fazê-lo. Mesmo sabendo que irá soar como uma ameaça.

— Preciso que me prometa que não irá contar à polícia. Não importa o quê.

— À *polícia*?

O pânico na voz dele me irrita. Não deveria ser chocante quando a palavra surge em uma conversa. Alguém tentou incendiar nossa casa; eu fui ouvida a respeito de um assassinato na terça-feira. Luke sabe que, no momento, nossa vida envolve contatos regulares com detetives.

— Não quero ouvir que você pediu a Dinah e Nonie que mantivessem um segredo da polícia — ele diz.

— É o oposto — digo a ele. Ele parece tão preocupado quanto quero que pareça. Ele precisa saber que aquilo é sério. — Não vou dizer mais nada até ter sua promessa incondicional: você não irá dizer nada a ninguém. Não é por mim que estou pedindo que fique quieto.

Dinah não feriu ninguém. Se Simon Waterhouse descobrir que suas palavras misteriosas tiveram origem nela, irá querer ouvi-la. A ideia me deixa nauseada. Faria com que Dinah e Nonie se sentissem ainda pior, o que não pode acontecer, em nenhuma circunstância.

Devo ser uma pessoa ruim, como Jo e eu sempre desconfiamos: eu deixaria o assassino de Katharine Allen ficar impune para proteger minhas meninas da dor. Só que não é tão simples assim, não se quem matou Katharine Allen também matou Sharon e colocou fogo em minha casa sabendo que Dinah e Nonie estavam do lado de dentro, dormindo. Qual dor estou preparada para sofrer, qual dor irei infligir, para punir essa pessoa?

É uma sensação estranha: tenho uma mente nova e rápida que consegue pensar veloz e estrategicamente sem doer.

– Conte – diz Luke. – Se for do interesse das meninas que guarde segredo, eu o farei. Não ligo para mais nada.

– Gentil, Cruel, Meio que Cruel – digo. Um refrão que tenho recitado há dias, o coro da minha vida assustada e perturbada. Será que seu eco em minha mente irá parar um dia, penso, e essas palavras voltarão a ser palavras comuns? – Sei o que é e o que significa. Dinah me contou.

– *Dinah* lhe contou? Mas...

– Ela as inventou.

Luke abre a boca. Não sai som algum.

– Isso não significa que ela saiba algo sobre a morte de Katharine Allen. Ela sabe tão pouco quanto eu.

Não é exatamente a verdade. Se você sabe quem matou Kat Allen, então Dinah sabe menos do que você. Minha garganta trava. Não sei nada. Não posso saber algo que não pode ser verdade. É impossível.

– Ainda não tenho ideia de onde vi as palavras escritas em papel A4 pautado – digo a Luke, esperando que não consiga ouvir o tremor em minha voz. – Dinah jura que ela e Nonie nunca as escreveram, e acredito nela. Era um grande segredo, então não iriam se arriscar a colocar no papel. Elas mantinham as listas nas cabeças.

– Listas?

– Eu estava certa, eram três cabeçalhos. Gentil...

– Amber, devagar. Não estou acompanhando.

– Dinah inventou um sistema de castas – conto. – Não me olhe assim. Você quer saber ou não? – falo. Eu não deveria descontar em

Luke; não é culpa dele. – Ano passado na escola elas tiveram um seminário especial sobre todas as diferentes religiões. Aprenderam sobre o sistema de castas hindu: as pessoas importantes no degrau de cima da escada, os brâmanes, e os intocáveis na base, sem misturas permitidas. Lembra de Dinah chegar em casa furiosa com quão errado era?

Luke concorda com um movimento de cabeça.

– Ainda mais que Nonie. Dinah não se incomoda com a injustiça desde que esteja no lado privilegiado dela. Acabou que o que ela achava tão injusto não era a ideia de um sistema de castas que valoriza algumas pessoas mais do que outras, mas sua aleatoriedade: você nasce no alto ou em baixo, e não há nada que possa fazer para melhorar sua posição. Ela decidiu que um sistema de castas seria uma excelente ideia se baseado em quão boas as pessoas eram, quão gentis. Ou quão cruéis. Então... decidiu inventar um – digo e suspiro. Em outras circunstâncias poderia achar aquilo divertido. – Uma forma útil de categorizar seus colegas de turma.

– Não acredito nisso – murmura Luke.

– E os professores. Ninguém na escola está isento. Até mesmo as senhoras da cantina e o cara que dirige o ônibus escolar. Até mesmo a diretora. A casta desmonta a hierarquia profissional na escola. Como Dinah e Nonie são ambas Gentis, e a sra. Truscott apenas Meio que Cruel, são superiores a ela. Meio que Cruel é a casta mais interessante. É um pouco mais complicada que Gentil e Cruel, que são autoexplicativas. Ela cobre muitos... tipos de personalidade diversos. Kirsty, por exemplo. Pensar sobre Kirsty fez Dinah se dar conta de que iria precisar de uma casta intermediária.

– Kirsty? Kirsty, a irmã de Jo? Mas ela é... – Luke começa e se interrompe. Parece culpado.

– Deficiente demais para ser gentil, cruel ou algo intermediário? Dinah e Nonie discordam. Tentei explicar isso a elas e falhei.

Acho que elas meio que a... tornaram mitológica. Acham que, como tem o cérebro danificado e ninguém pode dizer se é uma pessoa boa ou não, sua incapacidade de falar lhe permite esconder sua personalidade de um modo que a maioria de nós não consegue.

– Cacete – diz Luke, olhando para as mãos.

– A sra. Truscott está na categoria Meio que Cruel por uma razão diferente. Citando Dinah: "Ela tenta ser tão legal com todo mundo, mas não está sendo realmente legal, pois há uma certa crueldade ao dizer o completo oposto à próxima pessoa com quem quiser ser legal." Mas Truscott não pode ser uma Cruel, segundo Dinah. Apenas pessoas abertamente horríveis são Cruéis.

– Não fale como se isso fizesse sentido, Amber. É doentio.

– É? Não estou tão certa – digo. Só estou certa de que iria querer defender Dinah e Nonie independentemente do que tivessem feito. – Se não tivesse nada a ver com um assassinato brutal não solucionado eu provavelmente acharia uma ótima ideia. Iria querer colocar todos os nossos parentes, amigos e conhecidos em uma das três categorias. Iria persegui-lo até que você se juntasse.

– Pare – diz Luke.

Nunca paro quando deveria. Ele já deveria saber disso.

– Já joguei jogos piores, especialmente no Natal. Seria mais divertido do que um dos seus jogos de conhecimento geral, o paraíso dos pedantes. Quantos pares de meia Clement Attlee tinha em sua gaveta de meias em casa em... blá-blá-blá.

– Nonie também sabia desse sistema de castas? – pergunta Luke, ignorando minha maldade.

– Claro que sim. Ela é uma grande admiradora. Porque é justo: pessoas boas no alto, pessoas ruins na base. Dinah o tornou um projeto conjunto desde o começo, sabendo que apelaria ao senso de justiça de Nonie. Estou certa de que lhes deu horas de prazer discutir professores e crianças específicas, debatendo em qual casta eles deveriam ser incluídos. Ah, isso o fará dar risada: Nonie insistiu em uma mudança na concepção original do sistema de castas de Dinah. As pessoas tinham de poder subir ou descer de casta se seu comportamento melhorasse ou despencasse.

Luke não está rindo. Nem eu.

– Dinah inicialmente não ficou convencida. Preferia a ideia de as pessoas receberem pedestais de garantia, ou, no outro extremo do espectro, serem condenadas para sempre por algo de errado que fizeram anos antes. Mas Nonie insistiu. Novamente citando: "Qualquer pessoa boa pode se tornar má de repente, e qualquer pessoa má pode se tornar boa se tentar".

– Elas... – tenta Luke, depois pigarreia antes de recomeçar. – Quando elas estavam lhe contando sobre isso, alguma delas mencionou o... você sabe, de Sharon, ou Marianne no contexto dessa coisa de castas?

O assassino de Sharon, eu quero dizer. Não o "você sabe" de Sharon. Precisamos começar a chamar as coisas pelo que elas são.

Então você começa. Hipócrita.

Eu confirmo com a cabeça.

– Ambos. E a pessoa que colocou fogo em nossa casa, supondo que seja alguém diferente – digo. Que é o oposto do que estou supondo, então por que dizer? – Os dois incendiários são ambos Cruéis.

Exceto que não são dois deles. É apenas um.

Tento calar a voz em minha cabeça, digo a mim mesma que não terei certeza a não ser que, e até que, consiga descobrir onde vi aquela folha de papel A4 pautado.

– Marianne *era* uma Meio que Cruel – digo a Luke. – Há uma certa crueldade em fingir se preocupar com Dinah e Nonie quando é evidente que está se lixando. Hipocrisia e falta de integridade são temas recorrentes em Meio que Cruéis; com exceção de Kirsty, obviamente. Pessoas de duas caras, qualquer um que minta a si mesmo sobre sua própria bondade.

Jo. Jo é Meio que Cruel.

– Você gostará de ouvir que Marianne agora é Cruel. As meninas a rebaixaram na última vez em que se falaram pelo telefone e ela disse algo malvado. Não me contaram o que foi, então suponho que tenha sido sobre mim, ou sobre nós – conto. Tentei convencê-las de que não precisavam me proteger de nada. Acho que Dinah poderia ser persuadida, mas Nonie não iria ceder. "Não posso lhe contar uma coisa horrenda que alguém disse sem dizer eu mesma, e não quero fazer isso", falou.

Sentindo que Luke está esperando alguma coisa, eu olho para ele – algo que evitei até aquele momento. Contato visual torna tudo mais difícil.

– Acho que a coisa da escola é uma desculpa. O sistema de castas não foi inventado para a escola – digo, sem conseguir evitar sorrir. – Embora tenha sido muito útil. Dinah tirou algumas pessoas de sua peça de Hector ontem sem dar motivos. Não poderia lhes dizer que tinham sido reclassificadas como Cruéis, não mais merecedoras dos refletores, por melhores que fossem suas técnicas de interpretação. Cruéis são os mais inferiores. Você não brinca com eles, não os ajuda com os deveres de casa, não os coloca em suas produções dramáticas. Meio que Cruéis podem se associar a Cruéis; e a Gentis, evidentemente; mas Gentis não podem ter relações com Cruéis, para não contaminar sua gentileza.

– Quantas pessoas sabem disso? – Luke pergunta. – Sempre temi reuniões de pais, mas isto é...

– Ah, ninguém na escola sabe. É informação proibida. Apenas Dinah e Nonie sabem sobre isso. O que significa que não podem ter colocado em prática a maioria de suas regras, ou apenas quando podem disfarçar o que estão fazendo como sendo outra coisa, o que é um defeito, mas Dinah não está disposta a correr o risco de alguém descobrir e criticar sua invenção. Ela é inteligente o bastante para saber que, assim que qualquer sistema se torna de conhecimento geral, atrai oposição. Isso não pode ser permitido, não para algo tão valioso para ela. E igualmente precioso para Nonie.

Pisco para afastar as lágrimas.

– Quando elas me contaram, estavam aterrorizadas que eu ficasse com raiva, pedisse para parar com isso ou tentasse lhes dizer por que era errado. Elas poderiam ter ficado quietas, mas... sabiam que era importante para mim compreender o que aquelas palavras significavam. Eu as tinha escrito em um jornal. Dinah as viu, perguntou sobre isso. Tentei não responder, mas estraguei tudo. Ela é inteligente. Soube que eu tinha de algum modo descoberto e que algo naquelas palavras estava me incomodando. Ela e Nonie não conseguiam entender: se eu sabia sobre seu sistema de apartheid, por que não as estava repreendendo por isso? Por que não tinha tocado no assunto? Elas debateram e decidiram tomar coragem e me perguntar, confessar tudo, mesmo que isso significasse levar uma bronca. O que não fiz – acrescento, desafiadora. – Nem vou. Preferiria que você também não o fizesse. Mais tarde, quando as coisas tiverem se acalmado, talvez eu converse com elas.

Ou talvez não. Será que lutar pelos direitos dos Cruéis chegaria ao topo da minha lista de afazeres?

Luke se ergue pesadamente da cama e anda até a janela.

– Você está certa – ele diz. – Não tem nada a ver com a escola. É sobre reorganizar o mundo depois da morte de Sharon. As meninas precisam saber que podem colocar o mal em seu lugar. Amber, é de partir o coração. Elas precisam conversar com alguém. Um profissional.

– Você fala como se nunca tivéssemos pensado nisso antes – falo. Dinah tinha prometido que se um dia a obrigássemos a conversar com alguém que ela não conhecesse, iria fingir ter a boca fechada com zíper e não diria nada. Nonie cai em lágrimas e começa a tremer à menção de qualquer tipo de terapia ou aconselhamento, por melhor que Luke e eu expressemos isso. – No momento estou menos interessada em com quem elas poderiam falar no futuro e mais em com quem elas *têm* conversado.

— O que quer dizer? — Luke pergunta.

Ele está concentrado demais nas meninas; não está pensando na polícia, no assassino de Kat Allen.

— Se Dinah inventou Gentil, Cruel, Meio que Cruel, e se ela e Nonie, e agora nós, somos as únicas pessoas que sabem sobre isso, e elas nunca colocaram no papel...

— Devem ter colocado — diz Luke.

— Só que não colocaram. Elas juraram para mim, e acredito nelas. Nunca escreveram essas palavras, como cabeçalhos ou de qualquer outra forma. Luke, elas estavam na escola no dia em que Katharine Allen foi assassinada. Era recesso. Elas foram ao Holiday Fun Club, o "Holiday Club dos Pais que Ainda Não Querem Passar Tempo com Vocês Supondo que Não Tenham Sido Assassinados". Você estava trabalhando, eu estava na festa de inauguração do restaurante de Terry Bond em Truro... Dinah e Nonie ficaram na escola entre oito e meia e quatro e meia. Não estavam no centro de Spilling escrevendo "Gentil, Cruel, Meio que Cruel" em uma folha A4 pautada enquanto alguém espancava Katharine Allen até a morte no quarto ao lado.

— Então... se elas não escreveram isso...

— Elas inicialmente também juraram que não tinham contado o segredo a ninguém, mas com um pouco menos de convicção. Não demorou para que Nonie pedisse uma garantia de que quem por acaso soubesse, quem pudesse ter colocado as palavras no papel, não tinha feito nada de errado as escrevendo e não teria qualquer tipo de problema — digo, com um sorriso triste. — Acho que o problema que ela tinha em mente era uma grande bronca por participar de um jogo que envolvia definir pessoas como sendo moralmente intocáveis em vez de dar a elas o benefício da dúvida.

— A quem elas contaram, cacete? — Luke pergunta, e pela voz dele sei que está chorando. — Quem elas conhecem que teria matado alguém? Ninguém! Isso não faz sentido... é doideira.

— A pessoa a quem elas contaram não matou Katharine Allen — digo. — Na verdade pessoas. Duas delas, também crianças. São tão inocentes quanto Dinah e Nonie.

— Quais crianças? Crianças da escola?

— Não.

Eu estou detestando isso. Ouvir a resposta será ainda mais duro para Luke do que foi para mim. Nonie está certa: você não pode dizer a alguém algo que irá aborrecê-la sem ser a pessoa que está causando o mal.

— Mais perto de casa — digo. — William e Barney.

...

A primeira coisa que faço quando Ginny abre a porta é dar a ela um cheque de duzentos e oitenta libras: sua compensação por ter de me encontrar novamente, depois de eu ter sido tão desagradável na primeira vez.

— Não me incomodo se você quiser prendê-lo na parede para poder olhar para ele enquanto conversamos — digo.

Ela parece confusa, mas de modo relutante — como se, em um mundo ideal, ela fosse gostar de entender o que quero dizer.

— O cheque — explico. — Caso você precise de um lembrete visual de seu incentivo para me aturar por três horas.

Se ela não me deixar entrar logo acabarei pegando-o de volta. Está nevando aqui fora. O calor sai da pequena sala de madeira de Ginny para o ar frio cinzento. Eu quero estar do lado de dentro.

Ela sorri.

— Se eu não estivesse aturando você, estaria aturando algum outro. Ou você acha que é a pessoa mais raivosa a já ter cruzado minha soleira?

Deixe-me cruzar primeiro. Depois pergunte.

— Eu lhe garanto que não é. E se tivesse medo de raiva estaria no trabalho errado.

Ela finalmente se coloca de lado, faz um gesto convidativo com o braço. Veste malha preta e um pulôver rosa-claro, e cheira a algo que inicialmente não consigo identificar. Depois me dou conta de que é noz-moscada. Se eu me encontrasse com um contador ou advogado que cheirasse a ingrediente de bolo, iria supor que estava cozinhando. Ginny é hipnoterapeuta, então escolheu óleo de noz--moscada em vez de perfume.

Preconceitos são reconfortantes: todos deveriam se preocupar em cultivar pelo menos três.

Eu entro, bato os pés no capacho ao lado da porta. Neve escorrega de meus sapatos, passa de branca a transparente à medida que se liquefaz. Tiro casaco, chapéu, cachecol e luvas, e tento não me aborrecer com as horas que decidi passar ali. É duro. Se não tivesse ido na terça-feira, se não tivesse escutado todas as pessoas que louvaram a eficácia da hipnoterapia como último recurso... Se é tão brilhante, por que não é a primeira opção de ninguém? Por que o boca a boca não fez com que subisse na tabela da liga?

— É uma primeira vez para mim — Ginny diz. — Ninguém nunca antes tinha reservado uma manhã inteira.

Ajusto a cadeira reclinável para que fique o mais vertical possível, me sentindo mais confortável nessa posição, mais igual. O que há na hipnoterapia que faz com que funcione melhor horizontalmente do que verticalmente?

Pare. Dê uma chance.

— Desculpe por tê-la acusado de mentir — digo a Ginny. — Não tinha o direito de gritar com você e sair correndo sem pagar. Você estava certa. Eu estava errada. Eu só... estava confusa. Achei que você tinha dito algo, me pedido para repetir e... — me interrompo, imaginando o quanto ela já sabe. — Charlie Zailer lhe contou sobre o caso em que o marido está trabalhando? O assassinato de Katharine Allen?

— Ela não contou, mas depois fui ouvida pela polícia.

— Sobre mim? Por que mais eles falariam com Ginny se não para perguntar sobre meu estado mental, como eu acabara dizendo as palavras mágicas, se parecia e soava uma assassina quando as dissera?

— O que contou a eles?

Não gosto do sorriso dela. É um sorriso de pena, não do tipo que alguém com algum respeito próprio gostaria de receber.

— Amber, realmente lamento, mas não fico à vontade com você me perguntando sobre minhas relações com a polícia. Por que não conversamos sobre o que você gostaria de fazer aqui hoje?

Pelo seu tom, parece que ela está prestes a me oferecer uma escolha entre pintura de rosto, pular corda ou brincar na caixa de areia.

Pare. Falando sério. Como você gostaria de ter de lidar com você? Dê um tempo para a mulher, cacete.

— Gentil, Cruel, Meio que Cruel – digo.

Ginny faz um movimento de cabeça, como se isso em si fizesse sentido.

— Eu vi isso escrito em um pedaço de papel; três cabeçalhos, com espaços intermediários. Papel pautado: linhas azuis horizontais, uma linha vertical rosa na esquerda, como margem.

— Por que está me contando a aparência do papel? — Ginny pergunta.

— Eu tenho uma forte memória visual dele, mas nada além, nenhum contexto. Preciso saber onde vi isso. A hipnoterapia supostamente é boa para fazer reemergir lembranças. Quero dizer, é para isso, não é? Então... aqui estou.

Aquela folha de papel é a peça do quebra-cabeça que está faltando. Dinah e Nonie não mataram ninguém; nem William ou

Barney. O que significa que um deles deve ter partilhado o segredo com mais alguém, alguém que escreveu aquelas palavras em um bloco de anotações no apartamento de Kat Allen antes ou depois de ter batido em sua cabeça com uma barra de metal. Se conseguir me lembrar onde vi aquela página arrancada saberei quem em minha vida é um assassino. *Terei certeza.*

– A hipnoterapia é ótima para resgatar lembranças reprimidas – diz Ginny –, mas tenho de ser honesta com você, Amber, porque não irá ajudar a nenhuma de nós se não for: estou sentindo um problema potencial, e é grave.

Não quero saber o que poderia dar errado. Isto tem de funcionar.

– Estou disposta a fazer o que for necessário para descobrir o que preciso saber – digo. – Virei quantas vezes precisar, e pagarei o quanto for...

– Amber, Amber, pare – diz Ginny, erguendo as mãos, como se imitando uma janela. – Não é uma questão de tempo insuficiente. É mais complicado que isso. Nossas mentes inconscientes são suas próprias chefes. Realmente são. Sim, lembranças reprimidas surgem sob hipnose, mas aleatoriamente. Embora, com frequência, haja uma razão – ela diz, e suspira. – Não estou sendo muito boa em tentar explicar isso, estou? Veja, para simplificar, usando seu caso como exemplo: você quer saber onde viu um pedaço de papel. Sua mente consciente acha que isso é o que você precisa saber. Ela acha que é *tudo* o que precisa saber. O problema é que há uma grande chance de que sua mente inconsciente discorde. Ela irá liberar outras lembranças; não a que você está procurando, coisas que parecem totalmente irrelevantes... só que não serão irrelevantes.

Odeio aquela expressão de conhecimento nos olhos dela. Este é meu pesadelo, não o dela – minha vida caótica, minhas meninas em perigo – e ela acha que sabe mais sobre isso do que eu.

– Elas irão provar que não são irrelevantes se apresentando à sua mente consciente repetidamente, e você irá se perguntar: "Por que esse incidente idiota continua voltando quando ele é tão insignificante?" Com sorte, será quando você se dará conta de que, de modo algum, é insignificante. O que quer que seja, a chance é de ser mais importante do que onde você viu seu pedaço de papel.

Não será não. Ela não sabe nada.

– O que você precisa saber e o que você quer saber são duas coisas diferentes – ela continua, gostando do som de sua própria sabedoria. – Acho que você se beneficiaria enormemente da hipnoterapia. Estou certa de que posso ajudá-la, e que você irá solucionar diversos mistérios que não sabe que existem. Não assassinatos; mistérios dentro de você, em seu caráter, em sua vida cotidiana. O que não posso fazer é garantir que irá se lembrar desse detalhe específico, e... Tenho de dizer, quanto mais o definir como crucial, menos provável é que se lembre dele.

– Tudo bem – digo, embora não seja. É tão longe de tudo bem quanto o *Réquiem* de Mozart é de um candidato decepcionante do concurso musical Eurovision, mas se quero chegar a algum lugar, terei de tentar colaborar. – Tudo bem. Veja, eu lhe disse, farei o que for necessário. Se acha que irá ajudar eu parar de querer saber o que quero saber, tentarei parar.

Ginny junta as palmas das mãos e aperta.

– Por que você não recosta, relaxa e para de se preocupar com resultados e objetivos? Temos três horas, então vamos fazer um pouco de hipnoterapia, um pouco de livre associação e ver aonde isso nos leva. Certo?

– Você não tem experiência pessoal com assassinato, tem?

– Não. Isso a incomoda?

– E quanto aos seus pacientes? Estou certa de que está entupida de vítimas de agressão, mas já recebeu alguém como eu, em que a questão é assassinato?

– Não, e...

— Já?
— Amber, o homicídio não é a sua questão. Você apenas acha ser.
— Engraçado como tudo o que eu penso se revela errado, não é?
— explodo. — Vou lhe dizer: por que não vou depilar as pernas enquanto você fica aqui resolvendo sozinha todos os meus problemas, já que parece saber mais sobre mim do que eu?

Ginny sorri como se tivesse gostado da piada.

— Acho que você quer saber quem matou Katharine Allen, mas não fica pensando em por que isso importa tanto para você. Você não a conhecia, não é? É trabalho da polícia encontrar seu assassino, não o seu.

Eu rio.

— Está falando sério? Não, eu não a conhecia, mas sei que vi um pedaço de papel que foi rasgado de um bloco em seu apartamento. Isso significa que há uma chance de conhecer seu assassino, caso você seja lenta demais para entender.

— Exatamente — Ginny diz.

Que tipo de pessoa diz "Exatamente" quando você acabou de provar que é uma idiota?

— Você veio me ver na terça-feira esperando que eu pudesse curar sua insônia.

Não tenho paciência para isso. Sei o que fiz na terça-feira; não preciso de rememoração. *No capítulo anterior de* A hipnoterapeuta metida...

— Você me disse que sabia por que não conseguia dormir, estresse, mas deixou claro que não estava disposta a discutir o que estava causando o estresse. Agora, graças a uma combinação de circunstâncias que ninguém poderia prever, você se deparou com uma investigação de homicídio e, novamente, vem até mim com um pedido muito específico, bastante limitado: não quer ser desviada, só quer descobrir esta coisa, e então ficará bem. Assim como na terça-

-feira, acreditava que, se eu pudesse lançar um feitiço em você para fazer com que dormisse, tudo ficaria bem.

Ela é inacreditável. E eu sou uma santa por não me levantar e acertar a cara dela. Eu me imagino fazendo isso e depois dizendo: "Lamento, mas nem todos nós trabalhamos nas profissões gentis."

– Você podia não estar mentindo na terça-feira, mas está agora – digo a ela. – Em nenhum momento disse ou pensei que se dormisse tudo ficaria *bem*. O que pensei, e lamento se não deixei isso claro, foi que se dormisse poderia não morrer na quinzena seguinte. Vê a diferença?

– Amber, não quero discutir com você. Deveríamos parar com isto e seguir com a hipnoterapia. Quanto mais eu disser, mais haverá para você distorcer.

– E vice-versa.

– Seu problema não é insônia e não é um assassinato não solucionado. Você está aqui agora e esteve aqui na terça-feira porque há algo terrivelmente errado em sua vida e você não sabe o que é. Isso a assusta. Esse é o mistério que espero ser capaz de ajudá-la a resolver, caso permita. Por que não recosta? Ajuste a cadeira para ficar na horizontal, feche os olhos e...

– Espere – digo. – Antes de começarmos há coisas que preciso lhe contar.

– Não há não. Você apenas acha que há.

Inacreditável.

– Eu me sinto como aquela árvore – digo, principalmente por saber que isso irá deixá-la confusa.

– Árvore? – ela reage, olhando para as gravuras botânicas em sua parede. Nenhuma é de árvores. *Tente novamente.*

– Aquela que cai em uma floresta vazia. Ninguém a ouve cair. Pode-se dizer que ela produziu um som se não havia ninguém lá para ouvir?

Ginny franze o cenho.

— E... você se sente como aquela árvore?

— Havia algum sentido em meu cérebro dar as caras esta manhã se você vai ignorar todo pensamento que ele produz?

— Seu cérebro é um valentão — Ginny diz. — Ele precisa recuar.

— Ele sente a mesma coisa sobre o seu — digo a ela.

— Isso já é uma evolução — ela diz e sorri. — Um sentimento é sempre uma melhoria em relação a um pensamento, em termos terapêuticos. Veja, vou lhe fazer uma proposta: você me conta o que quiser, e depois, a partir daí, eu estou no comando. Você desliga seu cérebro e recebe as ordens de mim? Concorda?

— Tudo bem.

Meio que.

Agora que recebi permissão, não sei por onde começar. E então sei: com as palavras misteriosas. Digo a ela que, quando as soltei para ela na terça-feira sem ter consciência do que dizia, minha cabeça estava na cena de desaparecimento de Natal de Jo sete anos antes; tentava decidir se era exuberante demais, uma história boa demais — será que contava como uma lembrança recém-emergida, considerando que estava na minha cabeça com frequência?

Descrevo detalhadamente o que aconteceu em Little Orchard. É um alívio maior do que achei que seria. Não me ajuda a entender nem um pouco melhor, mas é bom organizar os fatos e apresentá--los a alguém que não é um membro da família. Quando termino, as lacunas em meu conhecimento parecem mais claramente definidas.

Conto a Ginny sobre a morte de Sharon, Dinah e Nonie, Marianne, a adoção que poderá ou não acontecer. Não há necessidade, mas me vejo querendo dizer mais, então explico sobre Terry Bond e a associação de moradores, sobre meu curso no Departamento de Trânsito e o golpe que eu e Jo demos. Eu me permito reclamar da hipocrisia da desaprovação de Jo que só se estende a mim, e não a ela mesma, sua alegação de que traíra Sharon indo à inauguração do restaurante de Terry. Então, parece necessário colocar Jo no contexto, e conto a Ginny tudo que acho que precisa saber: Neil, Quentin, William e Barney, Sabina, Ritchie, Kirsty, Hilary, a casa pequena demais entupida de gente.

Repetidamente me escuto dizendo o nome dela: Jo, Jo, Jo.

Tenho de mudar de assunto. Retorno à terça-feira, explico a Ginny como acabei no carro de Charlie Zailer, o caderno, o detetive Gibbs aparecendo em minha casa pouco depois, ser levada à delegacia e interrogada. Minhas tentativas de transmitir como o inspetor Proust é medonho a fazem rir. Sua expressão fica séria novamente quando avanço para as anotações do caso que Charlie Zailer passou pela abertura de cartas, mas não me interrompe. É uma boa ouvinte. Sua atenção imóvel faz mais do que qualquer coisa que ela tenha dito até então para me convencer de que não estou perdendo meu tempo. Ninguém na minha vida real me escutaria por tanto tempo sem tentar interferir.

Será essa uma razão suficiente para começar a falar sobre Jo novamente, relacionando coisas que ela fez e disse ao longo dos anos, pequenas coisas inconsequentes? Por que não consigo parar?

Eu me obrigo a falar sobre outras pessoas: Simon Waterhouse, o guarda com pele irritada de barbear a quem ele se referiu como "proteção policial". Conto a Ginny sobre o favor que pedi que Charlie me fizesse, sua recusa, meu constrangimento. Como eu podia ter pensado, mesmo em meus maiores delírios, que ela concordaria? Eu não teria cometido esse erro se tivesse uma boa noite de sono, mas isso foi antes de me mudar para a casa de Hilary. Foi depois de uma noite sem sono algum, a noite do incêndio, a noite em que mandei um e-mail para a dona de Little Orchard, tendo enfiado na cabeça que tinha de voltar, que devia ter visto aquela folha de A4 pautada lá, embora soubesse que não tinha, o que não faz sentido para mim – tão pouco sentido quanto Neil ser acordado nas primeiras horas da manhã de Natal e recebido a ordem de pegar os meninos e se esconder contra a sua vontade, se esconder de pessoas que ele e Jo tinham convidado para passar o Natal com eles.

Finalmente perco pressão e fico calada. A informação que estou retendo soa em minha mente, tão alto que imagino que Ginny tem de ser capaz de ouvir. Não disse nada sobre a confissão de Dinah, sobre saber o que significa Gentil, Cruel, Meio que Cruel. Tento me convencer de que isso não importa. Ginny não pode imaginar que lhe contei a história completa da minha vida, não deixando nada de fora. Há outras coisas que não mencionei, muitas coisas, todas sem importância.

— Você estava certa — ela diz. — Você precisava tirar tudo isso do peito. Eu não deveria ter tentado impedi-la. Só quero destacar algo que você mencionou de passagem, antes de começarmos. Insinuou que tem dormido melhor desde que se mudou para a casa da mãe de Jo?

Isso não é "antes de começarmos", eu quero dizer. Começamos assim que cheguei.

— Sim. Foi apenas uma noite, mas... realmente dormi bem.

Ginny concorda.

— Por causa da proteção policial em frente à casa — ela diz e sorri. — Você está de folga. Outra pessoa está garantindo que Dinah e Nonie estão seguras, então pode dormir.

Não. Eu quase não me preocupo em dizer algo. Então decido que é importante. Não posso deixar que ela diga coisas sobre mim que não são verdade.

— Não acho que seja isso — digo. — De fato, sei que não é isso.

Ginny está balançando a cabeça.

— Você me disse que você, Luke, Dinah e Nonie passaram pela janela para um telhado plano.

— Então?

– Você pode não se dar conta, mas por isso escolheu aquela casa, e não uma casa diferente. Viu aquela janela e aquele teto, e pensou "saída de incêndio".

– Verdade, mas não foi o que você disse antes. Não estou dormindo bem na casa de Hilary por causa de qualquer proteção policial.

– Por dezoito meses, você e apenas você tem sido a responsável por garantir que o que aconteceu com Sharon não possa acontecer novamente. Pelo menos foi como se sentiu. Por isso tinha de passar todas aquelas noites patrulhando a casa.

Olho através da janela para a neve que cai. Está começando a assentar, engrossando.

– O que você quer, uma estrela dourada?

– Luke não entenderia. Você não conversou com ele sobre isso porque não faz sentido. Ele só diria que é maluquice achar que quem matou Sharon iria querer ferir Dinah e Nonie. Se quisesse, as teria deixado dentro da casa com a mãe antes de colocar fogo nela.

– Você poderia, por favor, não...

– O que pode responder a isso? Nada. Ele está certo, mas não faz diferença. Nada que ele pudesse ter dito a teria persuadido de que o mesmo não aconteceria novamente: um incêndio, iniciado deliberadamente. Da vez seguinte as meninas poderiam não ter tanta sorte, então como você pode dormir e correr o risco? Como pode voltar a dormir um dia?

Eu pigarreio. Sinto como se tivesse sido atropelada por um caminhão. Ninguém pode ver os hematomas e ossos quebrados; só eu posso senti-los.

– Obrigada por esclarecer isso para mim – digo. – Achei que precisava de terapia para insônia. Acaba que eu só precisava de uma babá confiável, a noite inteira, toda noite.

– O que, na casa de Hilary, você tem – Ginny diz. – Motivo pelo qual dormiu noite passada.

– Não é não.

– Amber.

– Foda-se você e sua superioridade – digo, e me coloco de pé. Bom que eu não tenha chegado ao ponto de reclinar minha poltrona. Difícil sair correndo irritada quando se está deitada. *Poderia por favor me levantar para que eu possa ir embora?* – Lamento, mas você não pode estar certa sobre tudo. Realmente acha que eu iria confiar a um policial adolescente sobre quem não sei nada a garantia de que Dinah e Nonie estão seguras? Que confiaria em *qualquer um* que não eu mesma para ser páreo para o tipo de mal... Olhe, esqueça. Não faz sentido.

Eu cambaleio, estendo a mão na direção da maçaneta. Ginny está dizendo algo sobre o mal, mas não escuto. Só escuto uma voz clara insistente em minha cabeça que parece pertencer a ninguém, que acha que pode explicar a mudança em meus hábitos de sono, se pelo menos eu escutasse.

Cale a boca. Cale a boca. Você não é a voz de ninguém, não é a minha, você não sabe nada.

A proteção policial. Foi o que fez a diferença. Ginny está certa. Tem de estar.

Então por que está com tanta raiva dela? Por que está indo embora?

Isso enche a sala: todo o peso do que tenho certeza e não posso mais negar. Enche meu nariz e minha boca, até sentir que estou sufocando. Tenho de sair.

Abro a porta e corro para a neve, e para os braços de Simon Waterhouse.

Como você não quer ser tratada com paternalismo, vou ser absolutamente franca: acho seu pedido ultrajante. Ser tratada como igual é uma coisa; exigir que lhe conte quais vergonhosos segredos fui obrigada a enfrentar como parte de minha própria terapia não é aceitável. E não irei fazer isso. Se essa é sua ideia de um trato justo, você deve ter a porra de um parafuso solto! Escute a terapeuta que agride verbalmente seus pacientes: qual é o problema, Amber? Estou tratando você como igual: você me agride, eu a agrido. Total igualdade.

Não estou pedindo que conte seus segredos porque queira alguma sujeira sua que possa usar contra você mais tarde. Estou pedindo que você encare e declare a verdade para seu próprio bem. É minha recomendação como terapeuta, mas, francamente, não ligo se fizer isso ou não. Se quer continuar perturbada para sempre, mantenha a negação. Fique à vontade.

O motivo pelo qual não posso lhe contar meus segredos em troca dos seus é que não somos duas pessoas batendo papo. Sou uma terapeuta, e me orgulho do meu trabalho. Investi algum tempo e considerável esforço tentando ajudá-la, e o cacete que vou estragar isso trocando confidências com você como se fôssemos melhores amigas. Se começar a lhe contar sobre minha vida, minha história pessoal, meus equívocos, eu me torno Ginny, a mulher, e, acredite em mim, isso não será nem de longe tão útil quanto Ginny, a terapeuta. Eu lhe disse antes: aqui sou um meio para um fim, nada mais. Minha personalidade e minhas experiências não têm nada a ver com nada.

Lamento, Simon. Você deve estar esperando que eu invente alguma mentira para mantê-la feliz, para arrancar isso dela, o que quer que seja, mas não vou fazer isso. Ou talvez você esteja esperando que conte a verdade? Partilhe meus segredos íntimos com vocês dois, tudo pela boa causa de ajudar a pegar um assassino? Bem, lamento, mas não irá acontecer. Fiz hoje algumas exceções às minhas regras gerais, mas isso seria ir longe demais.

Vamos ser bastante claras, Amber. Se não fizermos mais progresso hoje, minha falta de disposição de partilhar meus segredos com você em troca dos seus não é a responsável. Você pode culpar sua própria postura nada solícita. Estive disposta a reservar minha manhã inteira para você. Até mesmo desmarquei duas consultas, e você me xingou e saiu, exatamente como fez na terça-feira. Então Simon me persuade a desistir também de minha tarde e a persuade a... Não sei com o que ele fez você concordar, para ser honesta. Certamente não a cooperar. Você voltou para cá batendo pé, com uma ridícula lista de regras absurdas: não posso fazer perguntas diretas, não posso esperar respostas, você falará quando quiser falar e, fora isso, simplesmente ficará deitada aqui e me deixará fazer todo o trabalho, deixando claro que acha que sou um total desperdício de espaço. E o que faço? Concordo. Concordo com todas as suas ridículas regras contraproducentes, cancelo ainda mais consultas, porque também quero ajudar Simon. Preciso repassar meu roteiro de hipnose três vezes antes de ter certeza de que funcionou, porque você está disposta a me interromper para discutir quantos degraus deve haver em uma escadaria imaginária! Você é decididamente tagarela quando vê uma oportunidade de me atormentar, e silenciosa e debochadamente distante o resto do tempo. Ainda assim, lhe dou o benefício da dúvida: falo até ficar rouca. Reviro a cabeça em busca de coisas úteis que possa dizer, descrevo a diferença entre lembranças e histórias, repasso todos os detalhes de sua vida e suas preocupações, como um maldito apresentador de Esta É Sua Vida, na esperança de atraí-la para um diálogo, mas não funciona. Você está disposta a dizer apenas o mínimo.

Sim, eu quero ajudar Simon, mas não estou certa de se ainda quero ajudá-la, para ser honesta. Não estou certa de que você merece. Aí está, isso é suficientemente igual para você? Está se sentindo suficientemente não paternalizada?

Sim, eu tenho segredos. Não temos todos? Sim, há coisas pelas quais me sinto culpada e envergonhada, mas posso lhe garantir uma coisa: o que está em minha mente agora nunca será uma delas. Agora, fora do meu consultório, os dois.

12

3/12/2010

— Não se culpe — Simon disse. Ele e Amber estavam sentados no carro do outro lado da rua em frente à casa de Ginny Saxon, com o aquecedor no máximo, sem ir a lugar algum. Simon não estava pronto para partir. Ginny podia tê-lo expulsado de seu consultório, mas ele tinha o direito de manter o carro estacionado diante dele em uma rua pública pelo tempo que quisesse. — Ela reagiu de forma exagerada. Você lhe pediu para fazer algo que não queria fazer. Ela poderia ter dito isso sem ter um chilique.

— Não vai funcionar — disse Amber, apoiando a cabeça na janela.

— O quê?

— Bajulação. Massagear meu ego. Eu não tinha o direito de pedir.

— Você queria iniciar uma briga — disse Simon. — Fazer com que fôssemos expulsos.

— Pense o que quiser.

— Não é verdade?

Ela balançou a cabeça.

— Ginny disse que estava disposta a ser antiprofissional para me impressionar. Queria ver se tinha falado sério. Não queria irritá-la ou fazer com que se sentisse desconfortável. Sequer quero saber dos segredos dela. Ela não tem nada a ver comigo. Preferiria não saber deles.

— Então por que perguntar?

Simon se sentia desconfortável. Ele passara tempo demais escutando Ginny, perdera temporariamente sua capacidade de diferenciar entre perguntas de interrogatório e perguntas de terapia. Será que tinha feito a última porque isso o ajudaria a resolver um crime, ou crimes, ou porque estava interessado no funcionamento da cabeça de Amber? Fácil demais dizer a si mesmo que era a mesma coisa.

– Eu só... queria que ela entendesse o que estava pedindo que eu fizesse – Amber disse. – É um pouco fácil demais dizer que alguém precisa abrir o coração em público e deixar que toda a bosta escorra na frente de estranhos. Eu queria que sentisse o... horror é uma palavra forte demais. Para variar, serei moderada e chamarei isso de extrema relutância – disse, e se ajeitou no banco do carona para poder encarar Simon. – Tão extrema que você a sente fisicamente, não apenas como uma ideia, não uma preferência puramente intelectual por sigilo em vez de compartilhamento. Posso ter detonado nossa relação profissional – disse, fazendo aspas com os dedos –, mas pelo menos agora Ginny sabe como me senti toda vez que ela me ordenou revelar tudo pelo bem de minha psique.

Simon aprovou. Quantos pacientes de terapia engoliam a história do "para seu próprio bem"? Ninguém que realmente valorizasse sua privacidade, certamente. Ele não queria correr o risco de afastar Amber – ela parecia estar do seu lado enquanto estava contra todos os outros, por alguma razão que não podia imaginar –, mas privadamente decidiu que sua postura condicional era duvidosa. Ou ela conseguia suportar falar sobre qualquer coisa ou não conseguia. Se conseguia, se contar não parecia de modo algum impossível, por que cacete não estava lhe dando a informação de que precisava?

– Para ser honesta, eu teria ficado satisfeita com o apoio moral – continuou. – Por que deveria ser a única a desfilar minha culpa? Se um terapeuta pode partilhar sua própria história e fazer um pa-

ciente sentir que eles estão juntos naquilo, igualmente frágeis e fodidos, por que essa é uma ideia tão ruim?
– Mesmo que seja – disse Simon, pensando. – Não me diga que a formação de psicoterapeutas não inclui regras rígidas sobre como lidar com pacientes que cruzam a linha e se tornam pessoais demais.
– Como eu, quer dizer?
– Há um roteiro. Ginny deve conhecer de cor, como conhece o resto de suas falas: "respire lenta e profundamente, calma e silenciosamente" e toda aquela merda. Ela deveria ter conseguido lidar com você sem perder a cabeça.
– Você diz isso, mas poucos conseguem – disse Amber, sorrindo. – Só você.
– Não seja boba – disse Simon, descartando o cumprimento, se é que era isso. Parecia mais uma invasão. O que lhe deu uma ideia.
– E quanto a mim?
As palavras saíram antes que tivesse uma chance de pensar. E era tarde demais. Estava prestes a fazer uma oferta legítima, ou iria trapacear se fosse necessário, inventar alguma coisa?
– Será que funcionaria se em vez disso eu fizesse?
– Fizesse o quê?
Simon fez um gesto na direção da construção de madeira do consultório no jardim de Ginny.
– Ela não tem nada a ver com nada disto. Alguém mata Kat Allen, alguém mata sua amiga Sharon, sua casa é incendiada; não tem nada a ver com ela, tem? Nós somos aqueles para os quais isto importa, você e eu. Esqueça Ginny. Se eu lhe contar algo sobre mim que nunca contei a ninguém, vai me dizer o que não diria a ela?
Não era totalmente verdade que não tinha contado a ninguém, embora a versão que dera a Charlie fosse mínima e com buracos. Simon sentira que havia muito mais que poderia ter dito se tivesse querido, sem se permitir imaginar o que mais poderia ser.

Não, ele não iria contar a Amber. Preferiria cortar a própria língua.

— Estava pensando se e quando isso poderia lhe ocorrer — ela disse.

— Você soa como se lamentasse ter ocorrido.

— Odeio soar nobre, especialmente porque sou o oposto, mas não posso permitir que faça isso. Não seria justo. Você não quer que eu conte nada, e por que iria querer? Ginny é terapeuta. Ela distribui isso, ela deveria ser capaz de receber. Você... bem, você é só um espectador inocente. Foi ela que escolheu uma carreira que lhe dá passe livre para abrir as cabeças das pessoas e revirar as coisas nojentas.

— Meu trabalho não é tão diferente — Simon disse a ela.

Ela sorriu.

— Cale a boca e me agradeça por tirar você de um buraco. Você só precisaria sonhar uma mentira convincente e se sentiria um merda se seu golpe desse certo. Eu me contento se me disser há quanto tempo sabe que Jo e Neil são donos de Little Orchard.

— Desde ontem.

— Charlie lhe contou sobre nossa conversa no café?

Simon anuiu.

— Por que Jo mentiria? — murmurou Amber. — Por que não nos contar que eles têm uma segunda casa? Ninguém sentiria inveja.

— Você sabia da empresa de Neil Utting? Hola Ventana?

Amber fez que sim com a cabeça.

— Batizada por Jo. Eles fazem filmes para janelas. *Janela indiscreta*, de Alfred Hitchcock.

— Desculpe-me? — reagiu Simon, confuso.

— Não importa. Um nome idiota para uma empresa. Significa "Olá, janela", em espanhol. A tônica deveria ser no "a" de "Hola", mas Jo achou que parecia estrangeiro demais.

– Você não imaginou para onde iam todos os lucros da empresa? – Simon perguntou. – Por que o dono de uma empresa de tanto sucesso quanto a de Neil Utting estaria morando em uma casa pequena demais para a família em uma rua sem árvores no pior lado de Rawndesley?

A surpresa no rosto de Amber disse tudo.

– Eu não tinha ideia de que havia algum sucesso ou lucro envolvidos. Para ser honesta, nunca descobri como eles podiam ter uma babá em tempo integral. Neil não fala sobre trabalho, e Jo sempre fez parecer que Hola Ventana estava apenas sobrevivendo financeiramente, com água pelo nariz.

– Longe disso – disse Simon, que mais cedo recebera informações da Receita sobre a empresa de Neil Utting, que desafiava a recessão.

– Ela achava que iríamos pedir empréstimos? Não – disse Amber, balançando a cabeça, argumentando consigo mesma. – O que quer que você possa dizer sobre ela, Jo não é sovina. Pelo contrário. Está sempre cuidando das pessoas. Financia o irmão Ritchie, diz que é o bebê da família e gosta de mimá-lo.

– Você não sabe metade da história – disse Simon, contando o que ouvira na noite anterior de Sam, sobre o testamento de Hilary e os esforços de Jo para garantir que a casa da mãe ficasse exclusivamente com Ritchie. – Estive tentando descobrir o que isso significa. Todas as evidências dizem que Jo é generosa, mas não quer que ninguém saiba que ela mesma tem mais que o suficiente. Então talvez sinta prazer em ser vista como fazendo sacrifícios. Ou talvez temesse que vocês todos caíssem em cima dela, querendo mais do que está disposta a dar, caso soubessem o quanto tinha. Ao passo que pensando que ela está apertada, seriam gratos por qualquer coisa que oferecesse.

Amber estava balançando a cabeça.

– Não. Não acredito nisso. Se você é tão paranoico sobre sua família descobrir quão rico é, também é o tipo de pessoa que imagina não poder abrir mão de um centavo de sua enorme fortuna. Você não dá nada, nem mesmo chama um amigo para uma pizza no seu aniversário.

Ela poderia ser a voz no cérebro de Simon; esse era exatamente o processo de raciocínio que ele tinha seguido, nos mínimos detalhes. Ele sentia a necessidade de estabelecer alguma distância entre ele e Amber. Ligar os limpadores de para-brisa poderia ajudar; ele se sentiria menos claustrofóbico tendo uma visão de algo além de neve.

Amber deu uma cotovelada nele.

– Olhe – chamou. As lâminas tinham eliminado a brancura para revelar Ginny de pé junto à janela sem cortinas do consultório de madeira, olhando para eles. – O que ela está fazendo?

– Imaginando por que ainda estamos aqui. Desejando que partamos.

– Concordo com ela nos dois casos – disse Amber, suspirando. – Mas não estamos indo, não é? Há uma razão para estarmos sentados aqui em vez de ir a algum outro lugar para conversar, uma razão que você não está me contando.

Simon não disse nada.

– Jo mandou Neil para a cama sozinho para poder conversar com Ritchie e Hilary sobre o testamento de Hilary – Amber disse lentamente. – Se juntarmos tudo o que sabemos, de todas as fontes diferentes, essa é a nossa conclusão, certo?

– Provavelmente.

– Então a discussão sobre o testamento foi o que catalisou a cena de desaparecimento de Jo e Neil. Tinha de ser. Ginny diria que certamente era. Simon, se eu... – ela começou, e se interrompeu.

– O quê?

Ele não conseguia entender por que estava sendo tão paciente. Normalmente, a essa altura, estaria fazendo todo o possível para arrancar qualquer informação que ela estivesse retendo. O que havia em Amber Hewerdine que o mantinha mais concentrado nas necessidades dela que em suas próprias? Ele tinha de se recompor, lembrar de por que estava ali.

– Se você tem dúvidas sobre me contar algo, por favor, poderia usar todo o seu poder para se concentrar naquela voz que está dizendo "Conte a ele, cacete"?

Amber fechou os olhos. Simon podia ouvir a respiração dela: curta e alta.

– Acho que Jo incendiou a minha casa – disse. – Acho que matou Sharon. Ela não poderia ter matado Kat Allen porque estava em um curso no Departamento de Trânsito fingindo ser eu, mas armou para que Kat fosse morta. Não sei quem ela conseguiu para fazer isso. Neil ou Ritchie, imagino. Provavelmente Neil. Ritchie teria estragado tudo.

– Por que, por que e por quê? – Simon perguntou.

– Só posso responder um deles – Amber disse. – O incêndio desta semana foi um aviso. Ela sabia que eu estaria acordada. Fico acordada a maior parte de todas as noites, ou ficava. Era um risco, mas ela poderia estar bastante certa de que não iria matar ninguém. Não quer ferir Dinah e Nonie. Embora, caso tivesse certeza de que acabaria com elas sob seu teto, talvez tentasse tirar a mim e a Luke do caminho. Se nós as adotarmos, não acho que estaria além de Jo sugerir que fizéssemos um testamento dizendo que, no caso de algo nos acontecer, iríamos querer que as meninas ficassem com ela.

Amber riu, cobriu o rosto com as mãos.

– O que estou dizendo? – murmurou por entre os dedos. – Diga que estou falando merda. Por favor.

– Devagar – disse Simon. – Volte ao aviso. Avisá-la para não fazer o quê?

— Ajudar a polícia. Conversar com você. Não funcionou, não é?

— Então... Jo matou Sharon e encomendou a morte de Kat Allen, mas você não sabe por quê?

— Nenhuma ideia?

— Nenhuma. Nenhuma para Kat Allen, e só ideias idiotas para Sharon.

— Por exemplo?

— Jo sabia como eu era próxima de Sharon. Ciúmes. Queria que eu não tivesse ninguém além dela.

— O que sugere que você é o prêmio que ela cobiça — disse Simon, apontando a discrepância. — Mas você disse que ela a mataria para ficar com as meninas.

— Por que não está me dizendo que estou louca? — explodiu Amber. — Eu tenho de estar errada. Tenho de estar.

— Você não estava errada sobre Jo ser dona de Little Orchard. Pode ter sido Ginny quem disse as palavras, mas você se deu conta disso muito antes de ela dizer algo. Pude ver em seu rosto que você sabia.

Ela parecia querer negar.

— Eu devia saber na época, em 2003. Era evidente para qualquer um com um cérebro. Havia coisas demais: o modo como Jo ficou furiosa quando sugeri abrir a porta trancada, muito desproporcional à situação. Deveria ter sabido então que não teria ficado tão furiosa a não ser que as coisas particulares naquele quarto fossem *dela* — o segredo verdadeiramente revelado se alguém entrasse e começasse a xeretar. A mesma maldita cama elástica no jardim, exatamente o mesmo modelo. E outras coisas: um cobertor elétrico na cama de Jo e Neil em Little Orchard, mas nenhum em qualquer das outras camas. Jo também tem um cobertor elétrico em sua cama em Rawndesley. E... havia um manual para hóspedes, explicando como usar tudo. Jo não olhou para ele. Ela se *vangloriou* de não olhar para ele! "Essas coisas são sem sentido", disse. "Qualquer idiota consegue descobrir como passar alguns dias em uma casa."

Amber parecia tão raivosa quanto soava.

– Ela falou sobre o escritório trancado. Como ela poderia saber que o quarto trancado era um escritório se não tinha lido... se não tivesse *escrito* o manual. Quão idiota eu sou de só pensar nisso agora?

– Você não pode se culpar por não ter percebido – Simon disse.

– Disseram que era uma casa de veraneio alugada. Não teria lhe ocorrido duvidar disso.

– Eu vi que Jo não tinha recolocado a chave do escritório onde eu a encontrara, pendurada no armário – disse Amber, sacudindo a cabeça com raiva, não se desculpando. – Deveria ter sabido então. Eu teria, só que... não queria. Negação; diferente de repressão, lembra? Se tivesse me permitido saber a verdade sobre Little Orchard, como teria evitado todas as outras verdades que estava evitando?

Simon esperou. Ginny não estava mais à janela. Ficou imaginando quão gratificada ela ficaria sabendo que Amber a estava citando.

– Realmente nunca acreditei que alguém da associação de moradores tivesse assassinado Sharon. Por que tentei persuadir a polícia de que era o que tinha acontecido? Não para salvar Terry Bond.

– Para proteger Jo.

– Embora a odeie. Se ela morresse eu ficaria aliviada. Se pudesse provar que matou Sharon, a mataria com minhas próprias mãos.

Simon podia ouvir que ela estava chorando. Ele não olharia para ela novamente até que tivesse parado. Charlie odiava o que chamava de sua "política de choro", mas nada que ela dissesse poderia um dia persuadi-lo de que não era a coisa certa a fazer. Quem queria ser observado nesse estado?

– Não disse nada e não fiz nada por tempo demais – Amber sussurrou.

– Nós não saímos acusando as pessoas de homicídio se não podemos provar isso – disse Simon. – Se isso faz com que se sinta melhor, estou no mesmo barco, e tive experiência com investigações de homicídio. Mas não como esta. Esta é nova para mim.

Ele ouviu uma fungada, esperou que isso significasse lágrimas secando, Amber se recompondo.

– O que quer dizer? – ela perguntou.

– Quando entrevistei Jo ontem, eu soube. Assim como você está dizendo que sabe, sem compreender como ou ser capaz de racionalizar. Nenhuma prova, mas isso não me incomoda. Encontraremos. Falta de provas não será um problema. Mas não ter ideia dos motivos, não ter teorias... – disse. Seria seguro olhar para ela então?

Simon decidiu arriscar. – Assim como você, sei que é de Jo que estou atrás, mas não tenho ideia de por quê. Tem de haver um motivo. Ninguém comete três crimes graves, dois deles homicídios, sem um motivo.

Ele xingou em voz baixa, depois lamentou. Queria que Amber acreditasse que ele estava mais no controle daquela bagunça do que estava.

As palavras que ele ouviu depois não fizeram sentido de início, de tão inesperadas.

– Eu sei o que significa Gentil, Cruel, Meio que Cruel.

Simon escutou, chocado, enquanto ela começava a explicar. Teria ficado com raiva se Amber fosse outra pessoa, alguém que não tivesse insistido em tratamento especial desde o início e o levado a crer que isso significava que ela merecia. Onde estava seu pedido de desculpas por não lhe contar antes, assim que descobriu? Ela estava compensando isso naquele momento, contando a história nos mínimos detalhes: a escola de Dinah e Nonie, sua diretora politicamente correta e o seminário sobre religiões do mundo, o sistema de castas hindu que inspirara Dinah a inventar o seu próprio. Amber interrompia a narrativa para lembrar a Simon que nada do que ela estava lhe contando iria ajudá-lo, que ainda não conseguia se lembrar onde vira o pedaço de papel que poderia ter vindo do bloco no apartamento de Kat Allen.

Interessante que ela sentisse a necessidade de lhe dizer isso tantas vezes. Ele a ouvira admitir a Ginny, embora com relutância, que estava certa de que vira a página A4 pautada em Little Orchard. Ele a ouvira confessar a convicção irracional de que, se pelo menos conseguisse entrar no escritório trancado, a encontraria lá. Não se lembrava de nada disso? Ginny se preocupara em tranquilizá-la, no começo da sessão, dizendo que a hipnose não afetava o controle da memória: você sabe o que está fazendo e dizendo, e lembra disso depois.

Simon estava imaginando Dinah e Nonie Lendrim dentro do apartamento de Kat Allen no dia do seu assassinato, escrevendo "Gentil, Cruel, Meio que Cruel" no bloco, quando Amber disse:

– As meninas me juraram que não escreveram nada. Em nenhum lugar, nunca. Dinah poderia mentir para evitar problemas, mas não Nonie.

Se ela alegasse que as duas garotas eram incapazes de mentir, Simon teria descartado sua opinião. Do modo como foi, ele acreditou. Mas se não foram elas...

– Elas contaram a duas pessoas, e as fizeram jurar segredo.

– William e Barney Utting – Simon disse.

Querendo provar que tinha descoberto antes que ela lhe contasse; idiota. Ele pensou na explicação de William para relações transitivas e intransitivas. *Dinah conta um segredo a Nonie, Nonie conta um segredo a William, William conta um segredo a Barney...* Isso significava que Dinah conta um segredo a Barney ou não? Indiretamente, sim; diretamente, não. Isso tornava "conta um segredo a" uma relação transitiva ou intransitiva? *Depende de se é o mesmo segredo.*

– Os filhos de Jo. Tudo volta a Jo – ele disse.

– Era recesso escolar quando Kat Allen foi assassinada – Amber disse. – O dia do curso no Departamento de Trânsito. Jo estava

ocupada sendo eu. Sabina teria ficado cuidando dos meninos. Mas... uma mulher poderia ter feito isso?
— O que, matar Kat Allen? Você está pensando em Sabina, a pedido de Jo?
— Não, eu... — Amber se interrompeu, olhou e pareceu agitada.
— Ninguém levaria duas crianças para cometer um assassinato. Especialmente não Sabina. Sei que soa maluquice, ela é uma babá, mas Sabina não lida muito bem com crianças sozinha. Fica estressada e chateada. Ninguém nota, porque Jo quase sempre está lá reduzindo a pressão, liberando Sabina para ser babá dos adultos em geral e especialmente de Jo.
— Então...
— Se Sabina ficasse encarregada sozinha dos garotos por um dia, acharia isso de difícil a insuportável e faria a escolha mais simples: colocá-los na frente da tevê, provavelmente, indo a outro aposento para entrar no Facebook. Não tentaria uma visita a lojas, muito menos um assassinato. E... ela é uma pessoa adorável — disse Amber, como se descrevesse uma espécie exótica e desconhecida. — É maluquice estarmos discutindo isso, Sabina não conseguiria matar ninguém. É só que lhe contei que Neil ou Ritchie devem ter feito, e então me lembrei de Sabina e me senti culpada por ela, por tê-la deixado de fora. Não me ocorrera que uma mulher... — começou, e se interrompeu. — Neil também não é um assassino. Nem Ritchie. Inútil sim, mas não um assassino.

Simon pensou em Hilary, a mãe de Jo. Pela sua experiência, eram os pais que cometiam crimes hediondos para ajudar os filhos. *Por quê?* A pergunta atormentava seu cérebro. Por que Sharon estava morta. Por que Kat Allen?

— Preciso que você faça algo por mim — ele disse a Amber. — Deixe seu carro aqui e venha comigo a Little Orchard. Charlie já estará lá agora.

— Charlie? O que...

— Ligue para Luke, diga a ele para pegar Dinah e Nonie na escola e levá-las a algum lugar onde Jo não saiba onde estão, longe da casa de Hilary.

— Não — disse Amber, franzindo o cenho. — Não é "não" para ir com você a Little Orchard, mas "não" para o resto. Por que não posso segui-lo no meu carro?

— Quero que seu carro fique aqui, onde Ginny pode vê-lo. E quero sua família em segurança fora do alcance de Jo. Com ou sem vigilância, ela sabe onde você está.

Amber descartou as palavras dele.

— Relaxe — ela disse. — A vigilância em frente à casa de Hilary é irrelevante, não tem nada a ver com o fato de as meninas estarem seguras lá. E nada a ver com eu ter começado a dormir melhor, não importa o que Ginny queria que acreditássemos. O que é há com você e Ginny? — perguntou a Simon. — Por que ela precisa ver meu carro vazio estacionado em frente à casa dela?

— Por que você está dormindo melhor na casa de Hilary? — Simon perguntou. Afinal, estava acontecendo, embora não tivesse sido feito um acordo formal: troca de informações, troca de segredos.

— Hilary é a mãe de Jo — Amber disse. — Ela é sagrada. Jo não colocaria fogo na casa da mãe sob nenhuma circunstância, nem mesmo se todos os seus inimigos estivessem lá.

Todos os seus inimigos. Simon ficou imaginando quantos seriam. Jo Utting lhe parecia uma mulher capaz de ter muitos ressentimentos injustificados. Seu maior temor era que os motivos dela para assassinato pudessem ser tão irracionais que nunca conseguisse descobri-los, por mais que quebrasse a cabeça. Ele poderia terminar com todas as provas necessárias para condená-la, e ela ainda se recusando a dizer por quê; a essa altura, manter os motivos para si seria sua única forma de exercitar o poder.

— Se Jo quiser atacar minha família novamente, irá esperar até que eu volte para casa — disse Amber, a voz penetrando nos pensamentos dele. — É quando sentirá a necessidade, caso sinta; quando tivermos escapado de suas garras. Pois enquanto estivermos na casa de Hilary, ela está no controle, ou acha estar. Sei que isso não faz sentido para você, mas... por favor — disse, agarrando a manga do paletó de Simon. — Deixe Luke e as meninas na casa de Hilary. Eles estão mais seguros lá que em qualquer outro lugar.

...

Não podia ser Simon à porta, Charlie pensou. Mandara uma mensagem de texto meia hora antes dizendo que ele e Amber estavam saindo de Great Holling. Então, quem? Será que Charlie estava prestes a conhecer a mais que atraente Jo Utting, dona da casa enorme pela qual Charlie estava circulando há quatro horas sem que alguém se incomodasse em lhe explicar o motivo? Se fosse Jo à porta, as primeiras três perguntas que Charlie faria seriam: por que o escritório estava trancado, onde estava a chave e por que anunciar no manual de hóspedes que havia um quarto trancado onde não poderiam entrar? Estava apresentado em termos mais simpáticos — "Sinta-se à vontade para usar a casa inteira e todo o terreno, exceto o único quarto trancado, nosso estúdio particular" — que imediatamente fizeram Charlie desgostar daquela mulher que nunca tinha visto. A palavra "estúdio" em si, tudo bem; "estúdio particular" soava superior e excludente. Charlie tinha procurado em todo lugar em que pensara e encontrara diversas chaves, mas nenhuma que funcionasse.

A campainha tocou novamente.

— Estou indo! — gritou, embora ainda estivesse longe demais para quem quer que fosse a ouvisse. — Dê um tempo.

Enquanto ela corria da estufa na direção da porta dos fundos, ficou pensando na taxa de "desista e vá para casa" em Little Orchard. Isso não era um problema dela em sua pequena casa geminada em Spilling, mas ali havia pouca chance de chegar à porta antes que a pessoa que tocava a campainha envelhecesse e morresse. Naquela noite, a causa da morte provavelmente seria hipotermia. A viagem de carro de Charlie até Surrey tinha sido perigosa; a de Simon provavelmente seria ainda pior. Ela inutilmente mandara uma mensagem para ele dizendo que não deveria arriscar, que o conselho oficial no rádio era para não dirigir. Simon escrevera de volta cinco palavras: "Não estavam pensando em mim."

Bastante justo, Charlie fora obrigada a admitir: ninguém que não conhecesse Simon pessoalmente pensava nele quando falava sobre pessoas em geral, já que ele era o mais distante possível de um ser humano típico.

Era bom que estivesse vindo, mesmo com Amber, embora Charlie tivesse dado qualquer coisa para que viesse sozinho, e não entendesse por que Amber também tinha de ir. Estava rezando para que a neve parasse. Ela certamente não precisava de um texto de Simon dizendo estar preso em uma nevasca na M25 e provavelmente permanecendo lá pelas onze horas seguintes. Preso em um carro frio tendo como companhia apenas Amber Hewerdine.

Amber não era particularmente atraente, mas tinha algo – um estranho apelo, mesmo para Charlie.

A campainha tocou uma terceira vez, mais longa e insistentemente, enquanto Charlie corria pela cozinha. Ela grunhiu ao abrir a porta e ver Olivia.

– Que porra você está fazendo aqui?

– Que casa impressionante! – disse Liv, olhando para as janelas iluminadas acima de suas cabeças. A primeira coisa que Charlie fizera ao chegar fora acender todas as luzes. – Mas nenhuma porta dos fundos deveria ter uma campainha. Campainhas são para portas da frente. Se você vai ter uma política permanente de porta dos fundos, tem de ser apenas para bater, do contrário isso prejudica o objetivo. Posso entrar, de preferência agora? Está nevando.

— Notei — disse Charlie, se colocando de lado e permitindo a invasão. Ficou aborrecida de se ver, após o choque inicial, contente com a companhia da irmã. — Como chegou aqui? Não deveria ter dirigido.

— De que outro jeito chegaria aqui? No meio de lugar nenhum. Você dirigiu. Seu carro está lá fora — ela disse. Charlie conhecia bem esse tom de sua infância: *você* fez primeiro. — Espero que haja muitas camas feitas, porque de jeito algum vou dirigir de volta a Londres esta noite.

— Muitas? Uma não seria suficiente para você? — Charlie perguntou. — Ou está planejando se deslocar pelos quartos durante a noite, como faria caso tivessem homens neles?

Naqueles dias Liv era a galinha, pensou. Não eu. Eu sou a esposa fiel.

— Claro que não. Só quis dizer... Sei que Simon está vindo. Pelo que sei, outras pessoas também.

— Liv, isto não é uma festa.

Mas o que era aquilo? Charlie não tinha ideia. Ela esperava manter seu fingimento de que sabia o que estava acontecendo até se tornar realidade.

— Quantos quartos há aqui? — perguntou Liv, esticando o pescoço para ver o corredor além da cozinha. — Você me mostra?

— Não — Charlie cortou. — Mas você pode me dizer como sabia onde me encontrar, e por que queria me encontrar.

— Não vai me oferecer uma bebida?

Charlie tinha mudado de ideia sobre querer a irmã ali.

— Não sou a anfitriã, Liv. Minha relação com esta casa não é diferente da sua. Cheguei aqui antes de você, apenas isso. A faxineira que me deu as chaves disse que havia leite na geladeira, e há café, chá, açúcar e uma chaleira ali ao lado. Prepare uma bebida caso queira. Você pode fazer isso ao mesmo tempo em que responde à pergunta que já lhe fiz duas vezes.

Liv não se moveu na direção da chaleira.

– Liguei para Simon – ela disse.

Charlie xingou em voz alta.

– Não foi culpa dele. Eu o obriguei a me contar onde você estava. Acho que a cabeça dele estava em outro lugar.

– Aposto que estava – Charlie murmurou.

– Não quero brigar com você, Char.

– Então o que quer?

– Descobri algo. Não posso contar a Chris. Ele não pode descobrir que partiu de mim, o que significa que Simon também não pode – disse Liv, se empertigando, como se estivesse se preparando para o confronto. – Não deveria ser um problema. Eu conto a você, e você pode fingir que a ideia foi sua...

– Isto tem a ver com a morte de Katharine Allen? – cortou Charlie.

Liv concordou.

– Não ocorreria a Simon que partiu de mim. Podemos dizer a ele que o motivo de minha vinda foi... resolver as coisas entre nós.

Charlie não estava entendendo.

– Tudo o que você sabe sobre Katharine Allen veio de Gibbs – ela disse. – Não lhe contei nada.

– Nunca disse que contou – disse Liv, franzindo o cenho.

– Então, se descobriu algo, por que Gibbs não pode saber?

Liv mastigou o lado de dentro do lábio, baixou os olhos para o chão.

– É importante demais – disse.

Charlie riu.

– Está preocupada que seu orgulho masculino nunca se recupere caso descubra que sua transa é melhor detetive que ele? – falou, andou até a chaleira e a ergueu. Parecia cheia. Sem ter noção de há quanto tempo a água estava ali, sabia que deveria jogar fora e encher novamente, mas não se preocupou. – Então vá em frente, vamos ouvir as ondas cerebrais. Dê uma olhada naquele manual na mesa, por favor? Veja se diz onde estão as canecas.

– Eu não preciso de um manual para achar canecas em uma cozinha – cortou Liv. – Abra o armário mais perto da chaleira.

Charlie seguiu as instruções.

– Mais um brilhante trabalho de detetive – disse ao se perceber olhando para mais canecas do que usara em toda a sua vida, provavelmente, se reunisse todas.

Pegou duas ao acaso e colocou sacos de chá nelas. Não estava prestando muita atenção quando Liv começou a falar. Quando ouviu as palavras "fornecedor de figurinos" algo revirou em seu estômago ao se dar conta de que estivera errada em tratar aquilo como brincadeira. Por mais que adorasse acreditar que a irmã não tinha nada significativo a lhe dizer, seu desconforto estava berrando que esse não era o caso. Pediu que Liv parasse e recomeçasse do princípio.

– Por Deus, Char! Você não ouviu nada? Ouviu a parte sobre eu ligar para a escola?

– Escola?

– Em que Kat Allen trabalhava.

Charlie engoliu um grande suspiro. Aquilo ia ser ruim. E algo em que ela mesma deveria ter pensado.

– Não. Não ouvi. Por que ligou para a escola dela?

– Porque Kat foi atriz quando jovem. Fez filmes. Fiquei pensando que ainda poderia se interessar por interpretação quando adulta, que poderia ter feito isso com os alunos da escola.

– E em caso positivo? – Charlie perguntou.

– Quem incendiou a casa de Sharon Lendrim vestia um uniforme de bombeiro. Talvez uma fantasia, de uma loja de fantasias. Eu pensei... – disse Liv, parecendo constrangida. – Foi um chute que nunca achei que daria em nada, mas pensei que se, por acaso, Kat ainda estivesse envolvida em algum tipo de atividade dramática, poderia ter acesso a figurinos.

    Charlie pelo menos podia rir daquilo. Não poderia ser a grande revelação de Liv. Era ridículo.

    – Você decidiu que como foi uma atriz mirim, Kat Allen devia ter matado Sharon? Por que faria isso? Há alguma relação entre as duas?

    – Sim. Há.

    A expressão mortificada no rosto de Liv dera lugar a outra coisa, algo mais profundo. Culpa, Charlie se deu conta, enquanto uma mistura de raiva e inveja corria por ela. Liv sabia que não tinha o direito de ser a pessoa que descobria nada primeiro; ela devia saber como Charlie iria se sentir. Ainda assim, que escolha tinha? Não podia ficar quieta sobre aquilo.

    – Há uma ligação entre Kat Allen e Sharon Lendrim?

    – Sim – disse Liv, solene. – A ligação é alguém chamado Johannah Utting.

    Charlie fez um gesto ao redor da cozinha.

    – Dona de nossa mansão para o fim de semana.

    – Johannah Utting é dona desta casa?

    Você não sabia disso, não é? Charlie se sentiu infantilmente satisfeita.

    Liv a tirou do caminho e começou a preparar xícaras de chá, uma tarefa que havia algum tempo Charlie descobrira ser tediosa demais.

    – Liguei para a escola de Kat Allen – disse objetivamente, como se estivesse repetindo uma série de instruções banais. – Eu estava certa: Kat ainda era entusiasmada por dramaturgia. Mais que isso: era a professora responsável pelo teatro em Meadowcroft.

    Charlie se impediu de perguntar bem a tempo. Meadowcroft era o nome da escola.

– Perguntei se ela alugava figurinos para produções da escola, ou...
– Espere um segundo – Charlie interrompeu. – Por que a escola conversaria com uma jornalista de cultura qualquer sobre um membro da equipe que...
Ela parou, balançou a cabeça enquanto a fúria fechava sua boca.
– Obviamente eu não disse quem era. Olhe, não me orgulho disso, Char, mas tive de pensar em algo, e estava com tanta raiva do modo como ele tinha falado comigo...
– Ele?
– Sam. Foi quem eu disse que era: sargento Sam Kombothekra, polícia de Culver Valley. Sam é um nome unissex: Samuel, Samantha.
– Então você não fingiu ser eu – disse Charlie. – Imagino que signifique algo.
– Pensei nisso, mas...
– Decidiu que seria levar um roubo de identidade longe demais. Concordo. Continue.
– Não, não foi isso. Eu... eu queria tornar o mais verdadeiro possível. Você não é mais uma detetive, você é uma pessoa de suicídios.
– E devo tudo isso a você – murmurou Charlie em voz baixa.
– O que o falso sargento Sam descobriu? Não consigo acreditar que você se safou com isso. Quantas vezes Sam deve ter estado naquela escola desde a morte de Kat?
– Ele não esteve – Liv disse. Deu a Charlie uma xícara de chá. Estava fraco demais e com leite demais. – Sellers fez todas as entrevistas na escola. Chris me contou.
– Como Chris se sentiria se soubesse que você está contando tudo isto a mim em vez de a ele?
Liv suspirou.

— A melhor amiga de Kat Allen em Pulham Market, a aldeia onde ela cresceu, dirige uma loja de fantasias – contou. – Kat tinha o hábito de visitar amigos e parentes no fim de semana a cada duas semanas. Todos os figurinos para as festas de Natal e peças de Meadowcroft vinham da loja de sua amiga.

— Onde Jo Utting entra nisto? – perguntou Charlie, inexpressiva. Ela queria terminar com aquilo, já que não tinha como evitar. Liv se escondeu atrás da caneca enquanto respondia.

— Perguntei à escola se eles sabiam o nome dessa amiga. Não sabiam, mas sabiam o nome da loja: The Soft Prop Shop.

— Um nome de merda – observou Charlie.

— Sim, vamos conversar sobre o nome da loja de fantasias – disse Liv, balançando a cabeça. – Claramente é o detalhe mais importante.

— Você telefonou? O sargento Sam Kombothekra novamente?

— Falei com a amiga de Kat. Assim como a mulher para quem liguei na escola, ela simplesmente aceitou que eu era quem dizia ser. Isso não aconteceria em Londres. Qualquer um exigiria alguma prova de identidade, até um bebê de colo. As pessoas são mais crédulas no meio do nada, suponho.

— Não por muito tempo se mentirosas patológicas como você continuarem a aparecer. *E não eu. E não chame qualquer lugar fora de Londres de "o meio do nada".*

— Você não pensaria isso, não é? – disse Liv. – Eu seria *mais* desconfiada se vivesse em alguma comunidade rural, com o verde me cercando. Eu me preocuparia com caminhoneiros estrangulando prostitutas e deixando seus corpos nas matas perto de minha casa.

Charlie podia adivinhar o resto da história.

— Você perguntou à amiga de Kat Allen se ela tinha trajes de bombeiro.

– Como dizia, eu estava pensando: "Você está maluca, Zailer, controle-se." Mas estava certa.

Ali estava, o final doloroso que Charlie se preparara para ouvir: sua irmã estava certa.

– Ela tinha dois uniformes de bombeiro. Perguntei se alguém tinha alugado um deles em novembro de 2008, dei a ela a data do incêndio na casa de Sharon Len...

– Jo Utting – disse Charlie rapidamente. Ela também queria estar certa. Idealmente mais certa. Se é que existia tal coisa.

Liv anuiu.

– Johannah Utting alugou um. Ela foi pegá-lo quatro dias antes do incêndio que matou Sharon Lendrim. Eu estava prestes a agradecer, desligar o telefone antes que algo desse errado, mas então ela disse: "Que bizarro." Perguntei o que ela queria dizer, e ela falou: "Lembro dela. Loura de cachos bem apertados, bonita. Ela matou Kat?" E então começou a chorar. Foi medonho. Não soube o que fazer.

– Por que jornalistas de literatura *não* recebem formação sobre como lidar com a dor de entes queridos depois de um assassinato brutal? – pensou Charlie em voz alta. – Alguém não pensou o bastante nisso.

– Ah, cale a boca, Char. Você quer saber ou não?

O que eu quero é você não saber. Nada. Exceto seu lugar.

Liv entendeu seu silêncio como um "sim".

– Foi constrangedor por alguns minutos. Eu estava tentando animá-la, bem, não animá-la, você sabe o que quero dizer, e ao mesmo tempo descobrir o que estava acontecendo. A primeira coisa que passou pela minha cabeça foi como diabos ela se lembrava de uma mulher que alugara um traje de bombeiro dois anos antes? Supondo que ela tivesse um fluxo regular de clientes.

– Como?

— Kat Allen também estava lá. Na loja de fantasias ao mesmo tempo em que Johannah Utting, quatro dias antes de Sharon Lendrim morrer. Elas se conheciam. Conversaram. A amiga de Kat ouviu a conversa toda. Lembra claramente de Kat ficar contente de ver Jo, e o prazer sendo de mão única.

Era demais. Informação demais para receber de uma vez só; sorte demais caindo no colo nada merecedor de Liv. Não espanta que ela não quisesse que Gibbs descobrisse. Ele poderia muito bem desistir do trabalho regular e começar a fazer carpintaria ou erguer muros de pedra; era como Charlie se sentiria no lugar dele.

— Jo não ficou contente de ver Kat? — perguntou.

— Nem um pouco. Aparentemente, ficou chocada, e não no bom sentido. Ela disse: "O que você está fazendo aqui?", como se Kat estivesse invadindo. Ela se recuperou rapidamente e ligou o encanto, mas nem Kat nem a amiga conseguiram entender por que reagira daquela forma. Jo sabia que os pais de Kat moravam em Pulham Market, que a loja de fantasias pertencia a uma amiga íntima de Kat; por que não deveria estar lá? Era Jo que não morava perto e nunca estivera lá antes. Kat era uma cliente habitual.

— Pare, espere — disse Charlie, começando a sentir pânico à medida que perguntas sem respostas começavam a se amontoar em sua cabeça. — Como você sabe que Jo sabia que os parentes de Kat moravam em Pulham Market?

Liv pensou nisso.

— A amiga de Kat disse. Quando estava citando Kat. Ela me contou o que Kat tinha lhe dito na época, depois que Johannah Utting saíra da loja.

— Que foi?

— "Mulher boba, parecia ter visto um fantasma. Só Deus sabe por que, já que ela sabe que meus pais moram ali na esquina." Não é literal, mas...

– O falso sargento Sam ligou para os pais de Kat Allen? – Charlie cobrou. – Perguntou como sua filha conhecia Jo Utting?

– Não – respondeu Liv, parecendo perturbada, como se considerada culpada de terrível negligência. – Achei que já tinha feito o bastante. Eu deveria...

– Elas se conheciam – murmurou Charlie, andando de um lado para o outro na cozinha. – Motivo pelo qual *Kat* sabia que Jo não morava nem um pouco perto de Pulham Market.

– Acho que sim – concordou Liv.

– O que mais elas disseram uma à outra?

– Quase nada, segundo a amiga. Johannah falou: "O que você está fazendo aqui?" Kat respondeu: "Alugando fantasias para minha peça da escola. Agora eu sou professora primária."

– Tem certeza disso? "*Agora* eu sou professora primária"?

– Claro que não tenho certeza – disse Liv, a voz trêmula. – Quero dizer, não se a amiga de Kat tinha certeza. Só sei o que ela disse.

– Jo conhecia Kat de muito antes – deduziu Charlie em voz alta. – Elas não se viam havia anos – falou, e se virou para a irmã. – O que mais foi dito?

– Kat contou a Johannah, Jo, que tinha um trabalho na parte do mundo dela, em uma escola de Spilling. Jo pareceu não ter ficado contente ao saber da novidade. Kat e a amiga deram boas risadas depois que Jo foi embora, de como aquilo era esquisito. Por que uma mulher que Kat mal conhecia se incomodaria de Kat estar na loja de fantasias e de ela dar aulas em uma escola de Spilling? Aparentemente, ela realmente pareceu se incomodar, com ambos. Não fazia sentido, Kat disse. Perguntei à amiga se tinha dito mais alguma coisa sobre quem Jo era. Ela achou que poderia ter dito: "Ela sempre foi uma maluca, desde..." e depois mencionou algo do passado em comum delas.

— Elas não tinham um passado em comum — Charlie disse. — Você acabou de citar Kat Allen dizendo que mal se conheciam. Mas mal se conheciam ainda é conhecer.

— A amiga de Kat *perguntou*, mas Kat simplesmente revirou os olhos e riu, indicando que era chato demais — disse Liv. — Antes de Jo Utting entrar, ela e Kat estavam conversando sobre algo mais interessante para ambas, então voltaram a fofocar assim que puderam.

— Então Kat não se aborreceu de ver Jo — Charlie disse. Aquela era uma cozinha boa para pensar. Comprida o bastante para você poder dar voltas, manter seu cérebro funcionando ao colocar o corpo para se mover. — Não, ela não se aborreceria. Não sabia que tinha qualquer razão para temer Jo. Não sabia que Jo tinha alugado um traje de uma loja a horas de viagem de casa porque planejava usá-lo para cometer um assassinato.

Liv concordou.

— Eu estava errada. Kat Allen não matou Sharon Lendrim. Então Jo Utting matou as duas? É o que está parecendo, não é?

— Se Kat não tivesse ido à loja de fantasias da amiga naquele dia, se tivesse ido no dia anterior ou no seguinte, ainda estaria viva — Charlie disse.

— Não diga isso. É horrível demais.

— É verdade. O encontro na loja poderia não ter produzido isso sozinho, mas quando Kat disse que estava trabalhando em Spilling...

— Jo Utting viu que seria mais provável que soubesse da morte de Sharon, um assassinato local — Liv concluiu o raciocínio. — Iniciado por alguém que não era bombeiro vestindo um uniforme de bombeiro. Mas, então, por que não matar Kat Allen mais cedo? Dois anos depois? Qual sentido isso faz? Ou você faria imediatamente, ou não faria.

Charlie estava balançando a cabeça.

– Simon disse que Jo Utting tinha um álibi para o dia em que Kat morreu. Estava em um curso de direção consciente no lugar de Amber Hewerdine.

– Char, você não pode dizer a Simon que qualquer coisa disso partiu de mim. Se Chris descobrir...

– Ele terá de aprender a viver com isso – Charlie disse.

– Por favor. Estou implorando. Eu farei...

– Qualquer coisa? Romper com Gibbs?

– Isso não.

Charlie suspirou, fechou os olhos com força.

– Certo. Nesse caso, que tal então jogar uma pedra na janela daquele quarto trancado?

Re: Consulta da próxima semana
De: "Charlie Zailer" <charliezailer@gmail.com>
Para: ginny@greathollinghypnotherapy.co.uk
Sex, 3 Dezembro 2010 17h35

Oi, Ginny,

Obrigada por ser tão compreensiva com o cancelamento em cima da hora. E, o trabalho permitindo, farei de tudo para marcar outra consulta em um futuro não muito distante, embora com base na experiência passada com uma carga de trabalho interminável, talvez tenhamos de deixar esse momento para o próximo século!

Enquanto ainda estamos na questão do trabalho, estava pensando em se poderia me valer de seu raciocínio em relação a um homem cujo caso estávamos revisando como parte de meu trabalho como segunda em comando da Iniciativa Estratégica para Suicídios da polícia de Culver Valley. Isto não é oficial, e não será registrado, então, se houver algum problema, fique à vontade para me mandar pastar (muitas pessoas fazem isso, o tempo todo), mas não vou perder a oportunidade de perguntar a uma especialista: pode me dar algum tipo de perfil psicológico de alguém que fica constrangido/tímido com a perspectiva de fazer sexo, mesmo com alguém que ama, por ver isso como fazer sexo em público – isto é, mesmo um parceiro amado e participativo se torna "público" ou "plateia"? E que não se masturba porque é sujo/errado? Estou bastante certa de que nenhuma agressão física ou sexual na infância está envolvida, e também certa de que não é uma questão de não gostar fisicamente do sexo. Seria mais um caso de as coisas funcionarem bem no âmbito desejo/físico, mas algum tipo de forte aversão psicológica a ter desejo/comportamento sexual testemunhado. Já ouviu falar nesse tipo de coisa antes?

Obrigada antecipadamente, e não se preocupe, não a citarei de modo algum.

Charlie

13

Sexta-feira, 3 de dezembro de 2010

Pela terceira vez em minha vida, cheguei a Little Orchard. A neve continua a cair, mas não nos impediu de chegar aqui. No caminho perguntei a Simon se ele estava preocupado com isso, e ele respondeu que não. – Neve nunca foi um problema para mim – ele disse. – Dirijo como se ela não existisse e fico bem.

Sei que ele está esperando que a regra de que a terceira vez é a da sorte funcione esta noite: entrarei na cozinha de Little Orchard e virá a mim – saberei onde vi "Gentil, Cruel, Meio que Cruel" escrito, e Simon terá a ligação que está desesperado para achar entre Jo e o assassinato de Kat Allen.

Enquanto avançamos dificilmente e em silêncio pela neve até a porta dos fundos, faço uma prece silenciosa: *Por favor, que tudo não dependa de mim. Por favor, que Simon não esteja confiando unicamente em minha memória instável.* Mesmo que eu me lembre, o que isso significará? Se não conseguir produzir a folha de papel, que provavelmente foi jogada em uma lata de reciclagem semanas atrás, como poderá provar que o assassino de Kat Allen a rasgou do bloco no apartamento dela? Nem mesmo Simon Waterhouse é um detetive bom o bastante para fazer exames de DNA em uma imagem mental.

A porta de trás de Little Orchard se abre quando nos aproximamos. No umbral, iluminada por trás pelo brilho da cozinha, está uma mulher que nunca vi antes. A gola e as mangas do casaco parecem estranhamente infladas e estufadas, como se alguém tivesse injetado nelas o equivalente de roupas do botox.

– Liv – Simon diz. – Então você conseguiu chegar.

– Você trouxe alguma coisa – a mulher o corta, como se ele tivesse feito algo errado.

– Alguma coisa tipo...

– Comida, vinho, papel higiênico, sabonete? Há oito banheiros nesta casa e apenas dois rolos de papel higiênico quase no fim. Não há nada para comer. Nada! – ela diz, olhando para mim, decidindo que não sou importante e voltando as atenções novamente para Simon. – Desculpe por baixar o nível. Sei que sua cabeça está em coisas mais elevadas, mas aparentemente sou a única pessoa que descobriu que estamos a uma hora de ficar completamente bloqueados pela neve, então...

Ela sai para a noite, tenta passar por ele.

– Aonde você está indo? – ele pergunta, bloqueando sua passagem. – Não pode dirigir com este tempo.

– Diz o homem que acabou de sair do seu carro e não liga se todos morrermos de fome.

Espero que ele a deixe partir. Já ouvi demais da voz dela.

– Onde está Charlie? – Simon pergunta.

– No escritório trancado, que rebatizamos de escritório destrancado. Você pode xeretar lá o quanto quiser.

Meu coração acelera. Penso em entrar na casa correndo e subir as escadas, me imagino fazendo isso. Fico onde estou.

– Charlie achou a chave? – Simon pergunta.

– Há uma escrivaninha lá. A chave estava na gaveta de cima – diz Liv, de repente sorrindo para mim, como se tivesse decidido que tudo bem eu ser incluída nessa parte da conversa. – Eu quebrei a janela mais cedo.

– Você fez o *quê*?

— Usei uma pedra do jardim. Na verdade três. Precisei de três tentativas, mas acabei conseguindo. Char e eu usamos uma escada da garagem e Char passou pela janela quebrada. Foi minha ideia – diz Liv, erguendo a voz enquanto Simon marcha para dentro da casa. Eu corro atrás dele. – Charlie não sabia nada sobre isso até eu ter feito!

Atravessar a cozinha, entrar no hall, subir as escadas. *Não pense, não pense.* Posso fazer isso se disser a mim mesma que tudo que estou fazendo é seguir Simon Waterhouse.

Um minuto ou dois depois estou de pé no piso intermediário diante do escritório, olhando para dentro, sem saber o que estava esperando. Não vejo nada que me choque. O escritório contém duas poltronas, uma escrivaninha, um computador, tapete, uma parede de estantes, mas apenas as duas prateleiras de cima com livros. O resto delas está coberto de fotografias de família: Jo, Neil, os meninos com os avós. Há uma foto minha, de Luke, Dinah e Nonie em nossa casa nova, pouco depois de termos nos mudado.

Tento imaginar quão aterrorizada Jo devia ter ficado em 2003, quando eu estava lá de pé com a chave na mão, ameaçando destrancar a porta daquele quarto, brincando sobre como seria divertido. O que teria acontecido caso tivesse insistido? Dominado Jo, feito contra a sua vontade? O que todos teríamos dito e feito quando descobríssemos que o escritório trancado de Little Orchard continha fila após fila de fotografias nossas, da família de Jo?

E de Neil. Neil não é um assassino, mas ele sabia daquilo. Não espanta que tenha parecido assustado na quarta-feira quando perguntei sobre Little Orchard e disse que Luke e eu estávamos pensando em voltar lá.

– Alguma coisa? – Simon pergunta a Charlie, que está sentada ao computador como se fosse o dela.

– Só um pouco – ela diz. Dá a ele uma pasta azul. – De uma gaveta da escrivaninha.

A pasta tem uma caligrafia preta, mas não consigo ver o que diz, não antes de Simon levantar a capa e dobrar para trás.

– Vir aqui acabou se revelando uma boa ideia – Charlie me diz. Não consigo responder a ela. Minha cunhada, a esposa do irmão de meu marido, a mulher que dá a Dinah e Nonie o chá toda quarta-feira depois da escola, e às vezes também no fim de semana, é provavelmente uma assassina. E ali estou eu, em uma casa de campo em Surrey com dois policiais, prestes a ser bloqueada pela neve. Quem irá contar a Luke? Alguém precisa contar tudo a ele.

– Eu preciso ligar para casa – digo. Simon não ergue os olhos dos papéis que está estudando. Dizendo a mim mesma que não preciso da permissão dele para ligar para meu marido, sigo na direção do quarto que foi o meu e de Luke sete anos antes, quando estivemos ali. Só a roupa de cama mudou: de branca com borda azul para totalmente branca.

– Sou eu – digo quando Luke atende. – Está tudo bem? As meninas estão bem?

– Está tudo bem – ele responde. – Vai me dizer o que está acontecendo?

– Sim, mas... não agora. Tenho de ir. Posso falar rapidamente com Dinah e Nonie?

– Não, você pode falar comigo.

Eu o deixei com raiva.

– Não as perca de vista, certo? Até eu chegar em casa.

– É isso, o fim da conversa?

– Tenho de ir.

– Então por que se preocupar em ligar? – ele reage. – Você não pode simplesmente dizer "não agora" e...

– Não as perca de vista – repito, interrompendo-o, tão ansiosa para voltar ao escritório quanto estava para sair dele alguns minutos antes. Não deveria ter ligado para Luke; só serviu para me deixar consciente da distância entre nós.

Simon não se moveu; ainda está folheando os papéis.

– Veronique Coudert era a dona anterior de Little Orchard – ele me diz. – Vendeu para Jo e Neil.

Isso mesmo, eu penso, como se as palavras tivessem despertado minha memória. *Do quê?* Então me dou conta: saiba disso ou não, ele está me lembrando de que eu não posso desmoronar. Há coisas que preciso descobrir. Coisas que *nós* precisamos descobrir.

– Parece que eles tiveram outra segunda casa antes de comprarem esta – Simon diz. – Little Manor Farm, em Pulham Market.

– De onde vem Kat Allen – falo.

– Eles a venderam em 2002, trocaram – conta Charlie.

Eu me obrigo a escutar enquanto ela conta a Simon sobre um encontro em uma loja de fantasias: Jo encontrando Kat Allen e não ficando contente de vê-la. Não quero escutar. Quero saber o que tudo aquilo significa, mas sem ter de prestar atenção. Normalmente sou boa em prestar atenção, mas esta noite é assustador, difícil demais. Minha mente está em pedaços, mantida junta apenas por fios grossos esticados quase a ponto de partir. Por muito tempo, enquanto Charlie fala, me sinto irreal, consciente demais de mim mesma, como se fosse um fantasma que ninguém mais consegue ver, mas mesmo essa sensação não é forte o bastante para me impedir de saber o que significa a história de Charlie, embora os detalhes precisos deslizem diante de mim antes que eu tenha chance de agarrá-los e me aferrar a eles. Isso significa que Jo é uma assassina. Ela alugou um uniforme de bombeiro em uma loja de fantasias em Pulham Market. Ela o vestiu para matar Sharon.

Jo matou Sharon. A ideia rola em minha cabeça, ecoando no espaço negro.

Pense em Dinah e Nonie. Pense no quanto elas precisam que você não faça nada idiota.

Jo matou Sharon. Luke terá de saber. Não posso deixar que ele ouça isso de outra pessoa que não eu.

Kat Allen foi morta porque Jo queria paz de espírito, Charlie está dizendo a Simon. Jo sabia que Kat trabalhava em Spilling, perto demais para ser seguro. A amiga de Kat que é dona da loja de fantasias disse a Jo: — Ah, você veio para pegar seu traje de bombeiro, não foi? — na frente de Kat, que ouviu todas as palavras e foi morta por causa disso.
— Amber? Amber!
Simon está me sacudindo. Penso sobre a Sacudida de Árvore, o exercício de hipnoterapia de Ginny. *Se uma árvore cai em uma floresta e ninguém ouve...*
— Por que Jo mataria Sharon? O que ela tinha a ganhar com a morte de Sharon?
— Nada. Eu já lhe disse a única coisa em que consigo pensar. Ela quer Dinah e Nonie.
— Você e Luke algum dia fariam um testamento dizendo que gostariam que as meninas ficassem com Jo e Neil?
— Nunca. Nem mesmo antes. Nunca.
Simon faz um movimento com a cabeça.
— E Jo sabe disso. Ginny disse que narcisistas são espertos no que diz respeito a saber quem está ao lado deles e quem está contra eles. Colocar as mãos em Dinah e Nonie não pode ser o motivo. Tem de haver algo mais.
— Não há mais nada — digo, chorosa, tentando me afastar dele.
— Eu quero saber o que você ainda não está me contando. Agora! — ele diz, gritando na minha cara.
— Nunca escrevi o endereço dela — diz Charlie. Eu ouço um novo tom em sua voz: surpresa, indo na direção da incredulidade. Como se estivesse no processo de descrever algo. Ela se levanta. — Simon, espere.
— Endereço de quem? — ele pergunta, impaciente. Eu já não sou o centro de suas atenções. O alívio é esmagador.

— De Ginny. Great Holling Road, 77, Great Holling. Eu não o anotei. Não precisava. O 77 é um número fácil de lembrar.

— Então você não escreveu o endereço de Ginny. E daí?

— Você escreveu, Amber? — Charlie me pergunta. — Você o escreveu e levou na primeira vez em que foi vê-la?

Por que ela está me perguntando isso? O que isso tem a ver com o resto?

— Não apenas o endereço, mas também o número do telefone, para o caso de se perder no caminho?

— Como você sabe disso?

— Esperem aqui — ela diz e desaparece do quarto. Eu luto contra a ânsia de correr atrás dela. Qualquer coisa é melhor do que ser deixada sozinha com Simon.

Você vai ter de contar a ele. Ele não vai deixar que não conte. Você mesma não irá se permitir, sabendo como é importante que ele saiba.

Por que fiz desse homem, esse virtual estranho, o parâmetro para determinar como devo me comportar? É maluquice.

— Estou esperando — ele diz. — Vou esperar até que me diga.

— Não tem nada a ver com nenhum assassinato — digo. — Eu contei a Jo um segredo. Uma coisa que fiz, uma mentira que contei. Eu não podia falar sobre isso com Luke ou com Sharon. Era a eles que estava mentindo. Tinha de contar a alguém, isso estava me enlouquecendo. Então contei a Jo.

— Seja o que for que lhe contou, é a razão para ela ter assassinado Sharon — diz Simon.

— Não! Não, não é. Não pode ser. Veja, só... aceite minha palavra sobre isso. Eu poderia lhe contar a verdade toda, tudo, e você não teria nenhuma informação nova.

— Como isso pode ser verdade? Se você me conta algo que já não sei...

— Porque é sobre Dinah e Nonie! Jo sabia que Sharon tinha feito um testamento dizendo que desejava que eu ficasse com Dinah e Nonie caso morresse. Você mesmo acabou de dizer que ela não mataria Sharon na esperança de colocar as mãos nas meninas porque não teria razão de pensar que isso iria acontecer. Não há motivo!

– Jo *sabia*...

Simon para, ouvindo os passos de Charlie subindo pesadamente a escada. Ela reaparece, sem fôlego, erguendo um pedaço de papel com o endereço de Ginny escrito nele. E seu número de telefone.

– Esta é sua letra? – ela me pergunta.

Eu faço que sim com a cabeça.

– Onde você achou isso?

– Estava no meu carro, no chão.

Sentada no banco do motorista, olhando para o caderno...

– Estava no bolso do meu casaco – digo. – Deve ter caído quando eu estava...

Estou tentando contar a Simon e Charlie o que eles descobriram muito antes de mim. Falar se tornou difícil. Olho para o pedaço de papel com o endereço de Ginny nele e começo a tremer. *Linha rosa como margem, linhas horizontais azuis.*

Charlie o vira para que Simon e eu possamos ver o outro lado: os três cabeçalhos escritos em uma caligrafia que não é a minha, tinta preta em vez da azul que usei para o endereço de Ginny. "Gentil, Cruel, Meio que Cruel."

Agora eu lembro.

...

– Quando? – Simon me pergunta.

Esta é a mesma cadeira em que eu estava sentada no dia 26 de dezembro de 2003, quando Jo disse que não havia nada que não estivesse nos contando, absolutamente nada. A mulher chamada Liv me dá uma bebida que não me lembro de ter pedido. Tomo um gole. Brandy.

— Quarta-feira passada — respondo. Uma semana e dois dias antes. Simon pode descobrir a data.
— Fale sobre isso — ele diz.
— Eu estava na casa de Jo. Vamos toda quarta-feira, eu e as meninas — falo. Eu posso já ter dito isso, ou posso apenas ter pensado em dizer. — Naquela manhã eu tinha decidido que precisava fazer algo sobre minha falta de sono. Muita gente tinha recomendado hipnose, e pensei em tentar. Jo concordou que era uma boa ideia. Usei o laptop dela para fazer uma busca.
— Uma busca por... — pergunta Simon, sua caneta pairando acima de seu caderno aberto.
— Hipnoterapeutas em Culver Valley. Ginny era a única com um endereço em Great Holling. Todos os outros eram em lugares piores. Pensei em me dar o incentivo de ir a algum lugar legal.
— Você mencionou a Jo essa parte de seu raciocínio? — Simon pergunta.
— Ela me perguntou como podia escolher quando não sabia nada sobre nenhum deles, e falei: "Aquele com o melhor endereço tende a ser o melhor." Eu realmente não pensava isso...
— Então por que dizer?
Responder não é um problema. Ou não deveria ser. Eu conheço a resposta. O problema é que a conheço bem demais; está tão entranhada em minha consciência que nunca precisei colocá-la em palavras. Estou jogando um estranho jogo de salão naquela sala onde todos se reuniram sete anos antes para o jogo de perguntas e respostas de Natal de Luke. Todos menos eu e William, que estávamos procurando a chave do escritório.
Será que William e Barney sabem que seus pais são donos desta casa? Será que Jo e Neil treinaram os filhos a mentir, ou William e Barney ouviram mentiras como o resto de nós? O escritório é mantido trancado também contra eles? Será que viram as fotografias da família nas estantes?

— Amber? — chama Simon. — Por que mentir para Jo sobre sua razão para escolher Ginny?

— Acho que estava nervosa. Sobre a perspectiva de procurar qualquer tipo de terapeuta pela primeira vez, ser hipnotizada. Esperava poder tornar isso uma experiência ligeiramente mais agradável garantindo que fosse a um lugar bonito. Provavelmente era tolice minha achar que poderia arrancar algum prazer disso...

— O tipo de esperança que Jo iria destruir — supõe Simon corretamente.

Faço que sim com a cabeça.

— Ainda assim, fui esculachada: ridículo, uma base irresponsável para escolher um terapeuta etc. etc.

— Mas você estava protegida. Ela estava atacando uma opinião falsa que você oferecera como escudo.

Liv abre a boca para dizer algo; Charlie, sentada ao lado dela no sofá, dá um tapinha nas costas da sua mão. Reconheço esse modo de mandar calar alguém que você conheça bem, embora não tenha uma irmã.

O que a irmã de Charlie está fazendo aqui? O que qualquer um de nós está fazendo aqui?

— Fingi deixar Jo me persuadir — conto a Simon. — Mostrei a ela a lista de hipnoterapeutas, perguntei qual deveria escolher. Ela selecionou um em Rawndesley, perto dela. Perdeu o interesse assim que achou que eu concordara com ela e voltou para a cozinha. Havia...
— engasgo. Minha garganta trava em minhas palavras. Tento novamente. — Havia perto de mim um papel, perto do computador. Uma folha em branco de papel pautado, ou foi o que pensei. Estava amassado, parecia um recorte. Não me ocorreu que poderia haver algo escrito do outro lado. Coloquei nele os dados de Ginny, guardei na bolsa. No dia seguinte liguei do trabalho para Ginny, marquei uma consulta. Não lembro de ter notado as palavras escritas no verso, mas acho que deveria.

– Não registramos o que vemos se não consideramos importante – diz Charlie. – O endereço de Ginny está caído no chão do meu carro desde a noite de terça-feira. Ele continuou atraindo meu olhar sem chamar minha atenção. Só agora me ocorreu que eu nunca tinha escrito aquilo. Ou que fosse escrito em papel pautado azul.

– Você estava certa – Simon me diz. – Havia uma ligação entre Little Orchard e aquele pedaço de papel. A ligação era Jo. A página veio da casa de Jo. Este lugar é a casa de Jo, sua outra casa. Se Ginny está certa, se você sabia em um nível subliminar...

– Kirsty – eu me ouço dizer, e sei em todos os níveis que o que estou prestes a dizer é verdade.

– O que tem ela? – Simon pergunta.

– Ela não está em nenhuma das fotografias. No escritório. Todos estão em mais de uma. Até mesmo eu.

– Tem certeza?

Já estou à frente dele, à frente demais para responder. Jo não excluiria a irmã da exposição por acidente. Ela devia ter escolhido aquelas fotos cuidadosamente.

– Eu ia perguntar sobre Kirsty – diz Charlie. – A mãe, a mãe de Jo e Kirsty, qual é o nome dela?

– Hilary – diz Simon.

– Você mencionou Jo e Ritchie quando estava falando no testamento de Hilary, mas não Kirsty. Ela não fica com nada?

– Não sei – diz Simon, impaciente. Ele pega o telefone no bolso, mas não faz nada com ele. – Ela é desamparada como um bebê. Não liga para dinheiro, sequer sabe o que é isso.

Charlie riu.

– Simon, ela pode não ansiar por uma Ferrari, mas terá muitas despesas com seus cuidados, não é? Cuidadores em tempo integral, lares; não sei exatamente o quê, mas estou bastante certa de que quanto mais inválido você é, mais caro se torna. Hilary deve ter pensado nisso e reservado algo para Kirsty em seu testamento.

Eu não tinha pensado nisso.

Simon a encara. Continua encarando, como se em um transe. Charlie tenta novamente.

– Kirsty não foi *absolutamente* mencionada na discussão sobre o testamento de Hilary?

– Câncer de mama – Simon diz em voz baixa.

– Essa não pode ser a resposta à minha pergunta. Tente novamente. Liv e eu poderíamos muito bem não estar ali. Os dois tinham se trancado em seu próprio universo particular.

– Amber estava certa, o que ela disse a Ginny. *Não fale sobre mim como se eu não estivesse aqui.*

– Kirsty não consegue falar, não consegue pensar com clareza. As pessoas a tratam como se não existisse. Eles se esquecem dela. Inclusive eu. Eu só tenho pensado em Jo e Ritchie: eles irão vender a casa de Hilary e dividir o dinheiro? Jo irá doar sua metade a Ritchie quando Hilary tiver partido? Será que irá tentar novamente persuadir Hilary a deixar tudo para Ritchie, e por que iria *querer* isso? Ninguém é tão generoso assim. Kirsty sequer passou pela minha cabeça – diz Simon, balançando a cabeça, com raiva da própria estupidez. – Mas ela também estava lá, na véspera de Natal.

– Véspera de Natal? – pergunta Liv.

– Kirsty também é filha de Hilary – Simon continua.

Eu posso ouvir em sua voz um significado que não está chegando ao resto de nós. Há uma falha na transmissão, que ele parece ignorar. Até mesmo Charlie parece confusa. Nós o observamos em silêncio, as três, nenhuma ousando falar. Ele me lembra um computador tentando processar dados demais, um que poderia travar se colocássemos outro comando na fila.

Quando ele volta a falar, é comigo.

– E quanto ao que Ginny disse? Sobre você achar que Kirsty poderia saber algo. Ela não pode saber nada. Você acha que ela simula seu dano cerebral?

– Não.
– Então o quê?
– Eu só...
Será que há algum pensamento ou sentimento que possa guardar para mim mesma?
– Não ligo se você pensou coisas sobre uma mulher inválida que não deveria pensar. Por que você acha que Kirsty poderia saber algo? Se eu contar tudo, ele poderá funcionar como meu cérebro, e eu poderei desligar. Isso seria um alívio. Poderia dormir. A neve poderia se acumular do lado de fora, acima do teto da casa, e eu poderia dormir dias seguidos.
– Naquele Natal, quando Jo, Neil e os meninos sumiram... Kirsty também sumiu.
– Como?
– Só por alguns minutos, mas de início parecia que havia cinco pessoas faltando, não quatro, até Luke encontrar Kirsty.
– Continue – diz Simon.
– Estava deitada na cama de Jo e Neil. Não estava lá quando olhei pela primeira vez, procurando Jo e Neil. Devia ter ido para lá enquanto todos vasculhávamos a casa e o terreno. Hilary ficou aliviada. Pelo menos uma das filhas tinha aparecido – digo, e dou de ombros. – Na verdade, é isso. Não exatamente uma história, e nenhuma razão para pensar nada, mas... nunca tinha acontecido antes, pelo que sei. Acho que não aconteceu desde então. Eu vejo muito Kirsty. Não é algo que ela faça, subir nas camas das pessoas e simplesmente deitar lá. E depois naquele dia, duas vezes, ela meio que se soltou de Hilary, foi à cozinha e ficou de pé junto ao fogão, exatamente onde Jo ficaria de pé caso estivesse fazendo a ceia de Natal. Os barulhos que fazia quando Hilary tentava movê-la...
– Você achou que ela poderia estar tentando lhe dizer algo? – Simon pergunta.

Eu acho que ela acreditava que Jo nunca voltaria. Acho que era seu jeito de dizer que sentia falta da irmã.

— Na verdade não — digo. — Eu tenho uma lógica de Lei de Murphy, talvez seja isso: você supõe que a única pessoa fisicamente incapaz de lhe dizer o que sabe é a única pessoa que sabe alguma coisa.

Simon pousa caderno e caneta e caminha até a janela. Ele a abre; neve é soprada para dentro.

— O que você está fazendo? — Charlie grita com ele. — Feche isso!

— Não consigo pensar sem ar fresco. Se não gosta disso vá para outro lugar.

Menos de um minuto depois ele e eu estamos sozinhos no aposento. Está frio, mas não ligo. Isso também me ajuda a pensar, me arranca da dormência. Será que era isso o que ele queria, nós dois sozinhos?

— Então Jo sabia que Dinah e Nonie ficariam com você e Luke se Sharon morresse — ele diz. — Esse era o seu grande segredo?

— Era Luke aquele que não sabia — digo. — E Sharon não sabia que eu não tinha contado a ele. Menti para os dois. Era isso o que Jo sabia. Era isso que me deixava aterrorizada de que decidisse um dia contar a Luke; se eu dissesse a coisa errada, se ela achasse que a tinha decepcionado ou desobedecido.

Aquilo parecia um ensaio. Seria mais difícil contar a Luke.

— Eu sabia o que Sharon sentia pela mãe. Ela a odiava, sempre disse que era perigosa, e estava certa. Vi o suficiente de Marianne para saber que Sharon estava certa quanto a ela. Você provavelmente não conhece alguém assim, um pai que viceja esmagando o espírito do próprio filho e chama isso de amor.

— Provavelmente conheço — diz Simon.

— A maioria das pessoas não pensa em testamento quando é jovem, mas Sharon sim, antes mesmo de estar grávida. Ela sempre planejou tudo com antecedência. Queria um filho, mas não estava preparada para ter um sabendo que, se algo lhe acontecesse, o filho acabaria com Marianne. Então me perguntou se eu concordaria em ser a guardiã. E... tive de dizer sim. Ela não tinha mais ninguém a quem pedir. Eu era sua melhor amiga.

— Ela a pressionou?

— O oposto disso — digo. — Ela me contou que eu só deveria concordar se me sentisse totalmente à vontade. Sabia o quanto estava pedindo. Se eu dissesse não, ela não teria um filho. Nunca. Não disse isso, mas ambas sabíamos. Como podia achar que era justo me pedir? Deveria saber que eu não seria capaz de dizer não! — digo, e olho para Simon, chocada. De onde vinha aquela explosão de raiva? — Eu era solteira na época. Foi antes de conhecer Luke. Sharon me disse para pensar com muito cuidado no que estava aceitando. Ela foi muito... pesada em relação a isso. Tentei tornar mais leve e dizer que ela não iria ter um filho e depois morrer e deixá-lo sem mãe, mas não me deixou dizer isso. Disse que eu não tinha ideia de o que poderia acontecer, de todos os tipos de coisas ruins inesperadas que acontecem. Se concordasse com o que estava pedindo, disse, teria de contar a qualquer homem que estivesse levando a sério. Teria de contar a ele sobre a promessa que tinha feito.

Imagino os belos rostos de Dinah e Nonie.

— As garotas nem eram nascidas — digo, sabendo logicamente que não as tinha decepcionado, mas me sentindo como se tivesse. — Por elas eu estaria disposta a mandar pastar qualquer homem que não as quisesse, mas...

— Entendo — Simon diz. — E então você conheceu Luke.

Faço que sim com a cabeça.

— Sharon estava grávida de Dinah. Luke e eu; tudo aconteceu muito rápido. Continuei esperando que Sharon me perguntasse se tinha conversado com ele sobre nosso... acordo, mas ela não fez isso, não de início. Provavelmente achou que não precisava. Tínhamos discutido isso bastante antes de fazer o testamento, e ela sempre ficava chateada, pensando em ter filhos e morrer antes que crescessem. Quando foi me perguntar, Luke e eu estávamos noivos. Tínhamos marcado a data do casamento.

– E você não tinha contado a ele sobre o testamento de Sharon.

– Não consegui me obrigar a fazer isso. Tinha medo de que ele... – começo e me interrompo, tentando lembrar exatamente do que tinha medo. – Não sei por que tinha tanto medo disso. Nunca me permiti pensar nisso. Sharon era jovem, era saudável. Disse a mim mesma que não fazia sentido me preocupar com algo que não iria acontecer. Mas eu me preocupava, não conseguia evitar. E como não queria me sentir culpada, culpava Sharon. Por que ela tinha sido idiota a ponto de *confiar* em mim. – Falo, e começo a chorar. – Eu não *queria* o bebê dela. Queria que eu e Luke tivéssemos nossos próprios filhos, e *só* nossos filhos.

Estranho: ainda consigo evocar aquele sentimento, embora não me pertença mais.

– Quando Dinah nasceu, ela era adorável. Eu a amei instantaneamente, e entrei em pânico. Sabia que tinha de contar a Luke, já que ela era um bebê real, mas... a data do nosso casamento estava chegando. Eu simplesmente não podia fazer isso. Ficava pensando: e se dissesse não? Por que estaria disposto a assumir o bebê da minha melhor amiga? E se isso fizesse com que o perdesse, ou perdesse Sharon?

– Então você correu o risco – diz Simon, sério. Sou grata a ele por não soar como se estivesse me julgando e decidindo que eu devia ser a pior pessoa do mundo. Talvez ele seja bom em esconder isso. – Compreensivelmente supôs que Sharon iria viver e você iria se safar.

– Um destino tentador. Como acabou sendo.

– Você não pode pensar assim.

— Quando Nonie nasceu, minha mentira dobrou de tamanho: duas crianças às quais Luke não sabia que a esposa concordara em dar um lar, duas crianças que Sharon adorava e estava preparada a confiar a mim no caso de sua morte, e eu jogando roleta com seu futuro. E se ela morresse e Luke se recusasse peremptoriamente a tê-las em sua casa? O que eu faria então?

— Você foi pedir conselhos a Jo — diz Simon.

Eu rio por entre lágrimas.

— O pior erro da minha vida. Ela usou isso contra mim desde então. Não consegue admitir que isso não causou um problema entre mim e Luke. Ele foi fantástico quando Sharon morreu. Amava as meninas tanto quanto eu àquela altura. Ficou feliz de recebê--las, ambos ficamos. Concordamos em não ter nossos próprios filhos; Dinah e Nonie se tornaram nossas filhas. Mas Jo não conseguia deixar para lá. Passava meses sem tocar no assunto, e então de repente dizia: "Sabe, um dia Luke vai descobrir que você sabia sobre o testamento de Sharon vários anos antes. Como irá se sentir sobre você deliberadamente esconder isso dele?"; ainda toca nesse assunto às vezes. Com frequência. Luke não é idiota, ela diz: é inteligente o bastante para descobrir que teria amado seus próprios filhos tanto, se não mais, do que ama Dinah e Nonie, se não tivesse sido maldosamente privado da oportunidade de tê-los; sou idiota se imagino que ele não verá isso como a maior das traições.

— Soa como se ela tivesse conseguido convencê-la — Simon diz.

Eu faço que sim.

— Quando ela fala que Luke não irá descobrir a não ser que conte, diz que não o fará, mas que eu tenho de. E "essas coisas sempre acabam sendo descobertas" é uma de suas frases preferidas para tentar me assustar. A única coisa que sempre quis foi que ela dissesse: "Não se preocupe, tudo ficará bem." Mesmo que não fique. Como agora. Dizer mesmo assim.

— Agora? — diz Simon, olhando por sobre o ombro como se esperasse encontrar Jo ali na cozinha conosco. Não estou mais falando sobre ela.

— Dizer que Sharon não morreu porque contei a Jo sobre seu testamento. Diga que não é por isso que foi assassinada. Simon fecha a janela. Enxugo os olhos. Entendo sem ele ter de me dizer que, nesta oportunidade, eu não posso ter o que desejo.

— Você deveria contar a Luke — ele diz. — Ele não ficará com raiva. Entenderá.

— Você nunca o conheceu.

— Não preciso. Eu conheço a verdade. Isso é suficiente.

— O que quer dizer?

— Você lidou mal com isso, mas terminou bem. Você, Luke e as meninas são uma família feliz — diz Simon, dando de ombros. — Algumas verdades não são nem de longe tão ruins quanto você acha que são.

Isso faz com que me sinta bem por alguns segundos. Até ele dizer:

— Outras são piores.

Ouço um toque abafado. Simon tira o telefone do bolso.

— Sam — ele diz. Escuta um longo tempo, inicialmente olhando para mim, depois fazendo questão de evitar meu olhar. Sua postura é rígida. Está preocupado. — O que está sendo feito para encontrá-las?

Elas. Isso pode não significar nada.

— Coloque todo mundo nisso; nada mais tem importância.

Eu me coloco de pé.

— Dinah e Nonie estão bem?

Luke não me deixou falar com elas quando liguei. Por que não? Por mais raiva que estivesse sentindo, ele me deixaria falar com as meninas.

– Seu marido entrou em contato com meu sargento – diz Simon, recolocando o telefone no bolso.

Não. Por favor, Deus, não.

– Quando você telefonou para ele e disse para não perder Dinah e Nonie de vista já era tarde demais. Jo já as tinha recebido no ônibus escolar e levado para fazer compras e jantar, para ajudá-lo. Luke ficou com medo de lhe contar porque você já parecia bastante preocupada, e ele estava muito certo de que o que a assustava não incluía um passeio de compras com tia Jo, mas também não conseguiu entender por que ela estava tão ansiosa para levar as meninas às compras na neve e por que William e Barney não iam junto.

Eu me sinto caindo. Simon me pega, levanta.

– Não pense no pior – ele diz. – As meninas vão ficar bem. Meu líder Sam é o melhor que há. Ele irá encontrá-las.

De: ginny@greathollinghypnotherapy.co.uk
Para: Charlie Zailer
Enviado: Sexta-feira, 3 de dezembro, 2010 21h51
Assunto: Re: Consulta da próxima semana

Cara Charlie,

Vou abordar sua pergunta muito rapidamente, já que não acredito que possa ser realmente de muita ajuda a distância – você sempre precisa encontrar a pessoa e ouvir o que ela tem a dizer. Mas... se a infância dele não teve agressão física ou sexual, a primeira pessoa que vem à cabeça é o que nós terapeutas chamamos de "incesto emocional", ou "incesto encoberto". É uma ideia polêmica que temos o cuidado de não discutir muito abertamente. Muitas pessoas se opõem ao uso da palavra "incesto" quando não houve ato físico, e alguns negam totalmente a existência de incesto emocional, mas pessoalmente acredito que é um termo de uso justificável. O incesto emocional pode ser tão psicologicamente daninho quanto o incesto aberto, e certamente os sintomas nos sobreviventes adultos são similares. Pelo que você diz sobre as posturas sexuais e o comportamento desse homem, soa como se ele pudesse muito bem ser um sobrevivente de incesto emocional. Você deveria encorajá-lo a buscar ajuda terapêutica, mas apenas se estiver preparada para enfrentar uma violenta negação.

Com frequência, são pais solteiros que cometem incesto emocional contra os filhos, embora nem sempre. Com frequência, o pai agressivo é viciado em álcool ou drogas – embora, mais uma vez, nem sempre. Um pai emocionalmente incestuoso pode ser casado (com frequência, o casamento é um no qual os sentimentos não são abertamente expressos e as necessidades de todos não são atendidas) ou solteiro, viciado em substâncias ou não, mas a coisa importante a lembrar é que pais que cometem incesto oculto são crianças emocionais. Suas próprias necessidades não foram atendidas na infância, e eles nunca encararam devidamente esse fato ou lidaram com os danos. São carentes, assustados, codependentes. Esses pais não sabem como garantir que suas necessidades sejam atendidas de forma adequada por pessoas adequadas, isto é, outros adultos, então essas necessidades são transferidas para seus filhos de diversas formas: preocupação e controle excessivos, reforço da falta de privacidade ("Nada de portas fechadas nesta casa" etc.), confidências inadequadas – contar a crianças coisas que elas são novas demais para ouvir, confidenciar a crianças sentimentos da forma como poderia fazer a um parceiro (os terapeutas chamam a isso de "descarregar" emocionalmente no filho). Às vezes, há quase uma adoração romântica que coloca a criança em um pedestal, às vezes nudez ofensiva, isto é, desfiles pela casa de pais do sexo oposto nus diante de um filho que se sente desconfortável, mas não pode dizer isso porque ouviu que não há nada de vergonhoso na nudez. Na verdade, um pai infligir sua nudez a uma criança com mais de três ou quatro anos é altamente inadequado e pode ser muito prejudicial. Igualmente (desculpe se isso soa confuso), fazer uma criança se sentir culpada por sua nudez ou seus sentimentos sexuais, ou reagir com raiva ou choque se a criança por acaso entra e vê o pai nu, é uma violação da criança no sentido oposto. O que ambos têm em comum é que, nos dois casos, a necessidade dos pais, seja de se "exibir" para o filho ou de acreditar que o filho nunca sentiria algo tão sujo e vergonhoso quanto excitação sexual, é a única levada em conta, e a criança é forçada a se adaptar, nesse processo aleijando sua nascente noção de eu.

Voltando ao seu homem, eu diria que foi a mãe quem causou o dano, embora em alguns casos possa ser o pai. A mãe impôs a ele o fardo de atender às suas necessidades emocionais? Para o mundo exterior – e para a criança confusa, que se sente profundamente desconfortável e "invadida" sem entender por que –, a mãe emocionalmente incestuosa é facilmente confundida com uma boa mãe: atenta e dedicada, amorosa, faria qualquer coisa pelo filho, passa muito tempo com ele (com frequência precisa que o filho preencha uma enorme lacuna em sua vida inadequada). Sufocar de amor é uma forma de descrever isso – amor inadequado, pois está apenas a serviço de atender às necessidades emocionais do genitor, não da criança. São essas as crianças que são a "princesinha do papai", os meninos que constantemente ouvem "O que a mamãe faria sem seu garotão?". São os pais que beijam, abraçam e insistem em sentar junto aos filhos no sofá porque eles, os pais, querem essa proximidade física, não porque sintam que a criança quer ou precise dela. São os pais que querem os filhos em casa o tempo todo porque "Há estranhos perigosos lá fora". Se desafiados (um dia lhe mostrarei minha coleção de cicatrizes de batalha!) esses pais insistem com veemência que não há nada de errado em abraçar e beijar os filhos o quanto quiserem, ou temer por sua segurança – é seu modo de mostrar aos filhos o quanto os amam. No lugar de "amor", leia "necessidade". Emocionalmente, o pai é demasiadamente envolvido com o filho, demasiadamente ligado a ele, insuficientemente respeitoso de sua autonomia e independência, e inconscientemente tentando criar na criança uma necessidade igual a sua, para garantir que este sempre seja necessário. A criança sabe ser a resposta às preces dele, a cura para sua solidão, seu protetor, seu confidente. É uma responsabilidade grande demais e, para cumprir essa obrigação que nunca pediu, a criança precisa negar inteiramente as suas próprias necessidades. É inacreditavelmente prejudicial. Essa síndrome é tão normal em nossa sociedade que supomos que esse tipo de relações íntimas é saudável, mas é altamente perturbador. A melhor pessoa que li sobre isso foi Marion Woodman, que chama a isso de "incesto psíquico". Ela o descreve como "ligações sem limites", nas quais os pais usam os filhos como um espelho para sustentar suas necessidades em vez de fazer o papel de pais, que é refletir em si o eu dos filhos, como uma forma de apoiar seu desenvolvimento no sentido da independência.

Amor saudável de um pai para uma criança é amor que atende às necessidades da criança e sempre respeita os limites da criança. Enquanto isso, o pai tem suas necessidades emocionais atendidas por cônjuge, amigos, outras fontes, e demonstra que tem seus próprios limites saudáveis. Pais emocionalmente incestuosos têm limites abalados ou, em casos graves, não existentes, e são desonestos consigo mesmos. Eles dizem: "Meu filho é a coisa mais importante no mundo para mim", e então instilam nessa criança a crença de que deve sentir, pensar ou se comportar de certas formas de modo a não devastar seu pai apaixonado. A criança tem de apagar partes de seu verdadeiro eu de modo a manter o pai feliz. Ela experimenta perda de identidade e oscila entre se sentir infalível e inútil. E tem enormes problemas com intimidade e com manter uma relação engrandecedora. Pode criar muros enormes por temer ser engolido pelas necessidades emocionais do parceiro, como um dia foi pelas do pai abusivo. Sobreviventes de incesto emocional com frequência se sentem mais à vontade sendo sexuais com aqueles com quem não se importam, ou mesmo aqueles de quem desgostam. Ser sexual com alguém que amam parece errado e tabu para eles.

Os sentimentos infantis do adulto para com o pai que teve "incesto encoberto" com ele (como dizemos, embora provavelmente não devêssemos) normalmente são uma mistura de raiva desamparada e culpa extrema. Com frequência, o adulto que foi filho de pais emocionalmente incestuosos verdadeiramente não consegue entender por que abomina, detesta e teme o pai que abriu mão de tudo por ele e alega amá-lo tanto.

Espero que isso ajude!

Com os melhores votos, e lamentando que meu "rapidamente" no final não tenha sido tão rápido, mas é rápido comparado com as resmas que poderia ter escrito. Muito mais na internet, caso esteja interessada!

Ginny

14

9/12/2010

– A única coisa que não sei ao certo é como você conseguiu uma chave da casa de Sharon Lendrim – Simon disse a Jo Utting, que parecia estar presente na sala de entrevistas apenas em corpo. Seus olhos estavam voltados para frente, apagados, vazios. Ocasionalmente, as pálpebras estremeciam.

– Você não irá conseguir uma resposta dela – disse sua advogada, uma negra jovem que por meia hora estivera intimidando Simon em um tom que soava mais pessoal que profissional; os dois poderiam ser pais exaustos, e Jo Utting sua filha teimosa. – Ela não lhe dirá uma palavra, e estou do lado dela. – falou. A sublinhada falta de entusiasmo traía a mentira das palavras. – Você tem suas provas e a confissão dela de ontem. Desde então, ela fez um voto de silêncio.

– Amber não gostava da ideia de você e Sharon se encontrarem – continuou Simon, como se ele e Jo estivessem sozinhos na sala. – Fez todo o possível para garantir que isso não acontecesse. Temia que você contasse a Sharon que Luke não sabia nada sobre herdar Dinah e Nonie no caso de sua morte. Ela não precisava ter se preocupado.

Ele gostava de interrogatórios como aquele do tipo que Sam Kombothekra odiava: dirigir todas as suas perguntas e declarações a um suspeito que está fingindo que você não existe, ao mesmo tempo apagando os comentários do advogado irado cuja existência você está determinado a ignorar. Suficientes obstáculos inerentes à situação para mantê-lo afiado, e nenhum risco de alguém olhar nos olhos da pessoa que os fita.

– Não havia como você ter contado a Sharon que Amber a decepcionara. E se Sharon ficasse com raiva o suficiente para mudar o testamento? Você precisava que aquelas meninas fossem para a casa de Amber caso Sharon morresse. Sem isso, todo o seu plano iria desmoronar.

Aquilo foi um indício de expressão nos olhos de Jo? Quão impaciente ela estava para descobrir se Simon sabia seu segredo? Quando a prendera, ela deixara claro que ele saber que havia assassinado duas pessoas e tentado assassinar quatro outras era irrelevante. Na mente de Jo Utting não era "algo"; os crimes que tinha cometido, tudo que podia ser provado contra ela – aquilo era a parte que, em uma emergência, estava disposta a conceder. Devia estar desesperada, sob aquele exterior imóvel, para saber se a verdade que estava determinada a esconder, mesmo à custa de várias sentenças de prisão perpétua, corria o risco de ser revelada. Simon decidiu postergar, fazê-la sofrer.

– Vamos retornar a como você conseguiu uma chave da casa de Sharon – disse. – Amber diz que você costumava tentar convencê-la a levar Sharon para um almoço, um jantar. Você não suportava a ideia de Amber ter uma melhor amiga que não conhecia. Ignorando as necessidades e os sentimentos de todos que não os seus, não poderia entender o desejo de Amber de manter você e Sharon afastadas. *Você* sabia que não havia risco de contar a Sharon que Amber a decepcionara, não conversando com Luke sobre a guarda de Dinah e Nonie. Não lhe ocorreu que Amber poderia se preocupar com isso. *Você* sabia que não iria acontecer.

– A que isto está levando, detetive Waterhouse? – perguntou a advogada de Jo. Simon a ignorou. Ele ouvira seu nome e escolhera esquecê-lo.

— Acho que você foi à casa de Sharon um dia quando sabia que as meninas não estariam lá. Sabia que Amber estaria com elas naquele dia, não é? Você se apresentou a Sharon como sendo outra pessoa; teria sido Veronique Coudert? Ou só pensou em usar o nome dela quando recebeu o e-mail de Amber querendo reservar Little Orchard? Seja como for, usou um nome falso. Não poderia correr o risco de Sharon saber seu nome verdadeiro. Sabia que, se seu plano desse certo, a polícia iria querer conversar com qualquer um com quem ela tivesse entrado em contato. Havia decidido como iria fazer: como uma covarde, sem contato físico direto, e disfarçada. Usando um falso nome você conseguiu ser convidada para a casa de Sharon com um pretexto. Algo relacionado à associação de moradores, imagino, e a saga de então sobre o pub de Terry Bond. Talvez tenha dito que era uma nova vizinha, acabara de se mudar para a rua e queria saber o que estava acontecendo. Ou disse que era do conselho? Saúde ambiental?

Um suspiro fundo da advogada.

— Espero que não esteja considerando o silêncio de minha cliente como concordância tácita — ela disse. — Silêncio é silêncio. Não significa nada, e não nos leva a lugar algum.

— Não estava preocupada. Sabia que Sharon não a reconheceria, já que nunca colocara os olhos em você. Vocês não foram ao casamento de Amber e Luke, nem ela. Eles se casaram no exterior, a milhares de quilômetros de todos que conheciam, por sua causa, por suas tentativas de tomar decisões sobre o casamento que não eram direito seu. E não se preocupou que Sharon pudesse ter visto uma fotografia sua na casa de Amber porque não havia nenhuma, não é? Assim como não há fotos de Kirsty em sua segunda casa, Little Orchard. Pela mesma razão.

Nenhuma reação de Jo.

— Você roubou as chaves extras de Sharon. Amber diz que as teria visto caso tivesse ido à cozinha. A sargento Ursula Shearer, que

UMA CERTA CRUELDADE

comandou a investigação original, diz o mesmo. Misturadas com as frutas na fruteira, não é mesmo? Seis ou sete chaves soltas, todas exatamente iguais. Sharon tinha muitas cópias. Ela tendia a perdê-las, deixá-las no trabalho ou nas casas de outras pessoas, jogá-las fora com papéis velhos. Amber lhe contou isso sobre a melhor amiga, sem saber como usaria a informação? Ela não consegue se lembrar se fez isso ou não. Eu acho que sim. Deve ter sido fácil para você roubar uma enquanto Sharon lhe preparava uma xícara de chá. Teve sua conversinha com Sharon e depois partiu, com uma das muitas cópias de chave de sua casa e se sentindo infalível. Não me diga que isso não a deixou se sentindo poderosa, estar com a melhor amiga de Amber sem a permissão dela, sabendo que iria matá-la.

– Certamente é contraproducente começar frases com "Não me diga" – murmurou a advogada de Jo.

– Você esperou. Sempre que via Amber, perguntava sobre Sharon, a associação de moradores, o pub Four Fountains; simplesmente demonstrando um interesse amigo, ou assim Amber pensava. Ela estava chateada, mais dependente que de hábito. Ela e Sharon tinham brigado. Explicitamente por causa do pub, mas a culpa de Amber por mentir a Sharon era a verdadeira causa, a culpa que você estimulava lhe dizendo que tinha traído a melhor amiga. Amber não conseguia lidar com isso. Ela e Sharon ficaram um tempo sem se falar, mas Amber logo se deu conta de que se sentia pior sem Sharon em sua vida. Fizeram as pazes. Você ouviu todos os detalhes, e ainda assim Amber não disse nada sobre Sharon ter recebido uma visita de alguém que mentira sobre quem era, nada sobre uma chave ter sumido. Você tinha se safado. Ficou satisfeita por ninguém mais saber que você e Sharon tinham se conhecido. O passo seguinte era o incêndio. Onde estacionou? Não perto demais da casa de Sharon. Não teria arriscado que seu carro fosse visto. E teria levado o uniforme de bombeiro em uma bolsa, vestindo-o apenas quando estivesse dentro da casa de Sharon.

Se uma mulher chamada Jo chega a uma casa e um bombeiro sem nome sai, qual deles é responsável pelo crime cometido nesse intervalo? Como Ginny Saxon tinha dito? A casa representa o eu? Jo Utting tinha duas casas. Simon ficou imaginando como seria difícil para ela localizar e se comunicar com seu verdadeiro eu após tantos anos interpretando um papel. Ele tinha a sensação desconfortável de que estava falando menos com uma pessoa que com um instinto de sobrevivência com uma face humana.

– O que teria feito a Dinah e Nonie Lendrim na sexta-feira, 3 de dezembro, se não tivesse sido interrompida? – ele perguntou. Às vezes, se você mudava de assunto rapidamente podia arrancar uma resposta de um suspeito de surpresa. Não daquela vez.

De volta ao assassinato de Sharon Lendrim.

– O que você não poderia saber até ler sobre sua morte nos jornais era que Sharon tinha saído naquela noite, ficado fora até tarde; e no Four Fountains, imagine. Caso tivesse chegado um pouco mais cedo, poderia ter se deparado com ela, relaxando depois do programa ou se arrumando para dormir. Teve sorte. Mas menos sorte quando tentou a mesma coisa novamente. Temos imagens de câmeras de vigilância de seu carro indo na direção da casa de Amber na madrugada de quinta-feira, a caminho de iniciar seu segundo incêndio. Boas imagens, de várias câmeras diferentes. Você encostou pelo menos uma vez, para responder a um e-mail de Amber sobre Little Orchard usando seu iPhone.

– Já repassamos as provas – disse a advogada de Jo com uma voz de tédio.

– Mas não o motivo – retrucou Simon. – É no motivo, todos os motivos, que estou mais interessado. Amber acha que você queimou a casa dela como um aviso – ele disse a Jo. – Ela a viu na quarta-feira, 1º de dezembro, contou sobre ter sido interrogada em relação à morte de Kat Allen. Tinha perguntado ao seu marido sobre Little Orchard, dito que ela e Luke queriam reservá-la novamente. Como você colocar fogo na casa dela algumas horas depois dessas duas conversas terem acontecido poderia ser outra coisa que não um alerta? Foi como Amber viu isso, compreensivelmente. Mas estava errada. Não era um alerta, mas vingança. Fúria, inveja, como queira chamar.

As pálpebras de Jo se fecharam.

– Você teve um grande choque naquela quarta-feira. Amber lhe disse algo que você não sabia, algo que nunca tinha imaginado. Isso fez com que a odiasse, a fez pensar em ela, Luke, Dinah e Nonie vivendo felizes juntos para sempre: a família perfeita, a família que *você* criara assassinando Sharon. Desnecessariamente, como ficou claro.

– O que quer dizer com desnecessariamente? – perguntou a advogada.

Simon decidiu que era hora de falar com a única pessoa que evidentemente prestava atenção.

– Amber achou que Jo sentia inveja de ela terminar com as filhas de Sharon, e estava certa. Havia sido Jo quem correra o risco e matara Sharon por achar que não tinha escolha, e Amber, que não tinha feito nada para merecer algo, fora aquela que acabara com Dinah e Nonie. Jo podia não querê-las ela mesma, tinha seus próprios filhos, mas isso não a impedia de ficar ressentida com Amber por receber algo que não fizera por merecer. Vou lhe dizer uma coisa sobre o monstro que está representando aqui: nada faz seu coração malvado borbulhar mais de inveja que uma família perfeita.

– Por favor – disse a advogada, se encolhendo como se Simon tivesse dito algo de mau gosto. – Não há necessidade de hipérbole.

– Então a chamarei de sua cliente – disse Simon. – Do modo como vê, Amber está vencendo e ela está perdendo. Não porque Amber tenha algo que ela não tem. O oposto: Amber não tem, e nunca terá, o que sua cliente tem e deseja que ela não tivesse.

Ele podia ver que a advogada ainda não tinha entendido, e se esforçou para conter a impaciência. Não era culpa dela. Ela não conhecia Jo Utting até o dia anterior, ainda não ouvira a história inteira e não se podia esperar que preenchesse as lacunas.

— Jo e Amber partilham um sogro — ele disse. — Quentin. Fisicamente, não há nada de errado com ele; praticamente e psicologicamente, ele é tão dependente quanto uma criança pequena. Ele não conseguiu cuidar de si mesmo depois que a esposa Pam morreu. Jo e Neil o receberam e têm sofrido desde então. Eu conheci o homem. Acredite em mim, você não iria querer que ele morasse com você.

— Eu não iria querer nenhum homem morando comigo — disse a advogada, olhando Simon de cima a baixo. Ele recebeu a mensagem: *especialmente não você*.

— Na quarta-feira, 1º de dezembro, Amber disse a Jo que ela era uma santa por aturar Quentin — contou. — Jo disse que não tivera escolha a não ser recebê-lo em sua casa, que Amber teria feito o mesmo se precisasse. Amber deixou claro que isso não era verdade: em circunstância alguma teria Quentin sob seu teto, mesmo ele não podendo viver sozinho, mesmo se ela já não tivesse de cuidar de Dinah e Nonie. Não estaria preocupada em sacrificar sua qualidade de vida em nome de uma obrigação de família. Foi o que disse a Jo e falava sério. Jo viu que falava sério. Por isso tentou incendiar a casa de Amber, com Amber, Luke e as meninas dentro.

— Então? — perguntou a advogada. Tentando soar entediada, não disposta a admitir que estava curiosa. *Ela soava como Charlie.*

— Jo e Amber nunca tinham discutido a disposição de Amber de oferecer um lar a Quentin — continuou Simon. — Não houvera necessidade. Amber e Luke estavam ocupados lidando com seu novo arranjo familiar e a dor de Dinah e Nonie. Não ocorrera a ninguém que poderiam receber também Quentin. Jo e Neil se ofereceram. A vida familiar deles era mais estável, era a solução óbvia. A casa deles é pequena, mas os meninos ficaram felizes de dividir um quarto quando Jo explicou que era preciso fazer sacrifícios pelo bem do avô. Eles poderiam ter vendido sua casa grande em Surrey, e Neil me contou ontem que sugeriu isso, mas Jo não queria uma casa maior. Era importante para ela ser vista como não tendo espaço e ser vista como suportando todo o fardo de cuidar de Quentin. Simon se virou para Jo, cuja expressão não tinha mudado. Os olhos continuavam fechados.

– A coisa engraçada é que não sei se teria descoberto sem a ajuda do seu filho – disse a ele. – William tem sido útil de formas inesperadas, além de todas as evidentes. Ele lembra de no último recesso escolar ir ao prédio da Corn Exchange em Spilling, ao apartamento de uma senhora com quem você precisava conversar. Lembra de ficar na sala de estar com Barney. Você ligou a televisão para eles, fechou a porta para que o barulho não incomodasse você e a senhora enquanto conversavam.

Simon parou para se recompor. Queria gritar com ela: *Que tipo de mãe leva os dois filhos para matar alguém?* Isso não produziria nada; Jo não iria reagir, e sua advogada perderia todo o respeito por ele. Simon sabia a resposta: o tipo de assassina que leva os filhos e os coloca na sala ao lado enquanto mata era o tipo mais esperto. Sabina era a única pessoa que sabia que Jo não estava no curso de Amber no dia em que Kat Allen foi assassinada; nem mesmo Neil sabia. Ele teria desaprovado. Se Jo queria violar a lei para ajudar Amber era problema dela, mas Neil teria achado errado da parte dela oferecer e depois repassar o risco para Sabina. Jo sabia que Sabina provavelmente tomaria conhecimento de que tinha havido um assassinato em Spilling naquele dia. Sabia que Sabina nem por um minuto desconfiaria dela. Não apenas porque as pessoas que conhecemos pessoalmente, de quem gostamos e em quem confiamos nunca são os caras maus, mas porque Jo estava com William e Barney, um pouco de tempo muito necessário longe de uma casa agitada demais, longe de Quentin, sozinha com as crianças. Simon quase podia ouvir Jo explicando isso a Sabina: *Você será muito melhor fin-*

gindo ser Amber do que eu seria. Você é mais corajosa que eu. Eu entraria em pânico e estragaria tudo. O oposto da verdade.

Mostramos a William uma foto de Kat Allen – ele disse a Jo. – Ele a identificou como a senhora que você foi ver, disse que ela ficou contente e surpresa quando apareceu sem avisar. Também nos contou que você, ele e Barney tinham encontrado Kat um mês antes; na cidade, por acaso. O que Kat lhe disse? "Precisamos parar de nos encontrar assim?" Ela mencionou que na última vez em que tinham se encontrado você estivera em Pulham Market alugando um uniforme de bombeiro? William se lembra de ela lhe dizer que tinha se candidatado a outro emprego; na escola de Barney. Foi esse o motivo, não? Foi naquele dia que você decidiu que Kat tinha de ser punida: por saber demais, chegar perto demais.

Jo fez um ruído quase inaudível. Podia estar pigarreando. Ou Simon tinha imaginado.

– De volta ao assassinato de Kat, sua visita ao apartamento dela. William e Barney ficaram vendo televisão na sala até se entediarem com o que estava passando. Foi quando notaram o bloco e a caneta na mesa, e tiveram a ideia de fazer o jogo de que Dinah e Nonie tinham falado, o que envolvia dividir seus colegas de turma em três categorias: Gentil, Cruel e Meio que Cruel. Eles não foram muito longe, foram? De repente você estava dizendo que era hora de ir embora. William arrancou a folha de papel do bloco, dobrou e enfiou no bolso, para poder continuar depois em casa. Só que nunca fez isso. Quando você entrou na sala, estava tremendo. Tinha sangue nas roupas e o que seu filho mais velho descreveu como sendo "coisas" em sua roupa, e o jogo não pareceu mais importante. Os meninos se esqueceram dele.

Os guarda-roupas de Jo tinham sido esvaziados, o conteúdo levado para análise. Com sorte algum material de perícia teria sobrevivido à máquina de lavar, mas não importava se não fosse assim. O DNA encontrado no apartamento de Kat depois do homicídio correspondia à amostra tirada de Jo três dias antes. Isso, juntamente com a declaração de William, seria suficiente para mandá-la para a prisão por um longo tempo. Simon não estava disposto a sentir misericórdia por ela por diversas razões; a principal era sua convicção de que Kat Allen não desconfiara de nada. Não dissera nada ao namorado ou a qualquer amigo sobre uma possível ligação entre uma mulher que tinha uma segunda casa perto da residência de seus pais e um assassinato em Rawndesley em 2008; pelo que Simon podia dizer, Kat não tinha registrado a morte de Sharon Lendrim.

– Você disse a William e Barney que você e a senhora haviam tido uma briga e ela a acertara; estava com o nariz sangrando. Fez com que prometessem não contar a Neil ou Sabina, que só iriam ficar preocupados. Os meninos podiam ver que estava aborrecida e ficaram com medo. Você garantiu a eles que tudo ficaria bem desde que os três esquecessem aquilo tudo o mais rápido possível. Barney fez isso. Ele é o mais novo. Lembra de uma parte disso: principalmente o sangue em suas roupas. O nariz sangrando inventado. William é mais velho; lembra um pouco mais. Quando os três saíram, ele lhe perguntou quem era a senhora. Por que não tinha ido até a porta se despedir? Graças a William também sabemos que o motivo pelo qual ele e Barney estavam com você naquele dia era Sabina ter de ir a um curso. Não é preciso ser um gênio para descobrir qual curso. Sabina inicialmente negou ter interpretado Amber, depois admitiu quando lhe foi dito como seria fácil contestar sua alegação de que estava em casa em 2 de novembro em um dia de folga enquanto você passeava com os meninos. Qualquer dos participantes do curso poderia tê-la identificado.

Simon sentia vontade de se chutar por não ter descoberto isso mais cedo. Sabina, que adotara um sotaque *cockney* ao encontrá-lo e dissera uma fala típica de "suspeito para detetive", achando ser hilariante; Sabina, que fazia tudo que Jo mandava. Jo não teria se divertido fingindo ser Amber interpretando o papel da rebelde e dando opiniões chocantes do tipo que Amber poderia ter. Sabina sim. E fez isso. Incapaz de reproduzir o sotaque de Culver Valley de Amber, trocou seu sotaque italiano por um inglês de classe superior.

– Eu lhe perguntei por que não contou a Amber sobre o discurso que fez no curso, contestando o valor da direção segura, lembra? Você teve de pensar rápido. Por que Sabina tinha deixado de fora esse detalhe quando deveria ter lhe contado tudo para que pudesse contar a Amber o que teria acontecido naquele dia? No final, a explicação que você encontrou foi a correta: Sabina tentou se divertir o máximo possível com uma experiência altamente tediosa, mas não lhe ocorreu que algo que *ela* pudesse ter dito fosse importante o suficiente para ser transmitido a você. Ela lhe contou o que todos os outros disseram e fizeram. Sua diversão e provocação para se divertir não eram importantes o suficiente para ser mencionados. Você deve ter ficado furiosa ao se dar conta de que ela não lhe dera informações vitais e, consequentemente, quase tinha sido apanhada. É seu direito dado por Deus saber tudo, não é? Mesmo quando não revela nada.

– É você aquele interessado em dizer tudo a ela – chamou a atenção a advogada.

– Ela não está ouvindo nada que já não saiba – disse Simon. – Sabe como Sabina a descreve? – perguntou a Jo. – Sua melhor amiga. Nós contamos o que você fez. Ela não acredita. Confia em você, diz. Nunca mataria ninguém. Mas você não confia nela, não é? Ela não fazia ideia de que você tinha uma segunda casa até contarmos. Como Amber, acreditava que Little Orchard era um lugar que você e Neil alugaram no Natal de 2003. Por que não acreditaria?

Simon estava determinado a continuar perguntando qualquer coisa que viesse à cabeça. Se parasse, não haveria nada para Jo responder caso mudasse de ideia sobre falar. Era sempre mais fácil responder a uma pergunta do que oferecer informações espontaneamente. Ele queria que ela lhe dissesse que estava certo. Não ligava para quando acontecesse, desde que acontecesse.

– Você não confia sequer no próprio marido. Não contou a ele por que teve de desaparecer no meio da noite, por que teve de fingir não ser dono, primeiramente, de uma casa em Pulham Market, depois de uma casa em Surrey. Vocês raramente vão a Little Orchard, só quando Sabina vai para a Itália. Mesmo então precisa de uma desculpa para o resto da família, algum outro lugar onde possam fingir estar. Neil costumava sugerir vender. Você nunca deixaria isso acontecer, mas não podia dizer a ele por que, podia? É mais fácil atacá-lo, cair em lágrimas, sair do quarto. Ele não se incomoda mais. Sabe o que ele me disse? "Acho que para Jo é importante saber que tem um esconderijo." Não foi a palavra que usou. O problema é que não há um nome para uma casa que você vê como lar, mas onde não mora e que mal visita.

Simon se levantou, contornou a mesa e a cadeira de Jo, até se colocar de pé atrás dela. Como ela se sentiria se pudesse ouvi-lo, mas não vê-lo? Isso mudaria algo?

– Eu sei o que você fez e posso provar isso. Tenho seu DNA no apartamento de Kat, a declaração de William, uma declaração da mulher da loja de fantasias de Pulham Market, a chave da casa de Sharon em sua caixa de joias. Como se sentiu quando Amber lhe contou que a polícia suspeitava de Terry Bond? Pegou a chave e olhou para ela, tocou nela? Ficou imaginando o que era verdade e o que não era? Difícil separar lembranças e histórias, não é? Ainda mais difícil quando tem de lidar com três categorias: lembranças, histórias e mentiras. Quando quer se sentir poderosa, mas não culpada. É duro. Pense no alívio de contar a verdade. Pense em ser capaz de viver na casa que parece um lar.

A cabeça de Jo inclinou-se para trás, depois caiu para frente.

– Você acha que só posso provar os fatos, mas está errada – continuou Simon, encorajado a arrancar uma reação dela, mesmo uma que não conseguisse interpretar. – Também posso provar o motivo. Há uma pessoa esperando lá fora pronta para nos contar por que

você fez o que fez. Você acha que isso não é possível. Está tão ocupada mentindo que não para e imagina se estão mentindo para você. Não lhe ocorre que alguém possa discordar de você, quando está tão certa sobre tudo, lhe dizer o que quer ouvir só para se livrar de você.
– Poderia explicar mais claramente o que quer dizer? – disse a advogada, irritada.
– Você escolheu uma hipnoterapeuta para Amber. Ou melhor, achou que tinha feito isso. Amber parecia achar que aquela com o melhor endereço, em Great Holling, provavelmente era a melhor. Em vez de imaginar se ela tinha alguma base racional para a suposição, você entrou em pânico. Amber sempre consegue o melhor, não é? Sem merecer. Ela ficou com Dinah e Nonie. Você não queria que ela tivesse a melhor hipnoterapeuta, então escolheu um para ela, aquele cujo endereço soava menos desejável. Amber fingiu concordar, depois foi para casa e marcou uma consulta com Ginny Saxon, sua escolha original. Você também marcou uma consulta com Ginny. Tendo mandado Amber na direção oposta, decidiu ficar com a primeira escolha dela. Nunca tinha pensado em hipnose até Amber mencionar, mas se podia ajudar com insônia...

Jo começou a gemer e bater as costas no espaldar da cadeira. Simon se colocou entre ela e a mesa para poder ver seu rosto. O lamento ficou mais alto, o timbre mudando enquanto ela deixava a boca se abrir. O que estava fazendo com os olhos?

– O que ela está fazendo? – perguntou a advogada, soando mais enojada que alarmada.

Simon ergueu a voz para que Jo o ouvisse acima do barulho que fazia.

– Ginny está lá fora. Se falar comigo, não precisarei trazê-la.

– O que há de errado com ela? Por que não consegue erguer a cabeça?

– Ela consegue. Está escolhendo não fazer.

– Por que diabos ela iria...

– Está fingindo ser a irmã deficiente mental – disse Simon.

...

– Quão bem você o conhece? – Ginny Saxon perguntou a Charlie, olhando para a porta fechada da sala de entrevistas.
– Melhor que qualquer outro – Charlie respondeu. – Não tão bem quanto a maioria das esposas conhece seus maridos.
– Simon Waterhouse é seu marido?
A voz de Ginny tinha mudado; aquele era seu tom de cabana de madeira no quintal. Ginny profissional.
– Se não fosse, eu não estaria sendo sua acompanhante do dia. Estaria fazendo meu próprio trabalho.
– Estaria tentando ajudar aquele homem, talvez; aquele que descreveu em seu e-mail.
Charlie poderia ter passado sem o tom divertido e informado. Desviou os olhos.
– Ele e outros como ele.
– Encontre tempo e marque outra consulta comigo – Ginny disse.
Não. Estou bem. E você é cara demais.
– Eu posso ajudar você. Os dois.
– Você poderia ter ajudado Simon mais cedo lhe contando a verdade sobre Jo Utting.
– Ele não me perguntou mais cedo. Quando o fez, contei o que ele queria saber, depois de ter repassado com meu supervisor. Simon precisa aprender a ser mais direto. Não pode esperar que eu ofereça voluntariamente informações confidenciais sobre um paciente sem conhecer o contexto geral. Por que não me contou que Jo Utting era suspeita em um caso de homicídio?
– Dois casos de homicídio – corrigiu Charlie.
– Em vez disso, fez com que Amber Hewerdine deixasse seu carro na frente da minha casa, esperando que eu reagisse a essa montagem visual hermética me sentindo culpada.

— Você já se sentia culpada — disse Charlie, e odiou quando se viu citando Simon. — Por isso se preocupou em expressar suas preocupações com o comportamento de Jo nos mínimos detalhes, por isso perdeu a paciência com Amber e a mandou embora. Sua reação exagerada não fazia sentido a não ser que estivesse escondendo algo.

— Ou a não ser que seja humana — retrucou Ginny. — Simon Waterhouse não sabe tudo. Embora eu claramente tenha entrado em uma dimensão na qual todos supõem que sabe.

— Você sabia que a informação que estava guardando para si mesma era importante — Charlie disse. — Você não pode ter esquecido que Simon estava investigando um assassinato. Lá estava ele, gastando horas de seu tempo para escutar você e Amber dissecando o caráter de Jo nos mínimos detalhes. Não finja que não sabia que era uma suspeita.

— Eu não *sabia* nada — disse Ginny. — Fiquei pensando. Se Simon for honesto consigo mesmo terá de admitir que também apenas ficou pensando. Desconfiou. Não podia saber que Jo Utting era cliente minha.

— Ele sabia. É bom em juntar as coisas, coisas que ninguém mais pensaria em ligar: você tendo um ataque e colocando ele e Amber para fora, seu diagnóstico do distúrbio de personalidade narcisista de Jo, alegadamente feito sem tê-la visto.

As palavras de Charlie lhe soavam estranhas; ela não pensava em si mesma como uma esposa que se vangloriava.

— O que contei a Simon era absolutamente verdadeiro. É possível identificar um narcisista simplesmente escutando suas vítimas. Fiz isso muitas vezes.

— Contudo, nesta oportunidade você conheceu a própria narcisista — lembrou Charlie.

— Sim, conheci. O que quero dizer é que Simon só *soube* disso quando me perguntou e contei a ele há dois dias. E se ele pensa diferente, está se enganando. O que suponho que ele deva ter feito a vida inteira. Filhos de pais altamente disfuncionais aprendem muito cedo a se enganar. Qualquer coisa é melhor do que encarar a verdade aterradora de que você não está seguro na própria casa, com as duas pessoas que supostamente mais devem amá-lo no mundo. Comparativamente, Charlie preferia ser mandada se foder por dois traficantes adolescentes, que era o que costumava acontecer nos corredores da delegacia. Psicanálise não pedida era raro. E desagradável, como estava descobrindo. Tecnicamente, pensou, você provavelmente teria de chamar de psicanálise por afinidade, já que o foco era Simon.

– As mesmas crianças também aprendem a pensar e se comunicar de forma ambígua – Ginny continuou. – Elas se tornam especialistas em ler sinais, compreender climas. Pegam pistas que outros deixariam passar. Dão ótimos detetives, mas são gravemente afetados pelos revezes da vida porque sua noção de identidade é muito frágil – discursou, e deu um tipo de sorriso de coragem que fez Charlie se sentir vítima de um azar terrível. – Se Simon não conseguir fazer Jo Utting confirmar a história que está contando a si mesmo sobre ela, o que, tendo a conhecido, não acho que fará, espero que ele experimente sintomas depressivos e os expresse de um modo que será tudo, menos direto.

– Por que você não guarda sua sabedoria para seus pacientes pagantes? – disse Charlie, impassível.

– Certo. Desculpe – disse Ginny, parecendo chateada. – Se não quer minha ajuda, não irei empurrá-la para você.

Charlie sabia que não deveria se sair com o chavão preferido de todo lunático que se desintegra: "Eu não preciso de ajuda alguma." Em vez disso, falou:

– Se Simon diz que sabia, então sabia. O que não conseguiu descobrir foi por que alguém com tantos segredos quanto Jo escolheria a mesma terapeuta da cunhada. Quando descobrimos que Jo achava que Amber tinha obedecido e ido a outro lugar, fez mais sentido.

A porta da sala de entrevistas se abriu. Simon saiu e a fechou. Não parecia feliz.

— Mudança de planos? — Ginny perguntou.

— Não. Preciso que diga o que combinamos, embora... Ele se interrompeu. Olhou para Charlie como se esperando que assumisse.

— Embora o quê? — ela perguntou.

— Ela está simulando deficiência mental; ou imitando Kirsty ou fingindo ser ela. Por que faria isso? — cobrou Simon, encarando Ginny como se fosse culpa dela. — Aonde isso a leva que "sem comentários" não levaria?

— Vamos conversar com ela sobre isso, sim? — falou Ginny.

Charlie ficou para trás, ouvindo os ruídos animalescos que saíram da sala de entrevistas quando Simon abriu a porta. Ele não a fechou assim que ele e Ginny entraram; esperava que Charlie os seguisse. Ela pensou na pilha de trabalho esperando em seu escritório e decidiu que teria de esperar um pouco mais. Simon precisava dela ali, quer ela quisesse, quer não; as coisas não estavam acontecendo segundo o planejado. Seria essa a resposta à sua pergunta: *Aonde isso a leva que "sem comentários" não levaria?* Todo detetive estava acostumado a ouvir "sem comentários", e sabia como lidar com isso. Mas Jo Utting fingindo ser a irmã deficiente para intimidar Simon, desviá-lo do caminho?

Charlie inicialmente não viu Jo ao entrar. Simon e Ginny, diante dela, impediam a visão. Quando eles se moveram, ela viu uma mulher negra de terninho sentada ao lado de uma mulher branca deficiente com cabelos louros cacheados até os ombros e um fio de baba escorrendo da boca aberta para o queixo. Os olhos pareciam vazios; o corpo sacudia na cadeira. Mesmo sabendo que era uma encenação, Charlie se viu duvidando.

Ginny se sentou em frente a Jo e inclinou o corpo para frente sobre a mesa, como se quisesse chegar mais perto dela.

– Olá – disse. – Lembra de mim, não? Sou Ginny Saxon. Você foi ao meu consultório.
Jo gemeu e projetou o braço direito. Charlie ficou de pé ao lado de Simon, em frente à porta. Estava consciente da tensão no corpo dele, talvez mais do que ele mesmo.
– Não estou aqui para ajudar a polícia, embora tenha tido de contar a eles sobre o que conversamos – Ginny disse a Jo. – Estou aqui para ajudar você. Não acho que seja uma ideia sensata fingir ser algo e alguém que não é. Não acho que seja bom para você.
– E quando ela precisar usar o banheiro? – perguntou a advogada. – O que acontece nessa hora?
– Entendo que está cansada de cuidar das pessoas – continuou Ginny calmamente. – Entendo que queira que cuidem de você, e você pode ser cuidada. Eu a ajudarei. Assim como outras pessoas. Mas não desse jeito. Se insistir nesse fingimento, não será você quem estará sendo cuidada. Será a pessoa que você finge ser, que não existe. E quanto à Jo real? Ela não merece algum cuidado e atenção, depois de todos esses anos cuidando dos outros? Se a esconder, ela não poderá ter o que merece. Jo? Estou dizendo "ela", mas estou falando de você. Ninguém sabe como é ser você, sabe? Por que não conta ao detetive Waterhouse o que me contou?
– Isso não vai funcionar – Simon murmurou. – Ninguém além de Charlie o ouviu: o barulho que Jo estava fazendo abafou suas palavras.
– Quando você me procurou estava com raiva – disse Ginny, erguendo a voz. – Onde está aquela raiva agora? Não a coloque em sons, a coloque em palavras. Conte sobre ela.
– Ou volte a dizer "sem comentários" – reclamou a advogada de Jo. – Você está se fazendo de boba e desperdiçando meu tempo.
Ela ergueu os olhos para Simon.
– Todos vocês estão desperdiçando meu tempo.
– Quanto tempo mais você acha que conseguirá manter isso, Jo? – continuou Ginny, sua voz firme e não agressiva neutralizando

a impaciência da advogada. – É um desempenho impressionante, mas não é sustentável. Nada na vida que você tem levado é sustentável, e por isso você acabou aqui, porque fugiu da verdade em vez de encará-la. Jo? Por que não conta ao detetive Waterhouse o que sua mãe lhe disse em seu aniversário de dezesseis anos? Escute, Jo. Estou preocupada de você adoecer se...

Era impossível para Ginny competir com os ruídos que Jo estava fazendo. Gemidos desesperados pontuados por guinchos agudos. Nada de palavras, mas uma sensação de palavras terem sido distorcidas e remontadas de dentro para fora. Charlie estremeceu. O que deixava Ginny tão certa de que Jo não conseguiria sustentar aquilo? Como poderia não manter a encenação? Era inimaginável que pudesse em algum momento limpar a boca, relaxar o rosto contorcido e dizer: "sem comentários".

Ginny tinha abandonado seu posto e seguia para a porta, fazendo para Simon um gesto de que precisavam conversar do lado de fora. Charlie foi a primeira a sair, planejando como evitar voltar para dentro. O tipo peculiar de insanidade de Jo Utting era o menos atraente que ela tinha encontrado até então em sua carreira.

– Você tem um problema – Ginny contou a Simon. – Um grande problema.

– Nós fechamos três casos – ele retrucou. – Ela confessou.

– E passará o resto dos seus dias em uma instituição. Não irá ferir mais ninguém. É o que importa. Mas se você estava esperando um julgamento criminal...

– Não me saia com essa baboseira de incapaz de enfrentar um julgamento. Você mesma disse: ela não pode sustentar isso.

– Disse isso quando achei que era uma encenação – disse Ginny.

– Ou melhor, quando esperava que pudesse ser.

– O que, acha que isso é real? – reagiu Simon, gritando com ela. – Babaquice! As pessoas não se tornam retardadas mentais quando é adequado a elas.

– Não, mas têm colapsos. Depois do colapso, quase qualquer coisa pode acontecer. Não estou negando que a reação específica de Jo é incomum...
– Não. Não vou escutar essa merda. Não! – disse Simon, batendo o punho na parede. – Você ouviu a advogada dela! Nem mesmo ela está caindo nessa.
– Jo passou a vida inteira vendo Kirsty por toda parte, mesmo quando tentava não olhar – disse Ginny com tristeza. – Ouvindo Kirsty mesmo quando estava determinada a não escutar. Viu a mãe devotar a vida inteira a Kirsty, sabendo que nem mesmo a vida inteira de Hilary seria suficiente. De quem seria a próxima vida a ser sacrificada quando Hilary partisse? Você sabe como é isso; alguém tão dependente, que pega tudo e não dá nada? É como carregar aquela pessoa dentro de você. Sua consciência constante da pessoa significa que você nunca é totalmente você. Imagine esse cenário, depois acrescente o estresse de enfrentar uma pena de prisão perpétua por homicídio, ser separada dos filhos...
– Você sente pena dela – Charlie disse. Com o que ela queria dizer que, escutando Ginny, qualquer um poderia sentir pena de Jo. E Charlie não queria.
– Sinto pena de todos os envolvidos – respondeu Ginny diplomaticamente. – Não é uma encenação, Simon. Lamento, mas você precisa voltar lá dentro e insistir em que aquela advogada consiga a devida ajuda psiquiátrica para sua cliente.
– Não se preocupe – Simon disse. Não estava olhando para Ginny. Não estava olhando para ninguém. – Eu vou voltar lá. Sozinho.
Ele desapareceu na sala de entrevistas, batendo a porta.
– O que Hilary disse a Jo no seu aniversário de dezesseis anos? – Charlie perguntou. Ela achara que Simon havia lhe contado tudo, mas, aparentemente, não. E Ginny não entendia que ela não estava só em ser incapaz de impedir Simon de fazer o que estava prestes a fazer; seu poder especial era deixar todo mundo ao seu redor impotente quando isso lhe servia.

— Ela fez Jo prometer cuidar de Kirsty depois que ela não conseguisse mais; algo que pai nenhum deveria pedir a uma filha de dezesseis anos. De certa forma, Hilary é responsável por todos os homicídios e tentativas de homicídio que aconteceram.

Charlie não acreditava naquilo.

— Pode ser diferente na sua área, mas por aqui nós temos parâmetros claros sobre responsabilidade por homicídio. A pessoa que comete o homicídio é aquela que nós culpamos.

— Jo era uma boa menina. Claro que disse sim. Hilary instilara nela desde cedo o valor da família: mais importante que a própria Jo, era a mensagem que recebeu da mãe depois que Kirsty nasceu. Como indivíduo, Jo não importava mais. Racionalmente, ela sabia que devia ter importância; sua vida, aquela que construíra para si mesma, aquela que nunca podia desfrutar por ter o dever pendendo sobre sua cabeça. Por isso me procurou. Queria que a ajudasse a acreditar no que sabia ser verdade. Acho que queria coragem para dizer, publicamente, o que Amber lhe dissera sem qualquer culpa, embora, claro, Amber ainda não tivesse dito isso quando Jo me procurou: ninguém tem a obrigação de arruinar a própria vida em prol de alguém — disse Ginny, dando de ombros. — Talvez eu pudesse ter ajudado Jo a acreditar, talvez não. Nós terapeutas chamamos a isso de de-hipnose. Quando uma criança sofreu lavagem cerebral de um pai poderoso para acreditar em algo que não é verdade, você nem sempre consegue desfazer os efeitos.

— O mesmo se aplica a policiais que sofreram lavagem cerebral para achar que assassinos deveriam ser punidos? — Charlie perguntou.

— Jo me disse que amava Kirsty. Nada que eu disse conseguiu persuadi-la a admitir que a odiava. Mesmo para o marido, ela não conseguia admitir que a perspectiva de se tornar a pessoa principal a cuidar de Kirsty depois da morte de Hilary era insuportável. Mas admitiu livremente que não suportava tocar em Kirsty ou ficar perto dela. Ela não podia ser vista por Hilary evitando especialmente

Kirsty, então se reinventou como uma pessoa não tátil. Mesmo o marido acreditou nisso. Ela só quebrava a própria regra com os filhos, apenas quando achava que ninguém estava olhando.

– Forma estranha de evitar, tendo a mãe e Kirsty por perto todo dia – disse Charlie. – As convidando a ficar, preparando refeições para elas...

– Esse era seu disfarce – Ginny disse. – Sim, Hilary e Kirsty estavam lá o tempo todo, perdidas na multidão de sogro idoso, filhos, irmão, marido, irmã e cunhado, babá que recebia uma fortuna para fazer quase nada. Acho que Sabina era a última saída de Jo. Se todos os seus outros planos falhassem, talvez Sabina pudesse ser persuadida a cuidar de Kirsty depois da morte de Hilary. Jo certamente lhe pagara o bastante ao longo dos anos por quase trabalho nenhum. Tinha de ser a razão pela qual continuava com ela.

Ginny franziu o cenho.

– Quando digo "persuadida" não falo literalmente – corrigiu. – Como Amber disse de forma muito perspicaz, o título da função de Sabina podia ser babá, mas seu papel naquela casa sempre foi cuidar das necessidades de *Jo*, tendo primeiramente as decifrado por osmose, sem nada nunca ter sido afirmado explicitamente. Naquele momento, com Hilary ainda viva, a principal necessidade de Jo era que Sabina mantivesse Quentin entretido. Jo sequer precisaria pedir a Sabina para fazer isso. Ela acha impossível expressar suas próprias necessidades, esse é o problema dela.

– Isso e ser uma assassina sem consciência – insistiu Charlie, irritada.

– Supondo que Sabina concordasse, o que não é uma certeza e pessoalmente acho que dificilmente o faria por muito tempo, Jo ficaria com todo o crédito por cuidar de sua amada irmã. Ninguém se sentiria capaz de destacar que, na verdade, era Sabina quem estava fazendo todo o trabalho físico duro e íntimo, ou que Jo nunca era vista perto da irmã.

– Quanto disso Jo lhe contou e quanto você está inventando? – Charlie perguntou. Simon a levara a crer que a determinação de Jo de não assumir a responsabilidade por Kirsty era notória, mas tudo o que Ginny dizia soava assustadoramente especulativo.

– Ela me contou mais que o suficiente.

– Então ter Kirsty em sua casa todo dia era boa propaganda para Jo?

Ginny concordou.

– Exatamente. Ela podia se esconder na cozinha, protegida por uma montanha de equipamentos, sabendo que Hilary estava lá para dar os cuidados diretos de que Kirsty necessitava, e Hilary não desconfiaria de nada. Ela *não* desconfiou de nada. Ninguém desconfiou. Todos achavam que a casa de Jo era entupida porque não havia nada que ela desejasse mais do que cuidar de todo mundo. Jo se preocupou em convencer todos aqueles próximos de sua devoção a Kirsty. Se alguém deixasse de tratar Kirsty como uma igual, levavam o troco de Jo, a irmã leal. Jo sacrificou sua casa e sua vida cotidiana ao seu fingimento elaborado. No fundo do coração, as segundas casas que ela mantinha escondidas da mãe e raramente podia visitar, em Pulham Market, em Surrey, essas eram suas verdadeiras casas. Ela uma vez fez uma exceção e convidou todo mundo a ir a Little Orchard, para ser vista fazendo um gesto grandioso: alugar uma mansão para a família passar o Natal. Que forma melhor de visitar a casa que adorava, mas aonde raramente podia ir? Que forma melhor de fortalecer sua imagem de deusa da família que adora todos tanto que não suporta a ideia de todos não estarem juntos no Natal? Ademais, ela queria que Hilary modificasse seu testamento em benefício de Ritchie; fingir ter dinheiro sobrando suficiente para alugar uma mansão enorme provavelmente lhe pareceu um símbolo conveniente da não pobreza dela e de Neil, em comparação com a evidente carência de Ritchie.

– O simbolismo evidentemente não funcionou para Hilary – destacou Charlie.

– Não. Hilary disse que não, e Jo não conseguiu suportar. Ainda assim, não pensou em ser honesta com a família sobre seus desejos e necessidades. Em vez disso, teve um pequeno colapso e decidiu desaparecer com o marido e os filhos. Após um dia e duas noites fugindo, deve ter se recuperado o suficiente para se dar conta de que aquilo não era prático. Retornou à sua vida, fingindo que nada tinha acontecido.

– E então o quê? – perguntou Charlie. – Esperou cinco anos, depois planejou e cometeu um homicídio, a seguir outro, dois anos depois?

– Soa extraordinário, não é? – disse Ginny. – A não ser que você seja Jo, e então tudo faz todo sentido. Ela não colocou um dedo em Kirsty. Sabia como isso a tornaria irredimível aos olhos da mãe, e tinha outras opções para explorar primeiro. A mensagem de Hilary durante a infância de Jo foi clara: cuidar de Kirsty era tudo o que importava. Tudo e todos os outros eram dispensáveis. Se a própria Jo não tinha importância, por que as vidas de Sharon Lendrim e Katharine Allen deveriam valer algo? Por que Jo não correria o risco de cometer dois homicídios? Nunca ouvira a mãe dizer que *ela* não podia terminar em uma instituição: uma prisão, uma clínica psiquiátrica. Era Kirsty aquela que sempre deveria ser mantida em casa, envolta pelo amor da família enquanto aquela família tivesse sopro vital em seu corpo.

Charlie fitou a porta fechada da sala de entrevistas. Aquela parte da delegacia era nova, à prova de som. Não havia como saber o que estava acontecendo do lado de dentro.

Ginny estendeu a mão. Charlie a apertou.

– Obrigada por seu tempo – disse. – Simon é quem deveria dizer, mas nunca o fará.

– Não se preocupe comigo – Ginny disse, e fez um gesto na direção da porta. – Faça o que puder para ajudar Jo. O que quer que ela tenha feito. E não negue suas próprias necessidades. É o caminho mais rápido para a tragédia.

...

— Relações transitivas e intransitivas — disse Simon, andando pela sala. A advogada deslocara a cadeira para o canto, o mais distante possível da ação. — William me explicou. Jo tem a ganhar com a morte de Sharon? Não. *Amber* tem a ganhar com a morte de Sharon: ela ganha Dinah e Nonie. Jo então tem a ganhar com a morte de Pam? Ainda não. Jo termina com Quentin, mas não é ganho. É um fardo, um pesadelo.

Ele se inclinou sobre a mesa, olhou para os olhos vazios da confusão babada diante de si.

— Exceto que é sua tática, não é? Se você vai ter problemas, se vai ser um inferno, então não pode ser o que você queria; é o que todos deveríamos pensar, não é? Você abriu mão de seus princípios para salvar Amber de ir a um curso de direção consciente se fazendo passar por ela, e está aterrorizada de ser descoberta. Você me suplica para não contar a ninguém que fez isso, garantindo que nunca passe pela minha cabeça que talvez *não* tenha feito. O álibi perfeito: o grau em que está claramente desesperada para esconder seu segredo determina o grau em que eu suporei que deve ser verdade. Quem se incomoda de esconder uma mentira que nunca existiu?

"Se Amber e Luke estiverem ocupados com as meninas de Sharon quando Pam morrer, não haverá como também receberem Quentin. O quarto sobrando deles está ocupado, é o quarto de Dinah e Nonie. Você, por outro lado, pode colocar seus meninos no mesmo quarto e oferecer um quarto a Quentin. Assim que você fica com Quentin e uma casa cheia, como alguém mais poderia esperar que ofereça um lar para Kirsty quando Hilary empacotar? Por que Ritchie não faz isso? Ele é homem, verdade, e não um cuidador evidentemente capaz, mas não é como se tivesse mais o que fazer, não é? Você se assegurou disso: o sustentando financeiramente, lhe dizendo para não pegar qualquer emprego, para esperar que surja algo importante, algo que dê sentido à sua vida. Algo como cuidar da irmã deficiente. Se conseguir persuadir Hilary a tirá-la do testamento e deixar a casa só para Ritchie, melhor. A solução começa a parecer ainda mais evidente: seu irmão desocupado, com uma casa grande só para si, sem filhos. Só que não teria funcionado. Você teria visto isso caso não estivesse desesperada. Ritchie não conseguiria cuidar de Kirsty. Mal consegue cuidar de si mesmo. Você teria de pensar em algo mais, mas o quê? Contratar um profissional em tempo integral não seria opção – você não poderia fazer isso sem ser *vista* fazendo isso. Hilary iria se revirar no túmulo. Será que devo lhe dizer o que teria acontecido, supondo que você já não descobriu? Um travesseiro sobre o rosto de Kirsty, a única solução a longo prazo. Ou um acidente. Desde que ninguém desconfiasse de você, a irmã devotada, poderia ter feito funcionar. Hilary além do túmulo não saberia mais do que o mundo. Ninguém tem o poder de entrar em sua mente e ler seus pensamentos, nem mesmo um fantasma. Especialmente não o fantasma da sua mãe. Viva, Hilary só se importou com como você parece aos olhos do mundo. É como ela a vê; apenas olha para a superfície, não é? Não quer ir mais fundo. Não se importa com como você se sente, nem mesmo tenta imaginar. Ela lhe *diz* como deveria se sentir. Isso não é certo? Por que o espírito dela, depois da morte, seria diferente?"

– Parece que alguém tem o poder de entrar na mente dela – murmurou a advogada de Jo.

– Você pensa muito em sua mãe morta – disse Simon. – Embora ainda não esteja morta. Em 2003, ela foi diagnosticada com câncer de mama. Diagnóstico precoce. Você sabia que havia uma boa chance de ela ficar bem, mas isso fez com que se concentrasse, a forçou a enfrentar uma verdade que ainda não havia encarado: talvez Hilary não estivesse na iminência de morrer, mas um dia estaria, e você deveria cumprir a promessa feita a ela. De cuidar de Kirsty, dar um lar para ela. Entrou em pânico; daí sua sugestão aparentemente abnegada de que Hilary alterasse o testamento em benefício de Ritchie. Ela dizer não deve ter sido um choque. Disse a você e Ritchie que estava fora de questão, que era importante para ela tratar os filhos igualmente. Mas essa não foi a história toda, foi? Simon se imaginou agarrando os cabelos de Jo, puxando sua cabeça para trás. Queria fazer isso, mas não podia.

– Eu conversei com Hilary – ele disse. Os ombros de Jo estremeceram. – Depois que Ritchie foi para a cama, Hilary lhe contou a verdade: não poderia deixar a casa para Ritchie porque você precisaria do dinheiro da venda para comprar uma casa maior para você e sua família, uma que pudesse receber Kirsty. Se Ritchie ficasse com a casa só para ele, você não conseguiria fazer isso, ou era o que Hilary acreditava. Kirsty teria de ir morar com Ritchie, e Hilary não acreditava que ele conseguisse cuidar dela adequadamente. Não queria dizer isso diante de Ritchie porque teria soado como um voto de desconfiança. Mas Ritchie sabe que Hilary não acha que ele valha muito. Você é a confiável, ele é a decepção. O fracasso.

Jo parara de gemer e ficara em silêncio. Ficou com a cabeça inclinada para frente em um ângulo que parecia doloroso, como se o pescoço estivesse quebrado.

– Só que não era como parecia, era? – Simon continuou. – Você se sentia o fracasso. Seu plano não dera certo. Hilary não ia mudar o testamento. Kirsty ainda ficaria com você. O que fez quando viu que sair fugindo no meio da noite não ia funcionar? Enterrar aquilo no fundo da cabeça? Dizer a si mesma que Hilary não iria a lugar algum tão cedo, ter esperança de pensar em algo mais nesse ínterim? E fez isso, não foi? Quando Pam recebeu o diagnóstico de câncer de fígado, você pensou no plano B. Era realmente tão impossível ensinar Ritchie a cuidar de Kirsty? Certamente, Hilary iria pensar nisso assim que visse que você e Neil não tinham escolha a não ser receber Quentin. Ela certamente iria até você dizendo ter decidido que sua sugestão era boa: Ritchie deveria ficar com a casa

e a responsabilidade pelo dia a dia de Kirsty depois de sua morte, já que você estava no limite. Você precisava que sua mãe transferisse a responsabilidade para Ritchie, oficialmente. Ginny diria que não poderia se permitir ter uma necessidade que Hilary não tivesse lhe atribuído. Não, como é a palavra psico certa?
Ele queria dizer psicoterapêutica, não psicopata. Supondo que havia uma diferença.
– Validar, isso mesmo. Hilary tinha de validar sua necessidade de dizer "Cheguei ao meu limite", seu *direito* de dizer isso. Mas nunca o fez, não foi? Por que faria? Ela a viu alegremente providenciando acomodação e comida para o mundo todo, e imaginou que poderia lidar com qualquer coisa. Ontem ela me contou que nunca teve nenhuma dúvida de que você queria cuidar de Kirsty, de tão convincente que foi: sua santa filha que desejava que o irmão tivesse uma casa grande por razões puramente altruístas.
Jo fez um ruído que morreu após alguns segundos. Ginny estava errada de dizer que ela não seria capaz de sustentar a encenação. A versão de baixa energia era fácil. Qualquer um podia fazer aquilo.
– Relações transitivas e intransitivas – Simon disse. – Eu chamaria esta de transitiva, embora William pudesse discordar. Amber tem a ganhar com a morte de Sharon: Dinah e Nonie. Seu quarto extra e seus recursos emocionais totalmente ocupados garantem que Jo lucre com a morte de Pam; o ganho dúbio sendo Quentin, e mais nenhum espaço na hospedaria. Com as bênçãos de Hilary, Ritchie então poderia ganhar com a morte de Hilary: uma casa grande e cuidar da sua irmã em tempo integral. Vê como é transitivo? Acompanhe a sequência de causas de frente para trás e vemos que Ritchie ganha com a morte de Sharon, assim como Jo, que ganha com o ganho de Ritchie. O ganho dela é a perda do fardo da irmã. Se Sharon não tivesse morrido Quentin poderia ter ido morar com Amber e Luke, que ainda teriam um quarto livre em sua casa quando da morte de Pam.

Simon se curvou, colocou o rosto o mais perto possível de Jo.

— Um quarto onde Quentin nunca teria terminado, como você descobriu na quarta-feira, 1º de dezembro. Diferentemente de você, Amber não preferia matar pessoas inocentes a dizer não a uma exigência absurda de uma mãe agressiva.

A boca de Jo se apertou, depois ficou novamente flácida. Ou Simon estava vendo o que queria ver?

— Isso mesmo: agressiva — falou. — É o que Ginny acha, e ela é a especialista. É uma agressão fazer um dos filhos achar que tem de cuidar do outro para conquistar seu amor e aprovação.

— Espere um minuto — disse a advogada de Jo, se levantando da cadeira, mas permanecendo no canto da sala. — Este é um jogo que você está fazendo que eu não sou inteligente o bastante para entender, ou está sugerindo seriamente que o motivo dela para matar Sharon Lendrim foi preencher o quarto livre de outra pessoa que poderia ter oferecido uma casa a seu sogro?

— Nunca falei mais sério — disse Simon. — Quando o câncer de fígado de Pam Utting foi diagnosticado inicialmente, Neil e seu irmão Luke, marido de Amber, tiveram uma conversa que Jo escutou e Amber não — porque Luke tinha medo demais de sua reação para dizer a ela. Neil e Luke concordaram que se Pam morresse seria Luke a oferecer um lar a Quentin. Luke não ficou contente com isso, mas achou que era sua obrigação. Ele tinha o quarto, Neil não. E Neil tinha dois filhos. Luke disse a Neil que Amber não ficaria feliz, mas que achava que conseguiria convencê-la. Não sei se teria conseguido ou não. Ela diz que não. Mas Jo não sabia da relutância de Amber. Tudo o que Neil lhe contou foi que ela não precisava se preocupar, Luke prometera cuidar de Quentin. Jo podia relaxar sabendo que o sogro nunca seria responsabilidade sua.

— Então, segundo sua teoria, ela fez o oposto de relaxar? — perguntou a advogada.

— Sendo isso assassinato, é — confirmou Simon. — Jo precisava ter responsabilidade por Quentin de modo a ter uma chance de evitar a responsabilidade por Kirsty. Quando Sharon morreu e Amber decidiu que precisava de uma casa maior para ela, Luke e as meninas, sua cliente fez de tudo para convencê-la a desistir disso.

A advogada suspirou e balançou a cabeça.

— Teve sucesso?

— Não. Mas não fez diferença — ele disse, e olhou para Jo. — Você deve ter pensado que se safou. Quando Pam morreu, ninguém falou nada sobre Amber e Luke terem uma casa com o dobro do tamanho da sua. A promessa de Luke de cuidar do pai não foi mencionada novamente; por você, Neil, o próprio Luke ou qualquer outro. Todos sabiam como estava sendo para Luke e Amber arrumar a vida com Dinah e Nonie. Você fez questão de chamar a atenção da família inteira para quão ocupados eles estavam. Os pobres estressados Luke e Amber.

— Mas por que matar Sharon? — perguntou a advogada. — Se você está certo, não seria mais fácil para ela matar Amber e Luke? Eles não poderiam receber Quentin estando mortos.

— Se algo acontecesse a Amber e Luke, Jo ficaria automaticamente sob suspeita. Se matasse Sharon, uma estranha, quem iria desconfiar? Iria parecer ao mundo que não tinha nada a ganhar com a morte de Sharon. E ela fora doutrinada pela mãe a crer que só a família importa. Para Jo, Sharon não era família; sua vida não era importante.

A advogada de Jo suspirou.

— Veja, não há dúvida quanto às ações de minha cliente, mas tudo que você está dizendo com relação aos motivos é improvável.

— Eu provei isso — contou Simon.

— Você *disse* isso. Dizer não é o mesmo que provar.

— Ela tem em sua segunda casa fotos de todos os membros de sua família, com exceção da irmã. O que isso lhe diz?

— Que Kirsty não é fotogênica, e que você está desesperado. A advogada de Jo a pegou pelo braço.

— Entrevista encerrada, uma hora depois do que deveria ter sido. Estamos saindo daqui.

Jo se levantou.

— Está vendo? Ela fez o que você disse a ela.

Simon bloqueou a passagem delas até a porta. E disse a Jo.

— Você será desmascarada como uma mentirosa e mandada para a cadeia – disse, cuspindo as palavras em seu rosto. — Se você parar de encenar, poderá conversar com seus filhos, explicar por que fez o que fez. Poderia explicar no tribunal a pressão que estava sentindo. Ginny testemunhará a seu favor; circunstâncias atenuantes.

— O que você quer dizer é que se ela parar de encenar, provará que você está certo – disse a advogada de Jo. — Isso claramente não é um incentivo para ela.

Jo ganiu, moveu a boca como se estivesse se esforçando para juntar os lábios.

— Eu posso ajudar você – Simon gritou depois que ela e a advogada saíram da sala, consciente de que deixara para tarde demais sua encenação de policial bom. — Eu *quero* ajudar você.

— Ajude a si mesmo – aconselhou a advogada. — Pare de perder seu tempo.

Elas foram embora. Ele ficou sozinho na sala com o eco de uma porta batida.

15

Sexta-feira, 10 de dezembro de 2010

— Você está bebendo vinho — Dinah me diz. Ela, Nonie, Luke e eu estamos jantando no Ferrazzano's, em Silsford, nosso restaurante italiano predileto.

— Eu sei que estou bebendo vinho.

— Se é ruim a sra. Truscott dar taças de vinho aos pais nas apresentações escolares, então é ruim você beber.

— Não, está tudo bem eu beber — digo. — É errado a sra. Truscott *vender* vinho nas apresentações escolares e fingir que está dando. E, na realidade...

— Na realidade o quê? — Dinah pergunta.

— Nada.

Luke e eu trocamos um olhar. Estamos ambos pensando que a sra. Truscott poderia fazer o que quisesse a partir de então, e continuaríamos a vê-la como uma heroína. Sem os esforços da diretora que eu sempre desprezei, não acredito que Dinah e Nonie estivessem vivas naquele dia. Jo não foi a única que teve a ideia de fazer compras em Rawndesley na tarde de sexta-feira, 3 de dezembro. A sra. Truscott a viu com as meninas na loja de departamentos John Lewis e notou que Nonie chorava e que Jo parecia ignorar a perturbação dela. Quando Nonie viu sua diretora, correu na sua direção, ignorando as ordens em voz alta de Jo para que voltasse imediatamente, e disse que queria ir para casa, mas Jo não deixava. Estava com medo: Jo e Dinah estavam planejando ir brincar na neve na floresta de Silsford, e Nonie não queria ir.

A sra. Truscott foi falar com Jo, que inicialmente mandou que cuidasse da própria vida, depois alterou totalmente seu comportamento e passou a aplacá-la de uma forma quase bajuladora. A sra. Truscott mais tarde disse à polícia que achou o comportamento de Jo tão alarmante que insistiu em tomar Dinah e Nonie dela e levá-las para Luke em casa.

A floresta de Silsford fica cerca de oitocentos metros de Blantyre Gap. O conselho municipal pouco antes tinha anunciado o projeto de colocar ali uma barreira para tornar mais difícil que as pessoas jogassem seus carros da beirada.

– Não vamos discutir sobre vinho – diz Luke. – Vamos falar sobre o brilhante espetáculo escolar que acabamos de ver, a peça fascinante das novas brilhantes dramaturgas Dinah e Nonie Lendrim.

No final, Nonie conseguira interferir em defesa das dez irmãs de Hector. Seu destino final era menos horrendo graças a ela: cobertas de lama em vez de mortas.

– Então vocês gostaram? – Dinah nos pergunta pelo que deve ser a vigésima vez. – Mesmo?

– Mesmo – digo a ela. – Nós adoramos. Todo mundo adorou; você ouviu os aplausos. As duas são inacreditavelmente talentosas.

– Vocês têm de dizer isso – diz Nonie. – São nossos pais.

Luke aperta meu joelho sob a mesa.

– Conte a eles – sussurra Nonie para ela do outro lado da mesa.

Eu me obrigo a engolir a comida que está em minha boca. Na última vez em que Nonie ordenou Dinah a me contar algo foi Gentil, Cruel, Meio que Cruel. Não era algo que eu quisesse ouvir. Quando ela me contou como tinha ficado com medo quando Jo tentara obrigá-la a ir para a floresta de Silsford na neve, como quase não tivera coragem de abordar a sra. Truscott na loja John Lewis, eu

UMA CERTA CRUELDADE

também não queria ouvir aquilo – me perturbou muito. *Por favor, que seja algo bom.*

– Nós tomamos uma decisão – diz Dinah, pousando garfo e faca. – Vocês não precisam nos adotar. Já somos uma família, vocês já são nossos pais. Não precisamos de um papel para tornar isso verdade.

– Você está certa – Luke diz. – E seremos uma família, quer adotemos vocês oficialmente ou não.

– Mas se vocês pararem de tentar, nada de ruim pode acontecer – diz Dinah. – Ninguém dirá que não podem.

Nonie fez que sim com a cabeça, concordando.

Luke olha para mim, uma pergunta nos olhos. Eu devolvo uma a ele: é comigo? Não quero que seja comigo. Ou talvez queira, porque não há chance de eu desistir, independentemente do que Luke diga. Do que qualquer um diga.

– Se vocês tivessem certeza de que nós decididamente poderíamos adotá-las legalmente, iriam querer isso? – pergunto às meninas.

– Mas não temos certeza – Nonie diz.

– Ela falou "se". Não sabe o que significa "se"? – Dinah corta.

– Vocês iriam querer, não é? – Luke se junta. – Vocês estão com medo, assim como nós estamos, que não aconteça do nosso jeito. Por isso querem que paremos de tentar.

As duas garotas concordam.

– Não podemos fazer isso – digo a elas. – Luke e eu estamos com tanto medo quanto vocês, mas se todos queremos que isso aconteça, temos de tentar. E... pode dar certo.

– Provavelmente dará – diz Luke.

– Amber?

– O que, Nones?

– O que irá acontecer com Jo?

– Não sei, querida. Ninguém sabe no momento. Mas... ela não irá ferir mais ninguém.

— Sinto pena de William e Barney — Nonie diz.
— Se as coisas não estão bem agora, ainda ficarão bem — diz Dinah. — Ainda seremos uma família.

Nós seremos, a partir de agora, uma família cujos membros contam a verdade uns aos outros sem medo, sabendo que sempre seremos perdoados. Quando disse isso a Luke noite passada ele riu e respondeu: — Essa é uma ótima política para você e eu, mas as garotas serão adolescentes. Não fique desapontada demais quando encontrar latas de cerveja lager e namorados tatuados escondidos na secadora.

— Sim — ele agora diz a Dinah. — Ainda seremos uma família.

Obrigada por ter vindo me ver. Deve ter exigido muita coragem. Não estava esperando que concordasse, ou mesmo respondesse à minha carta, então isso é ótimo. É ótimo que tenha tido coragem, porque vai precisar de muita para ajudar os meninos a sobreviver... bem, não quero dizer "à perda da mãe", porque isso faz parecer como se Jo estivesse morta. Sabe o que eu quero dizer.

Para começar, quero lhe contar que em meu único encontro de verdade com Jo – tentei falar com ela novamente na delegacia, mas ela não reagiu –, quando ela veio me ver aqui, voluntariamente, conversamos devidamente e ficou claro para mim que ela adora você e os meninos. Ela verdadeiramente o ama, Neil. E William e Barney. Sei que ela está... inacessível no momento – se trancou de modo a conseguir sobreviver à provação pela frente –, mas acredito fortemente em que ainda o ama. Você, William e Barney são as pessoas em sua vida que ela pode amar de forma não estratégica, sem cálculos e complicações. De um modo que não pode amar Hilary, Ritchie e Kirsty, porque os vê, todos, como de algum modo responsáveis pelos seus problemas.

Então, embora eu principalmente tenha pedido que viesse aqui falar sobre os meninos e sobre como tornar isso mais fácil para eles, também quero dizer algo sobre Jo. Não desista dela, Neil. Ela fez coisas terríveis, não estou negando, mas isso não faz dela uma pessoa terrível. Jo nunca teve a chance de superar a lavagem cerebral da mãe e se tornar a pessoa que um dia teve o potencial para ser. Com a sua ajuda e a minha – ou com a ajuda de qualquer terapeuta – ainda poderia. Ela nunca teve a chance de sentir ou expressar suas próprias necessidades, motivo pelo qual fez o que fez. Sei que deve ser difícil para você entender, mas embora legalmente Jo seja uma adulta plenamente responsável, psicologicamente é uma criança assustada lutando contra a aniquilação de sua frágil identidade.

Podemos conversar mais sobre isto caso você decida voltar a me ver, mas gostaria que pensasse nisto: por que fogo? Por que Jo alugou um uniforme de bombeiro e matou Sharon Lendrim daquela forma específica? Certamente não pode ter sido a opção mais fácil. Sei que para você é doloroso pensar nisso, mas Jo tornou a vida difícil para si mesma escolhendo atacar Sharon da forma como fez. Primeiro teve de conseguir uma chave da casa, depois entrar lá à noite, quando esperava que Sharon, Dinah e Nonie estivessem pregadas no sono, mas não podia ter a garantia disso, não é? Teve de vestir a roupa de bombeiro, tirar as meninas da casa... Como sabia que Sharon não iria acordar e flagrá-la no ato? Por que correr esse risco?

Eu acho, e Simon Waterhouse concorda, que para ela era importante poder se concentrar no papel e no disfarce que adotou, daquele que "resgata". Naquela noite ela foi a salvadora de Dinah e Nonie, coberta da cabeça aos pés pela roupa protetora da profissão que faz o oposto do dano que ela pretendia causar. Simbolicamente, ela se protegeu do seu crime – em sua cabeça quase o cancelando. Entende o que quero dizer? Ela envolveu seu corpo inteiro nesse traje de salvador, de modo que a verdadeira Jo estava totalmente enterrada, e resgatou duas crianças. Essa é a parte em que terá se concentrado, apagando da mente o fato de que foi a causa do incêndio e seu verdadeiro objetivo. Não teria se permitido pensar nisso. Acredito que, para ela, a única possibilidade era cometer homicídio pela primeira vez dessa forma muito específica: literalmente envolta em uma identidade que cancelava sua verdadeira identidade e neutralizava seu comportamento repulsivo. Teria sido tão repulsivo para ela, em algum nível, quanto é para você e eu.

Acredito, embora não possa provar, que, se tivesse sido possível, Jo usaria o mesmo método com Kat Allen, mas Kat morava em um apartamento, não em uma casa. Ela não tinha uma porta da frente acessível da rua. Eu provavelmente não deveria lhe dizer isso, mas discordo da polícia quanto ao motivo pelo qual Jo levou William e Barney com ela ao apartamento naquele dia. Sei que esse é um dos aspectos de tudo isto que mais o incomoda, mas, caso sirva de algum consolo, realmente não acredito que Jo simplesmente usou os meninos. Sim, uma mãe encarregada de dois filhos pequenos em um dia em que acontece um assassinato é menos provavelmente suspeita de ter cometido esse assassinato, mas não acho que foi por isso que o fez. Ela não queria enganar os outros, queria enganar a si mesma. Queria acreditar que, embora tivesse feito algo desagradável, basicamente estava tendo um dia divertido passeando com William e Barney. Ela ter matado Kat em um dia que, fora isso, foi passado na companhia dos amados filhos teria tornado quase suportável. Ela precisava dos meninos como apoio moral, se preferir.

Não estou justificando nada do que ela fez, Neil. Estou tentando ajudá-lo a compreender o que poderia estar passando pela sua cabeça, apenas isso. Aparências exteriores são mais reais para Jo do que sua própria realidade interior, que nunca pôde se desenvolver, que nunca foi validada. Isso faz sentido? O que estou tentando dizer é que Jo ainda poderia se desenvolver de diversas formas. Não estou tentando torná-la uma responsabilidade sua – acredite, não estou. Só queria lhe dar a chance de pensar nisso de um modo diferente, só isso.

Em relação aos meninos, a coisa mais importante é ajudá-los a entender que nada do que aconteceu foi culpa deles. Eles são crianças, e de modo algum responsáveis pelos problemas dos adultos. Por favor, faça tudo o que puder para enfiar isso nas suas cabeças, pois irão precisar disso. Eles estarão voltando ao passado e imaginando o que poderiam ter feito diferente para impedir que a mãe se tornasse tão infeliz. Seu trabalho – o mais importante que você já teve na vida – é garantir que saibam que não havia nada que pudessem ter feito para mudar algo. Você não pode garantir que não sofram, mas pode garantir que não assumam uma culpa que não é deles, como tantas crianças fazem.

Deixe-me dar um exemplo: quando criança, no meu primeiro dia de escola, eu estava nervosa e tímida, e realmente não queria estar lá, então me escondi atrás de uma casa de bonecas e fingi que não estava lá. Eu sabia que estava fazendo algo feio, e finalmente fiquei com medo e saí. Minha professora me deu uma surra de régua na frente da turma inteira, algo sobre o que ainda acho difícil falar. É a coisa mais humilhante que já me aconteceu. Quando minha mãe chegou para me pegar naquela tarde, a professora contou o que eu tinha feito e minha mãe não falou comigo – nada – por quase uma semana. Ficou absolutamente claro para mim que, ao fazer aquela única coisa errada, eu abrira mão do direito de ser amada por ela. Ainda assim, durante anos o sentimento dominante que tinha ao me lembrar do incidente era culpa. Se pelo menos não tivesse me escondido atrás da casa de bonecas... Foi minha culpa, eu fui horrível e indigna. Levei vinte anos para ver que as pessoas culpadas em minha história eram minha professora e minha mãe. As adultas. Eu era uma criança comum que tinha feito algo feio, como as crianças fazem. Quando me dei conta disso, fiquei com raiva. E decidi me tornar terapeuta, para poder ajudar pessoas como eu, como você, como Jo. Como William e Barney.

Com a ajuda e a orientação certas, eles ficarão bem, Neil. Eles têm você. Ame-os, cuide deles, e ficarão bem.

Agradecimentos

Sou profundamente grata, como sempre, a meu agente Peter Straus, da Roger, Coleridge & White (ou dr. Straus, da Agência Literária Princeton-Plainsboro, como prefiro chamá-lo, por conta de suas brilhantes qualidades de gênio incontrolável), à minha editora maravilhosamente incisiva e estimulante Carolyn Mays, a Francesca Best, Karen Geary, Lucy Zilberkweit, Lucy Hale e todos na excelente editora Hodder & Stoughton. Obrigada a minha velha copidesque, Amber Burlinson, em homenagem a quem eu, de forma impertinente, batizei a protagonista deste romance sem pedir permissão. Obrigada a Montserrat e Jeromin, donos da verdadeira Little Orchard – novamente, impertinente roubo de nome, sem permissão. Obrigada a todas as minhas editoras estrangeiras, que trabalham tanto para distribuir por todo o mundo meu tipo peculiar de psique ficcional pervertida. Obrigada como sempre a Mark Pannone e à turma de Cambridge Stonecraft: Simon, Jamie, Lee e Matt. Obrigada ao dr. Bryan Knight, cujo impressionante site na internet foi o primeiro a me fazer pensar "Ahn, hipnose...", e ao dr. Michael Heap, cujo conhecimento se revelou inestimável.

 O *Hector e suas dez irmãs* original foi um conto que escrevi com meus filhos, Phoebe e Guy. Também sou grata a Phoebe por fornecer a observação de Dinah sobre o bebê hipotético que iria crescer e apenas trabalhar em um escritório. Obrigada a Dan por coisas demais para serem relacionadas (e eu não perderia tempo tentando, para o caso de ele odiar listas de coisas que fez tanto quanto odeia as listas de coisas que eu gostaria que fizesse).

Finalmente, mas de modo algum menos importante, um grande agradecimento a Emily Winslow pelos brilhantes conselhos e sugestões editoriais. Os seguintes livros se revelaram fascinantes e inacreditavelmente úteis: *Pais tóxicos: como superar a interferência sufocante e recuperar a liberdade de viver*, da dra. Susan Forward; *The Body Never Lies*, da dra. Alice Miller; *The Emotional Incest Syndrome: What to Do When a Parent's Love Rules Your Life*, da dra. Patricia Love; *The Narcissistic Family*, de Stephanie Donaldson-Pressman e Robert M. Pressman, e *Facing Codependence*, de Pia Mellody.

Impressão e Acabamento:
BRASILFORM EDITORA E IND. GRÁFICA